추락한 영광

마리포사

신여리 장편소설

I

MARIPOSA

추락한 영광

마리포사

신여리 장편소설

I

D&C BOOKS

N
갈카마
로크란드
서부
발도
어귄
북부
라르크
일라린
공국
이스자키
올다
켈레티
올다
뉴가트
시친
델 오스작
쥬
비
상
트
해
타리가
항구도시
윙거해안도시
윙거운하
독립도시
베르트/라인
바인스트 숲
라곳에시스
바인
다난
서부
이가
산맥
살리가르
영지
성체, 요새
소수민족 거주지역

The world of Mariposa
미지의 세계
반차 산맥
가니아 산
가라스
다락
파시스
기욘
갈라부아 연합
톨프
반달
규젠
올조르
윙거
볼드 평야
테넌
공업지구
소수민족 지역
안프 절벽
뷔센
이샤스 대평원
그란두르
이른
동부
모르가나
로죄강
모헨
고산
제도 시모어
키사 강
앙레디움

북부 신화

이예로, 비네노, 세니사.

예로부터 삼 왕이라 불리우는 그들은 북대륙의 많은 왕국들이 시조로 삼고 있다.

위대한 세 왕의 탄생과 몰락에는 여러 가지 종류의 설화가 존재한다. 수많은 이야기들 중, 필자의 소견으로 가장 사실에 근접한 것은 아래와 같다.

「북대륙은 겨울 신(神) 콰트라 갈리아우의 후예로부터 비롯되었다는 전설이 있다.

콰트라 갈리아우는 이렇게 묘사된다. '하늘을 덮을 만큼 긴 검은 날개에, 불처럼 붉은 갈기를 지닌 하얀 몸신의 얼음 괴수이다.' 온몸이 얼음으로 뒤덮인 콰트라 갈리아우가 극북의 땅에 자리 잡자, 북부에 끝나지 않을 겨울이 도래했다.

오랜 시간이 흐르고 콰트라 갈리아우는 눈이 녹지 않는 거대한 산맥이 되었다. 그 사실을 알게 된 또 다른 신, 누아드가가 송별의 의미로 콰트라 갈리아우의 곁에 월계수 한 그루를 심었다.

월계수는 꽃을 피우고 세 개의 과실을 맺었다. 동풍과 서풍과 남풍과 북풍이 정성스레 과실을 돌보자, 세 명의 아이가 과실의 껍질을 찢고 이 땅에 탄생했다.

그들의 이름은 차례로 이예로, 비네노 그리고 세니사였다. 보름 만에 유년기를 보내고, 구십 일 만에 완전하게 자라난 세 아이는 뿔뿔이 흩어져 나라를 세웠다.

(……중략……)

이예로는 잔인한 처형으로 죄인에게 경각심을 주었다. 이예로의 엄격한 처벌에 가신들은 그를 경외하며 미워하였다. 그리하여 왕은 늘 가신들의 검을 경계하며 살아야 했다.

비네노는 죄인에게 단정한 죽음을 하사하고자 독배를 내렸다. 그러나 독배를 두려워한 한 가신이 그의 잔을 비네노에게 몰래 돌려주었다. 그리하여 왕을 잃은 왕국은 멸망하였다.

세니사는 만백성의 죄를 아량으로 용서하여 스스로의 살을 태워 대신 사죄하였다. 가신들은 죄 짓는 것을 두려워하지 않았으므로, 끝내 왕은 한 줌의 재가 되어 흩어졌다.

그리하여, 세 왕국은 멸망하고 북부의 대분열이 시작된 것이다.」

그로부터 수백 년 후 라르크라는 소왕국에서 태어난 예이건의 아들이 기술하기를, 삼 왕 신화는 사실 '세 갈래로 나뉜 왕의 길'이라 하였다.

「세상에는 세 가지의 왕좌가 있다.」

이는 북부의 왕 놀음자들 모두, 한 번씩은 들어보는 이야기.

「세상의 모든 왕 노릇 하는 이들은, 셋 중 하나를 선택하기를 강요당하게 됩니다. ……당신은 어떤 길을 걸으시렵니까?」

제문(祭文)

바노 오레달락 누아드가, 뮌 잔리사스 귀레 라르카드단야.

죽음의 누아드가여, 우리를 라르카드단에 이르게 하소서.

고대의 라르칼리아 왕조로부터 이어진 낙원에 관한 이야기가 있다.

누아드가의 가호를 받은 위대한 자들은 생이 다하였을 때, 금화 한 편을 삯으로 굶주림도 병질도 고통도 없는 라르카드단의 땅으로 떠나니.

모든 맹장은 사후의 해방 속에서 다시 조우할 것이다.

그러니 그대들 죽음을 두려워 마라.

마음껏 사랑하고, 마음껏 기뻐하며, 마음껏 투쟁하라.

그리하여 북부의 라르크는 용맹한 적과의 투쟁을 두려워 않았다.

모든 귀인들이 모이는 낙원으로의 영광은 그들의 오랜 신앙이라.

MARIPOSA

마리포사의 서(序)

이것은 이백 년 전의 한 여왕으로부터 시작된 이야기이다. 나라를 사랑한다 광신했던 여왕과 그런 여왕만을 숭상한 형제와 여왕을 여인으로 사랑한 남자로부터 시작된 희비극(喜悲劇).

「전장을 떠날 수 없었던 칼의 무곡, 흘려보낸 시간을 타고 되돌아온 인연, 길을 잃어버린 한 마리의 나비, 세상에 없던 푸른 꽃잎이 피어나면 그때 그 자리에 있으리라.」

1부

추락한 영광

여는 이야기

지금으로부터 이백여 년 전, 북부에 똬리를 튼 작은 나라에서 모든 이야기는 시작되었다.

대륙의 북과 서의 경계에 걸친 왕국 라르크. 반 오백 년이라는 짧지 않은 역사에도 불구하고 약소국이라는 이름을 벗어던지지 못한 라르크의 24대 왕 돌로메트 3세에게는 열한 명의 자식이 있었다.

정비 소생의 아이 셋과 두 명의 후비들에게서 본 여덟 명의 아이들. 총 열한 명의 아이들은 제각각의 뛰어난 재량과 재주를 가졌으나 그중 가장 열렬한 사랑을 받은 것은 첫 번째 왕녀 스완이었다.

스완 세칼리드 라르칼리아.

왕의 붉디붉은 머리칼을 고스란히 이어받아 태어난 왕녀는 누구보다도 라르크를 사랑했다. 그녀에겐 발 디딘 땅과 마시는 공기가, 먹는 곡식 한 톨까지도 더없는 자부심이었다. 그녀는 굶주린 백성들의 모습에 여린 가슴 앓으며 자신의 빵을 나누어 주었으며, 그들이

혹한에 몸을 떨고 있으면 외투를 벗어 주었다. 말이 아닌 행동으로 베풀어지는 자비와 사랑에 백성들의 성원이 자자하여 왕은 몹시도 스완을 총애했고 성미 거친 귀족들도 그녀를 존경했다.

자신의 것이라 규정한 모든 것들에 관대한 그녀는 마치 성군이 되기 위해 태어난 왕재 같았다. 그녀를 두고 귀족들은 늙은이, 젊은이 할 것 없이 이리 말했다.

—비록 여자의 몸이지만 기량과 마음 씀씀이만큼은 여느 사내보다 훌륭합니다.

하지만 그 이면, 어린 나이에도 교활의 후흑학†과 철의 정치를 신뢰했던 그녀는 영악했고 저돌적이었다.

혹독한 땅에서 성장하며 남자 형제들과 똑같은 훈련을 자처하여 거짓 우애를 쌓고, 계산된 관대함과 양보로 자매들의 언 마음을 녹였다. 타고난 아름다움까지 그녀의 무기가 되었으니, 바위에 피어난 장미 같은 미소는 귀족들이 바라 마지않는 것이었다.

달거리가 시작되고 몇 해 지나지 않아, 그녀는 다른 자매들에게는 치명적인 단점으로 치부되는 성별을 무기로 삼을 줄 아는 유일한 왕녀가 되었다.

그러나 모든 피붙이들의 신임과 사랑을 한 몸에 받으면서도 그녀는 내심 티끌만큼의 애정도 되돌려 주지 않았다. 뛰어난 재량의 동복동생들은 그녀가 갖지 못한 남성성을 지니고도 우물 안 개구리처럼 욕심이 없었으며, 주제넘게 줄을 서 왕정을 어지럽히는 후비의 소생들은 라르크를 더럽히는 병신 나부랭이였다.

그녀보다 다섯 살 어린 여섯 번째 왕자인 페이작 돌레한 라르칼리

후흑학† 동양 사상의 일종. 후흑(厚黑)은 두꺼운 얼굴을 뜻하는 면후(面厚)와 시커먼 속마음을 뜻하는 심학을 줄인 말이다.

아, 단 한 명을 제외하고는 공평한 믿음이었다.

—이제부터 너는 내가 지켜 줄 테니 마음 놓아도 좋다.

—자라서는 내가 누님을 지키겠다. 맹세해.

—코흘리개 주제에 귀에 단 말은 잘 하는구나.

특출한 이복동생의 재능을 눈여긴 그녀는 다른 형제자매에게 주지 못한 우애까지 긁어모아 아버지와 꼭 닮은, 그리하여 자신과 닮은 페이작에게 쏟아부었다.

너는 내가 지켜 주마. 확신에 찼던 말처럼 그녀는 나이 열아홉을 다 채우기 전, 왕위를 두고 공멸한 두 동복동생들의 잔당 세력을 몰아내고 거의 유일한 후계자로 추앙받게 되며 여자로서는 이례적으로 후계의 입지를 굳혔다.

그리고 그녀의 나이 스물하나, 갓 마흔을 넘긴 왕이 급사했다.

국장을 치른 직후 그녀는 라르크의 가장 큰 무가인 브류나크의 변경백[†]과 혼인하여 세상에서 가장 차갑고 아름다운 왕좌에 앉았다. 그 과정에서 그녀는 은사였던 예이건 공을 무너뜨리고, 대관식과 동시에 궁에 남아 있던 어린 여동생들을 우호 가문에 정략적 수단으로 떠넘겨 왕위 계승을 마무리했다.

더할 나위 없이 평온한 여왕의 치세가 시작되는가 싶었으나…… 애석하게도 그녀의 야심은 평화로이 백성들을 다스리는 것으로 만족하지 못했다.

지독한 혹한을 보낸 겨울의 이듬해, 유사 이래 가장 끔찍하다 기록되는 전쟁이 선포되었다.

변경백[†] 국경 방비를 위하여 군사 식민으로 설치한 변경 구역의 사령관. 후작의 작위와 비등하다.

—언제까지 라르크의 백성이 차가운 땅에서 좁은 장원을 두고 투쟁해야 하는가. 황금빛 곡물로 넘쳐 나는 옥토는 남부의 핫바지들이 차지하게 놓아두고 겨울을 두려워하며 숨을 죽여야 하는가. 너희가 애국자라면 눈물 흘리며 일어서라. 너희가 힘의 의무를 안다면 따라라. 목숨 바쳐서라도 백성들을 위해 칼과 방패를 드는 것이 내가 추구하는 미래다. 백성들을 배불리 먹이고, 두꺼운 외투를 찢어발겨 평야를 뛰놀게 하겠다. 국서[†] 브류나크 변경백이 공작의 작위에 올라 라르크의 섭정이 될 것이며, 페이작 돌레한 경은 군사 대장으로 임명되어 나와 함께 출정할 것이다.

누구도 예상하지 못한 그녀의 야심은 그렇게 대두되었다.

노르테 홀의 왕좌 앞에 선 여왕의 좌우로 수많은 가신들이 시립하였다. 엄숙하여 숨 막히는 공기 속에서, 여왕의 검은 천부적인 검사라 유명이 자자한 적발 벽안의 젊은 이복동생의 왼 어깨에 닿았다.

—나 스완 세칼리드 라르칼리아, 월계수의 계승자이자 라르크의 여왕으로서 그대에게 공정한 주인이 될 것을 맹세하노라.

역대 최악의 여왕과 그녀의 기사로 역사에 길이 남을 두 사람이 서로를 맹세한 순간이었다.

—너의 삶, 너의 죽음, 너의 영광, 너의 그 모든 것, 모두 내 손의 것이 되리라. 앞으로 네가 이룩할 그 모든 것은 나의 이름과 함께 가장 높은 곳에 있을 것이다.

—폐하의 뜻대로, 사투르가 귀레 라르크.

페이작 돌레한 라르칼리아는 그렇게 여왕의 기사로 공식 임관되었다.

국서[†] 여왕의 남편.

좌로는 라르크 제일 기사 페이작 돌레한을, 우로는 북부 제일의 변경백이라 불리우는 무가의 브류나크의 벨바롯트 파사드를 세워 둔 스물여섯의 여왕을 거역할 자는 없었다.

장장 십일 년간 이어질 정복 전쟁의 서막이 열렸다. 반 오백 년 잠잠하던 북부의 갑작스런 침략에 인근 소왕국들은 속수무책으로 점령당했다. 후퇴는 있을지언정, 패배는 없었다.

—대륙은 일어나 라르크의 여왕을 막아라. 그러지 못한다면 피로 멸망하리라.

어느 소왕국의 왕이 죽음의 목전에서도 통탄할 만큼 그녀는 냉혈한 여왕이었다.

선전포고에 이은 야전이 일반적이던 당시, 성을 태우고 수로를 바꾸고 산길을 개척하는 등의 온갖 기상천외한 전법을 구사하는 그녀를 막을 수 있는 이들은 없었다. 차례차례 적들은 굴종했다.

가장 격렬하게 반발하던 서부의 유목국마저 사막의 끝으로 내몰려 여왕에게 충성을 서약했다. 그렇게 그녀는 풍요로운 남쪽으로 향할 모든 기반을 마련했다. 고작 이 년 만의 업적이었다.

검, 활, 기마, 창과 체술까지도 무엇 하나 사내들에게 뒤지지 않았던 전장의 여신. 또한 그녀는 누구보다 무자비한 전쟁귀 페이작 돌레한 경과 함께함으로 완벽했다. 전장의 선봉에 선 여왕은 자신의 병사들에게는 사랑을, 적에게는 수치스럽지 않은 죽음을 베풀었다.

페이작은 자신의 하나뿐인 누이를 숭상하며 피에 젖은 머리칼에 입술을 맞추었다.

—라르크를 사랑하는 너를 존경한다. 내 미천한 몸과 마음을 바쳐 누님을 사랑해.

거듭된 전쟁에 그녀의 나이 스물여덟.

—달거리가…….

끊겼다.

그녀는 전장의 한복판에서 첫 번째 아이를 가졌다. 그녀를 대신해 왕궁을 돌보는 부군의 자식이 아닌 이복동생의 아이였다.

작은 국지전 후, 남부의 한 마을을 짓밟고 피투성이가 되어 돌아온 페이작은 전에 없이 창백한 얼굴로 거울 속의 스스로를 노려보는 스완을 발견했다.

그는 엎드려 울었다.

—미안해. 누님에게 미안하다.

—예상치 못한 것은 나의 실책이다. 네 탓이 아니야.

전장을 누비며 왕성으로 돌아가지 않은 지도 어언 이 년을 훌쩍 넘긴 시기의 수태. 사태는 급변했다. 그녀는 절망하는 대신 남편에게 서찰을 보냈다.

그녀의 서신을 안고 전장으로 찾아온 브류나크 공은 다른 사내의 아이를 가진 그녀를 힐난하지 않았다.

—아들이라 하더라도 후계는 당신과 나의 아이로 삼아 준다면 이 일은 비밀에 부치겠습니다.

—그리하겠다, 벨바롯트. 벨비, 정녕 면목 없음이다.

절망에 머물지 않는 그녀 또한 그 순간만큼은 참담한 기분이었다. 부인을 잃은 남편은 서글프게 웃었다.

—대신 그동안 성으로 돌아와 국무를 보십시오, 여왕 폐하.

그리하여 일 년의 휴전이 선포되었다.

이삼 년으로 마무리될 줄 알았던 전쟁이 끝날 기미를 보이지 않음에 힘에 부치던 귀족들과 여왕의 후사가 없음을 목청 높여 우려하던 이들은 축제를 열었다. 언제 찾아들지 모를 라르크의 침략에 오들오들 떨던 남부 소국들 또한 쾌재를 부르며 축의를 빙자한 조공을 바쳐 왔다. 부디 이대로 전쟁이 끝나기를 바라는 이들의 간절한 소망이 온 땅을 뒤덮었다.

그로부터 일곱 달 후, 여왕은 아들을 낳았다. 아이는 어미를 닮음으로써 아비를 닮아 있었다.

그리고 다시 두 달 후, 왕궁에서 정무를 보아주기를 간곡히 바라는 이들의 간언을 뒤로하고 그녀는 다시 전장으로 군대를 몰고 나갔다.

그 후로 벨바롯트는 종종 전장으로 그녀를 찾아왔다. 그와의 아이를 약속한 그녀는 부군이 궁을 비우고 찾아오는 것을 책하지 않았다. 전장에 방문할 때마다 벨바롯트는 종전하여 나라 안을 돌보아주기를 청했다.

그녀의 대륙 통일을 향한 원대한 야망을 전폭적으로 지지하던 페이작은 그런 브류나크를 적대하며 비겁자라 외쳤다.

—궁에 처박혀 손가락이나 놀리다 보니 겁이 많아지셨습니다, 섭정 공.

—아무리 패배 없는 전승을 이루고 있다고는 하지만 백성들은 고단하다. 징병된 사내들이 돌아오지 못해 과부들이 늘어 가고, 부역에 동원된 이들로 인해 이대로 가다간 식량 또한 부족해질 것을 모르나? 침탈로 얻어 낸 것만으로는 그 모든 수요를 채울 수 없다.

—누님의 열망을 가로막을 생각이라면 당신을 좌시하지 않을 겁니다.

브류나크 공은 끝내 사적인 증오까지 내비쳤다.

—스완에게 손을 대고도 네가 지금까지 무사한 건, 네가 그녀를 지키고 있기 때문이다.

자신을 지지하는 두 남자의 적대는 날로 극에 달하는 그 와중, 여왕은 전장에서 두 번째 아이를 배었다. 벨바롯트의 아이였다.

결국 여왕은 타협했다.

페이작 돌레한을 최고사령관으로 임명. 이 년 동안 귀궁하여 정사를 바로 하겠다는 명과 함께 그녀는 전선을 떠났다. 그리고 귀궁한지 얼마 지나지 않아 그녀는 두 번째 아이를 낳았다. 또 다른 아들이었다.

아이를 낳은 후로도 전장에서 날아드는 거듭된 보고에만 열과 성을 보이는 그녀를 향해 벨바롯트는 매일같이 청원했다.

—이제 정복 전쟁은 충분한 성과를 거두었습니다, 여왕 폐하.

—조금만 더. 곧 모르가나다.

최남단 저지선의 코앞까지 남하하는 데 팔 년도 걸리지 않았다. 대륙의 가장 풍요롭고 아름다운 왕국 모르가나만을 대적국으로 남긴 그녀는 신하들의 말에 귀를 닫았다.

그녀는 강박적으로 뇌까렸다. 조금만 더, 조금만 더하면 남북은 통일되어 이 대륙은 라르크 대륙으로 명명되리라.

그때가 그녀의 나이 서른넷이었다.

—스완, 이제 충분합니다. 그러니…….

그녀는 자신에게 간언하는 남편마저도 무시하고 끝내 전장으로 되돌아갔다. 원대한 이상을 위해 전장을 지키고 있는 페이작과 함께 대륙 통일을 이루어 라르크의 위상을 떨치는 순간을 맞이하기 위하여.

하지만 금발왕이라 불리우던 데르나주크 4세가 통치하고 있던 모르가나는 그녀가 여태까지 마주한 적 없는 호적수였다. 불패의 신화는 모래성처럼 무너져 내렸다. 라르크 군대는 고전했다.

패배.

그녀에게 패배란 스스로의 근간을 뒤흔드는 용납할 수 없는 무언가였다. 상박으로 일보일퇴를 거듭하던 여왕은 무참히 도륙당한 라르크 군의 시체 위에서 분노했다.

—저것들을 쳐 죽이기 전엔 내 돌아가지 않으리라.

애국에서 시작된 기원은 무자비한 악감정으로 변질되었다.

여왕은 포기하지 않고 모르가나와의 전쟁을 지속했다. 전에 없이 많은 사람들이 죽어 나가고 시국은 소모전으로 접어들었다. 무수한 아군의 피해조차 불사한 그녀는 야금야금 모르가나의 영토를 갉아 들어가 올조르에 다다랐다.

축조 이래 단 한 번도 무너진 적 없다는 그곳은 전면으로는 좁은 골짜기와 험지를 두고, 뒤로는 얕은 물 흐르는 협곡에 둘러싸인 천혜의 요새였다.

여왕의 군대는 주저 없이 진격했지만 참패했다. 잠입, 암습, 야전, 양동 온갖 방법을 동원해도 흠집 하나 나지 않는 요새는 그녀를 조롱했다.

증오에 찬 여왕은 누구도 생각하지 못할 불가능한 규모의 작전을 명령했다.

—저 협곡을 무너뜨린다, 페이작.

불가능은 세 치 혀가 만든 허상이라 믿는 여왕의 절대적인 명령에 측근들 또한 기꺼이 명을 받잡았다. 그들은 은밀하게 장장 이 년에 걸친 거대한 계획을 세웠다. 오로지 어느 요새를 넘기 위한 집념에서였다.

근 십 년에 걸친 전쟁으로 인해 라르크가 무너지고 있다는 것도 모른 채, 그녀는 전쟁에 온 신경을 쏟았다.

눈가림을 위해 소소한 전쟁을 지속하며 수많은 사람들을 동원해 밤이면 협곡을 파헤치고 갱도를 만들기 시작했다.

그것은 적은 인력으로는 부족했다. 여왕은 인근 점령국에서 남녀노소 할 것 없이 부역꾼을 강제로 징발했다. 그로도 모자라 라르크의 백성까지 끌어와 혹사시키기에 이르렀다.

그리고 목표 달성을 석 달 남짓 남긴 어느 날, 라르크에서는 결국 전쟁에 지친 이들의 반란이 일어났다.

—스완 세칼리드 라르칼리아 폐하를 궁으로 강제로라도 뫼시라는 명입니다.

그녀가 조소했다.

—누가 감히 나를 오라 가라 할 수 있다는 말이냐. 내란의 진압은 브류나크 공이…….

—섭정 공의 명입니다.

섭정 공 브류나크의 늑대 인장이 증명으로 압인押印된 송환서가 그녀의 발치로 떨어졌다.

반역의 수장은 브류나크였다. 그녀는 오른 날개와 함께 군대의 반을 잃었다.

그녀를 칭송했던 이들이 그녀를 전쟁광이라 손가락질하며 끌어내렸다. 사랑했던 백성들과 든든한 지지자라 믿어 의심치 않았던 부군이 자신에게 등을 돌렸다. 충격에 빠진 여왕은 페이작을 강제 도피시킨 후 홀로 왕궁으로 되돌아갔다.

낯설게만 느껴지는 왕궁으로 돌아간 그녀는 자신의 두 아이를 보았다. 자신을 닮은 아이와 그보다 머리 하나는 작은 또 다른 아이. 낳자마자 내팽개치고 떠나 버렸기에 얼굴조차 몰랐다. 심지어 그녀는 아이들이 몇 살인지도 몰라 얼버무렸다.

—많이 자랐구나. 네가…….

—처음 뵙겠습니다, 폐하.

뒷머리를 무자비하게 얻어맞은 느낌이었다.

수많은 사람들의 애환과 눈물 섞인 청원에도 귀머거리인 양 막혀 있던 귀가 열렸다. 그저 어린아이의 한마디에 그녀는 자신의 광기를 깨달았다.

혼미에 빠진 여왕은 귀족들 아래 포박되어 무릎 꿇었다. 모두 그녀가 성군이 되리라며 지지했던 이들이었다. 그녀에게 앙갚음을 당할까 두려워한 귀족들은 입을 모아 치국을 방만히 하였다는 죄목으로 사형을 주장했다.

반생 가까이 함께해 피부만큼이나 익숙했던 갑옷이 용광로에 떨어졌다.

여왕에게 그녀의 부군이 무릎 꿇었다.

—사랑했습니다.

오라에 묶여 듣는 사랑의 고백. 처음으로 들은 남편의 본심은 지독히도 이율배반적이라 그녀는 웃었다.

—내가 이런 끝을 맞이한다는 것이 아직도 믿기지가 않는구나.

—용서하소서.

—책하지 않겠다.

—지키지 못했습니다.

—라르크를 지키지 않았느냐.

—당신을.

……당신을 지키지 못했습니다.

훌쩍 늙어 버린 그는 그녀의 앞에서 어린아이처럼 흐느꼈다. 젊은 나이에 여왕의 남자가 되어 외로이 왕궁을 지켰던 그의 얼굴엔 어느새 그녀만큼이나 깊은 세월의 주름이 패여 있었다.

스물여섯에 시작한 전쟁이었다.

—올해가…… 내가 지금 몇 살이지?

그녀는 자신의 나이조차 헤아리지 못했다. 얼마나 어리석은 삶을 살았던가. 나라를 사랑하는 마음으로 풍족한 백성들의 삶을 위해 시작했던 정복 전쟁은 백성들을 굶겨 죽이고 라르크를 악마의 소굴로 만들었다.

—이제 서른일곱 되실 것입니다.

—아아…… 너는 이제 아홉 되겠구나. 아니, 마흔이던가?

—마흔입니다. 세월이 많이 흘렀습니다.

여왕은 말을 잇지 못했다.

치열하게 살아온 서른일곱 해. 그녀가 얻은 것이라고는 피에 젖어 썩어 버린 땅과 수많은 이들의 원망뿐이었다.

그녀는 눈물 없이 제 발치로 떨어진 운명을 주워 안았다. 제 부군의 흐느낌을 바람 소리인 듯 흘려보내며, 그리도 무덤덤히. 마치 그가 그녀의 눈물을 대신 흘리기라도 한 것처럼.

이루 말할 수 없는 자괴 속에서 그녀는 마지막으로 청했다.

—벨바롯트, 페이작에게 선처를 부탁하겠다. 그는…… 그 아이는 부나방처럼 내 주위를 맴돈 죄뿐이다. 모든 죄는 내가 안고 갈 테니.

벨바롯트의 젖은 입술이 그녀의 흙투성이 이마에 닿았다. 제법 따뜻했다며 그녀가 미소 지었다.

그리고 보름 후, 만인이 보는 교수대에 오른 죄인의 사형이 집행되었다. 지독하게 비틀린 애국, 그리고 변질된 광기의 말로였다.

스물여섯의 싱그러운 나이로 전쟁을 일으켜 서른일곱의 완숙한 여인이 될 때까지 전장을 떠나지 못한 비운의 여왕. 그녀의 죽음과 함께 끔찍했던 확장 전쟁 또한 역사의 뒤안길로 도망쳤다.

그렇게 모르가나와 라르크의 사이에 씻을 수 없는 앙금을 남긴 혈전은 모르가나의 승리로 끝났다.

새로이 즉위한 브류나크 왕가의 1대 왕 벨바롯트 파사드 브류나크의 어명 아래 라르크는 무조건적인 종전 협정을 청하여 모르가나와 불평등 협약을 맺었다. 당시, 모르가나의 왕이었던 데르나주크 4세초대 황제 발라르제프 1세는 그 기회를 놓치지 않고 발판 삼아 모르가나를 대륙 유일의 제국으로 격상시켰다.

라르크의 25대 여왕 스완 세칼리드 라르칼리아.

그녀의 함자는 극단적으로 사기에 기록되었다. 혁신적이며 무도한 전술의 천재, 철의 여왕. 그리고 폭군.

차가운 북부의 새벽이슬 아래, 그녀가 남긴 것은 창칼에 꿰뚫린 원망과 절규, 일곱 권의 전쟁 서적, 그리고 이야기조차 나눈 적 없는 두 아들뿐이었다.

—상황을 정리하고 부를 테니 믿고 기다려라, 페이.

그리 말한 그녀를 믿었다.

하지만 얼마 지나지 않아 여왕이 사형당할 거란 소식은 멸망한 라인 왕국의 어느 작은 마을에서 몸을 숨기고 있던 페이작에게까지 전해졌다.

여왕의 사형.

일평생 그녀의 등만 바라보고 살아온 그로서는 그녀를 잃는다는 것을 상상할 수도 없었다. 페이작은 소식을 듣자마자 살아남은 소수의 정예군과 자신을 따르는 기사들을 대동해 라르크 왕성으로 달리고 또 달렸다.

그렇게 열흘, 빗방울이 떨어지는 먹색 하늘 아래 뮈아드로를 감싼 조약돌 성벽이 음울하게 그를 맞았다. 페이작은 늑대 깃발 늘어진 성벽 아래 효시된 죄인의 머리를 응시했다.

황혼처럼 아름답던 그녀의 붉은 머리칼은 목과 함께 잘려 나가 악혈에 엉켜 있었다.

—……거짓.

마치 이루지 못한 대업을 통탄하듯 남쪽 하늘을 휑뎅그레 바라보는 탁한 벽안.

도처에 널린 시체들로부터 배신감에 썩어 들어간 마음의 악취가 풍겼다. 빗물 고인 피 웅덩이 위로는 구더기가 들끓었고 온갖 벌레들이 우글거렸다.

머리가 매달린 밧줄을 끊어 낸 페이작은 썩어 가는 여왕의 머리를 떨리는 손으로 움켜쥐었다. 그의 손이 썩어 들어간 여인의 뺨을 느린 속도로 어루만졌다.

—거짓…….

그녀는 일생을 나라를 위해 헌신했다.

백성들에게 풍요로운 옥토를 마련해 주기 위해 스스로의 목숨조차 아까워하지 않았던 성군이었다. 라르크의 역사상 누구도 하지 못한 대업을 이루어 영토를 확장하고, 약소국이라는 이름 대신 군사강국이라는 위명을 안겨 준 위대한 여왕이었다. 그녀보다 뛰어난 이는 다시 없을진대 저들은 그 소중한 지도자를 가차 없이 배반한 것이다.

거짓, 이건 거짓이다.

페이작이 고개를 들어 저편을 응시했다. 빗물에 시야는 흐릿했음인데, 성곽 위 정렬된 하얀 늑대 기만은 선명했다.

—브…… 류나크으으!

노여움에 찬 음성이 우레가 되어 빗속에 울려 퍼졌다.

—돌레한 경, 적들이 옵니다.

페이작은 섬뜩하게 새까만 창을 바닥에 내리꽂았다. 그녀의 신념, 그녀가 그에게 하사했던 꺾이지 않는 창이었다. 그 원대함에 걸맞는 이름을 줄 수 없어 페이작 돌레한 스스로가 되길 자처했던 귀물이었다.

그는 긴 창끝 위에 여왕의 머리를 박아 세웠다. 그리곤 먼 남쪽을 향해 있던 그녀의 머리를 강제로 돌렸다.

여왕의 홀홀 뜨인 눈이 라르크의 성채로 향했다.

—라르크의 배은망덕한 우자愚者들아!

페이작은 그들을 포획하기 위해 달려오는 병사들의 등 뒤로 브류나크가의 깃발이 뒤따르는 것을 똑똑히 눈에 담았다. 라르크의 새로운 왕, 한때는 여왕의 남자였던 사내, 벨바롯트 파사드 브류나크였다.

선봉으로 모습을 드러낸 그를 바라보며 페이작이 고성을 질렀다.

—증오한다! 찬탈자 브류나크! 라르크를 증오한다!

배반자들을 등진 페이작은 그대로 뒤돌아 말을 달렸다. 한때는 여왕을 숭상했던 라르크의 기사들이 그의 뒤를 쫓았다. 마지막까지 페이작을 따르던 기사들은 라르크의 추격을 따돌리기 위해 쉬지 않고 남쪽으로 향했다.

그리고 페이작은 그에게 충성을 맹세한 수백의 기사들과 함께 수년간의 전쟁 끝에 여왕을 무너뜨린 올조르 요새 아래 엎드렸다.

—전 라르크의 왕 돌로메트 3세의 여섯 번째 아들이자, 라르칼리아의 여왕 스완 세칼리드의 남동생이자, 라르크의 제일 기사인 페이작 돌레한 라르칼리아, 나는 모르가나로의 망명을 청한다.

끼이이이익. 요새의 문이 열렸다.

수일 끝에 올조르의 성문이 열리는 장엄한 풍경 앞에서 페이작은 오열했다. 그는 존경하고 사랑했던 누이가 일생 넘지 못했던 올조르의 국경을 가로지르며 한 걸음, 한 걸음 분노를 쌓아 올렸다.

여왕과 함께 전장을 종횡무진 했던 그가 라르크에 등 돌려 내미는 온갖 정보에 모르가나는 매혹되었다. 하여 모르가나의 왕은 그가 보이는 라르크를 향한 증오를 몹시도 기꺼워하며 작위과 영지를 내려주었다.

페이작은 모르가나를 향한 충성의 증거로, 여왕이 직접 집필했다 전해지는 전서의 원본을 모조리 모르가나의 왕에게 바치고 새로운 가문을 열었다. 마리포사라 이름 붙인 모르가나의 신흥 세력의 대두였다.

그로부터 서른두 해가 지나 증오와 광기에 삼켜진 삶의 종지부를 찍으며 페이작 돌레한 마리포사는 예언했다.

—라르크에게 일러라. 너희에게 배반당한 여왕은 나와 함께 되돌아올 것이다.

그리고 이백 년이라는 시간이 흘렀다.

1장

1장

모르가나와 맞닿은 라르크의 갈라부아 일대, 남동부 국경 지대엔 숲을 끼고 있는 작은 마을이 있었다. 작다고는 하지만 적잖은 유동 인구로 번화한 마을이라 늘 생기로 가득했다. 엎어지면 코 닿을 거리, 촘촘히 늘어선 허름한 가옥들과 익어 가는 곡식들로 얼룩덜룩 물든 평야는 미개발 휴양지를 연상시켰다.

전쟁이 벌어지고 있는 제레드 국경과 그리 멀지 않은 거리에 위치해 있음에도 크게 위험을 느끼지 못하는 마을 주민들은 평온했다. 종종 갖가지 외부 소식을 들고 왕래하는 상인들과 여행자들과도 텃세 없이 뒤엉켜 가족처럼 놀았다.

어마어마한 부자는 없었지만 굶어 죽는 빈자도 없는 평화로운 땅. 삶이 무난한 곳이었다.

그런데 예외 없는 곳은 없다고, 특별할 것 없는 마을에도 주민들 모두가 희한타 여기는 한 유명 인사가 있었다. 얼마 전, 라르크 왕실에 종마들을 대 주고 주머니를 두둑이 채운 말 팔이꾼 집안의 차녀였다. 키는 건장한 성인 남성보다 머리 하나는 더 작은, 햇볕 아래에서 유독 붉은 기가 도는 적갈색 머리칼의 아가씨. 눈도 꼭 그런 빛이다. 요는, 시골 마을에서는 드물게 예쁘장한 아이라는 것이다.

그러나 그 차녀가 유명한 이유는 빼어난 외모나 성품 때문은 아니었다. 애당초 이곳 사내들은 애, 어른 할 것 없이 시골 촌놈들이라 보는 눈이 죄 고만고만한 데다, 볼 것 못 볼 것 다 보며 부대껴 왔으니 새삼 감탄할 이유도 없었다.

성품은? 두어 해 전에 이십 줄을 막 넘긴 그 처녀는 마을에서 제일 고약한 콩 팔이 할아범만큼이나 독종이다.

그녀가 유명한 이유는 한마디로 족하다.

마을의 유일한 말 팔이꾼, 제스 데투아의 딸 르옌은 천재였다.

아무리 평화로운 마을이라도 전쟁의 여파가 전혀 없을 수는 없는 노릇이라 몇몇 청년들이 징발되거나 자원하여 전쟁터로 나가는 바람에 최근에는 잠잠하지만, 얼마 전까지만 해도 그녀는 동네의 청년들의 우상이자 질시의 대상으로 온갖 사고의 중심에 있었다.

그녀가 말을 길러다 파는 말 팔이꾼의 딸이라는 걸 모르는 이는 없으니 뛰어난 기마술이야 그렇다 쳐도, 누구도 가르쳐 준 적 없는 검이며 활을 다루는데 그 실력이 나는 새도 떨어뜨리는 건 기가 막히고 코가 막힐 일이 아닌가.

쓸데없이 호승심을 불태우는 시골뜨기 청년들이 기를 쓰고 그녀를 이기려 들었으나, 누가 고집쟁이 처녀 아니랄까 봐 그녀는 봐주는 법도 없이 그들의 자존심을 뒷간에 패대기쳤다. 결국 분통을 이기지 못해 울며 돌아간 청년들 때문에 그녀의 어미가 대신 사과의 의미로 빵을 구워 주는 것은 마을의 특별하지 않은 풍경이 되어 버렸다.

그뿐이면 '그래, 타고났구나!' 할 것을.

코딱지만 한 허름한 책방이 전부인 마을이라 전문 지식과 정보를 얻을 수 있는 방법이라고는 마을의 방문객들을 통해서 주워 담는 것뿐인데, 그녀는 도리어 외지인들을 가르칠 만큼 박식했다.

특히나 라르크의 고대 역사에 관해서 만큼은 팔십 먹은 자라목 선생마저도 그녀를 따라갈 재간이 없어 그녀의 앞에서는 혀 놀리기를 포기할 정도였다. 지어내는 거라 우기는 이도 있었지만 대부분이 진짜였고 확인할 수 없는 부분의 실상은 아무도 몰랐다.

도대체 어디서 그런 것들을 배웠니? 물으면 뚱한 얼굴로 '몰라요.' 라고 답하고는 말을 돌렸다.

결국 어느 하루는 궁금함을 이기다 못한 마을 어른들이 아비인 제스를 찾아가 따져 물은 적도 있었다. 그런데 웃기는 것이 그 아비도 모른단다. 더 어이가 없는 건 천재라 불리는 그 아가씨는 스스로가 천재가 아니라며 부정하더라.

지금처럼.

"제가 똑똑해 보이는 건 알겠지만 천재라고 하기엔 어폐가 있다니까요. 그러니 그만 물어보세요."

"그럼 뭐냐니까."

"몰라요. 샛바람의 방향이 반대로 바뀐 지 좀 되었으니 해 지고 나면 큰 비가 올 거예요. 가서 빨래라도 걷으시는 게 어때요?"

"뭐, 정말?"

"의심하셔도 좋지만 레아 아주머니한테는 알려 주세요. 아까 나물들을 말리려 내놓으신 것 같던데."

제비가 낮게 날면 비가 올 거다. 양떼구름이 높이 뜨면 비가 올 확률이 높다. 그런 때려 맞추는 속담도 아니고 말이야. 대체 어쩜 저렇게 자세히 아는 거지. 저거 족집게는 맞는데 분명 뭔가 있단 말이야? 저 계집애, 비밀이 있는 게 틀림없어.

"언제까지 그러고 계실 거예요, 아저씨들?"

나무 장작을 안아 올리며 내뱉는 심드렁한 대꾸에 공경이라고는 개미 발톱만큼도 없었다. 어른들은 이내 서로의 눈치를 살피다 너나 할 것 없이 자리를 떴다. 모르는 이가 듣는다면 맑은 하늘에 웬 비냐 코웃음 칠 법도 했지만 르엔의 말은 적어도 열 번 중 일고여덟 번은 적중했으니 믿어서 손해 볼 것은 없었다.

"고맙다! 르엔! 이번에도 맞는지 내기하러 가야겠다!"

어린아이처럼 내달리는 동네 어른들을 바라보며 르엔은 한숨을 삼켰다.

르엔이 마른 장작을 쪽방 입구에 내려놓았다. 막 식사를 마쳤는지 딱딱한 목침을 베고 누워 이를 쑤시고 있던 손아래 남동생이 그런 그녀를 멀뚱멀뚱 올려다봤다.

"뭐해, 누나."

"시단, 누워만 있지 말고 장작 옮기는 거 너도 도와. 장작들은 저기에 있는 게 다야?"

"왜 집으로 가지고 들어와?"

"창고에 물 새는 거 아직 안 고쳤잖아."

"비?"

"어."

시단은 누운 자세 그대로 벌렁 고개를 젖히더니 낡은 창밖으로 비치는 깨끗한 하늘을 바라보았다. 구름 한 점 없이 맑았다. 얼마간 뚱한 표정을 하다 이쑤시개를 툭 버린 그는 달리 의문을 보이지 않고 일어서 밖으로 나갔다. 데투아 집안의 사람들은 이미 르옌이 하는 행동과 말 한마디에 남다른 깊이가 있다는 것을 경험으로 아는 탓이다.

어머니를 닮아 순순한 성격의 동생이 마당 울타리 아래 수북이 쌓인 장작과 짚단으로 다가가는 것을 확인한 르옌은 흙 묻은 손을 털었다. 마당으로부터 시단의 목소리가 흘러들었다.

"어이, 천재 누님. 형님 귀가가 좀 늦는 거 같지 않아? 언제쯤 오려나? 가을 접어 들어서 이제 금방 추워질 텐데."

"나한테 묻는다고 내가 알겠어."

"다 알면서 그런 건 왜 모른대. 똑똑한 척 좀 더 해 봐. 잘 하잖아, 그런 거."

르옌이 퍽 인상을 찡그리며 마당을 노려보았지만 시단이 알 리가 없었다. 이내 한숨이 흘러나왔다.

규젠 마을의 천재 르옌. 귀에 딱지가 앉도록 들어왔다. 하지만 그녀는 자신이 천재라고 불리는 것에 어떠한 감흥도 없었다.

그녀도 왜 그들이 그런 말을 하는지 모르지는 않았다. 그녀가 마을의 누구보다도 박식하고 대단하다는 건 사실이다. 그러나 자고로 천재라는 건 배경이 전무할 때 무언가를 해내는 능력이 범인을 뛰어넘어야 하는 것이다. 그런 의미에서 그녀는 천재라는 이름에는 어울리지 않았다.

어릴 적 르옌은 뭇 아이들이 그렇듯 말괄량이 꼬맹이였다. 하지만 일곱 살이 되던 해, 그녀는 자신이 다른 사람들과 다르다는 것을 깨달았다.

아버지가 처음으로 망아지를 선물해 준 생일날이었다. 태어난 지 두어 해쯤 되었던 그 망아지는 예전부터 소녀가 제법 귀여워했던 녀석이었다. 아끼던 망아지를 선물받았다는 기분에 들떠 아버지에게 안겨 안장 위에 오른 순간.

한층 가까워진 하늘, 높아진 시야 저편 보이는 그녀의 세상이 달라졌다. 그날은 지금까지의 삶을 통틀어 딱 한 번 그녀가 말에서 떨어진 유일한 날이었다.

—스완 세칼리드 라르칼리아.

정신을 차리니 어머니는 그녀의 손을 꽉 감싸며 놀라 울고 있고, 아버지는 너무 어린 딸을 말에 앉혔다며 자책하고 계셨다. 손위 오라버니는 뒤늦게 소식을 듣고 달려온 마을의 의원 어르신과 이야기를 나누고 있었던 것이 기억난다.

왜 고작 일곱밖에 안 된 애를 말에 태웠느냐. 생각이 있는 거냐 없는 거냐. 의원이 돌아가고 높아지기 시작한 어머니와 아버지의 언성 속에 울음을 터뜨리는 손아래 남동생까지, 아비규환이 따로 없었다. 그 모든 소란 속에서 르옌도 울었다.

생생히 떠오르는 들어본 적도 없는 남자의 목소리가 그녀의 눈물을 부추겼다.

—스완.

머리를 부딪쳐 기절했던 어린 딸아이가 눈 뜨기 무섭게 세상 무너진 듯 서럽게 울기 시작하자 어머니는 놀라 딸을 품에 안았다.

산새 울음처럼 흐르던 눈물은 오열로 변했고, 그를 본 아버지가 분통을 터뜨리며 말을 시장에 내다 팔아 버리겠다며 밖으로 나갔다. 하지만 무엇 때문이었나. 밀려드는 서러움에 정신마저 혼미했음인데. 그녀는 비틀대며 방 밖으로 뛰쳐나가 아버지를 말렸다.

"르옌!"

"아가!"

오라비와 어머니의 기함한 목소리 저편, 떠오르는 아득한 기억.

—우리가 바라는 세상이 목전에 있다, 누님.

소녀는 아버지가 말안장을 내리기도 전, 홀린 사람처럼 작은 손으로 받침대를 질질 끌고 와 자력으로 말에 올랐다. 놀란 아버지와 허름한 문을 부서져라 열어젖히고 달려온 오라버니가 뜯어 말리는 것을 눈물 콧물 범벅된 얼굴로 악을 써서 떨쳐 내니, 다들 어쩔 줄 모르고 또 떨어질까 팔만 엉거주춤 받치고 있을 뿐이었다.

—어째서 당신은 이곳을 떠나서는 살 수 없는 겁니까.

처절하리만치 안타까운 목소리가 선명하게 그녀의 귓속을 할퀴었다.

이래서는 안 된다는 것을 알았음에도 그녀는 고사리 같은 손으로 고삐를 쥐었다. 본능이 그녀에게 일러 주었다. 알고 말았다. 자신은 누구에게 배우지 않아도 이 말을 탈 수 있다는 것을.

전에 없던 높은 시계示界.

두려움이라는 것이 말소된 생의 첫 순간, 아버지와 어머니는 갑작스레 말을 내달리는 소녀에게 놀라 기절할 듯 소리를 질렀다.

소녀는 익숙지 않은 안장 위에 위태롭게 매달려 내달렸다. 그저 들러붙은 무서운 목소리들을 떨쳐 내고 싶었다.

—우리의 가장 높은 명예를 위해.

질주하는 말의 고삐를 쥐고 있는 손이 무언가를 놓은 듯 허전하고, 태연하게 펼쳐진 숲과 평야에 있어야 할 누군가들이 보이지 않아 망연했다.

—누님을 위해서라면 무엇이든지.

귀신처럼 속삭이는 음색은 귓가에 달라붙어 먹칠된 기억의 칠을 벗겼다.

—사형을 집행한다.

겪어 본 적 없는 섬뜩한 칼날의 환영에 마치 목이 베인 사람처럼 악을 질렀다. 애지중지 키워진 소녀는 검의 두려움을 몰랐다. 몰랐어야 했다. 별안간 세상이 뒤집힌 듯, 정신 놓은 사람처럼 악을 치던 소녀는 결국 고삐마저 놓치고 말갈기에 매달려 끌려가다 마을 밖 오솔길에 떨어졌다. 어여삐 여겨 주었던 말은 도망쳤고, 그녀는 인적 없는 숲길에 주저앉아 사시나무처럼 몸을 떨다 흙바닥에 얼굴을 처박았다.

—스완 세칼리드 라르칼리아, 당신은…….

공포로 일그러진 울음을 터뜨리던 소녀는 그녀가 누구인지 알고 있었다.

—라르크의 위대한 여왕이십니다.

아버지와 손위 오라버니가 마을 사람들과 함께 그녀를 찾아낸 것은 해가 떨어지고 얼마 지나지 않아서였다. 넋 놓은 소녀는 집으로 돌아가 극진한 보호를 받았다.

그녀를 떨어뜨린 망아지는 이틀 뒤 되돌아왔다.

소녀는 그 망아지에게 데칼리아De kallia, 칼리아의이라는 이름을 주었다. 물론 한동안 말의 근처도 갈 수 없는 금족령을 받았지만 상관없었다. 그녀는 누가 가르쳐 주지 않아도 말을 다룰 줄 알았고, 스승이 없어도 검을 다룰 줄 알았으며, 지도를 보지 않아도 마을 밖의 지리를 꿰고 있었다.

해를 거듭할수록 선명해지는 기억과 지식이 자신도 모르게 밖으로 쏟아져 나와, 그녀에게 천재라는 찬사와 마녀라는 오해를 동시에 안겨 주었지만 자랑스럽지 않았다.

한 맺힌 여왕의 혼이 씌인 것인가, 죽음을 용납지 못해 되돌아온 것인가. 누구에게도 묻지 못할 의구를 심중 깊이 간직한 채, 소녀는 열다섯 번의 겨울을 더 보냈다.

해가 저물고 얼마 지나지 않아 하늘을 뒤덮은 새까만 구름들이 빗줄기를 토해 내기 시작했다. 세상 잡아먹을 듯 요란한 장대비였다. 최근 들어 부쩍 보기 힘들어진 외지인들의 빈자리 위로 쏴아아아 시원한 빗소리가 얹혔다.

거무스름 깔려 있던 창밖의 어둠도 빗줄기에 흐려진 저녁.

막 식사 준비를 끝낸 중년의 여인이 거실로 나와 빗물 새는 창 아래 화분들을 치우다 말고 멈춰 섰다.

"……비는 제대로 피했으려나……."

"어머니는 가서 식사하세요. 화분은 제가 치울게요."

"아니, 르옌, 대체가…… 네 오라비는 어떻게 편지도 한 통 없다니?"

"시국이 시국이잖아요."

작은 투덜거림이었음에도 오죽이나 귀가 밝은지 부엌 식탁에 앉아 있던 제스가 발끈해 역정을 냈다.

"여편네! 그 녀석 얘기는 꺼내지도 마. 다 큰 놈 걱정은 무슨 걱정이야!"

"이젠 내가 내 자식 걱정도 마음대로 못 해요?"

지지 않고 버럭 소리치는 세닐라의 고성에 제스가 귀를 막았다. 냉큼 자리에 앉은 시단이 킬킬거리며 노릿하게 구워진 닭다리를 들었다가 제스의 눈치를 보고 슬그머니 내려놓았다.

"하지만 형님이 떠난 지도 벌써, 어디 보자…… 반년이 넘지 않았어요? 걱정하실 만도 하죠. 데칼리아가 낳은 새끼가 벌써……."

"돈 떨어지면 어련히 기어들어 오겠지."

"얼마 챙겨 가지도 않았잖아요. 여행 노자도 떨어졌을 텐데, 이렇게까지 소식이 없었던 적이 없으니. 전에 참전한다는 얘길했을 때 많이 마음이 상한 것 같던데, 형 성격에……. 에이, 설마 전쟁터에 간 거 아니겠죠?"

"시단, 너는 무슨 그런."

"만약에 그런 거면 우리 형 나중에 그럼 작위 같은 거 받아 오려나? 우리도 그럼 귀족 집안 되는 거예요? 호오……."

시단이 식탁 머리에 앉아 숟가락을 놀리며 중얼거리자, 막 자리에 앉으려던 세닐라의 얼굴이 하얗게 질렸다. 제스는 대꾸 없이 막내아들의 뒤통수를 탁 휘갈겼다. 아야! 시단이 신음하며 뒷머리를 벅벅 문질렀다.

"재수 없는 소리 작작 하고 밥이나 먹어라."

시단의 옹호 덕에 걱정스런 기색을 지우긴 커녕, 더 우울한 낯을 하게 된 세닐라가 제스의 왼쪽에 자리 잡았다. 제스의 오른쪽 대각선으로는 시단과 르옌의 자리가 마련되어 있었다. 그리고 남은 의자 하나. 의자의 주인은 돌아오지 않은 지 꽤 되어 잔 먼지만 쌓이고 있었다. 자리에 앉아 텅 빈 의자를 응시하던 세닐라가 큰 목청으로 소리쳤다.

"르옌, 양동이만 받쳐 두고 그냥 와."

"곧 가요. 먼저 식사하세요."

제스의 시선도 잠시 큰아들의 빈자리로 향했다가 거두어졌다.

'속 썩이는 녀석.'

데투아 가문의 장남 에이반 데투아는 반 년 전, 무슨 생각에서였는지 대모르가나전에 병사로 참전하고 싶다는 의사를 밝혔다. 그즈음은 데투아가로부터 기르던 말 육십여 필 가까이를 전쟁 물자로 사간 왕실 군사가 마을에 머물고 있을 때였다.

—저도 참전하고 싶습니다. 가서 공을 세우면 평민도 작위도 받을 수 있을지 모른다고 하고, 실제로 얼마 전에도 듀잔 마을 출신 병사가 작위를 받고 기사가 되었다더라고요.

에이반이 대뜸 내뱉은 말은 온 가족의 저녁 식사를 망쳤다. 라르크 왕실에 말을 대 주고 큰돈을 벌었다는 생각에 즐거움을 누린지 하루도 되지 않은 시점이었다. 먹는 것을 그리 좋아하는 시단이 먹던 고기를 떨어뜨릴 정도로 놀라 되물었다.

—형…… 우와, 진짜 돌았구나?

—르옌만 못하지만 나도 제법 검을 다룰 줄 알고, 몸도 제법 쓰니까.

—아니, 형은 전쟁이 장난인 줄 알아? 얘기 들어보니까 엄청 살벌하던데, 개나 소나 몸 좀 쓴다고 공 세울 수 있는 데였어?

아버지가 숟가락을 내던지며 살벌하게 의견을 맺었다.

—안 된다.

—왜요. 아버지. 위험한 만큼 보람도 있을 겁니다.

—아버지 말씀 들어. 에이반, 그런 무서운 말 마렴. 지금도 우리는 먹고살기 충분하니…… 게다가 너는 장남이 아니니?

—그럴 일은 없겠지만, 혹 사고가 생겨도 가업을 잇는 건 르옌이나 시단이 있으니 충분합니다. 르옌은 여러모로 뛰어나고 시단도 말들에게 정이 많아 정성껏 돌보니까 누가 물려받아도 상관없잖아요.

왕실 군사가 어떤 바람을 넣어 놓은 것인지 에이반은 완고했다. 진심이었다. 결국 화가 난 아버지가 식탁을 뒤엎고 에이반의 뺨을 때렸다. 와장창창 소리가 나며 식탁이 엎어지고, 에이반이 휘청거렸다. 놀란 시단이 그런 아버지에게 매달려 뜯어 말리기 위해 진땀을 뺐다.

—혀, 형! 왜 밥맛 떨어지게 갑자기 그런 이상한 소리를 하고 그

래. 아버지도 잠깐 진정하세요!

유독 형을 잘 따랐던 시단은 어머니와 마음 모아 화를 내고, 회유하고, 달래고, 전쟁터에서 병신이 되어 돌아온 이들의 이야기를 늘어놓으며 에이반의 마음을 돌리려 했지만 허사였다.

내내 조용히 그런 에이반을 바라보던 르옌이 말했다.

—에이반, 비위도 별로 좋지 않잖아.

—……나는.

—전쟁터에서는 쏟아진 내장들이 발에 채여도 구역질할 시간 없이 행군해야 하고, 사지인 걸 알아도 지휘관이 기름을 끼얹고 달려가라 소리치면 그렇게 해야 하는 곳이야. 작위 기사 한 명을 살리기 위해 일반 병사 열 명, 스무 명 죽는 건 아랑곳하지 않는 사지死地란 말이야. 네가 그런 개죽음을 당할 수도 있는 거야. 그리고 살검과 대련검은 달라. 전투가 시작되면 산 채로 사람의 목을 썰 듯이 뜯어내고, 방패로 적의 얼굴을 뭉개고, 가슴팍을 열어서 펄떡거리는 심장에 비수를 박고, 뒤따라오는 적의 다리를 잘라 내지 않으면 안 돼. 적이 항복하더라도 포로로 잡아갈 수 없다면 팔이나 다리를 잘라 내어 다시는 내가 사랑하는 것들을 죽이지 못하게 하는 게 미덕이지. 전쟁터의 공은 나라를 지킨 대가가 아니라 적을 죽인 대가니까. 그리고 적이 너를 노릴 때, 적도 너와 똑같이 생각하겠지. 적들에게는 애향심이 없을까?

시단은 표정 하나 바뀌지 않고 입술을 냅킨으로 닦아 내며 말을 잇는 르옌을 향해 몸서리쳤다. 그 기색을 눈치챈 르옌이 한숨과 함께 덧붙였다.

—……라고 하는 걸 어디서 봤어. 어찌 되었건 말 한 필 죽는 게 가슴 아파 우는 네게 전쟁터는 어울리지 않아. 내 말 믿어.

—우웩, 누나 대체 뭐야? 그건 또 무슨 책에서 읽은 거야. 대체 그런 책은 왜 보는 거야?

—넌 몰라도 돼. 너야말로 책 좀 읽지 그래.

에이반은 제스에게 떠밀려 벽에 기댄 채로 여동생의 말을 묵묵히 들었다. 제스는 장남의 고집이 멈추었다는 것도 잊은 채 그런 자신의 딸을 멍하니 바라보았다. 예상치 못한 말을 너무나도 담담하게 내뱉어서 듣는 입장의 솜털이 곤두설 지경이었다.

침잠한 식탁 분위기 속에서 제스와 눈이 마주치자 르옌은 빙그레 웃어 보였다.

결국 르옌의 경고 아닌 경고 덕인지, 에이반의 고집은 한 풀 꺾였다. 그는 어머니의 눈물과 시단의 절박하기까지 한 아우성에 결국 참전하겠다는 말을 철회했다.

그리고 이 주 정도 지난 어느 날, 에이반은 머리를 식히겠다며 마을 청년 몇과 여행을 다녀오겠다고 했다. 노심초사하던 어머니는 차라리 놀러나 다니라며 노잣돈을 쥐어 주셨고, 여전히 화가 덜 풀리신 아버지 또한 썩 눈앞에서 꺼지라며 우회적으로 허락을 해 주셨다.

초겨울의 이른 새벽, 에이반은 모두가 잠든 시각 홀로 그를 배웅하러 내려온 르옌을 발견하고 씁쓰레 웃으며 그녀의 머리칼을 헝클었다.

—그러고 보면 항상 너는 남달랐지. 가끔은 무서울 정도라니까. 그런 대단한 아이가 내 동생이라서, 내 가족이라 마음이 놓여. 정말 다행이야.

나직이 읊조리는 음성. 새벽 입김으로 부연 시선에 르옌은 말없이 그의 손길을 받았다.

—네가 장녀니까 책임이 무거워. 알고 있지? 내가 없으면 가족들

을 지키는 건 네 몫이 되는 거야.

—유언처럼 들려.

놀란 듯 눈을 크게 뜬 에이반이 고개를 숙여 르옌의 이마에 자신의 이마를 맞대었다. 르옌은 표정 없이 고양이 같은 엷은 눈동자를 똑바로 뜨고 그를 응시했다. 에이반의 낮은 웃음소리가 새벽 공기를 울렸다.

—에이반, 지금이라도 포기하지 그래.

—르옌.

그가 고개를 절레절레 저었다.

—들어 봐. ……우리는 싸워야 해. 들어 보니 모르가나에서 수만 지원병을 증군했다고 해.

—과장일걸.

—과장이든 아니든 전쟁이 갈라부아의 코앞에서 벌어지고 있는 건 사실이잖아? 지금은 무사하지만 만약 일이 잘못되면 우리 마을도 무사하지 못할 거야. 그리고 전쟁이 빨리 끝나지 않으면 우리가 부담해야 할 세금도 더 많아질 거고.

후회도 걱정도 없는 미소를 지으며.

—르옌, 넌 똑똑하니까 내가 무슨 말을 하는지 잘 알 거야. 정말로 모르가나의 증원군이 도착해 총공세를 벌이기라도 한다면 당장에라도 무너질 수 있는 게 국경이야. 만약에 라르크 군이 지기라도 하면 어떻게 되겠어? ……내가 들은 게 낭설이라도 마찬가지야. 당장에야 우리 마을이 위험 지대에 비켜나 있더라도 적들이 가까워지고 있다는 건 사실이니까. 울타리 집 토비도, 리스 댁의 할드도 함께 가기로 했어. 나 하나로 바뀌는 게 없고 내가 한 사람 몫을 할 수 없을 만큼 하잘것없다고 하더라도 괜찮아. 아무것도 하지 않는 것보다는 보람 있으니까. 네 말대로 말 한 필에 속상해하는 내가 사람을 죽이게

될지도 몰라. 아니, 아마 그렇겠지. 하지만 약속할게. 나는 결코 살인을 미덕 삼지는 않을 거야. 나는 지키기 위해 가는 거야. 우리 마을을 지키고…….

가족들을 지키고.

그렇게 말하는 에이반의 얼굴이 불현듯 서글퍼서 르옌은 아무 말도 못 하고 그의 손목에 낡은 손수건을 감아 주었다.

—에이반.

왕실 군사가 어떤 말로 시골 청년들에게 저러한 충애를 불어넣었을지 짐작한다. 그걸 들은 시골뜨기 청년들의 마음속에 어떠한 희망과 두려움이 교차하였을는지도.

르옌은 조금 길게 그의 뺨에 입술을 맞추었다.

—무운을 빌게.

화분을 정리하기 위해 몸을 숙였던 르옌의 시선 끝에, 검은 로브 차림의 땅딸막한 인영이 맺혔다. 어두운 빗길을 헤치며 휘청휘청 걸어오는 남자는 그녀 또한 잘 알고 있는 사람이었다.

'아아…….'

절로 힘 빠진 손바닥 사이에 갇혀 있던 화분이 요란한 소리를 내며 떨어졌다.

"르옌? 괜찮니?"

부엌에 있던 세닐라가 놀라 달려왔다. 르옌은 미동조차 않고 창 너머에 시선을 고정시켰다. 빗소리가 요란했다.

똑똑똑.

"토비? 울타리 집의 토비 아니니?"

에이반과 함께 떠났던 키 작은 토비가 문을 두드렸다. 그녀를 제외한 다른 가족들은 영문도 모른 채로 비에 젖은 토비를 맞이했다. 왼 뺨에 전엔 없던 깊은 상처가 생긴 마을 청년은 차가운 낡은 바닥 위로 다짜고짜 무릎을 꿇었다.

"……세닐라 아주…… 머니, 르옌……."

"왜 갑자기…… 그보다 너 우리 애랑 함께 가지 않았니? 무슨 일이야? 에이반은?"

땅을 짚은 그의 소매 안쪽으로 피로 물든 갑옷이 보였다. 절그럭, 귀에 달지 않은 쇠붙이 소리가 났다. 그제야 빗물 비린내에 섞여 든 피 냄새를 깨달은 세닐라가 얼어붙었다.

"죄, 으흐, 흑, 죄송합니다……."

"……토비……, 에이반은 어디 있고 네가 혼자……."

토비는 꺽꺽거리는 울음과 함께 검붉게 물든 낡은 손수건을 세닐라에게 내밀었다. 건들대며 숟가락을 물고 따라 나왔던 시단도, 한구석에 서서 뚱하게 그를 바라보던 제스도 침묵했다.

"토비……?"

"에이반이…… 저를, 저를 구하려다…… 저는 무서…… 망쳐서……."

"내 아들은 어디 있어…… 어디……."

뚝뚝 끊어지는 남자의 울음이 터져 나왔다.

"알립…… 니다."

귀를 틀어막고 싶은 충동을 잡아 누른 르옌이 눈꺼풀을 닫았다.

입김이 하얗게 아름다운 새벽, 사랑하는 것들을 지키겠다는 순순한 마음으로 떠났던 그를 어두운 시계視界에 그려 보았다. 돌아서는 모습이 제법 늠름했었다.

—무운을 빌게.

무운, 전장에서 그런 것을 바라다니 얼마나 어리석은 기원이냐.

운에 기대선 안 된다는 것을 누구보다도 잘 아는 자신이.

“라르크 군 3대 여단 동…… 기로서 에, 에, 에이반 데투아, 적의 기사를 베고 자랑스런 전사를……. 용서하세요. 용서해 주세요. 죄송해요. 죄송…… 합니다…… 죄송합니다…….”

어머니의 무릎이 꺾이는 것을 공허하게 내려다보는 그녀의 뺨 위로 한 줄기 눈물이 흘러내렸다.

“이…… 못난 놈…….”

고개를 뒤로 젖힌 아버지의 중얼거림이 가슴에 박힌다.

장대비 내리는 어둔 저녁이었다.

두어 해 전, 대륙의 유일 제국이라는 이름에 취한 모르가나의 황명이 있었다.

‘모르가나는 이 대륙의 질서를 잡고 있는 막중한 책임을 다하고 있으니, 주변국들은 곱절의 조공을 바쳐라.’

하지만 수많은 재화와 보물들이 그들의 새로운 황성 축조에 쏟아져 들어갈 것을 모르는 이는 없었다.

그 공문은 이백 년 전, 여왕의 전쟁 이후로 모르가나와 깊디깊은 감정의 골을 두고 와신상담하던 라르크를 자극했다. 수치스런 역사를 씻어 내고자 칼을 갈고 있던 라르크 왕실이 그에 응하지 않은 것은 어찌 보면 기회주의에 가까웠다.

전쟁은 늘 그렇듯 몇몇 이들의 이득을 포장한 신념 아래 시작되는 법이다.

여행을 떠난다며 마을을 벗어난 세 청년들 중 한 명이 죽었고, 다른 한 명은 피투성이 갑옷을 입고 되돌아왔다.

소식을 들은 마을 사람들은 발칵 뒤집어졌다. 개중엔 모르가나의 군대가 야금야금 승리를 거듭하며 라르크의 영내까지 침입했다는 뜬소문에 이주를 준비하는 이도 있었다. 또 누군가는 일찍이 참전한 자신의 남편, 아들의 소식을 들을 수 있을까 하는 불안 반, 기대 반의 걸음으로 토비의 집을 방문하기도 했다. 하지만 이미 토비는 떠났고 마을엔 전에 없던 절망과 불안의 냄새가 곳곳에 배어들었다.

말 팔이꾼의 딸 르옌 데투아, 그녀는 누구보다도 담담하게 그 모든 불안과 두려움과 슬픔을 받아들였다. 전쟁은 그녀의 삶과 맞닿았던 무엇이었기에.

여전히 눈을 감으면 전장을 뛰어다녔던 기억이 선명하다. 피 안개 짙게 깔린 악취 속을 내달리며, 말과 적군과 아군의 시체 사이를 누빈다. 마치 본능처럼 수많은 죽음 속에서 살아 있는 또 다른 적을 찾아 내달렸다. 무수한 죽음들을 훈장처럼 양손에 그러쥐고, 전우 잃은 슬픔에 가슴을 쥐어뜯는 적들을 말 위에서 내려다보던 자신.

그러나 작금의 현실 속 그녀는 이름 없는 말 팔이꾼의 딸일 뿐이었다. 특별한 일 하나 없는 촌마을의 삶에 차츰 녹아든 그녀는 결국 열일곱이 되었을 때 자아의 양분兩分을 그만두고 전생의 모든 것을 저편으로 흘려보냈다. 간혹 외지인들이 전해 주는 이야기들, 그것만이 그녀가 귀 기울이는 모든 것이었다.

모르가나.

그 뼈에 새겨진 이름이 간간이 들릴 때면 쓰디쓴 패전의 추억을 떠올렸다. 결코 넘을 수 없었던 요새의 지독한 풍경이 주마등처럼 스치곤 했다. 하지만 이미 돌이킬 수 없는 까마득히 먼 과거. 서글프

긴 했지만 분노하지는 않았다. 그저 남의 일을 전해 듣듯 이백 년 전의 전쟁에 승리해 제국이 되었다는 이야기와, 지금은 누가 왕이며, 다른 왕국들이 모르가나를 얼마나 두려워하는지, 어떠한 거대한 사건들이 있었는가를 흘려들었을 뿐이다.

평화 속에서 되돌아본 전생의 자신은 위선자였다.

전쟁귀라 불리우는 누구보다 강한 피붙이와 함께 전장을 휩쓸고 거듭되는 무패에 자부했다. 종래엔 대륙을 통일하리라는 미친 야심에 눈이 멀었다. 변질된 애국의 껍데기를 쓰고 무수한 피를 제물로 뿌리며 그녀는 아무런 죄악감도 느끼지 못했다. 광기를 신념이라 믿어 의심치 않았던 여왕은 천재이기 이전에 어리석은 여자였다.

마구간의 청소를 마치고 집으로 돌아온 그녀는 어수선한 풍경에 눈살을 찌푸렸다.

"……좀 나가서 돌아다니기라도 하지그래."

죽음의 소식은 전장에서부터 그 악취를 끌고 들어왔다.

목에 핏대를 세우고 벌건 눈으로 창밖을 노려보는 세 살 터울의 동생은 전에 없이 비참한 얼굴을 하고 있었다. 그녀는 모든 생각을 갈무리하며 조용히 물었다.

"밥은?"

"내가 그딴 말을 해서 그래. 내가 그따위 말을 지껄였어. ……작위를 받아 오냐고. 내가…… 내가 그런 미친 소리를 지껄여서……."

"안 먹었으면 식사 준비할게. 어머니는 좀 어떠셔."

지독하게 담담한 그녀의 음성에 시단의 목이 목각 인형처럼 돌아갔다.

"누나는 어떻게 그렇게 아무렇지도 않아?"

증오로 가득한 눈동자를 마주하며 그녀는 저편의 기억을 떠올렸다.

—이 이상은 고통만 남을 겁니다.

벨바롯트 파사드 브류나크.

새로운 라르크 왕조의 성군이라 불리는 역사 속의 사내. 간혹 마을을 찾아와 말을 사 가고 식량 등을 조달받는 왕실 군사의 휘날리는 하얀 늑대 깃발을 볼 때면 그를 떠올렸다.

—이제 그만하셔도 됩니다. 당신은 충분히 그 능력을 보이셨습니다.

아아, 현명한 여왕의 남자. 그는 알았던 거다. 남은 이들이 겪을 고통, 그리고 원망을. 이백 년 전, 죽음에 이르러 깨달았다 여긴 그의 간언이 실존이 되어 찾아왔다.

그녀는 시단의 시선을 피해 고개를 돌렸다.

"그는 각오하고 간 거야."

"어떻게 말을 그따위로 해! 우리 형제잖아……! 우리 형제가 죽었는데……, 모르가나의 개새끼들이 우리 형을……!"

가장 강력한 애국은 증오에서부터 기인된다.

먼 과거의 폭군이었던 그녀 또한 그것을 알았다. 그렇기에 자신의 동생이 보이는 저 맹렬한 반발심을 이해했다. 무슨 말을 해야 할지 몰라 입술을 달싹이던 그녀가 체념조로 타일렀다.

"그만하자. 너라도 정신 차려야지."

"똑똑한 누나가 말해 봐. 이거 거짓말이겠지? 그렇겠지? 아무리 생각해도 말이 안 되잖아. 우리 형은 누나만큼이나 검을 잘 쓴다고. 대단했잖아. 그렇겠지? 시체를 못 찾았다고 하니까 그냥 실종된 거겠지……?"

수백, 수천이 죽어 나가는 전장에서 누가 일일이 시신을 거둔단 말이냐. 아마 뭉뚱그려 소산되었을 거다. 그 잔혹한 현실을 일깨워 주기에 어린 동생은 너무나도 위태로웠다.

"식사 준비할게."

르옌은 부엌으로 걸음을 옮겼다.

아버지는 그날 이후로 한 마디도 하지 않으셨고, 어머니는 앓아누웠다. 시단마저 증오에 먹혔다. 어디서부터 위로를 해야 하는지, 무엇부터 손을 대야 할지 모를 만큼 막막했다.

마른 식기를 걷어 내 정리하던 그녀가 문득 허탈하게 웃었다. 괜찮다 생각했던 제 손이 발발 떨렸다. 스스로가 선택해 떠난 오라비를 잡지 못해 이리도 가슴이 아픈가. 알고도 모른 체한 죄의식이 이토록 무거웠던가.

모르가나.

모르가나는 왜 또 다시 이런 치욕스런 고통을 안겨 주나. 이백 년 전의 원수는 그저 숨만 붙어 살아 있는 것을. 그녀는 곧 고개를 저었다. 자의식 과잉이다. 그들은 그저 켜켜이 쌓인 앙금을 긁어내고자 저들끼리의 피 흘리기를 선택했을 뿐이다.

노여움에 찬 시단의 음성이 그녀의 뒷덜미로 달려들었다.

"나는 용납할 수 없어. 용서할 수 없어!"

"그럼 어쩔 건데?"

"나도 싸울 거야."

퍼뜩 정신이 들었다.

—이제 네가 가족들을 돌봐야 해.

그녀는 손의 물기를 닦아 낸 후, 앞뒤 분간 못 하는 동생을 꾸짖기 위해 몸을 돌렸다. 부엌 문간에는 사나운 적의를 불태우는 어린 동생이 서 있었다. 노골적인 그의 절망에 잠시 말을 잊었던 그녀는 꾸짖는 대신 노한 얼굴로 걸음을 옮겼다.

"검을 들고 나와."

챙그랑.

소름 끼치는 쇠붙이 소리와 함께 반걸음 물러선 시단의 손이 바들바들 떨렸다. 르옌은 그 틈새를 놓치지 않고 검 등으로 그의 검 자루를 걷어 내어 사정없이 내팽개쳤다. 그러고는 강철이라도 베어 버릴 듯 선연한 검날을 세워 시단의 목을 향해 내질렀다.

르옌의 낡은 검 끝은 그의 쇄골 가에서 가까스로 멈췄다. 시단이 크게 어깨를 들썩이며 헐떡이는 데에 반해 그녀는 숨소리 하나 바뀌지 않았다. 청년의 자존심마저 뭉개 버린 손쉬운 승리였다.

"더 해 보면 바뀔 것 같아?"

하지만 시단은 검을 잃고도 포기를 모르고 고함을 지르며 달려들었다. 그녀는 놀라지 않고 예상했다는 듯 몸을 비껴 돌려 그의 무르팍 옆을 걷어찼다.

머리 하나 더 큰 동생이 컥 하는 신음과 함께 바닥에 엎드렸다.

"넌 오늘 두 번 죽었구나. 목숨 많아 좋겠다, 시단 데투아."

"이…… 이잇……! 웃기지 마. 그런다고 포기할 것 같아!"

"포기 안 하면? 죽는 순간 전부 끝나는 거야."

"웃기지 마, 복수할 거라고!"

너무 화가 나서 진심으로 베어 버릴 뻔했다. 검을 쥔 손에 힘을 주었다가 가까스로 평정을 찾은 르옌은 악다구니를 치는 제 동생을 노려보았다.

"입 가볍게 놀리지 마. 나 하나 이기지 못하는 게 전장을 뛰어다니는 적병들을 죽여 복수를 해?"

"네가 센 거잖아! 넌 우리 마을에서 가장 세잖아! 이 괴물 같은 계집애야!"

"이 조막만 한 마을에서 가장 센 게 대수냐! 연약한 여자의 몸으로, 실전 기사들에 훨씬 뒤처지는 이 몸뚱이로 휘두르는 검도 이겨내지 못하는 네가 약한 거야!"

거의 울음을 터뜨릴 듯 일그러진 얼굴을 한 동생의 옆얼굴을 내려다보던 르옌은 바닥에 내동그라진 시단의 검을 발로 멀리 찼다. 한참을 씩씩거리던 시단은 여태 꺾이지 않은 목소리로 으르렁거렸다.

"너는, 넌 화도 안나? 어떻게 그렇게 냉정할 수가 있어!"

"에이반이 각오하고 간 애국의 길을 더럽히지 마라, 이 얼간아."

"너어어어! 으아악!"

악에 받쳐 달려드는 동생의 팔을 뒤로 꺾어 넘어뜨렸다. 하지만 고집스런 동생은 지지 않고 몸을 돌려 그녀에게 주먹질을 해 댔다.

승마와 자질구레한 일들로 단련된 청년의 힘은 무시할 바 못 되었다. 가격당한 턱뼈가 으스러지는 것 같은 통증에 르옌은 눈을 부릅뜨고 시단의 목덜미를 세게 움켜쥐었다.

"으아악! 놔! 놓으라고! 형이 스스로 선택했다는데 뭐! 형의 선택이니까 슬퍼할 자격도 없다는 거야? 네가 그러고도 인간이야!"

"말도 안 되는 망상에 젖어 있는 건 너야! 전쟁터가 너처럼 약해빠진 놈이 살아남을 수 있을 만큼 녹록한 곳이라 생각하나! 난전에 아군의 시체를 으깨고, 광기에 차 생을 앗는 것만을 목적하는 이들의 틈바귀에서 네가, 너 따위가!"

"……누나는 대체 뭐야?"

시단의 원망에 젖어든 시선이 그녀에게로 똑바로 향했다.

"누나느으은! 뭐가 그리 잘났다고 아는 체하는 거야! 인간 같지도 않은 게에에!"

흙바닥을 그러쥔 시단의 눈물이 뚝뚝 떨어져 흙바닥 위로 스며들었다. 그의 멍치를 쥐고 짓누르던 르옌의 손아귀에서 서서히 힘이 빠졌다.

—인간 같지도 않은 게.

메아리치는 절규가 귓바퀴에 괴었다. 그녀는 떨리는 손을 거두며 몸을 일으켰다.

"내가 지금 인간 같아 보이지 않는다는 것도…… 네가 시야가 좁기 때문에 그리 말할 수 있는 거다. ……진정으로."

모든 것은 자신의 업보일진대.

"인간이 인간이 아니게 되는 곳이 전장이다."

여왕이 그러했듯이, 애국이 망국으로 치달리는 순간까지도 스스로를 돌아보지 못했던 그 어리석은 여왕이 그러했듯이.

"그러니 정신 차려. 다음번엔 진짜로 다리를 분질러 버릴 테니."

말을 마친 르옌은 들고 있던 검을 내던졌다. 뱀처럼 손바닥에 감겨드는 검 자루의 익숙함에 소름이 끼쳐 쥐고 있을 수가 없었다. 그녀는 바닥에 주저앉아 눈을 부릅뜬 시단을 뒤로하고 몸을 돌렸다.

"이 피도 눈물도 없는 괴물아아아!"

그녀는 악에 절은 비명을 무시한 채로 코에 익은 말똥 냄새가 퍼지는 곳을 향해 걸었다.

마구간의 입구에 다다른 그녀는 언제나처럼 말을 돌보는 제 아비의 뒷모습에 멈춰 섰다.

"아버지."

잘게 떨리는 손으로 여물을 먹이는 뒷모습이 여느 때보다도 작고 초라했다. 그녀는 그에게 다가가 그의 허리를 등 뒤에서 끌어안았다.

"제가 할게요."

"……화를 냈다."

혼잣말 같은 중얼거림에 르옌의 이마가 기울어져 아비의 등에 닿았다.

까맣게 타 버린 잿가루로 뒤덮인 이들의 마음을 어찌 모르겠나. 그래, 그리 강강한 의지를 꺾으려 화를 내고 매몰차게 손을 올려 종국엔 작별 인사조차 하지 못한 자식을 떠올리는 부모의 속이다. 얼마만큼의 무거운 후회를 안고 있을까 짐작도 되지 않았다.

늙은 아비의 자조가 흘러들었다.

"자식새끼라고…… 그것도 자식새끼라고."

"……."

"너라도 정신이 있으니 다행이다. 그래, 그래야 데투아지."

스스로를 다독이는 듯 이어지던 아비의 어깨가 잘게 떨리기 시작했다. 그것은 끝내 흐느낌으로 이어졌다.

"하지만 그 녀석은…… 그리 말렸는데 무슨 호기로……."

"조금의 희망이라도 있다면 발밑이 무너질 때까지 달려가는 게 인간이니까요."

그녀를 돌아보는 아버지의 눈빛이 흐리게 뜨였다. 시단처럼 르옌을 괴물로 보는 눈빛은 아니었다. 그러나 늙은 아비의 눈에 담긴 냉정한 딸에 대한 실망의 기색을 읽어 내지 못할 그녀가 아니었다. 마당에서 물건들을 때려 부수는 소리가 들렸다. 아비는 그런 귀청 찢는 소음에 고개를 저편 멀리로 비꼈다가, 손을 털고 뒤돌았다.

"……그래, 정신 차려야지. 그래, 산 사람이라도……."

르옌은 말없이 그를 놓아주었다. 그리곤 아버지가 떠난 빈자리에 덩그러니 서서 비료 냄새가 코를 찌르는 마구간을 초점 없는 눈에 담았다.

이 자욱한 슬픔. 그럼에도 살게 되는 것이 인간이다. 전장을 각오한 자의 죽음을 슬퍼하는 것도 철새처럼 옮겨가는 비통이다. 에이반의 그 각오를 이해하지 못하는 평범한 이들이라도 결국 스스로의 길을 걷게 되리라. 제각각의 이유에 기인된 무거운 짐을 마음에 하나씩 얹고서.

아들의, 형제의 죽음. 저네들에겐 이보다 더 끔찍한 일은 없을 터이니 이젠 슬픔을 서로 어루만지며 보듬는 것만이 남았다.

하지만 닷새 후, 그녀는 자신의 안일함을 깨달을 수밖에 없었다. 시단이 종적을 감춘 것이다.

시단마저 떠나가자 어머니의 병세는 더욱 악화되었다. 아버지는 마치 애초부터 아들이란 없었다는 듯 묻지도, 화내지도 않았다.

비어 버린 시단의 방에 망연하게 선 르옌은 파안대소했다. 기가 막히는 활극이었다. 전장과는 하등 상관없이 지낼 수 있었을 청년들이 전쟁이라는 불길에 매혹당한 불나방처럼 먼 길을 떠났다.

—네가 장녀니까 책임이 무거워. 내가 없으면 가족들을 지키는 건 네 몫이 되는 거야.

그녀는 힘없이 벽에 기대어 망자의 속삭임을 반추했다. 폐가처럼 생기 없는 낡은 삐걱거림이 귓가에 유독 크게 감겨들었다.

보름 후, 에이반과 토비와 함께 떠났던 또 다른 마을의 청년이 외발이가 되어 돌아왔다. 일보 일퇴를 거듭하는 전장의 소식을 전해 들은 몇몇 마을 주민들은 끝내 국경과 먼 어느 도시로 떠났다.

애타게 기다렸던 시단의 소식도 전해졌다.

—르옌, 시단 녀석이 제레드 국경의 자원 병사로 들어와 최전방에

섰던데, 알고 있었어?

최전방.

피와 절망이 파도처럼 몰아치는 지옥. 시단이 속을 달래기 위해 집을 떠났을 거라는 거짓 믿음에 기대어 마음을 추스르던 그녀의 어머니는 끝내 심장마비를 일으키고 쓰러졌다. 재빠르게 달려온 의원이 지극정성 돌봐 목숨은 건졌으나 이미 최후의 희망마저도 부서져 버린 후였다.

이튿날, 그녀는 이른 새벽 집을 나섰다. 그리곤 숲의 어느 오솔길, 인적 없는 곳으로 걸어가 검만큼이나 익숙한 활을 곧게 들었다. 마을의 오래된 나무를 겨누고 모든 것을 향해 쏘았다.

입술이 터질 때까지 시위를 당기고 손끝이 짓물러 피투성이가 될 때까지 한 발, 한 발. 내리쬐는 햇볕의 궤도를 가르는 화살들이 늙은 거목의 중심으로 둥그렇게 박혔다.

당기고, 쏘아 보낸다.

죽을힘을 다해 당기고, 체념하듯 시위를 놓는다.

화살이 떨어지면 그것을 뽑아와 다시 쏘았다. 버린 마음을 다시 주워 다시 내버리듯 의미 없는 행위의 반복이었다. 다만 무의미한 행위의 반복 속, 차츰 그녀의 명에 불복하는 무수한 반역자들을 향한 원망이 치밀어 올랐다.

'어리석은 것, 어리석은 것들, 멍청한 것들……!'

하지만 다 소용없는 짓이었다.

어느덧 누런 달이 떠오른 두꺼운 밤이 내려앉았다. 반복된 연사에 화살촉의 끝이 뭉툭해지고, 절피마저 닳아 끊어질 듯 힘없이 늘어진 시위에 그녀가 활을 내려뜨렸다.

팔다리가 마비된 듯 떨리고, 잊었던 살갗 까진 고통이 찾아들었다. 턱에 맺힌 땀을 옷깃으로 훔쳐 낸 그녀는 활을 감쌌던 천을 찢어 피투성이가 된 손을 감쌌다. 그리고 바닥에 주저앉았다. 모든 것은 과거의 자신이 그녀에게 돌려준 업보였다.

—네가 우리 가족을 지켜야 해. 네가 내 동생이라 다행이야.

창백한 자조가 어렸다.

에이반, 도대체 내가 어떻게. 이미 내 손을 떠나 버렸는데. 어떻게.

그녀는 일생 누군가에게 이토록 간절히 답을 구한 적이 없었다.

해가 저물고 그녀는 오솔길 위의 어둠을 되짚으며 집에 돌아왔다. 음식 냄새 하나 풍기지 않는 적막한 풍경 속에 아버지는 멍하니 창밖을 응시하고 있었다. 시단이 증오를 태우며 바라보던 그 창밖을.

"아버지, 혹시 모르니 어머니와 두 분이서 함께 말들을 데리고 이주하세요."

"안 간다."

"성곽 도시 기욘은 예전부터 수비가 막강한 곳이니 그쪽은 안전할 거예요."

"안 가."

"아직까지는 안전하지만 일 터진 후엔 늦어요."

아버지의 단호하기까지 한 음성이 무겁게 방을 울렸다.

"우리 가족의 집이고 마을이다."

그 말을 끝으로 문 닫힌 방에서는 어머니의 울음 섞인 신음만이 흘렀다. 아버지는 죽은 시체처럼 앉아 입을 다물었다.

그녀는 대답 대신 방구석에 세워 둔 검을 바라보았다. 사람을 죽이는 칼이었다. 때로는 영웅을 만들고, 때로는 학살자를 만드는 살인의 도구. 검, 소름 끼치도록 익숙한 쇠붙이.

그녀가 걸음을 옮겨 그 온기 없이 차기만 한 검 자루를 쥐어 들었다. 그리고 집을 나섰다. 작별 아닌 인사는 잊지 않았다.

"……다녀오겠습니다."

어디를 가느냐. 아버지는 묻지 않았으나 그녀는 다짐하듯 답했다.

"시단을 데려올게요."

전장을 떠난 지 이백 년, 다시는 돌아가지 않으리라 믿어 의심치 않았던 전장으로 스스로 되돌아간다.

한밤의 지옥처럼 검은 세상으로 걸음을 내딛는다. 그녀의 말을 듣지 못한 사람처럼 앉아 있던 아버지의 울음소리가 집 밖으로 새어 나왔다.

그녀는 그것들을 버리지 않고 등에 업었다. 마구간에 다다라 데칼리아의 여섯 해 된 새끼 성마에게 안장을 올렸다. 그는 데투아가의 가장 질 좋은 준마였다.

이름은 '덴'이라, 에이반이 지어 주었다.

'에이반.'

되새김질하는 것만으로도 벼려진 창처럼 목구멍을 찌르는 이름이었다. 그녀는 이내 훌쩍 덴의 안장 위로 뛰어 올랐다. 그리고 아픈 채찍을 들었다.

"가자."

스스로의 앞길에 무운 따위는 빌지 않았다. 그녀는 슬픔으로 잠든 밤을 내달렸다.

발에 익은 숲을 벗어나 가느다란 뱀 여울을 건너, 설익은 농지를 지나 평야를 질주했다. 밤과 낮, 하늘이 낯을 바꿀 때마다 그녀는 잠시 쉬었다가 다시 달리기를 반복했다.

말 위에 올라 오직 한 가지만 생각했다. 지금 이 걸음이 향하는 곳이 어디인지.

—다시…….

"워어!"

한참을 달리던 그녀가 불현듯 느껴지는 현기증에 덴의 고삐를 끌어당겨 세웠다. 평야 저편으로부터 마르고 건조한 냄새가 흘러들었다. 전장이 가까워질수록 돌덩이처럼 굳었던 심장이 펄떡거렸다.

—다시…… 돌아가시는 겁니까?

간절한 목소리를 떠올리는 것만으로도 가슴이 죄어 온다. 그녀는 침음을 삼키며 이명을 떨쳐 냈다.

목적은 하나다. 시단을 데리고 오는 것. 하지만 그녀가 지닌 세월의 기억들은 은연중 전쟁터에 대한 외상적 거부감을 불러일으켰다. 지금은 흙이 되었을 전우 페이작과 저질렀던 그 모든 우愚를.

어릴 적, 전생의 모든 기억을 떠내어 흘려보내기 전까지 서늘한 칼날의 감각은 매일같이 그녀의 뒷목을 베어 냈다. 현생에 짓지도 않은 죄로 그녀는 매일같이 참수당했다.

그리 비참한 몰락을 맞은 여왕이다. 왜 다시 태어났는가.

혼란을 느낀 적도 있지만 이번엔 새로운 삶을 살라는 신의 계시라고 여겼다. 그리하여 보지 않고 듣지 않는 삶에 만족하는 숲 속의 마녀로 살았다.

그러나 지금, 그녀는 스스로의 의지로 전장으로 돌아가려는 다리를 잘라 버리고 싶었다. 생경한 두려움이 그녀의 발목을 움켜쥐었다. 굴복하지 않기 위해 몇 번이고 멈추려는 발에 채찍질을 해 왔다. 하지만 이제 한계였다.

위태롭게 흔들거리던 그녀가 말에서 내려 덴의 볼기를 어루만졌다.

"잠깐 쉬자, 덴."

그녀는 길 한복판에 자라난 작은 나무에 기댄 후, 수통을 열어 물을 들이켰다. 그러고는 잡초 무성한 평야 저편으로 시야를 두었다. 조금 다른 듯 기억에 익숙한 능선이 보였다.

사흘간 쉬지 않고 달렸으니 이제 반나절이면 국경에 다다를 것이다. 북으로는 라르크의 볼드 평야와 접해 있으며 남쪽으로는 모르가나를 둔 제레드라 불리는 국경이다. 어느 쪽에 시단이 있는지 알 수 없으나 그건 상관없다. 다 뒤져서라도 시단을 데리고 돌아올 것이다. 그리고 다시는 허튼 짓 못 하도록…….

거기까지 생각하던 그녀의 얼굴이 딱딱하게 굳어졌다. 스스로의 기분에 취해 근본적인 오류를 무시했다는 걸 깨달은 것이다.

군법이 장난인가. 군대라는 것이 이백 년 전과 다름없이 엄격하다면 한 번 발 들인 자는 그럴 만한 사유가 없다면 전장을 벗어날 수 없을 것이다. 제 고집을 꺾지 않고 전장으로 달려가 버린 놈을 설득할 자신도 없건만, 그것을 어찌 탈 없이 끌어내나?

탈영병으로 만들어 나라의 추격을 받게 할 수는 없었다. 아니, 그 이전에 어찌 그를 찾아 주둔군의 진영으로 들어가야 할지도 몰랐다.

무력감이 전신을 휩쓸었다.

지금의 자신이 여왕인 양 착각해 손짓 한 번, 웃음 한 번으로 모든 것을 좌지우지할 수 있다 믿었나?

오랜 승마에 긴장했던 허벅지가 후들거리는 것을 느끼며 르옌은 생각을 골랐다. 지금이야말로 냉정하지 않으면 안 된다. 마음을 비우자며 그녀는 몇 번이고 스스로에게 되뇌었다.

얼마간 앉아 있으니 쪽잠을 자며 내리 달려온 탓인지 눈꺼풀이 몹시 무겁게 느껴졌다.

나무에 기대어 까무룩 잠이 들었다 깼을 때는 웬 기사들이 우람한 말을 타고 그녀를 향해 달려오고 있었다.

"누구냐? 전시에 국경 근처를 함부로 오가지 말라는 엄금령이 떨어졌을 텐데."

그늘 밖, 역광을 받은 사내들의 투구에 가려진 얼굴은 보이지 않았지만 기백만큼은 명명백백 느껴졌다. 그녀는 반사적으로 벌떡 몸을 일으켰다. 그들은 각자 라르크의 상징인 늑대 기를 잘라 만든 삼각 완장인 페넌을 왼팔에 두르고 있었다.

땅이 울리는 진동에 그녀가 고개를 돌리자 평야 저편에서부터 느리게 행군하고 있는 군사들이 보였다.

"혹 국경으로 향하는 군사 행렬입니까……?"

그녀가 반쯤 잠긴 음성으로 물었다. 선두에 서 있던 거구의 기사가 위협적으로 검을 쥐어 보이며 물었다.

"급박한 전시에 국경을 배회하는 자는 수상쩍은 자로 간주되어 엄벌을 받을 수도 있다는 것을 모르나? 신분을 증명해라."

"……이곳에서 사흘 정도 떨어진 규젠 마을의 말 팔이꾼 제스 데투아의 딸, 르엔 데투아라 합니다."

"그런데 여기서 뭘 하는 거지?"

"제레드 국경 전선으로 향하고 있습니다."

멍청한 여자가 전시인 줄 모르고 일대를 돌아다니는가 싶어 퍽 인상을 찌푸리던 기사들이 잠깐 말을 멈췄다. 시선 끝에 낡은 천에 매인 기다란 물체가 비친 것이다. 천 위로 드러난 낡은 검 자루를 발견한 그들의 눈빛이 순식간에 경계의 기색을 띠었다.

"왜지?"

르엔의 눈에 보이는 머리만 수천은 넘어 보였다. 그들의 군대는 느리지만 확실하게 행군해서, 그녀가 쉬고 있던 나무와 머지않은 곳에 멈췄다.

그녀는 행군의 선두에 선 황동빛 갑옷을 입은 기사를 돌아보았다. 왼팔뚝에 페넌 대신 사다리꼴의 완장인 배너를 찬 자가 있었다. 지휘급 사령관인 모양이었다. 그의 옆에 선 두 명의 기수들은 각각 늑대 기와 노루 기를 휘날리고 있었다.

기억과는 조금 다르지만, 노란 노루 깃발이라면 기억에 익다. 체사가家.

기이한 탈력감이 척추를 타고 올라와 뒷머리를 짓이겼다.

여왕의 말년, 종국엔 브류나크가家의 세력이 되어 자신을 끌어내린 가문이었지만, 한때는 라르칼리아에 충성했던 유서 깊은 명가였다.

르엔은 애써 시선을 거두고, 품 안에서 낡은 호패와 함께 집을 떠나며 가지고 나온 데투아 마구간의 왕실 거래 증명 패를 꺼내 내밀었다.

"신분 증명이 될지는 모르겠으나, 라르크 왕실과의 거래 영수표입니다. 저는 왕실과 거래하는 군마 상단의 일가입니다. 혹…… 국경까지 가신다면 합류해도 괜찮을는지요."

르엔이 조심스런 희망을 걸고 물었다.

왕실이 공식적으로 인정한 거래소는 아니었으나, 북부 늑대의 압인이 찍힌 그것을 쉬이 무시할 수는 없을 터다. 그것을 건네받은 기사가 투구 안의 매서운 눈매로 구겨진 패를 훑었다. 네 명의 기사가 한 번씩 그것을 돌려 본 후 그녀에게 툭 내던졌다.

"이걸로 증명되었다고 해도, 촉박한 시국에 네가 길을 가로막아 행군을 멈췄으니 그 자체로도 죄가 크다. 합류는 말도 안 되는 일이나, 국경으로 가려는 이유는 듣겠다."

“가문을 이어야 할 동생이 참전하여 동생을 찾으러 가는 길이었습니다.”

“……길에서 비켜라. 전장은 네 어린 머리가 상상할 수 있을 만큼 녹록한 곳이 아니다.”

그들은 콧방귀를 뀌며 말 머리를 돌렸다.

일정한 말발굽 소리와 함께 멀어지는 이들을 바라보던 르옌의 입가로 서서히 웃음이 번졌다. 차디찬 조소였다.

상상할 필요가 없다. 그녀는 어린 머리로 능선 저편의 풍경을 상상하지 않아도 아는 사람이었다. 당장에 저자를 끌어 내려 소리치고 싶은 욕구가 치밀었다. 지금 너희 눈앞에 있는 여자가 누군지 아느냐고.

그러나 르옌은 모든 말을 목구멍 안으로 흘려 넣으며 덴을 이끌고 길에서 벗어났다. 지금의 그녀는 이름 없는 말 팔이꾼의 딸일 뿐이니.

연두의 생기로 반짝거리는 삶 같은 눈매에 지루함의 색이 짙어졌다. 그는 새로이 파병된 라르크 후방 지원군의 총 책임을 맡은 사령관 자칼린 엔도 체사였다.

최근 잇단 모르가나의 원군 파병 소식에 전쟁의 규모가 커지면서 등 따시고 배부르게 놀고 있던 그 또한 출사표를 던진 것이다. 전쟁에서 발을 빼고 수도에서 늘어져라 지내던 그가 자원한 이유는 간단했다.

현재 라르크 군 최고사령관으로 있는 파사드가 맡은 군은 제법 자잘한 승전보를 전해 오고 있었으며, 친형인 카라제시도 현재 북서부 갈카마 토벌 작전에 파병을 나가 없었다.

그리고 자칼린은 지루한 수도 생활에 질렸다. 심심했다는 말이다. 하지만 그는 금세 출정마저 질려 버렸다.

“아아아아아.”

정확히는 이 행군이 질린 것이다.

어릴 적부터 호형호제 하던 파사드 휘하로 달려가는 길이다. 파사드가 누구냐. 붉은 늑대의 아들이라 불리는 라르크의 위대한 유일 공작이다. 반생을 라르크 내의 크고 작은 분쟁을 해결하고, 호시탐탐 라르크를 침략하려는 갈카마 족들을 밀어내며 보낸, 그 밖에도 수많은 군공을 세운 위대한 기사다.

비록 기사로서의 위명은 붉은 늑대의 아들이라는 휘광에 가려지긴 했지만, 작금 라르크 내에서 그만큼 인정받는 이는 드물 것이다. 문무를 겸비한 데에 더해 수도에서 가장 잘생긴 미남으로 칭송받는 자칼린의 친형, 카라제시도 한 수 접어주는 인물이다 이말이지.

어쨌든 그 파사드와 함께 마음껏 검을 휘두를 수 있다는 기대에 이팔청춘 풋사랑에 빠진 청년인 양 설레는 출발을 했건만! 달포가 넘도록 말 위에 앉아 걷기만 하니 좀이 쑤실 지경이었다. 속력을 내고 싶어도 일만 군사가 낼 수 있는 속도는 지금 이게 최고였다.

투구 안으로 가려운 뺨을 긁던 자칼린은 들려오는 보고에 시큰둥답했다.

“계속 따라온다고?”

“예.”

“베로한 경, 인근 마을 군마 상단의 딸이라 하지 않았나? 누굴 찾는다고?”

바로 대각을 뒤따라오던 체사가 소속의 중년 기사인 베로한 경, 스이센이 서늘한 시선으로 그들과 보속을 맞춰 걷는 한 여자를 돌아보았다. 어림잡아 한 시간째였다.

국경이 가까워져 가며 긴장으로 곤두선 현 시태에 저 여자가 곱게 보일 리가 없었다. 남루한 차림에 검 하나를 찬, 기사의 눈으로 보기에도 비범한 말을 타고 그들을 따르는 여자에게서는 왠지 모를 괴리감이 느껴졌다.

"쫓아 보내겠습니다."

자칼린은 '마음대로 해.' 중얼거리며 채신머리없는 하품을 해 댔다.

여자는 끈질겼다.

겁이 없는 건지, 어디 하나 모자란 건지 기사와 병사들을 보내 위협을 가해도 잠시 멈출 뿐, 금세 그들을 따랐다. 집착적이기까지 한 여자의 태도에 슬슬 라르크의 지원군 대장을 암살하라고 모르가나가 보낸 자객이 아닌가 하는 의심이 싹틀 정도였다.

무거운 갑옷에 허리 근육이 딱딱하게 굳었는지 덜그럭거리는 요갑腰甲을 통통 때리는 자칼린의 모습에선 일만 군사를 이끄는 사령관의 위엄 따윈 보이지 않았다.

자칼린은 주위 시선에 아랑곳없이 까마득 펼쳐진 평야 저편의 능선을 바라보다가 흘깃 뒤따르는 군사 행렬을 흘겼다. 다들 슬슬 긴장하는 것이 느껴질 정도로 국경에 가까워졌으나, 그에게는 그저 지루한 기색뿐이었다. 이윽고 그의 권태로운 시선 끝에 행렬의 옆으로 멀찍이 툭 튀어나온 여자의 말이 비쳤다.

무슨 생각을 한 건지 눈을 반짝이던 자칼린이 한 손으로 고삐를 당기고 반대쪽 손으로 주먹을 쥐어 올렸다. 기수가 그를 따라 수신호를 보내며 '정지!'를 외치자 그들의 뒤를 따르던 군대가 멈춰 섰다.

의아한 얼굴을 하던 스이센은 능선과의 거리를 가늠하다가 별안간 들리는 말에 깜짝 놀라 고개를 돌렸다.

"베로한 경, 여기서 행군을 멈추고 잠시 쉬자. 국경 사령부에 파발을 띄워. 그리고 저 여자 내게 데려오고."

"……작은 체사 경?"

"어차피 바로 합류하지는 못해도 적당히 체력을 봐 둬야 하고, 아마, 음, 그럴 테니까, 답이 올 때까지 늑장을 좀 부려도 괜찮겠지."

자칼린은 스이센의 모든 질문을 원천 봉쇄하듯 대꾸한 후 기지개를 켰다.

사령관치고 비교적 어린 연배인 데다 태생적으로 호기심이 많은 그의 성정을 모르는 바도 아니었지만 스이센은 난처했다. 하지만 그의 말에 트집 잡기도 저어해 묵묵히 물러나 후위로 향할 수밖에 없었다.

"명하신 대로 데려왔습니다."

말에서 내려 대충 투구를 벗고 땀을 닦아 내던 자칼린의 눈앞에 내내 그들의 뒤를 알짱대던 여자가 무릎 꿇었다.

멈춘 행렬의 선두에 대령된 여자는 생각 외로 젊었다. 기껏해야 스물둘, 스물셋이나 되었을까. 자신이 스물넷인 걸 생각하면 얼추 제 또래였다.

북부인처럼 생기기는 했지만 여전히 모르가나로부터 암살 사주를 받았을지도 모른다는 의심이 불식되지 않은 와중이었다. 기사들 사이에서도 전혀 위축된 기미를 보이지 않는 여자를 향한 경계의 색이 더 짙어졌다.

만일 심각한 전시라거나 고지식한 자의 행군이었다면 바로 끌려가 문초를 당해도 이상하지 않았을 것이다. 그런 의미에서 여자가 자칼린의 군대를 발견하고 따른 것은 요행이었다.

자칼린은 빤히 그녀를 바라보다가 빽빽한 시선을 보내고 있는 주위 기사들에게 턱짓했다.

"됐으니 다들 각자 할 일 해. 해가 떨어지기 전에는 다시 움직여야 할 테니까."

맨몸의 여자를 앞에 둔 단호한 명령에 마지못해 그들이 물러가자 자칼린은 여자의 면면을 찬찬히 뜯어보았다.

붉은빛을 품은 갈색 머리칼, 그보다 엷은 갈색 눈동자로 전형적인 라르크 남부인의 생김이었다. 가만 보고 있으니 눈동자에 묘하게 신이한 붉은 기가 어린 듯하다.

수도의 미녀들을 질리도록 봐 온 만큼 감흥이야 없었지만, 남루한 차림에도 불구하고 태는 제법 괜찮았다. 그런데.

'이 여자 뭐야?'

스스로의 눈치가 제법 빠르다고 자부했던 자칼린은 시체의 것처럼 싸늘하게 내려앉은 눈빛에서 아무것도 읽어 낼 수가 없어 내심 당황했다. 누군가를 찾는다기에 절박함에 빠진 여자는 아닐까 싶었건만 절박함은커녕 감정의 편린조차도 보이지 않았다. 지체 높은 체사의 지휘 기사를 앞에 두고도 숨소리 하나 바뀌지 않는 품새는 당당하게까지 느껴졌다.

돌려 말하는 것은 성미에 맞지 않았던지라, 그는 대놓고 물었다.

"너 뭐야? 뭔데 그렇게 죽자 사자 따라 왔냐?"

말문을 열자 여자의 표정이 희미하게 깨졌다. 여자가 말했다. 창백한 안색만큼이나 허한 음성이었다.

"동생을 찾으러 가는 길이었습니다."

"참전한 동생을 찾아서 뭐 하게?"

"가문을 이을 유일한 사내이기에 함께 돌아가려 합니다."

흥미가 동한 눈으로 그녀를 바라보던 자칼린이 이내 김빠진다는 듯 코웃음 쳤다.

체사가는 명망 있고 학식 고견한 가문이었지만 그는 체통에 묶이지 않은 가벼운 투로 말했다.

"나라가 있어야 가문이 있는 법인데 이 시국에 너희 가문을 존속하자고 병사를 데리고 돌아가? 별 웃기지도 않은 소릴 다 듣겠네. 마침 지루하던 터라 그런 허무맹랑한 소리도 재밌기는 하다만. 이 아가씨, 세상 물정 몰라도 너무 모르는 거 아냐?"

이쯤 빈정거렸으면 무언가 감정이 비칠 만도 한데, 그녀는 도리어 예상치 못한 질문을 했다.

"체사가라면, 섭정 공 브류나크의 우수右手였던 한센 두크 체사의…… 가문 맞습니까."

"어, 내가 그 체사인데……. 섭정 공? 너 지금 그런 불경한 소릴 한 거냐? 브류나크 왕가의 시왕을……."

자칼린은 막 따져 물으려던 입을 다물었다. 여자의 말에서 느껴진 이질감 때문이었다.

브류나크 왕가가 세워진 지 이백 년이다.

이백 년 전, 국서였던 벨바롯트 파사드 브류나크가 폭군을 몰아내고 브류나크 왕조 제 1대 왕이 되었다. 그를 시왕始王이라 부르는 이도 있다. 이후 벨바롯트 파사드 브류나크의 첫째 아들은 왕위를, 둘째 아들은 브류나크 공작가를 계승해 전후로 피폐한 라르크를 평화의 시대로 이끌었다.

비록 치욕스런 불평등 협정이라는 역사적 오점은 남아 있지만, 새로운 라르크를 연 벨바롯트를 왕좌를 찬탈한 섭정이라 기억하는 이는 없었다. 하물며 까마득한 후대인 지금은 말할 것도 없는 일이다.

그렇다 보니 브류나크가의 역성혁명에 동참하여 라르크를 구했다는 자부심으로 똘똘 뭉친 체사의 후예, 자칼린의 귀에는 몹시 언짢게 들리는 말이었다.

"너 무례함에도 정도가 있는 법이다. 아니면 무식한 거냐?"

르엔은 젊은 청년의 사나운 힐난에 어떤 반응도 보이지 못했다. 코에 익은 쇠 내음과 귀에 익은 군대의 소란함, 두방망이질 치는 심장 소리만으로도 귓속이 터져 버릴 것 같아서.

가까스로 정신을 차린 르엔이 한센 두크 체사가 남긴 과거의 유산을 바라보았다. 가만히 보고 있으니 익숙했던 이의 얼굴이 떠오르는 것도 같다. 한때는 그녀의 수하였으나, 종국에 참수대에 선 자신을 담담하게 바라보던 한센의 흔적이. 조금은 동정하듯 바라보던 눈빛이.

문득 후대에게서 과거를 찾아내려 애쓰는 자신을 발견한 그녀가 저도 모르게 입술 끝을 떨며 웃었다.

게다가 ……섭정 공, 섭정 공이라니. 명백한 그녀의 과실이었다. 사고가 제대로 되지 않았다.

"……실언, 시정하겠습니다."

자칼린이 눈을 가늘게 떴다. 묘하게 촉각이 곤두섰다.

'시정하겠다?'

한낱 평민 여자가 할 법한 말인가? 가만 보니 저를 대하는 어투에 왠지 모를 규율이 잡혀 있다. 그도 슬슬 저 여자가 반反브류나크의 세력이 아닌가 고민되기 시작했다. 행색이야 얼마든지 위장할 수 있는 것이다. 이쯤 되니 동생이 있다는 이야기가 사실인지도 의심스러워졌다.

하지만 곧 생각을 치웠다. 그냥 좀 이상한 여자일 것이다. 그런 직감이 있었다. 그는 이런 바쁜 와중 단순한 호기심으로 정력을 낭비해선 안 된다는 것을 누구보다 잘 알았다.

그때, 멀리서 브류나크 공가公家의 붉은 늑대 기를 등에 맨 기수가 파발꾼과 함께 돌아왔다. 군대의 정렬을 지시하는 기사들의 움직임이 바빠지자 자칼린도 흙 묻은 손을 털며 일어섰다.

"어쨌건 간에 헛짓거리 하지 말고 돌아가라. 전쟁이 애들 장난도 아니고 말이야. 얼씬도 할 생각 마."

르옌이 고개를 번쩍 들더니 절박하게 외쳤다.

"말을……!"

"……?"

"저는 말 팔이꾼의 딸입니다. 말을 다루는 데에 능해 제법 쓸 만할 겁니다."

"……그래서? 이만한 군대에 말 다루는 이가 없을까 봐."

자칼린의 얼굴에 주제넘은 여자를 향한 불쾌감이 떠올랐다. 하지만 르옌은 노골적인 멸시에 이를 떨면서도 물러나지 않았다. 최전방의 둔영으로 들어갈 길이 묘연한 지금, 걸 데라고는 이뿐이었다.

"고명한 체사가의 기사가 지원병을 이끌고 나올 정도라면 곧 큰 전투가 벌어질 테지요. 모르가나를 대적하는 데엔 미욱한 이라 할지라도 필경 도움이 될 겁니다. 사람 하나라지만 없는 것보단 나을 테니."

"무슨 헛소문이 도는지는 모르겠지만 지금 패전을 해서 지원을 가는 게 아니라, 모르가나의 빌어먹을 제왕 병자들이 일을 크게 벌이기 시작해서거든. 너희 같은 백성들이 우려하지 않을 만큼 방비는 충분하니……."

"후방의 허드레꾼이라도 괜찮습니다. 자원하겠습니다. 그리하고 싶습니다."

앞뒤 가리지 않는 원색적 집착이었다.

구걸하듯 설토하는 말에 비견해 기세만큼은 기가 질릴 정도라 자칼린은 말없이 그녀를 내려다보았다. 이거 정말, 누군가의 사주를 받아 진영에 잠입하려는 간자일지도 모르겠다는 의심이 다시금 고개를 들었다.

"체사 경. 능선 뒤 진영으로의 군사 진입에 최고사령부의 허가가 내려왔습니다."

파발꾼의 보고가 이어지고도 자칼린은 한참을 미동도 없이 서 있었다. 고개를 빳빳하게 치켜든 여자를 응시하던 그의 삵 같은 눈매가 가늘어지며 흐응 하는 콧소리가 흘러나왔다.

아주 잠깐이지만 르옌은 어린 체사를 만만히 보았다. 아직 애티를 벗지 못한 저와 비슷한 연배의 군사 대장의 인상은 그만큼 가벼웠다. 하지만 얇게 호선을 그리는 입술이 격의 없이 내뱉은 말은 그녀의 예상을 깨부쉈다.

"역시, 싫은데."

자칼린은 파발꾼의 보고를 전하러 온 병사에게 가 보란 듯 손을 흔들며 르옌의 앞에 스윽 쪼그리고 앉았다.

"네가 보였다는 왕가와의 거래 증명 패는 둘째치고라도, 호패가 위조되지 않은 건지 당장 내가 어떻게 알겠어? 당장 네 동생이 최전방에 있다는 소리도 확인할 수 없는 일이잖아. 지금 이대로 너를 잡아다 문초하지 않는 걸 다행으로 여겨야지. 걱정은 하지 마. 여자에 손대는 취미도 없으니 지금 그냥 '죄송합니다아' 하고 사죄하면 눈감아 줄게. 이 몸도 갈 길이 바쁘거든."

자칼린 딴에는 꽤 자비롭게 이야기를 했다고 생각했는데 오히려 여자의 표정은 점점 굳어져 갔다. 자칼린은 왠지 모를 위화감 속에

묵묵히 그녀의 대답을 기다렸다. 사과라거나 '알겠습니다'라거나 하는 것들. 하지만 그녀의 마른 입술은 열릴 줄을 몰랐다.

그는 쪼그린 채로 손바닥을 턱에 괴었다.

'이거 봐라?'

자칼린은 자신감이 충만한 청년이었다.

명가로 손꼽히는 체사 가문의 둘째 아들이기 때문만은 아니었다. 그는 실제로도 제법 촉망받는 인재였다.

남들이 열심히 수련을 해야 할 때, 반절의 노력만으로도 같은 결과를 얻어 내는 건 자랑할 거리도 아니었다. 타인이 이해하려고 애쓰는 어려운 이론도 희한한 방법으로 습득해 버리는 자칼린은 그에 그치지 않고 자기 것으로 만들어 응용해 때때로 보통 사람들의 곱절에 달하는 결과를 얻기도 했다.

검을 익힐 때도 그랬다. 스승들은 늘 검을 쥐고 손에 익도록 해야 한다고 말하며 그에게 체사의 검식을 강요했지만, 그는 다 치우고 몸이 가장 편하도록 이리저리 휘두르며 스스로의 길을 찾았다. 물론, 그러다 보니 체사의 유려한 검식과는 거리가 먼 무식한 검이 되었지만.

어쨌든 한마디로 간단히 요약하자면 그는 제 몸에 편하도록 잔머리를 굴리는 것이 습관이라는 말이었다. 그만한 순발력도 뒤따라 주었다. 그가 '남들 하는 만큼만 할 거야.', '대충 살아.' 를 입에 달고 사는 철부지가 아니었다면 체사 가문은 전에 없는 부흥을 이루었을 터라며 탄식하는 이들이 있을 정도였다.

자칼린은 그다지 좋아하지 않는 말이지만 실제로 체사 가문을 두고 그런 말도 있다. 세상이 참 공정해 체사 백은 수도에서 가장 잘생기고 속 깊은 장남 카라제시를 얻었으나, 수도 최고의 영악한 천덕

꾸러기인 차남 자칼린을 함께 얻었다고.

"너 계속 따라올 거지?"

르옌은 여지없이 단호한 자칼린의 물음에 대꾸조차 없이 창백한 입술을 다물었다.

자칼린이 고개를 돌려 그녀가 타고 온 말을 바라보았다. 때마침 스이센이 다가와 그의 뒤통수에 고했다.

"체사 경, 이제 출발 명령을 내려 주셔야 합니다."

"아, 벌써 준비가 다 됐나."

자칼린은 절그럭거리는 견갑을 매만지며 몸을 곧게 폈다. 시선은 여전히 르옌이 타고 온 덴에게 있었다.

"근데 네가 타고 온 저 말, 되게 씨가 좋아 보이네."

"예…… 덴은 데투아가에서 가장 질 좋은 말입니다."

"이름이 덴이야? 가장 좋은 말이라니. 전쟁터에 자원하고 싶을 만큼 애국자라면 저런 건 기사들에게 넘겨야지."

어쩐지 그의 뉘앙스가 묘했다. 좋지 않은 예감에 르옌이 간격을 두고 조용히 답했다.

"……아직 군사 훈련은 받지 못한 성마른 녀석입니다."

아니나 다를까. 자칼린이 익살스런 표정을 짓더니 스이센에게 물었다.

"훈련이야 시키면 되는 거고. 베로한 경, 주머닛돈 좀 있나?"

"예?"

"저 말은 내가 데려간다. 나중에 뒷말 나오지 않도록 지금 대금을 치러 주고 이 여자는 저 나무에 묶어 놔."

스이센이 자칼린이 가리키는 나무를 바라보았다. 평야에 성긴 나무들이 낮게 서 있었다. 여자에게 몰매를 때려 더 이상 따라오지 못하게 하는 것보다야 인도적인 일이었지만 여자는 납득할 수 없다는 듯 소리쳤다.

"지금 그 무슨……!"

"피차 좋게 끝내자고."

자칼린이 하얀 치열을 드러내며 장난꾸러기처럼 웃었다. '아니, 나만 좋은 건가? 꽁꽁 묶어! 꽁꽁!' 능청스레 말하며 멀어지는 어린 체사의 뒷모습에 르옌은 아연했다. 그런 그녀의 얼굴을 딱딱하게 굳은 얼굴로 내려다보던 스이센이 손짓하자 세 명의 병사가 그녀의 주위를 에워쌌다.

"경의 명을 들었겠지."

"납득할 수 없는 명이라면 들었습니다."

"그렇다 해도 나는 명을 이행할 것이다. 전시에 함부로 군 행렬을 막고 수상한 행동을 보이고도 살아 있는 것을 감사히 여겨라."

어처구니없이 흘러가는 상황에 그녀가 흙바닥의 잡초를 쥐어뜯으며 중년의 기사를 노려보았다. 그 표독스런 눈빛에 스이센의 눈살이 찌푸려졌다.

"여자를 포승줄로 묶어 나무에 단단히 매 둬라. 그리고 말의 대금은 가치를 따져 본 후 대금으로 데투아 상단으로 보내겠다."

하지만 순순히 잡힐 생각은 없었다. 손목을 비틀어 잡아 일으키려는 병사의 손길에 기민하게 몸을 일으킨 그녀가 삽시간에 병사의 팔을 등 뒤로 꺾어 섰다. 방심하고 있었다곤 하더라도 놀랍도록 빠른 속도였다.

저런 민활함이라니. 스이센은 잠시 당혹한 눈으로 그녀를 응시하다가 위협적으로 말했다.

"순순히 따르지 않으면 체사 대장의 명이 없더라도 내 재량으로 전시 군율에 따라 네 다리를 베겠다."

공갈이 아니었다.

르옌은 압박하고 있던 병사의 팔을 쥔 손에 힘을 풀었다. 멀찍이 낯선 이에게 고삐를 잡혀 끌려가며 촉촉한 눈으로 그녀를 돌아보는 덴의 까만 눈동자가 비쳤다.

이름 없는 나무에 묶여 보는, 멀리 능선 저편을 향해 느릿느릿 행군하는 군대는 기다란 뱀 같았다. 그들을 눈으로 좇는 르옌의 얼굴에 망연함이 떠올랐다.

눈 뜨고 코 베인다고, 덴마저 빼앗기고 이리 묶여 버렸다. 움직이려 할 때마다 단단하게 묶인 밧줄이 그녀의 허리와 발목을 조여 왔다. 아프거나 불편하기 이전에 기가 차서 말도 나오지 않았다. 한숨을 삼킨 르옌은 곧 자신을 묶은 포승줄들을 찬찬히 살폈다.

자칼린이 간과한 것이 있었다. 범인의 딸이라 생각해 이 정도로 해 두면 한동안 옴짝달싹도 못 할 거라 여긴 모양이지만, 그녀는 전쟁터의 포로를 포승 제압하는 데에 어떤 방식으로 매듭을 묶는지, 어떻게 푸는지 태생적으로 알고 태어난 여자다.

르옌은 팔에 힘을 주어 보았다. 천행 우려할 만큼 단단하지는 않았다. 그녀는 짧게 심호흡한 후 이를 악물고 손목을 비틀었다. 피가 통하지 않을 만큼 강한 압박감에 절로 신음이 흘러나왔다. 그러나 포기하지 않고 매듭 끈의 늘어진 끝을 허벅지로 밀어 나무에 바짝 밀착시킨 후, 손목이 끊어지는 고통도 불사하고 오른손의 엄지를 빼냈다. 그다음부턴 일사천리였다.

포승줄이 툭툭 바닥으로 떨어져 내렸다. 살갗이 쓰렸다. 가는 손목을 억압하던 포승줄을 모조리 풀어내는 데에 애가 쓰여 숨이 부쳤다. 살갗이 다 까진 손목과 손등을 어루만지는 그녀의 입술 새로 드물게 거친 말이 튀어나왔다.

"빌어먹을, 한셴. 네 가문에서 난 새끼가 저러고 있는 걸 네가 봐야 하는데. 아니, 아니지, 피는 못 속이는 건가."

르옌의 눈에 자칼린은 명문가의 기사는커녕 능청스런 사기꾼으로만 비쳤다.

물론 함부로 국경으로 향하는 길목을 배회한 것도 잘못이긴 하지만 만일 '진짜' 평범한 여자였다면 인적 끊긴 이곳에 하염없이 묶여 있다 아사했을지도 모를 일이다.

그녀가 휘청하며 주저앉았다. 대책을 세우려니 아득했다. 능선이 제법 가깝게 다가오긴 했지만 말을 타고 달려도 서너 시간은 족히 걸릴 것이다. 하물며 이미 지쳐 있는 자신이 걸어간다면 하루를 꼬박 지새워도 닿을지 확신할 수 없었다. 그렇다고 이미 사흘을 내달려 온 거리를 돌아갈 수도 없었다.

시단을 잃어버리고 덴마저 빼앗겼다.

덴은 데칼리아가 낳은 아이들 중 가장 영민하고 훌륭한 준마이기도 했지만 그것을 떠나, 에이반과 함께 기른 말이기도 했다. 누가 보면 비웃을 고작 말 한 필. 그녀에게는 쉽사리 포기할 수 없는 그의 유산이었다.

나무를 짚은 르옌이 천천히 가느다란 몸을 일으켰다. 제법 체력이 되는 편이었음에도 생각보다 많이 지쳤는지 몸이 따라 주지 않았다.

"아, 체사. 뭐 저런 엉망진창이인 녀석이……."

저게 사령관 중 하나라고? 헛웃음이 날 지경이었다. 저런 게 사령관이라니. 그녀는 계속해서 욕지기를 씹었다.

기실 믿음을 사지 못하고 의심받는다 해도 그런 대로 좋았다. 어차피 자신은 털어도 먼지 하나 나지 않을 만큼 깨끗한 신분이고, 데투아의 딸이라는 것이 확실하니 일단 진영으로 잡혀 들어간 후에 시비를 가리면 된다고 여겼기 때문이다. 하지만 안일했다. 저놈이 저렇게 자신을 버리고 갈 거라곤 생각도 하지 못했다.

아니, 애당초 수상한 자들은 원래 잡아가는 것이 지침이 아닌가? 얼마나 헐렁헐렁한 지휘 사령관인가. 전쟁을 주도하는 지휘급 사령관들이 죄 저 녀석과 같다면 라르크의 미래에는 암운이 드리워져 있는 것과 진배없었다.

이미 까마득 멀어진 군행을 눈으로 좇던 르옌이 까진 손을 둥글게 쥐었다.

'내가 포기할까 보냐. 새파란 것들이……!'

공교롭게도 자칼린의 장난에 가까운 만행이 그녀의 타는 고집에 기름을 끼얹은 격이 되었다. 르옌은 지친 몸을 일으켜 세워 걸음을 떼기 시작했다.

능선 위로 펼쳐진 파란 하늘 저편, 느리게 흘러가는 구름 어딘가에 숨은 한센이 그녀를 보며 능구렁이처럼 웃고 있을 것만 같았다.

이튿날 동이 틀 무렵.

볼드 평야와 이어진 능선 뒤로 일찍부터 분주한 남자들의 목소리가 터져 나왔다. 정확히는 쐐기 나무 살로 엮은 울타리 안에 세워진 라르크 군의 진영에서였다. 해도 온전히 뜨지 않은 시각, 후발로 편제된 수도의 일만 지원군이 도착한 것이다. 그 즈음은 공교롭게도 평소보다 일찍 회의가 열린 참이었다.

사령부 막사.

라르크의 제대를 지휘하는 최고사령관 직속의 차하급 사령관들 중 다섯이 한 자리에 머리를 맞대고 앉아 두런두런 이야기를 이끌었다.

"일단 장기전에 대비해 비축했던 식량도 지금 막 합류한 후발 군의 머릿수까지 계산에 넣으면 턱없이 모자랍니다. 우기가 닥치기 전에 인근 영지를 돌고 있는 카바인 경에게 지원 가능한 지방이 있는지 두 번째 전령을 띄워 알아보는 건 어떻습니까."

"이미 보급로 확충을 위해 인근 영지와 마을로 감찰을 나가지 않았던가? 그 이상은 수탈이 될 텐데. 갈라부아의 영주들이 쉽게 동의하지도 않을 거고 말이야."

"저도 그에는 동의하는 바입니다만, 우선 키하이프 경이 절벽 기지 쪽 군사와 상황을 논의하러 갔으니 돌아오면 그때 상황을 보아 결정하는 것이……."

"듣기로는 이쪽에 합류할 군만 만 명이 넘습니다. 전쟁이 얼마만큼 길어질지 모르는 상황이니 대비해서 나쁠 것 없지 않겠습니까? 만일 사령관께서 달리 염두하고 계신 것이 있다면……."

대저 나이가 지긋한 기사들 가운데 유독 젊은 사내에게 시선이 쏠렸다. 원탁의 상석에 앉아 고개를 비스듬 기울이고 있는 흑발의 남자는 무언가 생각에 잠긴 듯한 얼굴이었다. 그러다 저들의 시선을 깨달은 건지, 담담히 내리깐 짙은 흑안 위로 다소 노곤한 기색이 드러났다.

파사드 칼란독 브류나크.

현 브류나크 왕가와 가장 가까운 뿌리를 가진 공가公家 브류나크의 직계 혈족이었다.

최고사령관의 직위에 오르기에는 젊은 나이였으나, 라르크와 모르가나 사이에 존재하는 치욕스런 과거를 씻기 위한 전쟁의 수장으로는 그보다 더 적절할 수 없는 혈통의 귀족이었다. 물론 혈통만이 그가 승리의 의무를 짊어지게 된 이유는 아니었다.

신동으로 태어나 대충 수도에 엉덩이를 비비고 사는 누군가와는 달리, 파사드는 지난 십여 년간 거의 대부분의 시간을 라르크의 변경을 돌며 안팎의 적들을 격파하는 것으로 실전 경험을 쌓아 왔다.

그의 스승은 한때 라르크 제일의 용맹한 기사라 알려진 카스트로벤더 윈포드, 퇴역한 지 십여 년이 지난 후에도 수많은 젊은 기사들의 존경을 받는 자다.

파사드 역시 수십 차례 전투를 치르며 살아남은 다른 노련한 노기사들도 한 수 접어 줄 수밖에 없을 만큼 흠잡을 데 없는 기사였다. 지휘관으로서 필요한 인내심, 포용력, 자제력은 두말할 것도 없었다. 연배 지긋한 장수들의 연륜을 넘어서는 냉정한 통찰까지 가졌음을 잔뼈 굵은 최연장 기사 에반부르도 인정했다.

평소에도 파사드는 말을 아끼는 편이었지만 유독 오늘따라 정도가 심했다. 간밤에 잠이라도 설친 건지 창백해 보이기까지 했다. 실제로도 그는 지금 잠을 설쳤던 지난밤의 피로에 잠겨 있었다. 자리가 불편한 전장에서 간간이 꾸는 흉몽이었다.

고작 그런 일로 불평할 만한 성정도 아니었거니와 미신 같은 것을 믿지는 않지만, 흉몽을 꾸고 나면 필연적으로 하루 종일 기분이 찜찜했다.

"으음……? 칼란독 경?"

결국 최상위자의 침묵에 왈가왈부 제 나름의 의견을 내기 시작하는 기사들과 그 사이사이로 하소연처럼 중얼거리는 이들의 목청이 뒤섞였다.

"한동안 잠잠했던 데다 이미 저쪽도 우리 병력이 불어난 걸 눈치 챘을 테니 또다시 얌체같이 신경을 긁어 대겠습니다. 모르가나의 원군이 이만에 이른다지요. 그들이 합류하기 전에 무리수라도 수를 두는 것이 옳지 않겠습니까?"

"그걸 누가 몰라서 이러나? 제 살 아끼느라 체면 깎이는 줄도 모르는 것들을 강제로 끌어낼 방법이 없잖나. 저것들 비 내리는 시기에 맞춰 올 모양이던데. 잔대가리 굴리는 소리가 예까지 들리는군."

"그리 강 건너 불구경하듯 말하지 마시게나, 지오타르 경. 우기가 되면 그때는 이쪽도 저쪽도 발이 묶여 멍청하게 서로 얼굴 맞대고 신경전이나 벌이고 있어야 할 텐데. 것도 재밌겠네, 멀뚱멀뚱."

"그게 재밌을 거 같소?"

"말이 그렇다는 거지. 모르가나의 핫바지들이랑 얼굴 맞대서 즐거울 사람이 예 어디 있다고."

회의는 어느새 모르가나를 헐뜯는 담론의 장이 되었지만 그것을 지적하는 이는 아무도 없었다.

그도 그럴 것이 전쟁이 발발한 직후부터 지금까지 벌어진 커다란 회전은 단 한 번뿐이었다. 조공에 대해 반발심을 드러낸 라르크와의 외교 문제가 해결되지 않자 호기롭게 라르크에 선전포고를 한 것과는 외양 다른 모양새였다. 모르가나의 현 최고사령관 칼 마르세 로반티스의 군대는 실망스러울 정도로 몸 사리기에 급급해서 산발적인 국지전만을 이끌었다. 그런 와중에 지원군까지 부르고 앉아 전쟁 규모만 더 키우고 있으니, 오랜 역사의 오명을 씻어 낼 기회라며 뛰쳐나온 라르크의 기사들이 분통을 터뜨리는 건 당연했다.

그때, 바깥으로부터 웬 가벼운 발걸음 소리가 들리는가 싶더니 예고 없이 휘장이 활짝 걷혔다. 느닷없이 나타난 불청객은 전장에 어울리지 않는 편안한 평복 차림의 젊은 청년이었다.

"형님…… 이 아니라 칼란독 경…… 도 아니고 사령관님을 뵙습니다!"

가쁜가쁜 사령부 안으로 치고 들어온 청년의 행태에 원탁을 빙 둘러 앉아 있던 기사들이 눈을 둥글게 떴다. 자칼린이었다. 회의 중에 난입한 이에 대한 언짢음은 상대가 그라는 걸 깨닫자마자 사그라졌다.

'그래. 체사의 그 자칼린 엔도니까 당연하지.' 이런 분위기.

내내 생각에 잠겨 있던 파사드가 피로한 입술을 열었다.

"……회의를 마치고 가겠다는 전갈은 받지 못했나?"

"막 도착하긴 했지만 저도 끼면 안 됩니까? 회의? 아, 지오타르 경! 듀사크 경도 오랜만입니다! 할드로프 경도 아직 정정하시네요? 그리고 폐하께서도 다들 안녕들 하시냐고 서간을 남기셨는데, 그건 이따 가져오겠습니다."

자칼린은 경쾌한 어조로 너스레를 떨어 댔다. 할드로프 경, 에반부르가 헛헛하게 웃으며 말을 받았다.

"정정하지 않길 바랐는가? 작은 체사 경."

자칼린의 넉살은 끝이 없었다.

"그럴 리가 있겠습니까. 아, 벵센 경. 후께서도 안부 인사 좀 전해 달라고……."

"수고를 끼쳤군. 고맙네, 체사 경. 오느라 고생이 많으셨소. 체사의 다른 분들은 평안하신가?"

"형은 항상 똑같고, 아버지는 요즘 폐하와 말도 안 되는 내기를 하셔서 골머리를 앓고 계시고…… 조만간 가문의 기둥이 뽑힐 거 같습니다만 뭐, 제가 물려받는 것도 아니니 나 몰라라 하고 왔습니다."

"수도는 요즘 어떻소?"

"재미있는 일이 있었다면 제가 여기 있지 않았겠죠."

"괜한 것을 물었군. 허허. 그렇지만 예라고 뭐 재미있겠소?"

"수도에서 늘어져라 하품만 하고 있다가 아버지한테 등짝을 얼마나 얻어맞았는지 몰라요."

"거, 체사 백도 여전하신가보군. 허허."

불만으로 한껏 가라앉았던 사령부 막사 안의 분위기가 언제 그랬냐는 듯 순식간에 떠들썩해졌다. 잠자코 듣던 파사드가 슬며시 떠오른 웃음기를 지운 후 중재에 나섰다.

"그쯤 해라. 벵센 경도 그쯤 해 두십시오. 일일이 받아 주면 끝이 없습니다."

자칼린은 잠깐 입을 다물더니 이내 장난꾸러기처럼 환하게 웃었다.

전장에 일 년 가까이 처박혀 지낸 우울하기 짝이 없는 기사들 사이에 갓 출전한 싱싱한 '그 체사'의 청년이 쳐들어 왔으니 오늘의 회의는 끝장났다고 봐도 무방했다. 기사들이 너털웃음 지으며 자칼린을 옹호했다.

"애초에 체사 경이 온다는 얘기에 이 정도는 다들 예상하고 있지 않았소이까. 허허. 생각보다 일찍 오셨군."

"최고 속력으로 달려왔죠. 다들 변고 없이 잘 지내신 걸 보니 기쁩니다. 뭐, 저 병신들을 상대로 별일이 있을 턱이 없지만."

"당연한 소릴."

유일 제국이라 칭해지는 모르가나를 서슴없이 병신이라 일컫는 시원시원함에 여기저기서 호쾌한 웃음이 흘러나왔다. 채신머리없이 쳐들어온 그를 막지 못한 보초병들이 안절부절못하는 것이 휘장 사이로 언뜻 비쳤다.

파사드가 회의를 파했다.

"조금 전 나온 보급에 대한 문제는 폐하께 상참할 생각이나, 일단은 후발군의 대략적인 편제가 다 끝난 내일 정오에 다시 논하겠습니다. 체사 경, 따라 나와라."

그는 그대로 자칼린의 뒷덜미를 잡고 밖으로 이끌었다. 건장한 사내의 손에 뒷목이 잡혀 물고기처럼 팔딱거리며 끌려 나가는 자칼린을 바라보던 남은 기사들이 헛헛하게 웃으며 고개를 저었다.

여독이 쌓여 피로할 법도 하건만, 무엇이 그리 신이 나는지 입놀림을 멈추지 못하던 자칼린은 결국 파사드가 엄히 꾸짖은 후에야 진정을 찾았다.

그들은 능선 우측으로 새로이 울타리를 치고 막사를 차리고 있는 후발 원군을 살피기 위해 말 위에 올랐다. 새로 세워지는 진영으로 들어서며 파사드는 간결하게 상황을 설명했다.

"적장 로반티스는 아직 큰 움직임은 없었다. 산발적으로 라르크의 영내로 침입해 치고 빠지는 형식으로 시간을 끌고 있는 걸 보면 큰 전투는 모르가나의 원군이 도착한 후에야 있을 것 같으니, 잠시 군사들을 쉬게 할 시간은 있을 거다. 하지만 기습과 국지전은 계속해서 일어나고 있으니 경계를 늦춰선 안 된다."

"지금 수비 형세를 유지하는 건 이쪽이라 들었는데, 시간 끌면 저 놈들만 곤란한 거 아닙니까?"

이젠 말에 오르기만 해도 허리가 아픈지, 볼멘 얼굴로 옆구리를 주무르던 자칼린이 되물었다. 그러자 그들과 함께 시찰 나온 에반부르 할드로프, 라르크 진영 내의 최고 연장자인 그가 느른한 음성으로 대신 말을 받았다.

"남쪽은 여기저기서 조공으로 끌어모은 것들도 있으니…… 식량 문제도 우리보단 사정이 나은 게지. 그걸 믿고 뻗대는 건지. 이 늙은 이가 죽기 전에 전쟁이 끝나긴 하려나 모르겠군."

"최단 시간에 끝낼 겁니다, 할드로프 경."

파사드가 희미하게 웃으며 대꾸했다. 자칼린은 무언가를 곰곰이 생각하듯 한쪽 눈살을 찌푸리더니 퍼뜩 생각난 사람처럼 물었다.

"아! 보고서는 따로 올렸는데 보셨습니까? 여분으로 남아 있던 군비 화약도 싸그리 긁어 왔는데!"

"지난번 파발의 보고에서 보았다."

"그 정도면 충분하겠죠?"

"병신들을 상대로 모자람이 있겠냐."

에반부르의 장난스러운 농담에 자칼린이 키득거리며 웃었다. 긴장감이라고는 눈을 씻고 찾아봐도 없었다. 아마 저럴 수 있는 것도 자칼린 엔도 체사가 유일무이하리라.

마른 흙 위를 걷는 내내 텅텅 징과 말뚝을 박는 쇠망치 소리, 분주히 뛰어다니는 병사들의 갑옷 소리, 말 대신 고함을 주고받는 소리 등의 온갖 소음이 산만했다. 소리 없이 눈으로 그들을 살피며 둔영을 가로지르던 파사드가 돌연 멈춰 섰다.

"형님…… 이 아니라, 사령관님?"

영 호칭이 익숙하지 않은 듯 황급히 호칭을 바꾼 자칼린이 얼굴을 쑥 내밀어 파사드를 올려다보았다.

파사드는 희한한 광경이라도 본 사람처럼 한쪽 눈살을 찌푸리고 있었다. 그를 따라 고개를 돌리던 자칼린이 짤막한 탄성을 내질렀다. 그곳엔 울타리에 줄이 묶여 날뛰는 말 한 마리와 그런 말에게 마갑을 씌우기 위해 달라붙은 병사들이 한창 씨름 중이었다.

"저 말은?"

한눈에 보아도 잘 관리된 씨 좋은 말이라는 것을 알 수 있을 만큼 건장한 준마였으나 군용으로 훈련받았다 보기엔 지나치게 거칠었다. 아니, 저쯤 되면 전혀 훈련이 되어 있지 않은, 안장 씌운 야생마에 가까웠다.

자칼린이 뒷머리를 벅벅 긁었다.

"아, 저거 아직도 저러고 있네. 힘도 좋지."

다시 보기 전까지는 사실 까맣게 잊고 있었다.

저 말은 능선을 돌아오는 내내 자칼린의 기사들을 곤혹스럽게 했다. 그 정체 모를 여자와 함께 있을 때는 그토록 순해 보이던 녀석이 여자와 떨어지자마자 미친 듯이 날뛰어 대기 시작한 것이다.

일단 척 보기에도 여느 명마 못지않은 태라 죽이거나 버리기는 아까워 꾸역꾸역 데리고는 들어왔는데 저래서야 한참이 걸릴 것이다.

파사드의 눈에도 그 말은 몹시 훌륭해 보였다. 그가 울타리 쪽으로 말 머리를 돌려 그 앞으로 다가갔다.

"고삐를 느슨하게 놓고 힘을 풀어라."

발굽에 채이거나 물어뜯기는 사고를 당하지 않기 위해 낑낑거리던 병사들이 갑작스레 들린 음성에 화들짝 놀라 고개를 들었다.

"사령관님! 인, 인사 올립니다! 그런데 이놈이 고삐를 놓으면 울타리를 뽑고 달려갈 만큼 난폭해서……."

"말뚝을 단단히 고정시키고 말에서 떨어져라."

고삐 줄을 감아 묶은 울타리 말뚝을 고정시키기 위해 병사들이 달라붙었다. 파사드의 명에 고삐를 놓기 무섭게 준마는 미친 소를 방불케 하며 난장을 피우기 시작했다.

파사드는 물러서지 않고 말 머리를 마주 보고 섰다. 뒷발로 사위를 가리지 않고 병사들이 힘겹게 박아 둔 말뚝들을 걷어차며 거칠게 투레질하는 양태가 위협적이기까지 해서 자칼린마저 긴장할 정도였다. 에반부르가 우려를 비쳤다.

"칼란독 경께서도 물러서 계시는 게 어떨지요. 조련사를 불러 오겠습니다."

"아, 그거 소용없어요. 쥐뿔도 안 먹혀. 하루 이틀로는 저거 길들이기는 무립니다."

이미 오는 길에 시도해 봤던 터라 자칼린이 두말할 것 없다는 듯 손을 저었다. 푸르릉! 이히힝! 앞발을 내리치는 말의 울음이 어찌나 위협적인지 주변에서 진지와 막사를 설치하던 이들마저 흠칫할 정도였다.

그러건 말건 파사드의 훈련받은 흑마는 꿈쩍도 않고 그 말을 마주 보고 서 있었다. 몸부림치던 말의 기세가 차츰 가라앉는 것 같았다.

제법 긴 시간이 지나자 갈색 말은 날뛰기를 멈추고 푸르릉거리며 파사드를 노려보았다. 위치상의 우위를 점하고 그를 내려다보는 파사드의 검은 눈동자에 한참이나 씩씩대던 말이 결국 시선을 내려뜨리더니, 상대를 바꾸어 자신을 마주 보는 흑마의 눈알을 직시했다.

파사드의 흑마는 잘은 숨소릴 내며 턱을 치켜들었다. 그에 맞대응이라도 하듯 쾅쾅 발을 구르고 콧김을 뿜던 준마가 몸을 부르르 떨었다.

자칼린은 기가 막힌다는 듯 서로를 노려보고 있는 두 필의 말을 번갈아 보았다. 고작 다리 넷 달린 짐승 두 마리 사이에서 웃지 못할 신경전이 벌어지고 있었다. 결국 짙디짙은 눈동자로 자신을 노려보는 동류의 상대가 원체 대단한 것임을 알아차린 건지, 아니면 포기한 건지 날뛰던 말의 고개가 푹 떨어졌다.

자칼린이 저건 생각지도 못했다는 듯 턱을 매만지며 콧소릴 냈다.

"호오오오. 예전부터 생각했지만 롯사가 대단한 녀석이긴 한가 보네요. 과연 짐승이라 본능으로 안다는 건가. 발도산産 말들이 품질이 좋다더니, 저도 나중에 수도에 올라가는 길에 발도에나 한번 들러 보고 싶어지네요."

"주인이 있었나?"

파사드가 물었다. 때 묻은 낡은 민간 안장을 하고 있는 것을 보면 야생마는 아니었다. 자칼린은 문득 어제 보았던 여자를 떠올리며 미간을 긁적였다.

'아직도 거기 있으려나?'

그래도 양심은 있어서 새삼 앙큼한 걱정이 들었다.

감으로 때려 맞춘 판단이긴 했지만 의심스러운 점들을 모두 감안하더라도 큰 문제를 일으킬 여지는 없는 라르크의 평민이 맞을 것이다. 하지만 전시에 함부로 국경 언저리를 쏘다닌 것은 여자의 경솔함이니, 딱 그 정도의 우려였다.

"아, 오는 길에 능선 너머 평야에서 사 왔습니다."

"이 시국에 유목 상인이 돌아다니던가?"

"비슷합니다. 근데 저거 사령관님께 바치겠습니다. 길들이는 건 영 역량도 딸리고 취미도 없으니. 뭣보다도 제 말은 롯사만 못하잖아요?"

에반부르가 웩 눈살을 찌푸렸다.

저런 훈련받지 못한 말은 전쟁터에서는 무용지물이었다. 훈련만 못 받은 게 아니라 난폭하기까지 하니 차라리 방사하는 것이 낫다. 누가 아니랄까 봐, 파사드가 말 머리를 돌리기 무섭게 기가 죽었던 말이 푸르릉거리며 발굽으로 땅을 치기 시작했다. 하지만 에반부르의 생각과는 달리 파사드는 저 난폭한 말이 제법 마음에 든 모양이었다.

“그러지.”

자칼린은 그때까지도 저 말이 크게 문제 되리라고 생각하지 않았다.

이튿날 오전, 웬 정신 나간 여자가 거지꼴을 하고 진영 앞에 기절해 있는 것을 발견하기 전까지는 말이다.

그녀의 기억 속 한센 두크 체사는 제법 간사한 면이 있었다.

간사하다는 것이 세 치 혀를 놀리는 뱀처럼 아첨과 이간질을 하는 걸 의미하는 것이 아니라, 슬그머니 상대방의 뒤에서 장난질을 해대는 데 도가 텄다는 의미에서다. 또 지는 것은 죽기보다 싫어하던 녀석이었는데, 아마 여왕의 말년에 여왕을 배반했던 것도 벨바롯트를 향한 충성심이었다기보다는, 그녀에 대한 개인적인 감정과 더불어 다가올 몰락을 읽어 냈기 때문일 것이다.

사형 전야.

두꺼운 체스판을 들고 감옥 앞에 마주 앉던 어처구니없던 모습을 기억한다. 대충 묶어 올린 연갈빛 머리칼에 싱그러운 녹음을 떠 박은 듯 반짝이던 눈동자로 배반자는 능청스럽게 그녀에게 체스를 권했다. 족쇄에 묶여 꼼짝도 할 수 없다는 것을 알면서.

—두던 것은 끝내고 가셔야죠. 어느 쪽으로 하시렵니까, 폐하.

—흑으로.

—여전히?

지저분한 바닥에 엉덩이를 대고 앉아 체스 판을 정리하던 그의 모습은 이전과 별다를 바가 없었다. 그는 전장 어딘가에서 두다 만 판의 기억 그대로 말을 배치했다. 그것은 놀라울 정도로 정확했으나 스완은 놀라지 않았다.

—너야말로 여전히 나를 폐하라 부르는 걸 보니 듣는 귀가 무섭지도 않나 보구나.

—한 번 폐하는 영원한 폐하니까요. 물론 그렇다고 해서 지금의 당신을 두둔할 수는 없겠지만.

—네 동정을 받느니 혀를 깨물지.

—폐하는, 너무 사람을 주눅 들게 하십니다. 잘난 것도 정도껏이어야지 말입니다.

—이제 면전에서 욕이냐?

바람 빠진 웃음이 텅 빈 감옥 벽을 때리며 기괴하게 메아리쳤다.

—……이제 와서 하는 말이지만, 여인의 몸으로 종횡무진 하는 폐하의 모습이 제법 경이롭긴 했어도 본받고 싶지는 않았습니다. 그런 의미에서 폐하는 귀족들의 귀감이 되지 못한 실패자시지요.

—잘났군. 내가 이 꼴이 되니 겁 없이 지껄이는구나, 한센.

—이제 와 폐하가 저를 어찌 하시겠습니까?

문득 철창 너머 놓인 체스판 위를 흘기던 그녀가 거친 입술을 끌어당겨 웃었다.

—가로 둘, 세로 셋의 룩 옆에 있는 비숍을 북서 방향으로 두 칸.

—저는 나이트를 이리로 하죠.

—두 번째 행의 퀸을 네 폰의 대각으로.

—이것을요? 그러면 저는 이쪽을…….

눈썹을 까딱이며 하얀 비숍을 집어든 한센이 말을 내려놓다 말고 우뚝 멈춰 섰다. 그리곤 양 눈살을 찌푸리며 혀를 차더니 실소했다. 그는 곧 자신의 말을 내려 두고 오갈 데 없어진 옥처럼 하얀 킹을 손가락 끝으로 넘어뜨렸다.

데구르르.

딱딱한 체스판 위를 구르던 적의 왕이 지저분한 감옥 바닥으로 추락했다. 그의 웃음소리는 점점 커졌고, 그녀는 쩌렁쩌렁 울리는 괴이한 웃음소리에 흡족해했다.

—시작부터 끝난 판이었다. 패배하지 않는 데에 눈이 멀어 작은 승리를 살피지 않은 네 우다, 한센.

—……끝까지 이러시는 겁니까?

—다음 기회란 없을 테니 너는 늙어 죽을 때까지 오늘의 패배를 아쉬워하며 살아라.

여왕은 저주 같은 축언을 남기고

이튿날 새벽, 형장의 이슬로 사라졌다.

능선 아래에 다다를 즈음 싸구려 가죽 신발은 이미 밑창이 다 헐어 넝마가 되었다. 신이 제구실을 못하니 초원과 흙바닥을 번갈아 딛는 발이 성할 리가 없었다. 르옌은 물집이 터지고 피투성이가 된 발을 절뚝거리며 쉬지 않고 걸었다.

그녀는 전 생애를 통틀어 이토록 지옥 같은 고통을 느껴 본 적이 없었다. 과거의 기억 속 그녀는 때때로 칼에 베이거나 화살에 맞거나 말에서 떨어지거나 하는 크고 작은 사고를 당했지만, 그것은 인내를 요하는 고통이 아닌 타의에 겨냥된 순간의 악의였다.

그러나 지금 이것은 자신과의 싸움이다. 르옌은 도저히 걷지 못할 것 같아 쉬고 싶은 마음이 들 때마다 하늘을 올려다보며 '한센, 네 가문의 꼬마가 감히 내게 무슨 짓을 했는지 봐라.' 하고 쉰 목소리로 오기를 다졌다. 덕분에 전장까지 내딛는 길이 생각보다 쉬워졌다.

한 번 오기가 생기니 그동안 그녀의 발목을 잡던 주저와 두려움, 혼란 따위는 볕 든 무지개처럼 흩어졌다. 솔직하게 말하자면 중간부터는 반절 의식이 사라진 마비 상태였다.

그나마 정신을 차릴 때는 심하게 허기가 진다던지, 야생 늑대들의 흔적이 보일 때 정도였다. 가증스런 배려로 어린 체사가 덴의 허리에 묶어 두었던 보따리는 두고 간 덕택에 그녀는 보따리 속 수통으로 물을 해결하고 간이 식량을 게걸스럽게 먹는 것으로 끼니를 때웠다.

하루가 지나고 이틀째 되던 날, 능선을 우회할 즈음에는 이성이라는 것이 차츰 흐릿해졌다. 그녀는 보따리마저 내버리고 간이 식량 주머니만 허리에 차고 전진했다.

끝자락쯤 다다라선 거의 입버릇이 되었다.

"한센, 내가 체사를 미워하지는 않지만, 네 가문의 그 잔망스런 새끼만큼은 아량으로 보아 넘기기 힘들구나."

과거, 몇날 며칠을 행군하고도 활기찼던 과거의 자신에 빗대면 지독하게 한심한 꼴이었지만 지금의 현실은 서글프게도 그랬다.

갈증과 더불어 의식과는 상관없이 무너지려는 몸에 위기를 느낄 즈음, 게처럼 떨리는 다리를 가까스로 손으로 짚은 그녀의 코끝에 엷은 쇠의 냄새가 흘렀다. 자꾸만 떨어지려는 고개를 드니 능선 뒤편의 건조한 황토로 덮인 광활한 평야가 비쳤다. 더해 하얀 늑대 깃발을 휘날리고 있는 라르크의 군사 진영이 작게 눈에 들었다.

심장이 두방망이질 치기 시작했다.

'드디어.'

홰의 냄새, 고함 소리, 모닥불 위로 피어오르는 거무스름한 연기. 과거로 되돌아왔나, 일순 착각이 들 만큼 익숙했다.

몇 걸음 더 옮기던 르옌의 몸이 주르륵 쓰러졌다. 퉁퉁 부어 오른 상처투성이 발은 마비 상태를 넘어서 힘이 들어가지 않았다. 가물가물 끊길 듯 깨인 정신으로 이를 악물었으나 소용없었다. 이제 곧인데.

“저게 뭐지?”

“사람 아냐? 대장에게 보고해. 내가 가 볼 테니.”

그때 둔영 주위를 순찰하던 순시병이 그녀를 발견하고 의심스러운 듯 다가왔다.

“정체를 밝혀라!”

이미 쓰러지지 않는 것만으로도 한계에 이르렀는데, 흙바닥 위로는 제 뒷목을 겨눈 병사의 칼 그림자까지 드리워졌다. 환장할 노릇이었다. 르옌이 가까스로 신음을 삼키고 말했다.

“……덴…… 와…….”

“뭐라고? 뭔데 국경까지…….”

“덴을 찾아 왔다고…… 한센의…….”

“……한센?”

이미 다리엔 아예 감각이 없었고 의식마저 껌뻑거렸다. 오죽 상태가 심각했던지 마른 혀는 꼬이고 그나마 기억도 뒤엉켜 버렸다. 체사라는 그 한마디가 기억 저편으로 송두리째 날아가 버려 오는 내내 입버릇처럼 씹던 이름만 떠오를 정도였다.

그녀는 최후의 진력을 다해 소리쳤다고 생각한다. 왜냐하면 이미 그때의 기억은 이성과 함께 날아가 버렸기 때문에.

“……한세엔. 그놈, 의 말, 도둑놈을……!”

완전한 미몽에 잠기기 전, 초승달처럼 감긴 시야로 비친 파란 하늘을 올려다보며 그런 생각을 했다.

‘봤느냐, 한센. 이백 년이 지난 지금도…….’

네놈한텐 지지 않는다니까.

승자의 미소가 번졌다.

그리고 다시 눈을 떴을 때는 바라 마지않던 진영의 낡은 천막 안이었다.

후발 편성군의 준비가 어느 정도 마무리되자 수뇌들은 하나둘씩 사령부 막사로 모였다. 이어진 회의는 어제 오전처럼 활기찬 분위기로 흘러가지는 않았다.

마른 흙냄새 가라앉은 사령 막사의 공기 속, 목까지 올라오는 목깃을 단 검은 군용 제복을 단정히 차려 입은 파사드의 얼굴에도 썩 감추기 어려운 피로가 배어 있었다.

지난 하루를 꼬박 후발 부대를 정돈하느라 녹초가 된 이들의 안색은 모두가 엇비슷했다. 안부 따위 묻는 일은 없이 논의는 지속되었다.

"이해하셨겠지."

삐딱하게 앉아 원목 탁자 위의 지도를 내려다보던 자칼린은 그의 건너편에 앉은 벵센 경, 타라옛의 설명에 고개를 끄덕였다. 뾰족한 코끝을 매만진 벵센 경은 두꺼운 눈썹을 씰룩이며 영 시원찮다는 듯한 눈빛을 해 보였다.

"그러니까 요점만 해서, 지금 현재 갈라부아의 제레드 국경에 걸친 라르크 주둔군의 수는 막 합류한 제 군대를 포함해 약 사만 좀 넘고, 적들은 원군이 아직 도착하지 않아 삼만이 조금 안 되니, 놈들의 지원군이 도착하기 전에 쓸어버리는 게 가장 손쉬운 방법이라 이거잖아요."

분명 보다 세밀한 설명을 늘어놓은 것 같은데, 어째 노력이 무색하게 한마디로 정리해 버린다. 타라옛이 뾰족한 코끝을 만지작거리며 무언으로 긍정하자 자칼린이 이상하다는 듯 되물었다.

"근데 문제가 뭡니까? 우리가 먼저 쳐들어갈 수 없는 이유가 있어 지금까지 저놈들 하는 대로 받아 준 것 아닙니까?"

"여기서 남으로 내려가면 나오는 안프 일대가 적들이 선택한 전술적 지형이다."

묵묵히 그들의 이야기를 경청하던 파사드가 지도 위의 한 지점을 가리켰다. 그 위엔 흑백의 체스 말들이 놓여 있었는데, 말들의 배치를 본 자칼린은 국경 유역의 바위로 뒤덮인 지리를 떠올리곤 '아하' 하며 무릎을 쳤다.

"하지만 안프 일대의 쌍둥이 절벽 앞으로는 우리 졸란타 평야가 있고 그 너머엔 모르가나의 이샤스 평원이 있는 것 아닙니까? 회전지로는 충분한 규모로 보이는데요."

"전쟁 초기 회전에서는 적들이 절벽 사잇길을 통해 졸란타로 밀려들어 와 난전이 벌어져 양측에서 수천 명의 사상자가 났다. 그리고 보름 후, 근소한 수적 우세로 라르크가 승기를 쥐었고 로반티스 군은 퇴각했다."

"졸란타 회전에서의 승리에 관한 이야기는 저도 알고 있습니다."

"당시 적들의 전투 사상자는 우리가 수거한 무기의 수로 추산하건대 삼천팔백여 명이었다."

자칼린이 드물게 진지하게 낯을 바꾸어 눈을 끔뻑였다. 귀동냥으로 들은 것이나 그가 알기로는 분명 졸란타 회전에서 적들이 입은 손실은 삼천팔백여 명보다 훨씬 웃돌았다. 모르가나의 기선을 제압한 큰 승리라며 수도 귀족들이 축배를 올릴 때, 자칼린도 함께 있었기에 착각은 아니었다.

“들리기로는 육천 명 가까이라고 하던데요? 수도로 잘못된 전후 보고가 올라온 겁니까?”

그러자 원탁 끄트머리에 앉아 팔짱을 끼고 있던 타라옛이 코웃음 쳤다. 파사드는 그에게 스윽 눈길을 주더니 설명을 마저 이었다.

“퇴각 중에 죽은 적의 군사가 천여 명을 훨씬 웃돌았다.”

“……그 새끼 진짜 미친놈이네. 로반티스라는 놈, 저 혼자 살자고 꽁무니라도 뺀 겁니까?”

피로로 떨리는 눈꺼풀을 닫고 설명을 경청하던 에반부르가 턱수염을 매만지며 대신 말을 받았다.

“비슷했지. 첫 회전에서 그따위 실적을 냈으니 목이 달아날까 겁이라도 덜컥 먹은 건지, 그다음부터는 안프 쌍둥이 절벽을 철통 수비하면서 깨작깨작 우리의 피를 말리기 시작하더구만.”

“초반 접전 이후 듀사크 경이 반대로 선공 진입해 적들의 전력 손실을 유도했으나, 지형이 수비로 태세를 바꾼 적들에게 지나치게 유리해 작전에서 철수했다.”

“아이쿠, 듀사크 경이 고생 많으셨겠습니다.”

자칼린이 듀사크 경, 덴작을 돌아보며 말했다. 악의는 없었으나 덴작은 치욕스러움으로 얼굴을 붉혔다.

쌍커풀이 얇은 고동색 눈동자를 가늘게 뜨고, 신경질적으로 구겨진 덴작의 얇은 입술이 찡그려지는 것을 능청스레 바라보던 자칼린은 파사드에게로 고개를 돌렸다.

파사드는 그들을 개의치 않고 설명을 마무리했다.

“하지만 이 이상 상황의 열악함을 변명 삼을 수는 없다. 수적 우세를 이용할 수 있는 건 지금뿐이니까.”

"으음, 어떻게 하실 겁니까?"

"기본 방침에 따라, 기습하여 포위한다."

"묘안이 있으십니까?"

기습과 포위는 전술의 기본이다. 하지만 지금까지 그러지 못하고 산발적 전투로 손실을 입은 것은 그럴 만한 이유가 있었기 때문이다.

모르가나와 맞닿은 제레드 국경 지형을 떠올릴 때, 안프의 쌍둥이 절벽을 피해 대규모로 적들을 포위할 수 있는 방법은 제레드 동부의 이타카 저원低原 지대를 빙 돌아가 로반티스 주둔군의 측면과 후방을 포위하는 것뿐이다.

하지만 제레드 국경의 가치를 고려하면, 군사를 반으로 나누어 적들에게 이곳을 내줄 빌미를 줄 수는 없었다. 제레드를 통과하게 되면 몇 개의 영지에 걸쳐 수도까지 직선으로 통하는 대로가 깔려 있다. 모르가나가 가장 먼저 이곳을 치려 한 것 또한 그 때문이리라. 비록 지금은 저들이 소극적인 태도를 보이고 있지만 라르크 군의 양분을 알게 되면 기회라 여길 것이다.

그렇다면 은밀하게 이동해 적들의 방심을 노려야 함인데, 이타카의 저원 지대엔 적의 눈을 피하게 해 줄 엄폐물이라고 할 만한 것이 없었다. 볼드 평야에 성기게 난 나무들조차도 이타카에서는 귀했다. 심지어 이타카 저원에서 모르가나 국경을 넘어가는 길목에는 무른 늪도 곳곳에 도사리고 있다 했다. 그 길을 택한다면 위기 상황 시 대처가 몹시 어려워질 것이다.

요약하자면 적의 눈을 피할 수 없는 평원인 데다 늪까지 있어 이동이 버거운 지대라는 말이다.

"군을 셋으로 나눈다. 할드로프 경과 듀사크 경이 이곳의 지휘를 대신 맡고 안프 절벽의 전초 기지 삼각 수비대의 최전방은 지오타르 경이 맡을 것이다. 나머지는 나와 함께 올조르로 향한다.”

평이하게 이어진 답에 자칼린이 놀라 엉덩이를 들썩였다. 그만 기함한 게 아닌지 에반부르 또한 만지작거리던 턱을 꽉 쥐었고, 타라옛과 다른 기사들도 희한한 숨소리를 냈다.

“칼란독 경? ……올조르 요새 말씀하시는 겁니까?”

“지금 올조르를 치자는 계획을 이야기하신 거라고요?”

“올조르 요새는 실질적으로 모르가나를 가리고 있는 남동부 장벽인 만큼 요새 격파는 상황을 타개할 좋은 방법 중 하나지만, 나는 최단 시간에 전쟁을 끝내기 위해 이 자리에 있는 것이다. 올조르 요새의 함락은 목적에 없다.”

내심 안도한 기사들이 굳어졌던 표정을 풀었다.

“……그럼?”

“올조르-톨프를 지대를 돌아 모르가나의 국경으로 숨어들어 이샤스 평원 측면과 후방을 기습한다. 체사 경이 가지고 온 화약을 신호탄 삼아, 시기를 알리면 쌍둥이 절벽의 지오타르 경이 신호를 받고, 할드로프 경과 동시 습격을 감행해 로반티스의 군을 격퇴한다. 분할한 군대가 다시 절벽의 샛길을 통해 본진으로 합류하면 작전은 끝이다.”

그러니까 파사드의 계획은 올조르-톨프의 험지를 우회해 국경 건너에 있는 로반티스의 군대를 공격한다는 말이었다. 더 가까운 이타카 저원 지대가 아닌 그 방향으로 간다면, 어림잡아도 스무 날 넘게 소요 될 것을 예상해야 했다.

“모르가나 증원의 합류 시기가 가장 큰 복병이나 이만이 넘는 그들 지원군의 최고 속력을 예상해 볼 때, 해 볼 만한 가치는 있다. 오늘 새벽 당도한 키하이프 경이 군의 이샤스 평야 주둔군과 쌍둥이 절벽의 거리 정보를 가지고 돌아왔다.”

"어…… 키하이프 경은 그러면."

"저녁 회의에서 그가 이샤스 평야 주둔군의 눈에 최대한 띄지 않을 수 있는 예상 경로를 구체적으로 제시할 것이다."

"하지만 지나는 중에 톨프 군과 올조르 군 사이에 끼이게 된다면 그때는 이쪽이 곤란해집니다."

"이미 톨프는 오래전부터 다락과 접경해 있고, 얼마 전부터 다락 민족과의 상황이 악화되었다 하니 톨프의 군장 또한 이쪽까지는 신경 쓰지 못할 거다. 예비책도 세워 둘 생각이다마는, 일단 그 점은 염려 마라."

파사드가 이번 전쟁을 단시간에 끝내고자 단단히 마음먹은 모양이었다.

올조르에 대한 논의가 과거에도 전혀 없었던 것도 아니고, 톨프를 걸쳐 간다면 충분히 가능할 법도 한데…… 영 귀에 달지 않았다. 늘 온화했던 에반부르마저 다른 수뇌 기사들처럼 올조르의 이름만으로도 적이 불편한 얼굴이었다.

칠백여 년 동안 단 한 번도 적의 발자국을 허락하지 않았다 전해지는 난공불락의 성채가 있는 협곡을 지나야 한다는 건 자칼린으로서도 묘하게 가슴 답답한 일이었다.

"작전의 개시는 체사 경이 이끌고 온 후방 편성군이 본진에 자리를 잡은 후, 대략적으로 열흘 안에 이뤄지는 것으로 하겠다. 후발군의 일부를 보급 쪽으로 돌리고, 그 밖의 군사를 셋으로 재편하는 것은 할드로프 경에게 맡기겠다. 또한 작전이 성공하게 된다면 우기까지의 보급품과 식량에 관한 문제 또한 일정 해결될 터."

신음 소리조차 흐르지 않는 적막이 의미하는 것이 무엇인지 알면서도 파사드는 담담한 어조로 설명을 이어 나갔다. 꽤 오랫동안 고민을 한 모양이었다.

"이의가 있나?"

사령 막사는 조용했다. 기실 그들은 저보다 더 현실적으로 단기간에 적들을 무찌를 방안을 떠올릴 수 없어 서로 흘깃대며 눈치만 봤다.

바로 어제까지만 해도 적들이 껄떡대는 것이나 받아 줘야 하는 거냐 한탄하며 무리수라도 둬야 한다고 주장했던 자신들이 아닌가. 물론 실제로 파사드가 저런 계획을 머릿속에 담고 있었다는 걸 알았다면, 무리수가 아니라 적당한 수라고 순화해 말했을 테지만.

이미 그는 말을 맺었고, 더 좋은 묘안을 내기 전에 그의 결정을 번복하기는 어려울 것이었다.

탁자 위에 놓인 있는 모래시계는 그림처럼 멈춰 있었다. 흐른 시간을 가늠한 파사드가 회의를 파했다.

"그러면 오늘은 이쯤 하지. 이상."

종회를 선언하자 막사 한 구석에서 조용히 속기하고 있던 군속기사가 기록장을 들고 소리 없이 나갔다. 남은 기사들이 얼떨떨한 얼굴로 몸을 일으키는데 한 병사가 슬그머니 보고했다.

"송구합니다. 보고드릴 것이 있어……."

"들어와라."

파사드의 명에 병사가 냉큼 달려 들어왔다. 회의가 끝나기를 기다리고 있었던 건지, 그는 원탁에 앉은 기사들을 보고도 놀란 기색 없이 예를 갖춘 후 용건을 꺼냈다.

"보고입니다. 다른 것이 아니라, 웬 여자가 진영 근처에서 쓰러져 있는 걸 발견했습니다."

"여자?"

"예. 그런데…… 체사 경, 저…… 체사 경을 찾아 왔다고 합니다."

심란한 기분으로 미동하던 이들이 일동 경직했다.

여자? 군사 진영 한복판에 웬 여자?

기사들의 뾰족하고 의문스러운 시선이 일제히 자칼린에게 꽂혔다. 그러나 정작 자칼린 당사자도 입을 찡그려 벌린 희한한 표정을 짓고 있어 그들은 입을 다문 채로 고개만 갸우뚱했다. 자칼린은 뜬금없는 군사의 말에 적이 당황한 기색을 내비치며 대꾸했다.

"어? 뭐? 날? 왜?"

파사드가 슬며시 미간을 좁히며 자칼린을 흘기더니 딱딱하게 말했다.

"체사 경, 짐작 가는 것이 있나?"

짐짓 노한 기색이었다. 군에 합류한 지 하루 만에 여자 문제를 일으켰다 매도당한 것이 틀림없었다. 수도에서 보였던 자유분방한 행태를 떠올리자면 억울해할 것도 없지만 자칼린은 당최 짚이는 것이 없었다.

"저는 진짜 모르는 일입니다. 제가 미쳤다고 수도에서 여자를 데려왔겠습니까. 엘히엔이 이미 지가 무슨 브류나크의 안사람인 양 얼마나 꼼꼼하게 제 채비를 감시했는데요? 아, 아아아닛, 경들 왜 다 그런 눈으로 보십니까! 대체 누가 나를 왜 찾는데?"

자칼린이 거세게 항변하자 실눈으로 그를 쳐다보던 중년의 기사들이 일제히 헛기침을 하며 고개를 돌렸다.

"대체 누구냐니까? 날 왜 찾아?"

자칼린이 답답하다는 듯 병사를 채근했다.

병사의 표정은 이상했다. 흘긋흘긋 자칼린을 흘기면서 무언가 말을 할 듯 말 듯 주저하는 기색이 역력했다. 자칼린이 참다못해 눈을 부라리자 병사는 허둥지둥 눈을 내리깔더니 중얼거리듯 고했다.

"그…… 여자가 볼드 평야에서 능선을 넘어왔다 합니다. 진영 앞에서 기절한 것을 순시병이 발견해 의무병에게 맡겨 두었습니다. 근데……."

"……엥?"

"……그게, 여자가 민간인의 신분임에도 불구하고 체사 경에게 부당 대우를 받아 신변의 위협을 받고 사유 자산을 강탈당했다고 주장을……."

파사드를 비롯한 다른 기사들은 예상 밖으로 돌아가는 상황에 자칼린의 해명을 기다렸다. 하지만 정작 그들의 시선을 한 몸에 받는 자칼린은 기막힌 사람처럼 볼을 떨 뿐이었다.

"뭐, 어어?"

문득 뇌리를 치고 지나가는 사람이 하나 있는데, 진짜라면 너무나도 황당한 일이었다.

파사드가 물었다.

"신변의 위협과 사유 자산의 강탈은 무슨 얘기지?"

자칼린은 등줄기에 솜털이 서는 것을 느끼며 주먹을 부르르 떨었다.

'여기까지 왔다고?'

입꼬리가 씰룩씰룩 거렸다. 미친 여자다. 과연 섭정 공 운운할 때부터 비범하다 했지만, 정신이 나가지 않고서야.

"여자의 주장에 의하면 체사 경께서 민간인인 여자의 말 한 필을 빼앗고 나무에 묶어 죽이려 했다고……."

"어허이! 내가 언제 죽이려 했다고!"

"……하여 지금…… 보고를……."

병사는 자칼린의 심상찮은 반응에 잔뜩 움츠러들어 답했다. 파사드가 잠시 왼쪽 눈가를 지그시 누르더니 무언가 짐작 가는 것이 있는 듯 나직이 물었다.

"체사 경, 내게 준 그 말은 값을 치르고 사 왔다고 했던가?"

"아, 사, 사긴 했어요. ……아마? 베로한 경에게 대금을 치러 주라고는 했습니다. 치러 줬을…… 걸요. ……아마?"

여기저기서 한숨이 터져 나왔다. '과연, 체사의 자칼린 엔도다.' 하는 반쯤 포기한 분위기였다.

"그런데 왜 강탈당했다 주장하나."

"그을쎄요? 하지만 어차피 전시에는 무상 제공받을 수 있잖아요."

"일반 백성으로부터의 강탈과 무상 제공은 다르다. 또한 왕명이 없다면 전시라도 강제로 사유 자산을 침해할 수 없다는 것을 모르나. 군법에 명시된 일이다."

"그럴 만한 사정이 있었습니다. 정신이 좀 이상한 여자입니다."

자칼린은 흥분을 가라앉히고 조금 뻔뻔해지기로 마음먹었다. 하지만 그를 보는 시선은 바뀌기는커녕 도리어 악화되었다. 악랄한 횡포를 부린 걸로도 모자라 사태를 모면하겠다고 상대를 미친년으로 만들어 버리는구나. 과연, 자칼린 엔도다!

자칼린이 억울한 듯 방방 뛰었다. 진짜라니까!

하지만 자칼린이 무어라 더 억울함을 호소하기도 전에 파사드가 막사를 나서며 명령했다.

"말을 돌려주고 적당히 보상해 돌려보내라."

자칼린은 쯧쯧 혀를 차는 선임 기사들의 힐난에 가까운 놀림을 듣다가, 퍼뜩 정신을 차리고 부리나케 달려 나갔다.

낯선 천장을 올려다보던 르옌의 입술 사이로 얕은 신음이 흘러나

왔다.

그녀가 덩그러니 있는 곳은 일반 부상병들을 돌보는 합동 의료소가 아닌 자그마한 개인 막사였다. 여자인 것을 감안한 건지, 수상하다 생각해 격리한 건지 알 도리는 없었다. 얼마간 정신을 추스르니 살아나는 몸의 감각과 함께 진한 풀냄새가 느껴졌다. 냄새가 고약해서, 어디서 나는 냄새인가 찾아 고개를 두리번거렸다. 주범은 그녀의 발과 종아리에 발린 빻아 으깬 약초였다. 발에 감긴 붕대는 이미 그 약초에 절어 누런 물이 들어 있었다. 치료까지 다 해 준 모양이라 불평하기도 뭣했다.

얇은 천막 밖으로 무거운 걸음 소리들이 바삐 돌아다니고, 간혹 고함이 울려 퍼졌다. 경! 누군가를 애타게 부르는 소리도 제법 우스꽝스럽게 들렸다.

몸이 좀 풀리고 나서야 그녀는 다시 '르옌'답게 사고했다. 가장 먼저, 그녀는 마비된 감각이 되살아나는 것을 기뻐해야 할지 화를 내야 할지 알 수 없었다. 잊었던 통증과 함께 오만 불쾌감이 발바닥부터 정수리까지 쪼기 시작한 것이다.

"여기야? 여기냐고."

별안간 신경질적인 목소리와 함께 쿵쿵 성난 듯 구르는 발소리가 들리더니 천막의 휘장이 걷혔다. 르옌은 질린 얼굴로 들어와 팔짝팔짝하는 자칼린의 흥분이 내심 흡족했다.

"이야, 내가 여기까지 달려오는 동안 설마 했는데, 이거 물건이었네?"

"빼앗긴 덴을 돌려받으러…… 왔습니다."

목소리가 심하게 갈라진 것과는 별개로 어린 체사에게 존대를 하려는 혀가 부자연스럽다. 어린 체사와 한센은 생김에도 닮은 구석이 없는데, 이상하게 어떤 부분에서인지 얄미운 한센이 떠올라 불퉁해지는 기분이 드는 것이다.

그러건 말건 자칼린은 벌건 얼굴로 차오른 숨을 가라앉히다가 그녀의 발을 보고 아연했다.

"미쳤구나, 진짜. 너 말에 꿀 발라 놨냐? 설마 체사의 이 몸이 날로 먹을까 봐 여기까지 쫓아와? 오라는 또 어떻게 풀었대?"

그녀가 저린 허벅지를 주무르며 혼잣말하듯 툴툴거렸다.

"굶겨 죽이려고 한 거였습니까, 역시?"

"아니, 내가 언제 그랬대."

"포승줄을 푸는 것쯤이야, 뭐……. 하지만 아무한테나 그러면 큰일 나실 겁니다."

우와! 이 미친년!

자칼린이 답답한 듯 제 가슴을 콩콩 때렸다. 그런 그를 제법 얄미운 얼굴로 흘기던 르엔이 낯을 바꾸었다. 창백하고 연약해 보이는 낯짝 어디서 저런 고집스러움이 나오는 건지 단호했다.

"하지만 어차피 제 알 바 아니니, 덴만 돌려주십시오. 그거면 됩니다."

"줄 거야. 줄 거라고. 근데 너 괜히 내 이름 팔아서 진영에 숨어들려고 한 거 아니냐?"

"적어도 지금 당장은 덴을 찾기 위해 온 건데, 요."

"그니까 왜? 넌 목숨이 한 열 개는 되나 봐?"

르엔이 버석하게 마른 입술로 짧게 웃었다. 덕분에 입술이 갈라져 피가 났지만 그녀는 개의치 않았다.

"아끼는 사람과 함께 망아지 때부터 돌보던 말입니다."

"뭐, 누군데. 죽은 애인이나 되냐?"

"죽은 형제입니다."

자칼린이 멈칫했다. 자칼린에게도 형제가 한 명 있었기에 형제의 죽음이라는 데에 반박할 수가 없었던 탓이다. 자칼린은 조금 숙연해졌다.

"……아. 어, 어, 그래? 미안…… 이 아니라. 이게 거짓말인지 또 어찌 알아."

"일곱 달 전, 라르크 군에 자원병으로 지원해 전사했습니다. 에이반 데투아라는 이름입니다. 못 믿겠다면 군사 대장 자원병 명부를 조사해 보십시오."

"……."

"그리고 지금 저는 에이반의 죽음에 분노해 사지로 뛰어든 동생을 데리러 온 겁니다. 라르크 왕실이 규정한 희생의 의무는 징병령이 있을 시에도 한 가구당 한 명이니, 정식 전역은 안 되더라도 책임자의 허락하에 강제 전역을 청할 겁니다. ……군법이 여전하다면, 요."

또박또박 대꾸하던 그녀는 마지막에는 다소 자신감을 잃고 덧붙였다. 자칼린은 책 읊듯 쏟아져 나오는 그녀의 말에 멍청한 얼굴로 입매를 씰룩였다.

"너 뭐라고? 어느 마을의 누구라고 했지?"

"규젠 마을의 르엔 데투아…… 입니다."

그녀의 어미가 조금씩 이상하다는 걸 느낄 법도 한데 자칼린은 눈치채지 못한 건지 짐짓 진중했다. 르엔은 그의 뾰로통한 낯에서 드러나는 의심을 읽어 냈다.

"의심스럽다면 동생을 찾아다 물으면 제 신변은 확실히 보증될 겁니다. 그보다 덴은 언제 돌려줄 생각이십니까?"

"사람을 보냈으니 곧 데리고 올 거야. 그리고……."

자칼린은 말끝을 흐리며 볼 안쪽의 살을 질겅질겅 씹었다.

진짜로, 지이인짜로 이상한 여자였다. 언제 전쟁이 터질지 모르는 이곳에 혈혈단신 독하게 쫓아온 건 뭐, 말에 대한 집착과 동생 때문이라고 치더라도 거친 병사들과 기사들 사이에 위축된 기색이 전혀 없었다.

위험한 냄새는 나지 않는데, 어딘지 모르게 그의 촉을 긁어 대니 이쯤 되면 무시하기가 어려웠다. 동생이 진짜 라르크의 전선에 있다면 다행이지만 아니라면 제법 그의 머리를 앓게 할 것이다.

"네 동생에 대해서는 좋아. 내가 한 번 알아는 보지. 이름이 뭐라고?"

"시단, 데투아의 아들 시단입니다."

갑자기 무슨 변심인지 자칼린이 태도를 바꿔 수고를 하겠다 말했다. 르옌이 느끼기로 이곳까지 찾아온 정성을 갸륵히 여기는 것은 결코 아니었다.

"일단 알아만 봐 주는 거야."

르옌은 그의 선심에도 기쁜 기색 없이 차분한 얼굴이었다. 자칼린은 문득 처음 그녀를 보았을 때 느꼈던 시체의 사색 같은 암막이 저연한 갈색 눈동자 위로 덧씌워진 것 같은 기묘함을 깨달았다.

얼마간의 시간이 지나자 '이히힝!' 하는 사나운 말울음 소리와 함께 한 병사가 막사로 얼굴을 들이밀었다.

"말씀하신 녀석을 데려왔습니다."

시체인 양 창백하던 르옌의 얼굴이 밝아졌다. 르옌은 절뚝거리는 발로 막사 밖으로 걸어 나갔고, 자칼린은 영 께름칙한 표정으로 건들건들 그녀를 따라 나섰다.

막사 앞에는 성난 콧김을 뿜는 덴이 서 있었다. 그녀를 발견한 덴이 껑충껑충 뛰었다. 놀란 병사들이 고삐를 당기려 했지만 종이 인형처럼 덴에게 이끌려 휘적거려야 했다.

"워워. 얌전히 있어야지, 덴."

그녀가 잔뜩 쉰 목소리로 중얼거리며 덴의 뺨을 어루만졌다.

이곳까지 끌고 오는 내내 병사들에게 끔찍한 야생마의 악몽을 안겨 주었던 덴은 그녀가 다가오자 순한 양처럼 얌전하게 눈을 깜빡였다. 그러고는 얄밉게도 그렁그렁한 눈물을 떨어뜨리며 그녀의 손길에 뺨을 비볐다.

르엔이 안도의 한숨과 함께 속살거렸다.

"걱정했구나."

이히힝……. 말은 어린 새처럼 가냘프게도 울었다. 그 사납던 것이 언제 그랬냐는 듯 태도를 바꾸자, 자칼린을 비롯해 진땀을 뺐던 병사들이 기막힌 표정을 지었다. 그들이 오는 길에 얼마나 고생을 했던가!

'저, 저, 저, 저 발칙한 말 새끼 같으니라고!'

그때였다. 땅이 미미하게 진동했다.

자칼린이 가장 먼저 그것을 깨닫고 반응했다. 머지않은 막사 사이의 넓은 길로 세 열의 병사들이 행군하듯 그들을 향해 다가오고 있었다.

선두에 선 흑마를 탄 기사를 발견한 자칼린이 그들 무리에게로 걸어갔다. 자칼린을 주시하던 르엔도 얼결에 덩치 좋은 까만 명마를 발견하고 눈을 크게 떴다. 윤기 도는 까만 털의 말은 맹수에 가까운 위풍당당함이 있었다.

"어? 칼란독 경, 어디 가십니까?"

"전방의 절벽 기지에서 연통이 왔다. 잠시 자리를 비울 테니……."

나직하고도 고요한 사내의 음성.

물론 그 또한 그녀의 호기심을 자극했지만 르엔은 여전히 까만 말을 관찰하느라 여념이 없었다. 그러지 않는 게 더 이상하지 싶을 정도로 흑마는 어디 하나 흠잡을 데 없는 명마였다. 못해도 힘 좋고 어린 군마 열 필의 값은 상회할 것이다. 혈통까지 좋다면 그보다 훨씬 비쌀 수도 있다. 발도산의 혈통 좋은 명마들과 비견해도 손색없었다.

불현듯 검은 말의 눈동자가 이쪽으로 향하자 덴이 슬그머니 고개를 내렸다. 덴이 다른 짐승들에게 기죽은 모습을 본 적이 없어 르엔은 절로 웃음이 나려는 걸 참았다.

세상에, 너 지금 기죽었니?

"물러나도록."

'물러…… 아.'

르엔은 그제야 덴이 길을 막고 있었음을 깨달았다.

그녀는 덴의 고삐를 쥐고 느리게 당기며 그녀의 앞을 스쳐 지나는 명마의 주인을 올려다보았다. 속으론 군용 제복을 받쳐 입고, 붉은 늑대가 수놓인 등을 덮는 천인 멘테를 두른 흑발 흑안의 남자.

까마귀의 털빛이 그녀의 시선을 사로잡았고, 그녀의 걸음은 땅에 박힌 듯 굳어졌다. 우아하게 멀어지는 흑마의 위로 공가公家 브류나크의 붉은 늑대가 흔들리는 것이 지독히 선명해서.

벌렁거리는 심장에 맥박과 심박이 치솟고, 오한에 팔다리가 떨려왔다. 그녀의 말라붙은 입술이 벌어졌다.

"벨바롯트…… 벨…… 비?"

—벨비.

입술로 곱씹은 혼잣말이었음에도 이들에게 충분히 들릴 만큼 혼란한 음성이었다. 거짓말처럼 멈춘 말발굽 소리와 함께, 그를 향해 목례하던 자칼린이 고개를 비껴 그녀의 옆통수를 응시했다.

붉은 늑대의 멘테를 두른 검은 사내의 고개가 느리게 돌았다. 그의 얼굴을 마주한 순간 다시 한 번 느껴지는 충격에 가까운 감상에 죄인의 고개가 힘을 잃고 떨어졌다. 수그린 시야로도 상대방이 머리, 몸, 발끝까지 자신을 훑는 시선은 고스란히 느껴졌다.

얼마간 그리 얼어 있으니 그녀의 머리 위로 거대한 그림자가 드리워졌다.

"지금."

귓가로 스며드는 나직한 음성에 그녀는 넋 놓은 얼굴로 자조했다. 그럴 리가 없잖으냐.

물음은 이어졌다.

"무어라 했지?"

그녀는 홀린 듯 고개를 들었다.

깊이를 알 수 없는 짙디짙은 눈동자가 그녀를 굽어보고 있었다. 곧게 비치는 검은 눈동자에서 시선을 뗄 수가 없다. 목과 가슴 사이의 어딘가가 찌르르 아파 왔다.

'벨비…… 그 순간 말이야. 나는 네가 다시 전장에 발 디딘 나를 꾸짖기 위해 되돌아온 줄 알았다. 하지만 그는 너보다는 훨씬 고집스러워 보였어.'

여왕이 그를 처음 보았던 때는 아직 어린 열네 살의 왕녀일 적이었다.

귀하게 더웠던 여름의 그날을 똑똑히 기억한다. 브류나크 변경백이 죽고 그 아들이 작위를 인정받기 위해 뮈아드로에 찾아왔을 때, 그녀는 먼 발치에서 보고만 있어도 땀이 날 것 같은 검은 상복을 입은 무리를 보며 커튼을 쳤다.

하얀 늑대 문양 기가 빈 관 아래 깔렸다.

돌로메트 3세는 강한 유감을 표하며 조의의 제문을 낭독했다. 그 앞에서 그녀는 브류나크라는 이름에 관한 기억을 상기했다. 전대의 브류나크 변경백은 두어 차례쯤 얼굴을 맞댄 적이 있어 안다. 그는 쾌남이었으며 나라의 국경을 맡기기에 믿음직스러운 강인한 사내였다.

그러나 존재만 들어왔던 브류나크의 후계를 보았을 때, 왕녀는 색이 짙은 브류나크 중에서도 가장 까맣게 태어난 그의 점잖은 용모에 놀랐다. 전대와 다른 고요한 인상에서 변경을 지키는 늑대의 기세는 찾을 수 없었다. 과연 저런 자에게 국경을 맡겨도 좋은가 홀로 의심을 싹틔울 만큼.

장례가 끝난 후, 돌로메트 3세의 주관하에 브류나크의 정식 작위 승계 절차가 마무리 되었다. 그리하여 까만 머리칼만큼이나 까만 눈동자를 가진 그 사내는 브류나크 변경백으로 불리게 되었다.

눈은 마음의 창이라. 왕녀는 그 말을 믿었으나 도무지 그 만큼은 속내를 먹칠로 덮어 숨겼는지 속을 짚어 내기가 어려웠다. 그와 연고를 쌓아보자 접근하는 수도 귀족들이 줄을 섰다. 하지만 신기하게도 사내는 한사코 교우도 마다하며 즉시 변경으로 돌아갔다.

왕녀는 높은 왕성의 테라스 난간에 기대어 제 둥지로 향하는 그를 굽어보았다. 어린 그녀의 눈에도 참으로 가소로운 남자였다. 변경을 건실히 지켜 낼 수 있는 커다란 무력을 지니고도, 많은 이들이 그것을 치하함에도 텅 빈 미소로 떠나는 모양새가 가식이 아니고 뭘까. 하지만 도무지 속내가 읽히지 않는 그의 내심을 상상하는 것은 소소한 재미가 되어서, 그녀는 제법 그를 마음에 들어 했다.

왕녀가 열넷에 처음 그를 알게 된 후, 열아홉이 될 때까지도 그는 묵묵히 국경을 지켰다. 물론 왕녀는 도약을 위해 몸 사리는 시간이라면 오 년도 길지 않다 생각하는 냉혈한이었으나 시간이 흘러도 변함없는 브류나크 변경백의 진실함에는 당해 낼 재간이 없었다.

그 와중에도 변경과 수도의 왕래가 전혀 없는 건 아니라, 여러 차례 얼굴을 맞댈 기회가 있어 낯을 익히고 조금 친밀해졌다.

약소국인 라르크 주변에는 호전적인 민족과 국가가 많았던 만큼, 분쟁도 잦은 시기였다. 전쟁터에서 살아남은 이들의 표정들이야 다 거기서 거기로 우울함이나 난폭함 따위의 빛을 띠고 있었다. 그리고 왕녀는 스스로의 감상을 말함에 주저함이 없는 이였다. 그녀가 사포처럼 쓰게 내뱉는 말 몇 마디에 울상을 지으며 돌아가는 장수들도 여럿이었다. 그럴 때면 그녀는 우스갯소리처럼 '안 그래도 험악한 얼굴, 찡그리니 더 볼 만하구나.' 하고 놀리곤 했다.

하지만 같은 무인일진대, 브류나크의 벨바롯트는 낯이 무척 단정하고 부드러운 편이라 험상궂다는 트집을 잡을 수가 없었다. 다른 이들은 벨바롯트를 브류나크의 상징인 늑대를 비유해 검은 늑대라 부르기도 했으나.

—어쩌면 그리도 새카맣니? 까마귀 같네.

그녀가 그에게 했던 유일한 쓴소리는 아마도 저것이었다.

왕녀는 그로부터 변경의 전쟁에 대해 배웠다. 늘 다툼이 끊이지 않는 피와 살점이 난무하는 왕성 밖의 세상. 라르크를 무시하는 적국의 군사들이 라르크의 백성들에게 얼마나 많은 피해를 입히고 고통을 주었는지.

먼저 생각을 털어 놓는 법이 없던 그는 당돌한 왕녀의 물음에는 사족까지 붙여 꼬박꼬박 답해 주었다. 순종적이라서 라기보다는 귀찮은 그녀를 떼어 내기 위한 나름의 방법이었던 듯도 하다.

그리고 그녀가 스물한 살을 앞둔 마지막 해의 겨울이었다.

일 년의 삼분지 일은 심심찮게 눈 구경을 할 수 있기에 흔하다면 흔할 설경. 왕궁 대청의 드높은 담벼락 아래 가만히 서 있는 까만 머리칼은 하얀 것들 속에 파묻혀 있어 더욱 선명했다.

—볼 때마다 느끼지만 까마귀 같다니까.

눈 내리는 풍경에 녹아들 듯이 소리 없이 다가온 왕녀가 그의 옆에 나란히 서서 고개를 젖혔다.

까마득 높은 담벼락에 걸린 거대한 라르칼리아의 상징, 월계수의 문양 기가 왕녀와 변경의 백작을 내려다보고 있었다.

그가 몸을 돌려 인사하려 하자 왕녀는 드높은 담장을 바라보며 손만 저어 막았다. 그는 대신 목례로 약식 예를 갖춘 후 처음 그랬듯, 그녀와 나란히 시선을 향했다.

—뭐가 보여서 늘 왕성에 올 때면 이곳에서 시간을 허송하나?

그저 뒷목이 아플 정도로 높은 담장에 걸린 라르칼리아의 문양 기일 뿐인데, 왕녀의 기억 속 그는 늘 왕궁을 떠나기 전엔 이곳에 서 있었다.

—……나무가 보입니다.

—내게는 나무에 오르지 못하는 까마귀가 보이는데.

무언가 말하려는 듯 벌어졌던 그의 입술이 닫히고 턱이 굳게 다물렸다. 왕녀는 그를 못 본 체 보일 듯 말 듯 미소 지었다. 멀리로 뒤늦게야 그녀가 사라진 것을 안 시녀가 설산雪傘†을 들고 허둥지둥 다가오고 있었다.

시녀에게서 관심을 거둔 왕녀의 곱고 부드러운 음성이 흩날리는

설산† 눈을 막는 우산.

눈발 사이사이에 걸렸다.

—까마귀는 반짝이는 것을 좋아한다지.

—그렇다고 하더군요.

—그렇다면 벨바롯트, 라르크의 국서國壻가 되겠나?

국서, 여왕의 남자.

무례한 말을, 예상치 못한 말을 내뱉는 어린 왕녀의 앞에서 그는 놀란 반문 대신 침묵의 눈길을 건네었다. 왕녀는 빙그레 웃으며 그를 향해 몸을 바로 세웠다.

—나는 불신에 가득 차 있지만 지닌 것을 중히 여기는 사람이다. 네가 라르크의 국서가 된다면 나의 신임이라는 더할 나위 없이 반짝이는 귀한 것을 주마. 대신 너는…… 내가 나의 사랑하는 라르크를 마음 놓고 지킬 수 있도록 방패가 되어 주련?

권세와 보물이 아닌 신임을 주겠다는 장난 같은 회유는 불빛처럼 따스한 미소로 완벽했다.

햇볕 아래 찬란히 빛나는 붉은 머리카락, 무엇 하나 부정적인 것 배지 않은 맑은 벽안은 눈 쏟아 붓는 하늘보다 찬연해서 지독히 까만 남자와는 어울리지 않았다. 눈 하나 깜빡이지 않는 왕녀를 비스듬히 고개 숙여 내려다보던 그가 신음처럼 반문했다.

—……지금 제게 청혼하신 겁니까?

—꽃 한 송이 들고 오지 못해 미안하지만, 청혼 선물을 바란다면 지금 네가 보고 있는 라르칼리아의 월계수를 주지.

왕궁의 담벼락을 너에게 주겠다.

오만하지만 평온한 얼굴로 말을 마친 왕녀의 입매가 부드러운 호선을 그렸다. 왕녀님! 그때, 그녀의 어깨 너머로 허둥거리며 달려오는 시녀를 발견한 그가 몸을 돌렸다. 왕녀의 청혼에 대한 답은 없었다.

조용히 예를 갖춘 후 떠나는 검은 뒷모습은 눈발 속에 오롯하여 아름답다.

왕녀는 언짢은 기색 없이 그의 반대편으로 우아한 걸음을 옮겼다. 미끄러운 길을 허둥지둥 달려온 시녀가 그녀의 머리 위에 설산을 얹어 주었다. 솜처럼 굵어지는 눈송이 사이로 왕녀의 붉은 머리칼이 휘날렸다.

그리고 이듬해 짧은 여름이 끝날 무렵의 어느 날 아침 돌로메트 3세는 라르칼리아의 낙원으로 돌아올 수 없는 길을 떠났다.

국장이 치러진 지 한 달 후, 하얀 늑대의 깃발을 등에 맨 기수들과 함께 브류나크 변경백이 슬픔에 빠진 왕녀를 찾아왔다.

—스완 세칼리드 라르칼리아.

돌로메트 3세의 재를 안치한 돌무덤 앞에서 까마귀가 한쪽 무릎을 꿇었다. 붉은 꽃 한 송이를 그녀에게로 바쳐 올리며.

—당신의 방패가 되어 드리겠습니다.

붉고 탐스런 경배였다.

—꽃 한 송이로 왕국을 사려 하는구나.

왕녀는 기꺼이 꽃 한 송이에 왕국을 팔았다.

혼재된 기억 앞의 현실이 그녀를 과거로부터 끄집어냈다.

"방금 뭐라고 했지?"

위압적인 물음에도 대답할 여념이 없어 멍했다. 떠올리려 하지도 않았건만, 귓바퀴 위로는 흐느끼던 남자의 목소리가 덧씌워졌다.

—사랑했습니다.

아득한 옛날, 죽음 직전에 들었던 그의 고백이 제법 가슴에 진득하게 남아 있었던 모양이다. 일생 그녀가 돌아보지 못했던 부군, 벨바롯트. 그녀에게는 벨비라는 이름이 더 익숙한 남자.

'네가 어찌 나를 배신해.'

그리 원망스럽기도 하였으나,

'너를 돌아보지 못했구나.'

하염없는 죄스러움도 있었다.

미움도 죄책감도 어느 것 하나 완전하지 않은 벨바롯트는 그녀에게는 그런 존재였다. 왕좌를 찬탈한 반역자였지만 몰락한 여왕의 앞에 엎드려 어린아이처럼 오열하며 더러운 치맛자락에 얼굴을 묻었던 사람.

"어이, 사령관님께서 물으시잖아."

자칼린이 엄한 음성으로 쏘아붙였다. 뒤늦게야 정신을 차린 르옌이 '아' 하며 낮게 신음했다.

마른 입술이 도려내진 듯 감각이 없었다. 그녀는 자신을 내려다보고 있는 새카만 눈동자를 바라보았다. 무례라는 것을 생각할 겨를도 없이 얼마간 홀린 듯이 그렇게 찬찬히, 면밀히 살펴보았다.

그러다 퍼뜩 깨달았다. 언뜻 비슷하긴 하지만 꼭 닮은 구석이 있는 건 아니었다. 까마귀처럼 눈길을 사로잡는 저 검은 것을 제하면 눈매도 콧날도 표정까지도 무엇 하나 똑 겹치는 게 없다. 뱃속 어딘가 간지러운 기분에 헛헛한 웃음이 흘렀다.

"아…… 아니."

"……."

"아닙니다. 실언입니다."

그녀의 답이 썩 마음에 들지 않았는지 한참을 고삐를 쥐고 서 있던 파사드가 이내 표정을 지웠다.

그가 떠날 듯이 손바닥을 앞으로 뻗어 수신호를 보내자 군사들이 다시 정연하게 움직이기 시작했다. 마지막으로 파사드가 흑마의 말머리를 돌리며 무심히 한 마디 남겼다.

"체사 경은 책임지고 여자를 데려가 다시 상처를 봐 주도록."

"아? 에, 예에."

다시 핏물이 터진 발을 본 모양이었다.

흑마의 발굽 소리와 함께 붉은 늑대의 멘테가 펄럭 날아올랐다. 뒤도 돌아보지 않는 검은 말 한 필, 그 뒤를 따르는 기사들과 백여 명에 달하는 병사들이 일정한 속도로 멀어졌다.

까맣게 작아지는 뒷모습을 바라보던 르옌이 흩어질 듯 흐린 음성으로 물었다.

"이름이…… 함자가 어찌 되지?"

자칼린이 퍽 인상을 쓰며 '너 지금 나한테 반말했냐?' 하는 표정을 지어 보였다. 하지만 르옌의 시선은 여전히 파사드의 자취를 좇고 있었다.

"나 참…… 브류나크 공을 몰라? 파사드 칼란독 브류나크 공이시다. 근데, 너 아까 뭐라고 한 거야? 벨…… 뭐?"

파사드 칼란독 브류나크.

파사드, 아아. 귀에 익은 이름. 이름마저도 놀라웠다. 누군가 그랬던가? 때로는 삶이 너를 놀라게 해 줄지도 모른다고.

그녀는 웃는 듯 우는 듯 일그러진 얼굴로 고개를 수그렸다.

자칼린은 파사드의 명을 떠올리고 르옌의 발을 내려다보다가, 주저 없이 그녀의 가는 허리를 잡고 번쩍 들어 어깨 위로 둘러멨다. 르옌은 넋을 놓고 있다가 순식간에 자칼린의 어깨에 얹혀 버렸다.

"뭐 하는……!"

덴이 푸르릉 사납게 콧김을 뿜었다. 자칼린이 건들건들한 투로 말하며 덴의 이마를 툭 때렸다.

"시끄러워. 네 주인 상처 좀 다시 봐 주시란 명이다. 이 얌체 같은 말아. 이 여자는 어찌 된 게 상처가 터져서 이렇게 될 때까지 우는 소리도 안 하냐? 그 주인에 그 종마라니까."

"내려 놔. 내가 걸어 가."

"너 그러고 보니 은근슬쩍 아까부터 나한테 말 까는 거 같다?"

"……요. 시정하겠습니다."

르엔이 흠칫하며 덧붙였다.

자칼린은 '엎드려 절 받는 것도 좋지.' 하고 중얼대며 성큼성큼 걸음을 옮겼다. 그러다 어느 순간 여자가 이상하게 얌전해졌다는 것을 깨달은 자칼린이 슬쩍 눈알을 굴렸다.

그의 등으로 웃음인지 울음인지 모를 희한한 떨림이 대신 전해지고 있었다.

그녀는 병사들의 눈에 띄지 않는 게 좋겠다는 자칼린의 판단하에 진영 끄트머리의 외진 막사로 옮겨졌다. 꼼짝도 하지 말고 있으라는 명령에 더해 병사들에게 보초까지 서게 했다. 조금만 움직여도 상처가 짓무르는 고통이 제법 쓰려서 선불리 돌아다닐 생각은 없었으니 그의 어린 기우였다.

그녀는 자칼린의 소망대로 얌전히 앉아 생각의 가지를 키워 나갔다.

훌훌 흘려보냈던 것들이 시간을 타고 그녀에게로 되돌아온다. 모든 전생의 기억과 감각이 삽시간에 그녀의 손가락 사이에 매달려 아우성친다. 하여 그녀는 그것들의 바람대로 곱게 접어 두었던 의문을 다시 한 번 펼쳤다.

왜 다시 태어났을까?

그녀는 언젠가 하늘이 검게 구물대던 날, 단두대 아래 목이 베여 죽었고, 어느 순간 정신을 차리니 선견한 적 없는 윤회로 새 숨을 잇는 자신을 발견했다. 모든 기억이 고스란히 남아 있었기에 남들이 백지 상태에서 하나하나를 배워 갈 때, 그녀는 빽빽한 정보들을 하나하나 현실에 맞추는 법을 익혔다.

그녀는 자신과 비슷한 다른 이를 만나 본 적이 없었다. 혹 저처럼 과거를 숨기는 건 아닐까 어렵사리 운을 떼어 보아도 그들은 우스갯소리 취급하며 '넌 역시 남다른 생각을 하는구나.' 했을 뿐이다. 그래서 어느 순간부터 그녀도 입을 다물었다.

외딴 숲 속 마을에 살면서 그녀는 스스로를 충분히 정리할 시간이 있었다. 고독한 시간은 그녀에게 나름의 답을 주었다. 아마 이것은 고치에서 깨어난 나비가 두 번째 삶을 가지듯 그녀에게 주어진 두 번째 삶일지 모른다고.

그러나 파사드 칼란독 브류나크. 그자를 보는 순간 느꼈던 충격과 마음의 죄의식 그리고 온갖 혼란한 감정에 짓눌린 그녀는 비로소 다른 가능성을 떠올렸다. 이것은 목숨 하나로 부족한 죗값을 치르기 위한 벌은 아니었을까.

벨바롯트와 무슨 관련이 있는 자인가. 그는 브류나크라고 하였다. 너무나도 똑 닮은 빛깔이 절망적일 정도로 잔인해서 그녀는 무릎을 끌어 모아 속웃음을 삼켰다. 자꾸만, 자꾸만 그녀가 애써 떨치려 했던 것들이 옷자락에 매달려 저를 돌아봐 달라 아우성친다.

내가 죽고 나서 너는 어찌 되었을까, 벨바롯트.

지난 세월 외면했던 호기심이 그녀의 뇌리에 단단히 박혔다. 기실 그동안의 외면은 궁금하지 않았다기보다는 여왕의 사후 기뻐했을 이들의 이야기가 듣고 싶지 않아서였다. 그래서 귀를 막고 눈을 닫고 홀로 위안 삼았다. 여왕의 잔혹함에 무너져 갔던 라르크는 이백 년 후에도 건재하니 그거면 된다.

잇따라 자연스럽게 또 한 사람이 떠올랐다. 전장에 있으니 그가 떠오르는 것은 당연하다. 전생에서 그는 전장의 일부였으며, 전장은 그녀의 전부였으니.

페이작 돌레한. 자식조차 삶의 미련이 되지 못한 그녀의 마지막 길에 가시처럼 걸렸던 유일한 혈육.

페이작에 관한 것 또한 마찬가지였다. 벨바롯트는 겸허하고 관대한 자였으니 자신의 유언을 들어주기 위해 애썼을 거라 믿었다. 하지만 단단한 그 믿음을 들춰 보면, 벨바롯트가 그녀의 부탁을 이행하지 못해 페이작이 처형당했다는 이야기를 듣고 싶지 않았던 마음도 일부 자리했는지 모른다. 아마 그럴 것이다. 외면한 것이다.

그것은 납득하고 싶지 않은 수치였다. 여왕은 비겁하게도 죽음으로도 씻지 못한 죄를 이백 년 후에까지 물려받아 일생의 짐으로 담아 둘 자신이 없었던 거다.

르옌의 반쯤 감긴 눈동자 위로 자조가 스몄다.

밤의 냄새가 난다. 전장에서 맡는 밤의 냄새라는 것은 여느 평온의 향기와는 다르다. 긴장과 불안과 그리움이 뒤섞인 새카만 마음의 냄새.

"자냐?"

자칼린이 스이센과 함께 그녀의 막사로 찾아왔다.

지난 날 평야에서 그녀에게 사나운 협박을 했던 기사는 영 마뜩잖은 눈으로 그녀를 내려다보았다. 르옌은 그를 무시한 채 자칼린을 바라보았다.

"네 동생."

짤막하게 끊기는 자칼린의 음성에 르옌이 절로 마른 숨을 내쉬었다.

"어, 있긴 하더라. 본진이 아니라 절벽 기지의 최전방에 자원병으로 입대했던데."

자칼린은 영 말 꺼내기 불편한 표정이었다. 그는 잠시 머리를 벅벅 긁다가 스이센에게 명했다.

"베로한 경은 잠깐 나가 있어. 아니, 가서 쉬어도 좋다. 오늘 고생 많았다."

여전히 그녀에 대한 의구심을 지우지 못하는 듯 경계의 눈빛을 지우지 않던 중년의 기사는 주군의 명에 물러갔다. 르옌은 말없이 자칼린의 뒷말을 기다렸다. 하지만 자칼린이 그답지 않게 제법 긴 시간 뜸을 들이는 모습은 그녀의 불안을 부채질했다. 그녀가 참지 못하고 먼저 입을 열었다.

"혹 죽었습니까?"

"아니, 아니, 아니, 그건 아니고."

매사 솔직한 게 최고라고는 생각하지만 자칼린은 지금 상황을 설명하기 위해 말을 고르려 애썼다.

오늘 스이센이 발품 팔아 뛰어다녀 몇몇 기사들과 함께 본진과 절벽 기지 최전방의 자원병 명부를 모조리 뒤져 시단이라는 이름을 찾아냈다. 또 에이반 데투아라는 전사자도 있었다. 일단 그녀가 여태까지 했던 말은 모두 사실이었다.

그것을 확인하고 나자 약간의 동정심이 생겼음을 부정할 수는 없었다. 한 집안의 장남이 전장에 자원해서 목숨을 잃었고, 또 그 동생이 마찬가지로 참전을 자원해 전쟁터에서 목숨을 걸고 있다는 건…… 대단한 한편 딱한 일이었다.

전사자 에이반의 이름을 먼저 확인하고 시단의 소재를 수소문한 그는 개인적으로 베로한 경, 스이센을 절벽 기지로 보냈다. 그리고 스이센은 시단이라는 청년에게 여자의 인상착의를 확인했다. 혹 전역 희망 여부도 함께 물었다.

돌아온 반응은 제법 거셌다더라. 형제의 죽음에 분노했다는 말이 사실이었던 듯.

"일단."

하기야 맹렬한 애국으로 자기 목숨 바쳐 나라를 구하겠다는데 갸륵히 여기진 못할망정, 네 보호자가 왔으니 돌아가라 강제로 전역시키는 건 말도 안 되는 일이다.

"……그 녀석에게 네 인상착의를 비롯해서 신원도 대충 확인하고 의중도 물어봤는데."

"……."

"……너희 집에 아들 또 없냐?"

배려 없는 물음이었지만 그닥지 않게 조심스런 투라 르옌은 그저 허하게 웃었다. 자칼린이 대놓고 이야긴 않았지만 짐작할 수 있었다. 시단이 아직 운 좋게 살아 있다는 건 다행이다. 하지만…….

시단 데투아. 이 철부지 어린 꼬마 동생. 이 정신 나간 놈. 미친 녀석.

"남아 있겠다 했다더군. 별 도리가 없으니 너는 마을로 돌아가라. 전장은 여자가 함부로 돌아다녀도 좋을 만큼 쉬운 곳이 아니니까. 미친 고집으로 예까지 쫓아와 다리가 그 꼴이 된 건 네 책임이지만 나도 더 밉보이긴 싫으니 기사 둘을 붙여 내일 마을까지 책임지고 돌려보내 줄게."

"시단과 함께 가겠습니다."

자칼린이 어미를 제대로 맺기도 전에 르옌은 강강한 기세로 즉답했다. 단단하게 다짐하며 나왔다. 가슴 썩어 들어가는 아버지와 어머니를 뒤로한 채 그들의 울음을 업고 나왔다. 그만으로도 무거운 등 위에 또 다른 고통을 업을 수는 없었다.

"본인이 거부하는데 뭘 같이 가?"

"그렇다면 강제 전역시켜 주십시오."

"그럴 만한 사유가 아니라면 자원병을 강제로 군에서 내치는 일은 없어. 자원병들의 가족들이 쫓아 나와 내 아들 강제 전역시켜 달라 죄 떼를 쓰면 어떻게 될지 생각은 안 해 봤냐? 뭐, 네가 군 내부 상황을 이해 못 해도 어쩔 수 없다만 이건 상식 아닌가."

"……무어라 하셔도 좋습니다. 하지만 함께 갈 겁니다."

자칼린의 얼굴 근육이 서서히 굳어졌다. 이 여자는 대체 뭔데 전장 한복판에서 차하급 사령관의 명을 거부하고도 걱정하는 기색 하나 없는지, 당최 상식 밖이었다.

"까라면 까고, 가라면 가는 거다. 대체 무슨 배짱이야?"

그의 짜증스러운 질타에 르옌의 둥글게 지어진 주먹이 미진하게 떨렸다.

전장에서 누가 자신에게 명령을 강요하나.

홧홧하게 치민 노여움이 언뜻 그녀의 옅은 갈색 눈동자에 맹렬히 떠올랐다 사라졌다. 이 모욕감을 성토한다 해도 자칼린이 그리하기로 마음먹었다면 그리될 것이다.

자욱한 밤이 안개처럼 뒤덮인 막사 밖으로부터 울타리에 묶어 둔 덴의 투레질 소리가 흘러들었다. 르옌은 애써 뒤틀린 속을 가라앉혔다. 그리고 어린 체사를 올려다보았다. 내심 동정심을 품은 그의 눈빛을 눈치채지 못할 리가 없다.

그 성질날 정도로 능글맞던 한센도 그녀가 단두대에 올랐을 때 조금은 씁쓸한 표정이었다. 패배자로 무릎 꿇려진 여왕이 유언조차 남기지 않고 끝내 침묵으로 숨을 앗기는 것을 답답하게 여겼던 듯도 하다. 그녀는 그걸 알았지만 무슨 말로도 저들을 납득시킬 수 없음을 알았기에 그저 하나하나 눈에 담았다. 꼭 지금처럼.

르엔은 묵묵히 자칼린의 시선을 받아내며 차츰 냉정을 찾았다. 자칼린의 명에 고분고분 따를 생각은 추호도 없으나 그것을 그에게 주지시킬 필요도 없다. 자칼린은 자칼린의 할 일을, 그녀는 그녀의 할 일을 할 뿐.

르엔은 화두를 돌리기 위해 대신 그녀의 생각을 갉아먹던 물음을 던졌다.

"일단은, 무슨 말인지 잘 알겠습니다. 한데 한 가지……."

그녀의 음성이 끊길 듯 잦아들었다.

"묻고 싶은 것이 있습니다만."

"뭔데?"

"……브류나크 왕가王家와 공가公家 브류나크는."

사실 오늘 보았던 자에 대해 르엔으로서는 납득이 어려운 것이 있었다. 파사드 칼란독 브류나크, 그의 용모에서 벨바롯트를 찾아 헤맨 자신이 한심하지만 착각할 만한 이유는 분명히 있었다.

이백 년 전, 그녀의 마지막 기억 속 브류나크 공, 벨바롯트는 자신을 몰아내고 대신 왕좌에 올랐다. 왕은 공작의 지위를 겸임할 수 없을 테니, 필경 공가公家 브류나크는 다른 이에게로 세습되었을 것이다. 그렇다면 작금에 그녀를 착각하게 할 만한 위인이 태어나서는 아니 될 일이다. 긴 시간 동안 이어진 혈통의 우연적 발현일 확률이 얼마나 될까. 정말 이게 우연이라면 지독한 우연일 터.

"공가 브류나크는…… 공가로서의 긴 역사를 가지고 있지 않습니까?"
자칼린의 얼굴에 의아함이 떠올랐다.
"공가로 격상된 지 이백 년이니 제법 길지."
"섭…… 아니, 시왕 브류나크가 왕이 되고 공가를 이은 것은 누굽니까."
무심코 섭정 공을 입에 담으려던 그녀가 황급히 말을 바꿨다.
자칼린은 다른 의미로 슬며시 눈을 찌푸렸다. 동생을 데려가겠다며 더 고집을 부려 댈 줄 알았는데 이번엔 이상한 질문을 해 대기 시작한 것이다.
왠지 모르게 찜찜했지만 그는 순순히 답했다.
"군법 논하며 유식한 체하는 거에 비하면 역사 쪽으로는 무지한 모양인데, 그건 백성들 사이에서도 유명하지 않나? 국부 벨바롯트 파사드의 두 아들 중 첫째 왕자인 페오그란 태자께서 왕위를 이으셨고."
아…… 아아.
그녀에게는 이름도 익숙지 않은 자식들이 있었다. 페오그란과 테지스. 얼굴도 모르는 이네들의 이름을 귀에 담는 것만으로도 가슴이 주저앉는 듯했다.
"둘째 왕자 테지스께서 공가 브류나크를 이으셨지."
문득 부인 잃은 남편이 서글피 웃던 날의 기억이 찢어져 조각조각 박혔다.
—아들이라 하더라도 후계는 당신과 나의 아이로 삼아 준다면…….
가까스로 부여잡고 있던 정신이 일순간에 허물어졌다.
죽음의 목전에서도 마른 듯 건조했던 눈에서 후드득 눈물이 떨어져 내렸다. 속이 뜨겁다. 끝끝내 벨바롯트는 여인의 명예를 지켜 주었고, 그것은 이백 년이 흐른 지금 그녀의 앞에 내던져졌다. 배덕한 부인의 과오를 일생 동안…….

르엔이 고꾸라질 듯 엎드려 침상을 짚었다.

"너, 너 왜 그러냐?"

놀란 자칼린이 작게 입을 벌렸다.

르엔은 그저 뜬 눈 밖으로 새어 나오는 눈물에 저도 모르게 소리 내서 웃었다. 세상 더 없이 반짝이는 왕좌를, 저와 피 섞이지 않은 폭군의 아들에게 물려주는 어리석음을 봐라. 마지막의 마지막 순간까지도 그는 여전히 변방의 소탈한 사내였다.

벨바롯트. 아아, 벨바롯트.

"……월계수에 올라 보니 별거 없더냐……"

그저 헛헛한 웃음이 새어 나왔다. 거세게 북받친 감정에 결국 그녀가 파르르 떨리는 손을 들어 얼굴을 가렸다.

"……벨비……."

마른 입술로 그리운 이름을 속살거려 보았다.

자상한 그 음성이 되돌아오지 않으리라는 것을 알면서도. 그 나름의 상냥함으로 웃어 주던 미소 또한 이백 년 전에 머물러 있을 것을 알면서도. 그녀의 앞에 무릎 꿇던 그는 정지된 풍경처럼 그리도 선연하다.

닿아라.

—스완 세칼리드 라르칼리아.

닿거라.

—사랑했습니다.

뒤늦게 구하는 어리석은 여자의 용서야.

제발 그에게 닿거라.

르옌은 한참을 그렇게 웅그리고 있었다.

'얘, 갑자기 왜 이래?'

자칼린은 어쩔 줄 모르고 서서 그녀를 내려다보았다. 가시 뉘인 고슴도치처럼 동그랗게 몸을 말은 여자의 울음이 기이하게 닿았다. 체사의 자칼린은 장난을 치고 의뭉 떠는 것에는 일가견이 있었지만 저렇게 우는 여자를 달래는 데엔 재능이 없었다. 그의 연두빛 눈동자에 귀찮음이 어렸다.

다행스럽게도 그의 고민이 더 깊어지기 전에 르옌이 울음을 그쳤다.

"……페이작 돌레한 경은 어찌 되었나?"

언제 울었냐는 듯 조용하고 차분한 물음이었다.

자칼린은 그녀가 자신에게 하대했다는 것조차 깨닫지 못하고, 멍하니 그녀를 내려다보다가 서서히 표정을 굳혔다. 그의 연두빛 눈동자가 삽시에 경멸과 혐오로 물들었다.

"돌레한? 그에 대해서는 내 입이 더러워질 것 같으니 묻지 마라. 체통 없는 언행으로 품위를 잃고 싶진 않으니까."

노골적인 경멸에 짐짓 당황한 르옌은 더 캐묻지 못하고 가라앉은 음성으로 중얼거렸다.

"……이미 충분히 귀족답지 않은 말투인데."

"촌구석 아가씨가 아는 척은."

"적어도 경이 귀족답지 않다는 것만큼은 말할 수 있어."

"하? 귀족의 의무와 자질에 대해 네가 뭘 그리 잘 알아서?"

"……고상 떨며 돌려 말하는 게 미덕인 줄 알고, 젠체하는 무시가 습관처럼 배어 있지. 젊은 놈이고 늙은 놈이고 죄 애늙은이들이 따로 없어서 상대하고 있으면 골이 아프지."

"어, 맞아, 맞아. 그래서 답답해서……"

그녀의 시원스런 대답에 자칼린이 키득키득 웃으며 손사래를 치다 말고 굳었다. 어느새인가 여자가 자신에게 하대를 하고 있었다. 그런데 더 충격적인 것은 당혹스러울 만큼 자연스러워 그것을 깨달은 지금도 이질감이 느껴지지 않는다는 것이다.

말 팔이꾼의 딸, 르옌 데투아. 신분은 분명히 확인되었다.

'이게 지금 뭐지?'

그녀가 물으면 묻는 대로 죄 답을 주고 나서야 자칼린은 솜털이 곤두서는 것을 느꼈다. 그녀는 낙타의 것처럼 기다란 속눈썹 아래의 옅은 갈빛 눈동자로 갸웃 그를 응시하고 있었다.

감히 체사의 차남에게 하대를 하다니! 화를 내려던 그의 말문이 막힐 만큼 당당한 눈빛이었다.

'어…….'

자칼린은 멍청한 얼굴로 그녀를 내려다보다가 황급히 기색을 지우며 사납게 몸을 돌렸다.

"내일 동 트자마자 기사들을 보낼 테니 그리 알아. 노파심에 말하는데 또 찾아오거나 하면 그때는 진짜 처벌할 거다."

그닥지 않은 엄하고 강압적인 음성이 떨어졌다. 르옌은 멀어지는 족성에 가만히 눈을 감았다.

얼마간 스스로 마음을 정리한 그녀는 붕대로 감싸인 자신의 발을 내려다보았다. 슬픔에 젖어 애도와 용서를 구하는 시간도, 그리움에 눈물을 흘리는 것도 잠깐이면 족하다.

자칼린은 시단이 절벽 기지에 있다고 했다.

절뚝거리며 일어나 막사의 휘장을 슬그머니 걷어 보니, 보초병은 막사 앞에 선 채로 꾸벅꾸벅 졸고 있었다. 그 옆에 놓인 검을 물끄러미 응시하던 르엔이 슬그머니 그것을 들고 다시 방 안으로 들어왔다. 그녀는 곧장 막사 뒤쪽으로 이동해 천을 고정시킨 굽은 말뚝에 검 자루를 끼우고 지렛대 삼아 뽑아 냈다.

좁게 난 틈을 이용해 막사 밖으로 기어 나온 그녀는 절뚝절뚝 소리 죽여 덴에게 다가갔다.

푸르릉, 이히힝.

반가움에 껑충거리는 덴을 쉬쉬 달랜 후, 그녀는 가까스로 등자를 딛고 올라탔다.

"시단을 만나러 가자, 덴."

두려운 것은 없었다.

전장의 밤도, 전장의 냄새도, 전장의 추억도 그녀에게는 요람처럼 편안하니.

최전방 안프의 위치는 알고 있다. 그녀의 사후 대륙이 뒤집히지 않았다는 전제하에 방향과 거리도 능히 가늠할 수 있었다. 살금살금 걸어 본진과 거리를 둔 그녀는 한참을 하늘을 관찰하다가 방향을 잡고 조심스레 덴을 몰아갔다.

본진과 어느 정도 떨어지자 그녀는 주행에 박차를 가했다. 말을 타고 달려도 한 시간은 걸릴 것이다. 낫지 않은 온몸이 쑤셔 왔지만 그중 가장 고통스러운 것은 등자를 딛고 있는 발이었다.

한참을 달리던 그녀는 멀리서부터 맞달려 오는 말발굽 소리에 흠칫하며 황급히 어둠 속으로 스스로를 은폐했다. 안프 절벽 기지 일대에서 출발한 듯 마주 달려오던 두 명의 기수는 그녀를 발견하지 못하고 쏜살처럼 스쳐 지났다.

그리고 까마득 먼 곳 어딘가에서 북이 운다. 그들이 완전히 멀어지고, 르엔은 쿵쾅거리는 심장에 힘입어 온 힘을 다해 채찍질했다.

"사령관님께 보고드립니다!"

안프의 절벽 길 입구의 주둔지. 모두가 잠든 새벽을 환히 밝히는 횃불들이 도깨비불처럼 뛰어다니고, 고함과 숨넘어가는 소리가 번갈아 울려 퍼지는 난장판이 벌어졌다.

오후, 이곳에 도착해 절벽 기지의 시찰과 작전 관련 지시 사항 전달을 겸해 남아 있던 파사드는 별안간 벌어진 야습에도 당황하지 않고 기사의 보고를 들었다.

"천여 명의 중갑병과 팔십 기의 일반 기사들로 보고됩니다! 절벽 중턱에 중갑 궁병 약 오십여 병의 궁수들이 배치되어 있는 것을 확인했습니다."

"보초병과 파수병들은 어째서 보고가 늦었나."

"선수 피격당한 것 같습니다. 죽은 채로 발견되었습니다."

살금살금 야밤을 틈타 감행한 적들의 기습이 안프 절벽의 입구에서부터 그들의 주둔지까지 파죽지세로 밀려오고 있었다.

무거운 갑옷을 입힌 궁수들을 높은 절벽 중턱으로 떠밀어 올린 로반티스의 잔인한 꾀는 이미 라르크 절벽 기지의 라르크 주둔군을 혼란케 했다.

진영 밖으로 몰려드는 중갑병과 기사들을 막기 위해 배치된 방패병들은, 하늘 위에서 떨어지는 화살과 정면에서 달려드는 서슬 퍼런 검날 중 어느 것을 먼저 막아야 할지 몰라 혼란했다. 궁수들을 역으로 쏘아 맞추려 해도 한 번에 목과 얼굴을 꿰뚫지 못하면 두꺼운 갑옷에 튕겨 나와 허사였다. 물론 개중에는 갑옷의 무게를 이기지 못하고 굴러 떨어지는 이도 있었으나 소수였다.

얼마간의 혼란 후, 흐트러졌던 라르크의 수비진도 차츰 단단함을 갖추기 시작했지만 적들의 노림수는 어느 정도 달성된 후였다. 화살의 사정거리가 닿지 않는 주둔군의 측방에 다다른 파사드의 표정이 서늘하게 굳어졌다.

라르크의 최고사령관인 자신이 이곳에 왔다는 것을 알고 감행한 것인지 혹은 저들이 운 좋게 오늘을 택한 건지는 모른다. 이미 이곳에는 오천여 명의 군사들이 주둔하고 있으니 저들이 고작 천을 조금 넘기는 병력으로 습격한 것은 여태까지와 같은 도발일 심산이 컸다. 하지만 그렇다고 해서 쉬운 마음으로 대적할 수는 없었다. 패배는 있을 수 없으나 망자는 분명히 나온다.

이히히힝!

흥분한 동류의 울음소리, 쇠칼 부딪치는 소리, 절규, 비명 따위에도 꿋꿋하던 그의 흑마 롯사가 바람에 실려 오는 피비린내에 투레질하며 뒷발굽으로 땅을 걷어찼다.

"기병들을 후방에 배치, 일반 경갑병들에게 검을 버리고 방패를 쥐게 하라. 방패병과 궁병을 삼 인 일 조로 하여 전선에 수비 배치 자리 잡는다."

파사드가 새하얀 검집에 갇혀 있던 그의 리오낙Rionac을 꺼내 들었다. 대대로 브류나크가에 내려오던 고귀한 검이 앙칼진 소리를 내며 난전 한복판에서 형형한 은빛을 발했다.

"사령관님께서는……."

"따르라."

파사드는 더 들을 것도 없다는 듯 순식간에 롯사를 타고 선두로 내달렸다. 그를 뒤따르던 기사들 중 일부가 검을 회수하고 배치되어 있던 무기 걸이 위의 방패를 들고 그의 뒤를 따랐다.

절벽 입구 일대는 이미 난장판이었다. 새까만 밤을 밝히는 불빛이라고는 횃불과 불화살에 매달린 열광뿐인 전장.

적敵과 아我의 군사들은 저들의 갑옷에 새겨진 검은 사자와 장미, 그리고 늑대만을 구분의 척도 삼아 필사적으로 싸우고 있었다.

방패병들을 뚫고 말을 몰아 달려오는 한 기사의 가슴팍을 후려 쳐 낙마시킨 파사드는 기사의 목에 칼을 꽂았다. 비린 선혈이 터져 올랐지만 그는 아랑곳하지 않고 적기의 사망을 확인한 즉시 주위를 둘러보았다.

저들을 지휘하는 지휘관이 누구인가.

그에게로 날아드는 화살 하나가 뒤따르던 기사의 방패에 막혀 떨어졌다. 롯사의 얼굴에 덧씌워진 마갑 위로 퉁 소리와 함께 힘 빠진 화살이 튕겨 나갔다.

파사드는 위축됨 없이 검을 휘둘러 장미를 입에 문 사자 문양의 멘테를 베어 냈다. 등을 공격당한 기사는 고꾸라졌다.

"이야아아아!"

이어 파사드는 수비진에서 동떨어진 아군을 베기 위해 고함을 지르며 달려오는 적병을 롯사의 발굽으로 그대로 들이받았다. 사나운 말편자에 얼굴이 짓눌린 적병이 피거품을 일으키며 숨을 거뒀다. 구사일생 놀란 병사는 숨을 헐떡이다가 훈련받은 대로 냉큼 일어나 대열에 합류했다.

무거운 방패를 제 팔인 양 들어 적의 투구를 후려치던 기사가 우려스러운 듯 그를 불렀다.

"사령관님, 아무래도 후방에 계시는 것이……."

"라누 경, 적의 지휘관을 찾아라."

저들은 곧 스스로 퇴각할 것이다.

이미 여러 차례 반복된 야습은 진저리가 날 만큼 교활했다. 로반티스와의 접전은 쌍방의 피를 말리는 소모전이었다. 다만, 남부는 그들보다 풍족하기에 수혈이 용이하다는 차이뿐이다.

온간 악의에 찬 고함과 기합이 난무하는 와중 유독 악에 받친 병사의 목소리가 그의 시선을 끌었다.

"와라아아! 다 죽여 버릴 테니까! 모르가나의 개새끼들아!"

낡은 갑옷을 입고 투구부터 쇠 구두, 갑주까지 온통 피를 뒤집어쓴 젊은 청년이 적병들 사이에서 무차별적으로 검을 휘두르고 있었다.

전장의 모든 악의, 그것은 인간성을 잃은 자들의 통한이었다. 파사드는 다시금 시선을 돌렸다. 그의 눈이 난무하는 악의 속에서 더욱더 커다란 이성적 악의를 찾아 움직였다. 난전 속을 누비고 다니는 로반티스의 기사들 중 수뇌로 보이는 자는 없었다.

불현듯 느껴지는 어떤 예감에 파사드가 시선을 끌어 올렸다.

'위인가.'

그의 검은 눈동자에 절벽 중턱, 궁병들 뒤로 경갑을 갖추고 선 무장이 비쳤다. 깃발과 각적과 검을 허리에 찬 것이 분명히 보였다. 그는 파사드와 눈이 마주치자 그의 옆에 있던 궁병으로부터 활을 받아 들더니 시위를 겨누었다. 마치 비웃듯이.

파사드를 향한 시위가 아니었다.

그자는 보란 듯이, 살기 위해 혹은 죽이기 위해 검과 방패를 휘두르는 절벽 아래의 라르크 군을 향해 한 발 한 발 화살을 쏘았다. 물러나는 로반티스 군을 쫓아 달리던 병사들의 목덜미와 정수리 위로 죽음의 화살이 내려진다. 도합 네 목숨이 순식간에 저승의 강을 건넜다. 이윽고 그의 화살은 살의에 찬 한 청년 병사에게 겨누어졌다.

감히 제 머리 위에 올라 죽음을 쏘아 보내는 그를 노려보는 흑안 깊숙이에 차디찬 노여움이 차올랐다. 파사드는 리오낙을 회수한 후, 롯사의 말허리에 매달려 있던 활을 꺼내어 쥐었다.

'닿을 것인가.'

그는 절피에 화살 끝을 걸고 시위를 당겼다.

파사드를 보호하던 기사들이 숨을 죽였다. 파사드는 침묵으로 겨냥했다. 당겼다. 그리고 시위를……. 그 순간, 엄청난 속도의 물체가 바람을 일으키며 그의 머리 위를 스쳐 지났다.

오싹한 소름에 놀란 기사들이 황급히 말 머리를 돌려 그의 뒤를 점했다. 파사드 또한 기민한 본능으로 후미를 향했다.

그의 뒤로는 언제 다가온 건지 모를, 표정 하나 없이 활을 든 여자가 서 있었다. 여자의 손은 그들의 시선을 끈 후에도 민활하게 움직였다. 작은 손을 떠난 화살이 차례차례 절벽 위의 궁수들을 떨어뜨렸다.

파사드는 그의 머리 위로 날아가는 화살의 궤적을 시선으로 쫓았다. 절벽 위에 올라 죽음을 쏘아 내리던 적 지휘관은 미간을 꿰뚫린 채로 죽은 새처럼 굴러 떨어지고 있었다. 한 치의 오차도 없이 적의 머리통을 날린 그 화살은 라르크 군사의 것이었으나, 그를 쏜 여자는 라르크의 군사가 아니었다.

파사드는 여자의 얼굴 이전에 여자의 옆에 서 있는 말을 알아보았다. 이마의 점박 무늬가 눈에 익었다. 야생마처럼 날뛰어 그의 눈에 들었던 준마는 발도산 종마처럼 태가 훌륭해 쉬이 잊히지 않는 종류의 것이었다.

얼마 지나지 않아 귀를 째는 듯 사나운 징 소리가 울리기 시작했다. 절벽 길 저편으로부터 울리는 징 소리는 적군의 퇴각령이었다. 마구잡이로 밀려들던 적병의 검은 사자들이 차츰 대열을 갖추어 퇴각을 준비했다.

모르가나의 최고사령관 로반티스의 군사들은 저들의 차하급 지휘관의 시체마저 절벽 아래의 라르크 군에게 빼앗기자 즉각 포기하고 기사들을 선두로 썰물처럼 물러가기 시작했다. 라르크 군사들이 그들을 쫓아 달렸다.

퇴각의 징 소리가 사납게 울려 대는 소란 속에서 파사드가 명했다.

"추격 중지. 전 제대 원위치로."

멍하니 입을 벌리고 여자를 바라보던 기사들 몇이 퍼뜩 정신을 차리고 물러갔다. 남은 기사들은 적인지 아군인지 알 도리 없는 여자의 활을 주시했다. 하지만 묘령의 여인은 활을 내버린 후 누가 붙잡을 틈도 없이 말 위에 올랐다. 여자는 금세 그들의 시야 저편으로 사라졌다.

야습이 벌어져 정신없는 혼란을 틈타, 주둔군의 진영을 가로질러 절벽 입구까지 장애물 없이 달려온 르옌은 본능적으로 적의 지휘관을 찾아 헤맸다. 지독할 정도로 깊이 뿌리박힌 본능이었다.

고함과 발소리로 전투의 인원과 규모를 짐작한다. 좁은 안프 절벽의 입구 지형을 떠올린다. 이곳에선 대규모 전투는 벌어질 수 없으니 지휘관을 찾아 죽이면 이 전투가 끝나리라는 것을 알았다. 그리고 그녀의 직감은 절벽 중턱의 어떤 사내에게 사납게 떨었다.

저놈이로구나. 너로구나.

그자가 활을 쏘아 대는 것을, 겨눠진 화살 끝에서 악의에 찬 고함을 질러 대는 시단을 발견한 것은 반쯤 우연이었다. 그 우연은 심장을 덜컥 내려앉게 했지만 그녀는 냉정을 잃지 않았다.

르옌은 곧장 둔영에 널려있는 무기걸이에서 가장 요격 범위가 긴 활을 쥐어 들었다. 그러고는 그대로 사정거리까지 달려가 시위를 팽팽히 끌어당겼다. 그리고 화살 끝을 겨누었다.

조금의 오차도 있어선 안 된다.

잡는다. 적장의 머리를 치는 건, 늘 전생의 그녀가 해 오던 일이었다. 특별할 것 없이 당연한 것.

세상이 고요해진다. 날붙이의 비명이 멀어진다. 온 신경은 절벽 위의 적에게 머문다. 모든 악의의 고함이 그녀의 귓속에서 머물다 정적에 삼켜진 순간, 그녀의 화살이 적의 미간을 꿰뚫었다.

적들이 퇴각령에 맞추어 물러가는 것을 확인한 르옌은 차례차례 시위를 놀려 수비진 위로 활을 겨누는 궁수 셋을 그대로 떨어뜨린 후 시단에게 달려갔다.

"다 죽여 버릴 거야아아!"

라르크 본진에서 추격 중단의 명령을 알리는 북소리가 울리고 있음에도 시단은 듣지 못한 사람처럼 전우들의 시체를 넘어 그들을 쫓고 있었다. 르옌은 병사들을 헤치고 쫓아가 그의 투구의 끝머리를 쥐어 잡았다.

"죽여 버릴……!"

"시단."

"저 새끼들……."

"시단 데투아. 집에 가자."

그녀의 음성에 우뚝 멈춰 선 시단이 느리게 고개를 꺾어 들었다. 피를 뒤집어 쓴 그의 눈동자는 핏빛보다 붉게 충혈되어 있었다. 그 섬뜩한 악의와 증오에 르옌은 입술을 꾹 깨물었다.

“네가 왜 여기 있어.”

“……가자.”

“네가 왜 여기 있어어! 놔아아! 놓으라고!”

“이번 전투는 끝났어. 퇴각 정비 명령이 들리지 않나. 그 이상은 명령 불복종이다.”

르옌은 그녀의 손을 떨쳐 내려는 시단의 몸부림에도 아랑곳하지 않고 투구 끝을 움켜쥔 채로 덴을 몰아 움직였다. 시단은 목 졸린 개처럼 질질 끌려가며 도망치는 모르가나의 군사들을 향해 삿대질했다.

“저 새끼들이 전부 죽였어! 친구도! 형도!”

“네가 날뛰어야 소용없어.”

“입…… 닥쳐! 그 입 닥쳐!”

“이 머저리 같은 놈이! 지금 네가 죽을 뻔한 걸 구해 준 게 누군지 알고 그따위 말을 지껄여!”

시단의 눈에서 분을 이기지 못한 눈물이 떨어져 내렸다.

“그냥 죽여 버리라고 해! 누가 겁먹을 것 같으냐! 다 죽이고 나도 죽어 버릴 거라고!”

전장의 공포에 망가진 청년이 절규했다. 누이의 가슴은 와장창 깨져 버렸다.

일부 혼미에 빠진 병사들을 제외하고는 다들 하나하나 주둔지로 재집결하는 와중, 시체들을 딛고 승강이를 벌이는 두 사람의 풍경은 단연코 눈에 띄었다. 악다구니를 치는 전우와 그런 전우의 투구를 쥐고 무자비하게 말을 모는 낯선 여자.

검게 가라앉은 눈동자로 그런 그녀를 응시하던 파사드가 롯사의 머리를 돌렸다.

"놔아아! 꺼지라고!"

고함만으로도 적의 심장을 터뜨려 죽일 기세였다. 하지만 그녀는 그 속에서 공포를 읽었다. 일생 보았던 피와 시체보다 더한 잔인함을 한 달도 안 되는 짧은 시간 동안 접했을 터다. 그것이 얼마나 두려운 것인지 알기에 르옌은 노기를 억누르고 차분하게 말했다.

"에이반의 죽음에 너는 충분한 조의를 표했다. 그러니…… 이제 돌아가자. 어머니와 아버지가 많이 기다리셔."

어머니와 아버지가.

시단이 잠시 주춤했다. 그러다 시단은 자신이 딛고 있던 전우와 적병의 시체들을 가리키며 목에 핏대를 세웠다.

"……저게 안 보여? 저 녀석들이 안 보이냐고. 우리 형도 저렇게 죽었을 거란 말이야! 고통스럽게 죽었을 거란 말이야! 저놈들이 그랬다고!"

"애도는 너 혼자 해. 주위에 폐 끼치지 말고."

"혼자 조의를 표하는 걸로 자위하고 살아야 한다고 말하는 거야?"

"이 모든 죽음에 슬퍼해 줄 수는 없어."

"그러면 가족은? 형이 죽었는데, 눈물 한 방울 보이지 않는 누나는! 그러고도 네가 인간이야!"

지금 그녀는 거대한 벽 앞에 서 있는 듯 막막한 기분이었다. 잠깐의 찰나 그녀의 손아귀에 힘이 빠진 사이, 시단이 거칠게 투구 끈을 풀어 그녀에게서 벗어나 칼을 쥐어 들었다. 마을의 자경단원이 되기 위해 검을 수련했던 에이반과 비교할 때 터무니없이 엉터리였다. 한심하게도.

"난 어린애가 아니야."

"너 하나로 승패가 갈릴 전쟁이 아니야. 너보다 훌륭한 이들이 많다."

"내가 전쟁 영웅이 되고 싶어 이러는 것 같아!"

"……고집부리지 마! 네 목숨을 헛되이 할 뿐인 일에 부나방처럼 달려들지 말란 말이다!"

"네가 뭘 알아! 피도 눈물도 없는 냉혈한아!"

"냉혈한이든 괴물이든 바라는 대로 불러! 하지만 너는 집에 데려가야겠다."

르옌은 다짐하듯 나직이 말하며 시단을 노려보았다. 그는 사납게 날 선 르옌의 눈빛에 자괴에 가까운 웃음을 터뜨렸다.

"어쩐지 낮에 날 찾아와 형제가 몇인지 가족이 몇인지, 인상착의들은 어떤지 꼬치꼬치 캐묻더라니, 그것도 누님 때문이었어? 대단해, 르옌 데투아. 내가 여기 있는지는 어떻게 알고 찾아왔어? 네가 모르는 게, 못 하는 게 있기나 해? 소름이 끼칠 정도야."

흉흉한 살기에 덴이 놀라 뒷걸음질하려는 것을 찬찬히 어른 르옌은 애써 아무렇지도 않은 체하며 목소리를 가라앉혔다.

"최전방에 너 같은 걸 세워 둔 이유가 뭔지 너는……."

하지만 왜인지, 말문이 막혔다.

이런 말 할 자격이 네게 있느냐? 피비린내에 안겨 되돌아온 업이 그녀의 목젖을 갈가리 찢어 냈다. 뒷덜미에 달려들어 속삭인다. 감히 네가, 온 나라를 도탄에 빠뜨렸던 네가 그런 말을 할 자격이 있느냐. 그녀는 목 안쪽으로 핏덩이가 역류하는 듯한 역함에 입을 꾹 다물고 시단을 응시했다.

제스를 닮은 붉은빛 감도는 갈색 머리칼, 세닐라를 닮은 암갈색 눈동자. 그것은 에이반을 상기시켰다.

—이제 네가 가족을 돌봐야 해.

할 수만 있다면 저승까지 따라가 에이반의 멱을 잡고 소리치고 싶을 정도였다. 왜 저밖에 모르는 어리석은 여자에게 그런 책임을 떠넘기고 갔느냐고. 네가 몇 마디 말로 족쇄를 채운 여자가 누군지 아느냐고.

시단은 금방이라도 쓰러질 듯 후들거리는 다리를 지탱해 세우고, 피투성이의 검을 겨누고 있었다. 르옌은 잠시 할 도리를 잊고 망연히 그를 내려다보았다.

왜 이렇게 되었을까. 어떻게 해야 할까. 에이반이 죽기 전까지만 해도 시단 또한 순순한 동생이었다.

머지않은 곳에서 소집령에 일사분란하게 움직이는 병사들과 들것에 실려 가는 이들의 신음과 비명이 메아리쳤다. 잠들었던 잔혹함, 불복종에 노호하는 여왕의 천성이 슬그머니 고개를 들었다.

"……그렇다면 병신으로 만들어서라도 데려가겠다. 네가 얼마나 무능력한지 알고 나면 포기하겠지."

르옌은 덴의 말허리에 매어 두었던 검 자루를 쥐었다. 시단이 허옇게 질린 얼굴로 그녀를 향해 입술을 일그러뜨리더니 검을 다잡았다. 물러설 기미는 없었지만 그녀 또한 마찬가지였다.

그때, 웬 말발굽 소리가 그녀의 후미로 다가왔다. 딱딱한 음성이 열기 없이 명령했다.

"아니, 검은 압류한다."

르옌은 삽시간에 지쳐 버린 사람처럼 고개를 돌렸다.

어느새엔가 다가온 기사는 한 치의 망설임도 없이 그녀의 등허리를 찌를 듯 검을 겨누고 있었다. 그것을 눈동자만 움직여 내려다본 그녀가 천천히 검 자루에서 손을 떼었다.

"거기 병사는 소집령에서 제외한다. 최고사령관께서 너희 둘을 데려오라 명하셨다. 따라와라."

르엔은 독기 빠진 얼굴로 가만히 서서 자신을 불렀다 하는 남자를 응시했다. 이렇게 빠른 시일 내에 다시 조우하게 될 줄 몰랐던 터라 속이 심란했다.

하지만 그녀와 달리, 벨바롯트 만큼이나 짙은 흑발에 까만 눈동자를 지닌 사내의 관심은 그녀를 향하는 법 없이 바빴다. 전후 보고를 전하는 이들의 이야기를 꼼꼼히 들은 후 명령하고, 탁자 위의 종이에 무언가를 적어 내려가고, 또다시 보고를 듣고, 그것의 반복이었다. 아예 그녀와 시단을 부른 것을 잊은 건 아닐까 싶을 만큼.

"전투로 사망한 적 지휘관은 로반티스 군의 아스바르 백작으로 공식 확인 완료했습니다. 현재 아군의 시신과 사상자를 확인 중입니다. 또한 척후병들의 보고로는 적들은 다시 완전히 이샤스 평원으로 넘어가 저들의 수비 둔영에 합류했다 합니다."

그들의 이야기를 흘려들으며 좁다란 절벽 기지의 막사를 조용한 시선으로 살피던 르엔의 시선이 어느 한 곳에 붙박였다.

리오낙.

새하얀 검집이 탁자 옆에 비스듬히 기대어 있었다. 그녀는 한눈에 그것을 알아보았다.

한때의 여왕이었던 그녀가 세상 더없는 뇌호한 무기를 만들기를 원했던 적이 있었다. 적의 악력에 제 검이 깨져 나가 큰 부상을 입었던 다음이었다.

구사일생 살아남은 그녀는 라르크의 수도인 뮈아드로의 북쪽 산맥에 위치한 온 광맥을 다 뒤지고, 내로라하는 대장장이들을 죄 끌어모아, 섣불리 제련하기 어렵다 많은 이들이 포기한 갈리아우의 강철로 무기를 만들었다. 그녀를 위한 갑옷과 방패와 세 자루의 무기였다.

그리고, 저것은 그때 만든 무구들 중 하나로 그녀가 벨바롯트에게 주었던 고결한 신임의 증거였다.

“현재 방비를 강화하고 절벽 입구에 화포 설비를 마무리했습니다. 전사자들은 신병이 확인되는 즉시…….”

“본진으로 보낸 파발은…….”

저들의 대화가 아스라이 멀어진다.

그녀의 시선이 느릿하게 파사드에게로 향했다. 전혀 다른 사람이라는 것을 인지한 지금도, 그저 과거를 떠올리는 것만으로도 그리움에 바늘 찔린 듯이 아프다.

“이후의 보고는 정리가 끝나면 라누 경에게 직접 나를 찾으라 일러라.”

“존명.”

이름 모를 기사의 각 잡힌 퇴실과 함께 지겨운 기다림이 끝났다.

담담한 르옌에 비해 시단은 여전히 숨을 가라앉히느라 무진 애를 쓰고 있었다. 정적 사이사이로 갈무리되지 않은 지친 숨소리가 스며들었다. 기사가 나가고도 한참을 생각에 잠긴 듯 미간을 지그시 누르던 파사드가 탁자 건너에 선 그녀의 가라앉은 감각을 일깨웠다.

“체사 경이 네가 이곳까지 오는 것을 허락했나?”

언짢은 음색에 르옌은 대답 대신 조용히 눈을 내리깔았다.

하지만 굳이 대답을 듣지 않아도 짐작할 수 있는 물음이었기에 파사드는 재차 묻지 않았다. 자칼린이 아무리 분방하다 해도 사리분별을 못하는 녀석은 아니었다. 오히려 사리분별을 하면서 사고를 친다고 체사 백, 루가크가 속을 앓는 녀석이었다. 또한 파사드는 이미 저들의 승강이 소리를 들었던 기사에게 조사시켜 소상하게 보고받은 후였다.

훈련받은 군마들마저 피비린내에 날뛰는 비극적 조의 그리고 안도 속, 그의 눈에 비치는 여자의 눈동자만큼은 아무것도 드러나지 않는 속 비치는 마호가니 목의 빛깔이다.

"……네 동생을 찾으러 왔다고."

"예. 전장에는 어울리지 않는 제 성미 못 이기는 녀석입니다. 성질 탓에 군에는 어울리지 않습니다."

누이를 벌건 눈으로 노려보던 시단이 바짝 엎드리더니, 파사드에게 읍소했다.

"안 갑니다. 못 갑니다. 저 개새끼들이 다 뒈질 때까지 저도 이곳에서 라르크를 위해 싸우겠습니다!"

"이미 데투아가는 자원병으로 참전했던 장남 에이반 데투아를 이번 대모르가나전에서 잃었습니다. 급박한 전시가 아니라면 가문의 독자는 보호되어야 한다고 법전에 명시되어 있는 것으로 압니다."

"쫓겨나느니 이 자리에서 목숨을 끊겠습니다. 싸우게 해 주십시오!"

파사드는 성질을 죽이지 않는 두 남매의 고집에 잘은 한숨을 삼켰다.

"이름이 무어라 했지?"

"국경에서 닷새 거리 숲 속에 위치한 규젠 마을의 르옌 데투아입니다. 라르크 왕실에 군마 거래를 해온 데투아가의 자식으로 저 녀석은 시단 데투아. 제 어리석은 동생에게 부디 선처해 주십시오. 저 녀석은 전쟁이 뭔지도 모르고 뛰쳐나온 것뿐입니다."

과연 진짜 일개 말 팔이의 딸일 뿐인가. 파사드는 아직도 자신의 머리를 스쳐 지나간 화살의 시속을, 살기로 점철된 겨냥을 기억하고 있었다.

절벽 위로 향했던 집중. 삽시간에 피격당해 죽은 새처럼 떨어지던 적의 지휘관. 조금만 낮은 각도로 빗맞았어도 자신의 뒷머리가 그에 꿰뚫렸을 터다. 일말의 망설임도 주저도 실패도 없었던 연사는 결코 운이라 할 수 없었다.

하지만 여자의 손가락은 가늘고, 손끝은 굳은 상처들로 거칠다. 저것은 도리어 훈련량의 미비함을 반증하는 것이다. 파사드가 속으로 의심을 쌓으며 답했다.

"고려할 만하다. 하지만 자원병인 이상 본인의 의사 또한 무시할 수 없다. 애국의 동기는 전장에선 중요치 않으니."

르엔이 느리게 고개를 들어 새카만 파사드의 눈동자를 응시했다. 그리곤 떨리는 입꼬리를 끌어 올렸다.

저이를 보고 벨바롯트를 회상했던 자신의 우둔함이 얼마나 한심한지. 정 없는 눈매 하며 딱딱하기 짝이 없는 음성이 그와 무엇이 같다고. 왠지 모를 울분에 그녀가 다소 냉정을 잃고 말을 이었다.

"동기는 중요하지 않을 수밖에. 아무것도 모르는 청년들을 애국지사로 만들어 줄 것처럼 꾀어내고, 적을 베면 귀족의 작위를 주리라 유혹해 전방에 내세우는 것이 가장 싼값에 먹히니 말입니다."

힐난의 어조인 듯했으나 말미는 자조와 닮은 음색이었다. 파사드가 인상을 찌푸리며 단호히 답했다.

"함부로 목숨의 값을 셈하지 마라."

"……한마디, 올려도 괜찮겠습니까."

파사드가 턱을 까닥였다.

"허하겠다."

"좌로는 아마르즈 평야 우로는 올조르가 버티고 있는 요건에 적들이 안프 일대를 전장으로 택했다는 게 무슨 의미인지 모르는 바 아닙니다. 수도까지의 최단 거리로 통하는 국경의 수비, 중요합니다. 하나 그렇다 해서 제 앞가림도 못하는 청년을 시간 벌이용으로 사용하는 게 피해의 최소화입니까. 그것이 목숨을 값으로 셈하는 것이 아니면 무엇입니까."

"……이타카."

"……."

"아마르즈 평야가 아니라 이타카다."

백여 년 전에 아마르즈 평야는 산카 저지대와 합쳐져 이타카라는 이름으로 개명되었다. 파사드의 음성이 더할 나위 없이 서늘하게 그것을 지적했다. 르옌은 예상치 못한 곳에서 허를 찔린 사람처럼 작게 입술을 벌렸다. 규젠 마을 인근의 주로 회자되는 지명이나 지리가 아니라면 그다지 관심을 두지 않았던 터라, 지명의 개명이라거나 하는 것은 처음 들었다.

짐짓 날카로운 파사드의 눈매가 의문을 담아 그녀의 전신을 훑었다. 장남이 죽고 복수심에 미친 막내가 전쟁터로 뛰쳐나오는 바람에 가문이 풍비박산의 위기에 처해 있다 하니 하나라도 살리고 싶은 욕심이 컸으리라. 파사드가 보기에도 누이의 노력과 용기는 가상했다.

하지만 그 가상함이 국가를 위해 헌신하겠다며 애걸하는 이를 내칠 합당한 사유는 아니었다.

"……가문을 위해 최전방까지 달려온 노력이 가상하여 다소 무례한 언사도 책잡지 않았으나, 이 이상의 아집은 눈감아 주지 않겠다. 군에 속하지 않은 여자가 단신으로 뛰어 들어와 진영에 발 디딘 것에는 체사 경의 책임이 있다 하여 보아 넘겼지만 그뿐이다."

굳이 입에 올리지는 않았으나, 그에 더해 저 여자는 적 지휘관을 쏘아 죽였다. 그녀는 모를 테지만 그 공로 또한 무시할 수는 없는 중요한 사안이었다.

"적을 향한 저항감, 증오는 분명 가장 강한 파괴를 지닌 애국의 발판이 될 수 있으나 증오에 눈 먼 아군은 아군까지 죽입니다."

"그러지 않기 위해 병사들은 혹독한 훈련을 견디는 것이다."

냉정한 그의 대답에 르옌의 입술이 엷게 떨렸다. 시단이 참다 못해 항변하듯 소리쳤다.

"형님이 출전한 건 명예를 더럽히지 말라고 젠체하면서 지껄이더니 왜 나는 막는 거야!"

비명에 가까운 고함에 파사드의 시선이 시단의 피투성이 낯 위로 머물렀다.

악의. 파사드는 무수한 고함과 절규로 뒤덮인 전장 한복판에서 유독 눈에 띄던 악의를 떠올렸다. 공포를 넘어선 악의는 저 청년의 것이었다. 맹렬한 젊은 치기, 제련되지 않은 순수한 분노. 확실히, 제 동생을 지키기 위한 변명이라 할지라도 그녀의 말에 그른 것은 없었다.

명령을 제대로 수행하지 못할 정도로 망가진 군사는 아군마저 위태롭게 한다. 이미 장남을 잃었다는 것이 사실이라 하니 상황을 보아 다른 구실을 붙여 청년을 강제 전역시키는 쪽으로 생각을 고려해도 나쁘지 않겠다 생각하는 와중, 여자의 한마디가 그의 모든 생각을 잘라 냈다.

"그렇다면 차라리 제가 이놈의 몫을 대신 하겠습니다."

"왜 형한테는…… 뭐, 뭐……! 너 미쳤어!"

멈칫하던 파사드가 단칼에 일축했다.

“인정된 기사급 이하의 여자는 군에 받지 않는다.”

“……라르크 특수 군율에 제 상황에 도움이 될 만한 조항이 있지 않습니까? 9조라면 충분히 제게도 자격이 있다 여깁니다. 군법 개정이 되었습니까?”

파사드가 거짓말처럼 움직임을 멈추었다. 이번만큼은 그 또한 놀라지 않을 수 없었다. 파사드의 안색을 스윽 올려뜬 눈으로 바라보던 르옌이 또박또박 요구했다.

“만일 아직 그 군율이 건재하다면 적의 지휘관을 쏘아 죽인 공로에 근거해 특수 군사 율령 9조항의 발효를 요청합니다. 작위는 필요 없습니다.”

갑작스럽게 가라앉은 분위기 속에서 시단만이 영문을 몰라 눈을 끔뻑였다. 어릴 때부터 저 모르는 것들을 줄줄 꿰고 있는 누이였지만 지금만큼은 무슨 말을 하고 있는 건지 짐작도 할 수 없었다.

언뜻 피로가 남아 있던 파사드의 눈매가 날카로워졌다.

활을 쏘는 품새와 그 실력이 제법 된다 싶었는데, 과연 범상하지가 않았다. 어찌 일반 백성이 특수 군율 조항을 알고 있단 말인가. 게다가 저 여자는 자신이 세운 공로가 무엇인지 또한 정확히 알고 있었다. 그 난전 속에서 제가 누굴 죽였는지 안다는 말이다.

“……촉박한 시일 내에 대규모 작전이 있을 것이다. 네 부상이 나을 때까지 기다려 줄 여가는 없다.”

“마상 전투가 더 몸에 익으니 그런 배려는 필요 없습니다. 상대로 배정될 예기銳騎†의 특기가 무엇이든 각오하겠습니다. 창이든 검이든 간에.”

예기† 굳세고 날쌘 기병.

예기銳騎. 일반 병사도 아닌 훈련받은 기민한 기사들이다. 시단은 돌아가는 상황도 알지 못한 채로 기겁했다.

"너, 너, 지금 무슨 소릴 하는 거야! 정신 나갔냐고, 르옌!"

그녀는 시단의 그런 고함을 묵살했다. 너무나도 차분한 얼굴에 파사드가 도리어 당혹할 정도였다. 그녀의 공로를 누구보다 크게 의식하고 있는 파사드로서는 저 요청을 거부할 명분이 없었다.

얼마간의 침묵, 그 끝에 파사드의 입술이 열렸다.

"……여자라고 보아주지 않는다."

긴장으로 굳었던 르옌의 마른 입술이 일그러진 호선을 그었다.

그런 그녀를 결코 긍정적이지 않은 시선으로 응시하던 파사드는 이내 그녀에게 턱짓했다. 르옌은 대답 대신 절뚝거리며 밖으로 향했다.

그녀가 나가고, 파사드는 하얗게 질린 얼굴로 굳어 앉은 젊은 청년을 서늘하게 내려다보았다. 그 눈빛에 퍼뜩 정신을 차린 시단이 휘청거리며 밖으로 뛰쳐나갔다. 르옌! 여자의 이름을 토하는 고성이 이어지다 끊겼다.

거짓말처럼 평온을 찾은 막사 안에 앉은 파사드는 조금 전 상황을 반추했다.

르옌 데투아. 당당한 태도가 제법 인상 깊었다. 하지만 그보다도 더 인상 깊은 한마디가 있었다. 고작 스물 갓 넘긴 듯 보이는 젊은 여자의 입에서 나오기엔 지나치게 이상한 말.

—만일 '아직' 그 군율이 건재하다면…….

파사드가 몸을 일으켜 낡은 탁자 위에 둘둘 말려 있던 지도를 펼쳤다. 그리고 그들이 주둔한 안프 일대를 손끝으로 짚은 후, 천천히 서의 어느 지점으로 미끄러뜨렸다.

이윽고 그의 칠흑처럼 새카만 눈동자가 손끝에 머물렀다.

이타카 평야Plain Itaka.

밤을 찢고 파고든 손톱 달이 서쪽으로 기울어지기 시작할 무렵, 야습의 전갈을 받은 본진의 기사들이 절벽 기지로 찾아들었다.

안프 쌍둥이 절벽의 라르크 군사 기지.

여명과 맞닿은 새벽의 어둠 속, 무장 기사들이 절벽 기지의 어느 막사 앞에서 어설픈 원을 그리고 섰다. 횃불에 넘실대던 그림자마저 고요에 잠든 침묵이 이어졌다.

파사드의 전갈을 받고 본진에서 최전방 절벽 기지까지 눈썹이 휘날려라 달려온 무장 기사들은 에반부르와 자칼린 그리고 덴작이었다. 참모 군장이자 최고사령관의 개인 경호를 맡은 테레어드 또한 이곳을 향해 달려오고 있다는 전갈이 뒤따르는 걸 보니 그럴 만한 이유가 있는 모양이었다.

그들을 안내해 온 라누 경, 타바잔이 침묵을 깨고 간결하게 상황을 정리했다. 그는 평민 출신의 기사였지만 절벽 기지의 책임자로서 이 자리에서 충분히 발언할 권리가 있었다.

"예, 천여 병사의 기습은 적 지휘관 아스바르 백작의 피격과 동시에 퇴각. 아군의 피해는 사상자 백여 명과 말 몇 마리를 잃은 것이 전부입니다. 최고사령관이신 칼란독 경의 명에 따라 추격을 중지하고 척후병만을 보내 확인한 결과, 적들은 완전히 이샤스 평야의 수비 둔영으로 합류. 오늘 밤의 전투는 완전히 끝이 났습니다."

목청이 터져라 고함을 질러 대는 바람에 잔뜩 쉬어 버린 타바잔의 설명은 듣는 귀가 불편할 정도였다. 그러나 사안이 사안인지라, 경청하는 기사들의 얼굴은 제각각이었다.

기묘하게 찡그려진 콧잔등, 놀란 듯 휘둥그레 뜨인 눈, 말을 잊고 굳어진 입술, 하지만 내심의 감상은 충격을 기반으로 공통했다.

"이자가……."

"이번 야습을 지휘했던 지휘관입니다."

그들의 시선은 다시금 바닥에 누워 있는 적에게로 수렴했다.

시신의 얼굴은 거의 뭉개져 끈적한 피와 정체 모를 지저분한 것들로 뒤덮여 절로 눈살이 찌푸려졌다. 기괴하게 꺾인 팔의 뼈가 갑옷의 이음새를 뚫고 튀어나와 있었으며, 이마엔 부러진 화살대가 박혀 있었다. 아팠을까? 눈 깜빡할 사이에 죽었겠지요. 그들은 시신을 앞에 두고 남 일처럼 사담을 주고받았다.

나름의 예우를 갖춘답시고 바르게 눕혀 놓았지만 곱게 죽지 못한 적 지휘관의 모습은 좋게 말해도 갑옷을 입혀 놓은 살점 덩어리였다.

그 곁에 쪼그려 앉은 자칼린이 꺾인 화살대를 툭툭 건드리며 난색을 표했다.

"이자의 대가리에 화살을 박은 게……."

"네가 데리고 온 여자의 짓이다."

등 뒤에서 던져진 파사드의 가라앉은 목소리에 자칼린이 발딱 일어나 그를 맞았다. 에반부르와 덴작 또한 으스러진 머리통 한가운데 박힌 화살을 떨떠름한 얼굴로 내려다보다 파사드를 발견하고 길을 텄다.

"진짜로 말입니까? 그…… 아니, 보초까지 붙였는데 정신 나간 계집애가 어떻게 여기까지 왔는지…… 아니, 아니 죄송합니다."

"책무 소홀은 추후 묻겠다."

파사드가 자칼린의 지척에 다가와 품위 없는 시체를 내려다보았다.

자칼린은 뭐라 말해야 할지 모르겠다는 듯 고개를 푹 숙였다. 난데없이 전장에 튀어나온 여자에 대한 설명은 타바잔으로부터 대강 전해 들었다. 본진도 아닌 절벽 기지에서 상상도 못한 인물이 거론됨에 가뜩이나 믿어야 하나, 말아야 하나 답지 않게 고민하던 와중이었다. 파사드까지 쐐기를 박으니 할 말이 있을 리가.

귀신이 곡할 노릇이었다. 언제 빠져나온 건지, 어떻게 이 야밤에 절벽 기지까지 헤매지 않고 방향을 잡아 찾아온 건지. 시체로부터 올라오는 역한 피 냄새에 인상을 찌푸리던 자칼린의 연두색 눈동자에 온갖 짜증이 배어들었다.

그런 자칼린을 향해 마뜩잖은 눈빛을 보내던 덴작이 물었다.

"한데 오늘의 습격은 라르크의 최고사령관을 노린 겁니까? 저놈들이 감히."

"그것까진 알 수 없지만 그렇다면 발 빠른 내부 간자를 의심해야겠지. 라누 경, 신분의 확인은 마무리된 건가?"

파사드의 시선이 찬 흙바닥에 누운 사내에게로 향했다. 타바잔이 몇 걸음 다가와 고개를 조아렸다. 덩치 큰 사내의 갑옷은 말라붙은 피로 엉망이었지만 안색은 좋았다.

"예, 보고 드린 대로입니다. 몹시 망가져 얼굴을 알아보기 어려우나 지난 번 접전에 합을 맞대었던 적이 있습니다."

내내 콧잔등에 힘을 주고 있던 에반부르가 신음처럼 말을 받았다.

"그래, 내 눈에도 로반티스의 뒤를 졸졸 따라다니던 이의 얼굴로 보이는구려. 그럼 이 시신은 이제 어찌 하실 요량이십니까?"

"사흘 내로 로반티스의 회수 요청이 없을 시에는 머리를 베어 낸 후 내버려 짐승밥이 되도록 해야겠지요."

작위가 있는 적 지휘관의 시신이니 회수 요청은 당연한 것이다. 그러나 악감정이 깊어진 지금으로서는 모르가나에서 선뜻 머리 숙여 시신을 회수하기 위해 나서지 않을 가능성 또한 무시할 수 없었다.

"형…… 아니, 사령관님, 이자가 운이 나빠 화살에 맞았다고 치더라도 절벽 위에 올라 있다 하지 않았습니까."

"운이 아니다."

단정적인 그의 음성에 자칼린을 비롯해 시체를 둘러싸고 섰던 기사들이 경직했다. 타바잔이 사무적인 투로 거들었다.

"절벽 중턱 위에서 중무장을 한 궁수 셋과 그들의 뒤쪽에서 태세를 갖추고 있던 지휘관을 절벽 아래에서 한 발의 오발도 없이 정확히 쏘아 떨어뜨렸습니다. 절벽 기지 내의 엄호 기사 넷과 저, 그리고 칼란독 경께서 그것의 증인입니다."

자칼린은 절로 벌어지려는 입을 닫기 위해 어금니에 힘을 주었다. 절벽 아래에서 위로, 심지어 중무장한 이들을 오발 없이 쏘아 죽였다는 걸 믿으라고? 에반부르와 덴작 또한 자칼린과 크게 다르지 않은 감상이었는지 뚱하니 얼굴을 구겼다.

"야습은 지휘관의 사망으로 적들이 발 빠르게 퇴각하여 비교적 작은 손실로 끝났으나, 오늘 같은 소모전은 달갑지 않다. 할드로프 경은 나흘 내로 작전에 따라 군을 나누고 엿새 후 올조르-톨프를 우회하는 작전을 시행한다. 라누 경에게도 이미 그에 대한 설명은 끝냈다."

대놓고 표출하지는 않았지만 파사드는 적잖이 화가 난 기색이었다. 그의 말 마디마디에 배인 노기를 읽어 낸 다른 의미로 노련한 기사들이 일제히 시선을 바닥으로 내리박았다. 오욕을 씻어 낼 기회라며 사기를 높이는 다른 기사들과 달리 파사드는 이 전쟁을 단기에 마무리하고 싶어 했으니 충분히 그의 노기를 이해했다.

전쟁이 길어지면 길어질수록 무거운 책임을 짊어져야 하는 건 최고사령관인 그의 몫이었다.

"또한 해가 뜨면, 요청에 따른 자격 심사전을 시행한다."

"심사전이라뇨?"

"여자가 내게 직접 적 지휘관을 살해한 것을 근거로 심사전을 요청했다."

기사들의 고개가 부목이라도 댄 듯이 빳빳하게 들렸다.

특수 군율 중 지휘관 살해를 근거한다면 한 가지뿐이다. 9조. 전장에서 큰 공로를 세운 이의 자격을 가늠하기 위한 군법이었다.

간혹 실력이 부족한 이들이 전우의 공을 가로채기 위해 난전 속에서 아군을 살해하는 것을 미연에 방지하고, 왕실이 내리는 수호의 지위를 받을 자격 없는 이가 만에 하나의 운으로 공적을 올렸을 때 그것을 판가름하기 위한 관례다.

규칙은 간단했다. 한 명 이상의 기사와 정식 대결을 펼쳐 승리하여 제 실력을 뽐내면 된다. 하지만 보통 패배한다 해도 상대가 기사임을 감안해 입회인들이 논의하에 왕왕 자격을 인정했다.

하나, 그것은 대개 종전 후 상관이 그 공로를 인정하여 제안하는 형태를 전통으로 했다. 그걸 직접 최고사령관에게 요구했다는 것은 크나큰 불경이었다.

설상가상 난데없이 튀어나온 여자가?

덴작이 펄쩍펄쩍 뛰었다.

"아니, 군사도 아닌 여자가 먼저 작위를 청한단 말입니까."

"작위가 아닌 서품만을 요구했다."

"서품이라고 해도……!"

파사드는 덴작의 흥분을 완전히 묵살한 채로 여직까지 얼떨떨한 얼굴의 자칼린을 응시했다.

"체사 경, 군마 상단의 딸이라고 했나?"

"예, 그렇게 큰 규모는 아니고 가끔 긴급하게 여마가 필요할 때, 우리 측의 군사가 들르는 작은 마을에 있는 말장수 집안이라 합니다. 장남이 전장에서 전사하고 독자가 된 그 동생이 전선으로 뛰어들어 그를 데리고 가기 위해 왔다고 했습니다. 명부를 이미 조사해 보았고, 기록상으로는 ……확실합니다."

"확신하나."

본능적인 감에 대부분의 판단을 맡기고 살아온 그로서는 수기된 정보로 상황을 확신하는 것이 영 떨떠름했다. 그러나 파사드는 확실하지 않은 답을 좋아하지 않는다. 자칼린은 자신이 할 수 있는 말이 달리 없음을 알았다.

"……예."

아마도요? 그는 얼간이처럼 덧붙일 뻔한 말을 가까스로 삼키고, 스스로를 기특히 여겼다.

파사드가 시신 주위를 둘러싸고 선 기사들을 쭉 훑었다.

"그럼, 자원하고 싶은 자가 있나?"

약속이나 한 듯이, 기사들의 눈동자가 시신의 미간을 꿴 화살로 떨어졌다.

모래먼지 섞인 아침 바람이 절벽 기지 일대를 휘둘렀다.

밤을 밀어낸 태양이 솟구침과 동시에 병사들은 평소와는 다른 일정을 위해 둔영 한편으로 정렬했다. 훈련장을 둘러싼 울타리 주위로는 어젯밤의 전투조차 잊고 부러움 반, 기대감 반으로 들뜬 군사들로 가득했다.

"어제 지휘관을 잡아 공을 세웠다던데. 누군지 아무도 몰라? 출세하는 건 어느 분대 놈이야?"

최전방인 이유로 언제 죽을지 모르기에 퍽퍽한 훈련과 긴장에 절어 있던 이들에게 볼거리가 생겼다는 소식은 가뭄의 단비만큼이나 흥분되는 일이었다.

얼마 지나지 않나 진영의 고위 기사들까지도 원형 훈련장으로 속속 모여들었다.

궁금증과 호기심으로 전우들의 흥분이 높아질수록 시단의 낯빛이 거무죽죽 물들었다. 건장한 사내들의 틈바귀에 서서 이리저리 불안한 얼굴로 주위를 둘러보던 그가 참지 못한 한숨을 내쉬었다. 저들의 흥분의 이유는 제 누이 때문이니.

그는 지난 밤 르옌을 쫓아 나갔으나, 웬 기사에게 붙잡혀 숙소로 되돌아가라는 명을 받고 떠밀려 이야기조차 나누지 못했다. 설마 진심일까 했다. 그러나 해는 떠오르고 그들은 이리 모였다.

설마설마했는데 누이가 진짜 미친 게 틀림없었다. 기사와 합을 겨룬다니.

머잖은 곳에서부터 가뿐한 말발굽 소리가 울려 퍼지기 시작했다. 장내 울타리 위를 훌쩍 뛰어넘은 갈색 준마의 기수를 눈으로 쫓던 병사들의 낯에서 차츰 흥분이 사라졌다.

그들의 시선에 비친 것은 까무잡잡하게 탄 전우도 우락부락한 수습 기사도 아닌, 햇볕 아래 불그스름한 빛을 발하는 머리칼을 질끈 묶은 가벼운 가죽 갑옷 차림의 여자였다.

여자? 저런 여자가 우리 둔영에 있었어?

병사들이 서로의 얼굴을 마주 보며 의문스런 기색을 띠었다.

차분한 표정의 여자에게선 군인의 냄새는 전혀 나지 않았다.

이히히힝!

울타리를 가로질러 들어오는 사나운 갈색 준마의 걸음걸음에 배인 위압감에 병사들이 움찔했다. 시단이 바윗덩이라도 갖다 붙인 듯 굳은 얼굴로 르옌을 올려다보았다.

그 시선을 외면한 르옌은 서늘하게 일렁이는 마음을 가라앉혔다. 수십 쌍의 눈들이 그녀와 덴을 샅샅이 훑고 저마다의 충격을 표정으로 고스란히 내비치고 있었지만 그건 큰 문제가 아니었다.

그녀는 이윽고 울타리 안을 소요하듯 느리게 말을 몰아 움직이다 울타리 밖의 익은 얼굴들로 시선을 고정시켰다.

파사드는 어제 보았던 차림 그대로, 리오낙을 들고 서 있었다. 그 옆엔 늙은 노기사와 뚱한 얼굴로 그녀를 노려보는 자칼린이 있었다. 처음 보는 어떤 기사도 파사드의 측근처럼 붙어 서서 그녀를 올려다보았다.

어린 체사의 눈빛에서 적잖은 언짢음이 비쳤지만 그녀는 말없이 고개를 돌려 울타리를 넘어온 상대 기사를 응시했다.

"라르크 왕실의 서품을 받은 기사, 덴작 칼세이 듀사크다."

생긴 것은 입술과 쌍커풀이 얇아 족제비 같고, 표정은 음침하기가 그지없는 데다가 덩치도 그리 작지 않은 전형적인 무골의 거구였는데 귀족 출신이었던 모양이다. 그러나 귀에 익은 이름은 아니었다.

"르옌 데투아입니다."

르옌은 덴작의 철제 경갑을 흘긴 후 고개를 까딱 숙였다. 훈련장을 반으로 나눈 좌로는 그녀가, 우로는 덴작이 늠름하게 섰다.

자칼린은 가만히 그것을 올려다보며 구시렁거렸다. 세상에 이게 대체 뭔 난리야. 자칼린을 따르는 베로한 경, 스이센은 의심이 덕지

덕지 붙은 눈동자로 눈에 익은 고집스런 여자를 게슴츠레 응시했다. 그가 지난 번 볼드 평야의 기억을 떠올리곤 자칼린의 귓가에 속닥이듯 말했다. 저 여자 수상합니다. 자칼린은 생각에 잠긴 얼굴로 간격을 두고 짧게 수긍했다. 나도 알아.

절벽 기지를 책임지고 있는 라누 경, 타바잔의 명령이 떨어지자 브류나크 왕가의 왕실 깃발을 등에 맨 백마 기수가 울타리 안을 한 바퀴 달린 후 물러났다. 그에 약속이라도 한 듯 소란하던 사위의 흥분이 차츰 가라앉았다.

파사드는 주위로 사열한 병사들과 기사들 그리고 르옌과 덴작을 번갈아 응시한 후 짧게 말했다.

"공로자의 요청대로 심사는 마상전을 기준하며, 살인은 불허한다."

울타리 바깥에 대기 중이던 군악대가 채를 쥐었다.

둥. 둥. 둥.

장애물, 엄폐물 하나 없이 휑한 장내 위로 심장을 울리는 북소리가 울려 퍼졌다.

"시작하라. 이 자리의 모두가 증인이 될 것이다."

북소리가 멎음과 동시에 숨죽인 긴장감이 훈련장 전역을 갉아먹기 시작했다.

덴작은 그의 건너편에 선 여자를 노려보았다. 가벼운 가죽 갑옷을 걸친 여자는 두려움 하나 없는 시선으로 꼿꼿이 허리를 펴고 검을 고쳐 쥐었다. 여유작작 온화한 얼굴은 충분히 그를 자극했다.

하지만 겉보기와는 다르게 르옌은 제법 긴장한 상태였다. 상대 기사의 기세는 농담으로라도 무르다 할 수 없을 만큼 사나웠다. 그녀가 정식 기사와 마지막으로 검을 맞대 본 것이 언제인가.

무려 이백 년 전이다.

말 팔이꾼의 딸로 자란 스물두 해는 부지런한 훈련과는 거리가 멀었다. 승마나 자질구레한 일들을 하며 자란 탓에 나약하지 않은 체력을 가졌다 한들 일생 검을 휘두른 기사들에 비할까. 그녀가 그동안 해 온 훈련이라고는, 기껏해야 자경단원이 되고 싶어 하던 동네 청년들과 에이반과 함께 검술과 궁술 훈련 그 비슷한 것으로 시간을 보낸 것이 전부였다.

르옌은 전심을 다할 각오를 다졌다. 이미 돌이킬 수 없다.

과거의 풍경처럼 수많은 시선이 숨죽인 채 그녀를 올려다보고 있었다. 짧은 희열을 뒤로한 그녀는 덴작이 쥔 검 끝에 온 신경을 집중했다. 덴작은 그런 그녀의 얼굴을 응시하다 예고 없이 달려들었다.

제법 넓은 장내를 순식간에 가로질러 검을 내지르는 기사와 멍히 서서 그것을 바라보는 누이를 긴장으로 올려다보던 시단이 기겁해 고함쳤다.

"르옌!"

시단의 고함에 울타릴 둘러싸고 있던 병사들의 집중이 깨져 소란해졌다.

르옌은 멈칫 그를 곁눈질한 후, 허벅지에 힘을 주었다. 사나운 콧김을 내뿜던 덴이 눈치 빠르게 울타리 가장자리로 달렸다.

덴작의 칼등이 아슬아슬하게 그녀의 어깨를 스쳐 지났다. 떨어뜨리면 그만이라 믿는지 기세에 비견할 때 한없이 관대한 처사였다.

르옌은 흠집이 난 왼쪽 어깨 보호대를 흘긴 후, 재빠르게 말 머리를 돌렸다. 그녀의 손에 쥐인 번뜩이는 낡은 검이 덴작의 윈 머리를 후려치기 위해 휘둘러졌다. 숨소리조차 가라앉은 장내에 덴작의 코웃음 소리가 맴돌다 사라졌다.

덴작은 여유롭게 쥐고 있던 검날을 세워 그것을 막아 밀쳤다. 그러나 르옌의 검은 반동으로 밀려나기는커녕 물처럼 궤도를 바꾸어 그의 손등을 지나쳐 허리로 미끄러졌다. 얇은 경갑이 칼등에 부딪쳐 쩡— 하는 비명을 토했다.

덴작은 노련한 기사답게 당황하지 않고 발로 덴의 목덜미를 걷어찼다.

이히히힝!

마갑조차 두르지 않은 목덜미에 가해진 어마어마한 충격에 놀란 덴이 앞발을 치켜들었다.

"워어워!"

르옌은 황급히 고삐를 꽉 쥐어 당겼다. 흥분한 덴이 고개를 터는 사이 덴작의 사나운 검날이 르옌의 왼 머리 위로 쇄도했다.

드리워지는 날붙이의 그림자.

르옌은 무지막지한 악력으로 내리박히는 검날을 올려다보았다. 완력으로 모든 합을 막아 내겠다는 만용은 애당초 없었다. 직감적으로 깨달았다. 저것은 막을 수 없다.

여기저기서 긴장에 찬 신음이 터져 나왔다.

그녀는 냉정을 잃지 않고 검을 내린 후 등자에서 발을 뺐다. 그리곤 덴의 오른쪽으로 몸을 완전히 기울여 측면에 바짝 매달렸다. 텅. 소리가 남과 동시에 덴작의 검이 허공을 가르고 덴의 말안장 왼편에 박혔다.

'뭐……?'

덴작은 순식간에 피신한 여자의 몸놀림에 인상을 찌푸렸다. 놀란 것은 그뿐만이 아니었다.

한 손으로 마구를 쥐고 한 발로 등자를 디뎌 균형을 잡고 매달린 여자를 바라보는 병사들의 눈도 호두 껍질만큼 둥그렇게 뜨였다.

그건 시단으로서도 마찬가지였다. 저게 지금 자신의 누이가 맞는가. 동네 청년들을 두드려 팰 때와는 차원이 달랐다.

한쪽으로 쏠린 무게에 더해 두꺼운 안장에 박힌 검의 충격에 덴이 펄쩍이기 시작하자 덴작이 휘청거리며 박힌 검을 뽑아내기 위해 손에 힘을 주었다.

르옌은 그 틈을 놓치지 않고 마구의 반대편을 손잡이 삼아 순식간에 덴의 배 아래로 파고들었다. 그리고 손속을 두지 않고 검을 덴작을 향해 올려 찔렀다. 덴작이 쥐고 있던 고삐 줄이 서걱 잘려 나갔다.

별안간 아래에서 솟아오른 날에 그가 간격을 벌리자 르옌이 기다렸다는 듯 다시 덴의 안장 위로 훌쩍 올랐다. 저 모든 것이 몇 초도 되지 않아 벌어진 상황이었다.

군더더기 없는 움직임이었다. 그녀는 고삐가 잘려 나간 말의 통제를 위해 물러섰던 덴작에게 주저 없이 달려가 무거운 검을 치켜들었다. 그것은 덴작이 아닌 군마의 목덜미로 쇄도했다.

이히힝!

떨어지는 검이 일으킨 바람에 놀란 군마의 비명이 끊겼다.

갈색 털들이 바람을 타고 흩날렸다. 바람에 실려 떠오른 짧은 털들이 딱딱하게 굳은 기사의 시야를 가렸다 이내 바닥으로 떨어졌다. 덴작의 말이 놀라 흥분한 콧김을 내뿜었다.

명마의 자존심이라 해도 이상하지 않을 우아한 갈기들이 장내 바닥 위로 떨어지는 것을 쓴 표정으로 내려다보던 르옌이 차분하게 입을 열었다.

"부족합니까?"

그녀는 숨소리 하나 거칠어지지 않았다.

"……."

"전장이었다면 당신의 말은 목이 달아났을 것이고, 당신이 낙마한 순간 저는 당신을 밟아 죽였을 겁니다."

덴작은 잘려 나간 고삐와 나부끼는 갈기의 털을 노여움에 찬 시선으로 내려다보았다.

"미친……"

파사드가 옆에 있다는 것마저 잊은 자칼린이 경탄을 담은 욕지기를 내뱉었다. 그의 거침없는 말버릇을 지적해 줄 의무가 있는 에반부르 또한 당황으로 입을 다물었다.

덴작은 경험 많은 노련한 고위 기사다. 백 번 양보해 상대가 여자라 방심했다 하더라도 부상자를 제압하지 못하고 패배하다니. 하지만 덴작을 책잡을 수도 없었다. 저 상황은 그가 형편없어서가 아니라 여자의 몸놀림이 상상 이상이었기 때문이다. 놀라지 않은 자가 없다.

에반부르가 조심스레 운을 떼었다.

"칼란독 경, 라누 경이 더 상대하지 않아도 될 정도로 명백해 보입니다만."

파사드의 미간이 좁아졌다. 그 역시도 에반부르의 말에 이견은 없었다. 심사를 지속하지 않아도 될 정도로 여자는 이미 범인을 뛰어넘었다. 분명 덴작이 상대가 여자임을 고려해 초반의 관대함을 보여주긴 했으나, 제압의 의지는 명백했다. 그런데도 이런 결과다. 이는 과연 범인은 아니라는 의심에 확신만 더해진 격이었다.

파사드의 눈동자가 먼 거리에 선 여자의 전신을 눈에 담았다. 햇볕 아래 더욱 선명히 빛나는 붉은 기 감도는 갈색 머리칼이 자연스레 바람을 껴안고 흔들거렸다. 그 아래 비치는 옅은 마호가니 목빛 눈동자에는 승리의 즐거움이라거나 흡족함 따윈 없었다.

마치…… 당연하다는 듯이 평온했다.

그의 등 뒤에 서 있던 테레어드가 절로 탄복한 사람처럼 손뼉을 두어 번 치다가 파사드의 눈길에 팔을 내렸다.

"듀사크 경은 물러나도록, 라누 경."

파사드의 명이 떨어졌다.

제 역할을 잃은 고삐를 노려보던 덴작은 결국 말에서 내려 성난 기세로 걸어 나왔다. 얼떨떨하게 서 있던 라누 경, 타바잔이 말에 오르기 위해 갈기를 쥐었을 때였다.

"잠깐! 잠깐. 나나나! 나!"

군중들 사이로 억눌렸던 흥분이 터져 나오려는 찰나, 자칼린의 음성이 쩌렁쩌렁 울렸다.

르옌은 물러나는 덴작의 뒷모습을 응시하다 반쯤 내리깐 눈으로 자칼린을 돌아보았다. 자칼린은 울타리를 빙 돌아 달리더니 타바잔의 앞에 섰다.

"라누 경, 양보해 주시죠."

"……체사 경?"

"제가 대신 하겠습니다. 칼란독 경, 허락해 주시겠습니까!"

자칼린이 잔뜩 흥분한 어조로 파사드를 향해 외쳤다. 타바잔은 당혹스런 얼굴로 파사드를 돌아보았다.

"허한다."

파사드의 명이 떨어지자 자칼린은 더 볼 것 없다는 듯 재빠르게 주인 없는 말의 안장 위로 뛰어올랐다. 그러고는 그대로 울타리 안으로 뛰어들어 왔다. 갑옷조차 제대로 갖추지 않은 호리호리한 청년 기사의 열의에 르옌이 짤막히 코웃음 쳤다. 싱그러운 기사의 눈동자와 르옌의 웃음기 서린 눈동자가 허공에서 맞물렸다.

'과연.'

자칼린의 입매가 가늘어졌다.

자칼린은 르옌이 말 위에서 부리는 기교에 반해 뛰쳐나온 것이 아니었다. 동료 기사에게 패배를 안겨 준 것에 보복하기 위함은 더더욱 아니다. 단순히 저 눈동자, 저 활기 띤 눈빛이 그를 끌어냈다.

죽은 듯 가라앉았던 담갈색 눈동자는 어디가고 생기가 가득하다. 덴작과 맞붙은 순간부터 그랬다. 자칼린에게 그녀의 변화는 자못 신기한 것이었다.

그녀와 멀찍이 거리를 두고 견제 자세를 취한 자칼린이 큰 소리로 말했다.

"너 진짜 제정신이 아니야. 알지?"

"압니다."

르옌은 마른 미소와 함께 검을 다잡았다.

"검 잡은 지는 얼마나 됐어?"

"제법 깁니다."

"그렇게 얍삽한 기마술은 누구한테 배웠는데?"

"……아버지께 배웠습니다."

르옌의 시선이 잠시 병사들 사이에 서 있는 시단에게 향했다. 시단은 자칼린과 그녀의 중간쯤 되는 울타리에 바짝 붙어 겁에 질린 얼굴을 하고 있었다.

'거짓말…….'

조금 전 기사 하나를 상처 하나 없이 밀어낸 누이를 넋 놓고 바라보던 시단의 입술이 꾹 다물렸다.

거짓말. 거짓말이다.

데투아 일가 중 누구도 그녀처럼 말을 타지는 못했다. 그의 아버지는 그저 말을 키워다 파는 말 팔이일 뿐이지, 기마술을 훈련하는 사람이 아니었다. 만일 자식들 중 누군가가 그런 것을 연습이라도 했다면 도리어 위험한 짓 하지 말라며 화를 냈을 터다.

시단의 표정이 일그러지건 말건 자칼린은 건성으로 고개를 끄덕이며 검을 제 어깨 위로 걸쳤다.

"시작해?"

"예."

르옌은 시단에게서 시선을 거두고 검을 고쳐 쥐었다. 죽기 살기로 매달렸던 터라 미처 낫지 않은 허벅지 근육은 이미 달달 떨려오고 있었다. 그런 상황에서 체사가의 자칼린이 나온 것은 기실 그녀로서는 도리어 기꺼웠다.

각 명가에는 가문마다 내려오는 고유의 검식이 있다. 자라고 수련하며 제각각의 형태로 완성되기는 하지만 기본기는 그로부터 시작된다. 어린 체사의 스승이 전혀 체사와 상관없지 않다는 가정하에, 체사 가문의 검식을 그대로 답습해 배웠다면 수를 읽는 데에 머리를 쓸 필요도 없었다.

르옌은 시간 끄는 신경전 없이 선공했다. 순식간에 넓은 울타리를 가로질러 자칼린에게 다다른 그녀의 검이 허공으로 치솟았다.

예상대로 자칼린은 바짝 고개를 낮추고 그녀의 가슴팍으로 검 끝을 그대로 찔러 넣으려 했다. 그녀가 입고 있는 것이 얇은 가죽 갑옷이 전부라는 걸 감안할 때, 자칼린의 한 수는 살인을 불허한다는 규율 따윈 집어 던진 살인검이었다.

그것을 지켜보던 이들이 놀란 신음을 토하기도 전에 르옌은 예상했다는 듯 몸을 비껴 돌렸다. 허공을 찌른 자칼린의 검이 궤도를 바꾸기 전, 르옌은 그대로 그의 편편한 검날에 팔뚝을 밀착시켰다.

"허어?"

검을 눕히려던 자칼린의 움직임이 막혔다. 하지만 그녀의 예상이 적중한 것도 딱 거기까지였다.

그는 잠깐 콧소릴 내더니, 검을 회수함과 동시에 고삐를 내던지고는 양손으로 검 자루를 쥐었다. 말에서 떨어지는 것은 고려치도 않는 자신만만함이었다.

"안 봐준다."

친절한 경고와 동시에 자칼린의 맹공이 시작되었다.

르옌의 표정이 드물게 일그러졌다. 한 손의 근력만으로도 따라갈 수 없음이 자명한데, 상대가 양손이 되니 한 합 한 합 막는 것 자체가 모험이었다. 르옌은 폭풍처럼 몰아치는 기세에 놀라 허리를 뒤로 젖히고 황급히 물러섰다.

챙—! 챙—! 채앵!

기교 따위 부릴 시간을 주지 않겠다는 듯 사정없이 쇄도하는 검격에는 체사가의 검식 따윈 없었다. 이는 예상이 되느냐 마느냐가 문제가 아니라, 막을 수 있느냐 없느냐의 문제였다. 아무리 봐도 자칼린은 저 편할 대로 검을 휘둘러 대고 있었다.

절로 욕지기가 튀어나올 정도였다.

이 미친 새끼! 체사의 기사가 어찌 저리 시정잡배처럼 검을 휘두르나!

허벅지로, 허리로, 팔뚝으로, 목으로, 가슴으로. 자칼린이 아예 힘으로 몰아붙이기로 작정한 사람처럼 쾅쾅 쳐 대는 통에 뼛속까지 전해지는 충격을 완충하는 것만으로도 정신이 없었다. 팔이 으스러질 것 같았다.

하지만 묘하게도 이를 악 물고 막고 피할수록 르옌의 움직임도 차츰 속력이 붙기 시작했다. 물론 그것은 체력적 한계를 넘어설 수 있는 성질의 것은 아닌, 감각의 환생이다.

한참을 퍼붓던 자칼린이 돌연 움직임을 멈추더니 희한하단 표정을 지어 보였다.

"부상 때문이야?"

잠깐의 숨 돌릴 틈을 얻은 르옌이 후들거리는 손에 힘을 주고 검을 고쳐 쥐었다.

"너, 머리랑 몸이 따로 노는 거 같은데."

자칼린의 정확한 지적에 르옌은 치부를 찔린 사람처럼 경직했다. 그의 말처럼 머리와 본능이 한 수 빠르게 직감해도, 그만한 훈련 없는 몸뚱이는 가까스로 따라가는 게 고작이었다.

그녀는 소리를 삼키고 숨을 헐떡였다. 자칼린이 오죽이나 손속 두지 않고 휘둘러 댔는지, 막고 피하는 것만으로도 숨이 차올라 입이며 목구멍이 말라붙어 구역질이 날 지경이었다.

"막기만 하지 말고 와 봐."

피는 못 속인다며 잔망스런 후손이라 욕을 해 댔지만, 이제 보니 사람 놀리는 건 한센보다 더했다. 르옌이 눈매에 힘이 들어갔다.

"아니면 내가 더 세게 가고."

자칼린은 덴작이 그리했듯 르옌의 정수리 위로 온 힘을 다해 검을 내리꽂았다. 르옌은 머리 위로 일어나는 검 바람에 무의식에 가까운 반응으로 덴의 옆구리로 몸을 피했다.

그러자 자칼린이 씨익 웃으며 텅 빈 안장 위로 아슬아슬하게 검을 멈추더니, 덴의 마구를 쥐고 가까스로 매달린 그녀를 내려다보며 빈정거렸다.

"그럴 줄 알았지. 너 한두 번 기사들을 그리 골려 먹은 게 아닌 모양이지?"

그가 여유 만만한 웃음을 띤 채로 덴의 배 아래로 숨어든 그녀를 향해 검을 겨누었다. 덴작이야 그녀의 날랜 모습에 잠깐 머뭇거려 틈을 보였다지만 자칼린은 이미 아까 놀라고 치웠다.

똑같은 수법이라니, 체사를 뭘로 보고.

하지만 르옌은 덴의 배 아래를 돌아 공격하는 대신, 자칼린의 검 끝이 아래로 기울기 무섭게 안장 위로 치고 올라왔다. 눈에 띄게 둔해졌으나 동선은 군더더기 없이 자연스러웠다. 그녀는 균형을 잡은 즉시 틈도 주지 않고 자칼린의 손을 걷어찼다. 별안간의 기습에 자칼린의 검이 마갑에 부딪친 후 바닥으로 떨어졌다.

쨍 소리에 놀란 군마가 고개를 치켜들고 울부짖었다. 자칼린은 당황하지 않고 말허리에 달아 둔 여분의 검을 쥐기 위해 즉시 팔을 아래로 뻗었다.

그때였다. 르옌이 검을 내동댕이쳤다.

지쳐서 포기한 건가?

의아한 시선이 그녀에게로 미끄러졌다. 하지만 웬걸, 그녀는 안장을 두 발로 딛더니 그대로 도약해 자칼린의 말 위로 뛰어들었다.

눈 깜짝할 새였다. 깨닫기도 전에 코앞에 닥친 르옌의 얼굴에 자칼린이 작게 입을 벌렸다.

그녀는 자칼린의 말안장 앞에 앉아 재빠르게 끌어 올린 고삐 줄을 그의 왼 손목에 단단히 휘감았다. 그리곤 홱 제 허리 뒤로 끌어당겼다.

'어?'

순식간에 자칼린이 그녀의 허리를 한 팔로 끌어안은 꼴이 되었다.

"이것도 예상하셨습니까?"

교만에 가까운 숨결이 맞닿았다. 엷은 웃음이 괴인 눈동자가 그를 똑바로 직시했다. 조금만 기울이면 이마가 닿을 듯했다. 이내 자칼린의 얼굴에도 웃음이 피어올랐다. 웃겨서라기보다는 질려서였다.

부상당한 상태에서도 이 정도 기민함이라니, 게다가 신음도 추임새도 없다.

도대체 이 여자는…….

"……너 부상은 괜찮냐? 발은 안 아파?"

"경이 신경 쓰실 정도는 아닙니다."

숨을 고르며 대수롭잖다는 듯 답하는 게 더 어처구니가 없다. 느닷없이 목과 등 사이 더해진 무게에 자칼린의 말이 가는 울음소릴 내며 다리에 힘을 주었다.

눈 깜짝할 새, 말 위를 뛰어다니는 몸놀림을 보이는 여자를 향한 신음이 이곳저곳에서 흘러들었다. 시단과 파사드와 에반부르, 어이없이 물러나야 했던 덴작까지도 그 광경을 침묵으로 응시했다. 원래 그녀의 맞수가 되기로 했던 타바잔 역시 크게 인상 깊은 얼굴이었다.

부담스럽기까지 한 시선 속에서 자칼린은 르옌의 허리 뒤로 잡힌 제 손목을 비틀어 보았다. 제법 단단하게 조여 있었다.

"이쯤 하시겠습니까?"

나직한 권고가 닿았다. 그러나 그는 항복을 선언하는 대신 느닷없는 질문을 던졌다.

"모르가나의 간자냐?"

"아닙니다."

"진짜?"

"맹세합니다. 간자질 따위는 해 본 적도, 할 생각도 없습니다."

르옌은 간격 없이 답했다. 자칼린은 잡힌 팔을 빼내는 대신, 도리어 그녀의 허리를 안은 팔에 힘을 주어 바짝 끌어당겼다.

"이렇게까지 하는 이유가 전부 네 동생 때문이란 말이지."

자칼린은 의심을 거두지 않고 고개를 기울여 르옌과 눈을 맞추었다.

여자의 눈빛, 저것은 심장을 가슴 밖에 내놓은 이들의 활력이었다. 어째서 한낱 말 팔이꾼의 딸에게서 그런 것이 읽히는지는 모르나, 이제는 저 여자가 적의 지휘관을 쏘아 죽였다 하는 것도 그럴 듯하게 느껴질 정도였다.

"너희 집안 사정 딱한 것도 알고, 네가 뻗대도 좋을 만큼 희한한 실력이 있다는 것도 알겠다. 하지만 이런 기교는 전쟁터에선 통하지 않아. 기사들이 다 정정당당히 칼만 휘두르는 것도 아니고. 그냥 문제 일으키지 말고 얌전히 돌아가지? 네 동생이 그렇게나 남겠다고 하는데 존중하는 것도 일종의 애정의 방식이라고 생각해. ……아마?"

르옌은 마른 목구멍으로 웃음을 삼켰다. 자칼린은 귓바퀴로 감겨드는 웃음소리를 받았다.

"지나쳐. 최전방에 있으니 누군들 걱정이 안 되겠느냐마는, 파사드 형님은 승리를 위해 물불 안 가리는 그런 분이 아니야."

"하지만 희생 없는 전장은 없습니다."

"덜 죽는 전장은 있지."

"……딱 한 명의 죽음으로 끝나는 전쟁이라도, 그 한 명이 제 동생이 될 수 있다면 지금의 제겐 차이가 없습니다."

"하지만 이미 네 오라비가 죽었다며. 운 나쁘면 네 동생도 죽고 너도 죽을 거다. 너희 부모에게는 자식 하나 덜 잃는 것이, 더 잃는 것보다 낫겠지. 그리 고집을 부려 대다간 그야말로 너희 집이 콩가루가 될 걸."

"운에 기대어 이 자리에 있는 건 아닙니다."

"네가 서품을 받는다고 해도 군율은 모든 사감의 우위에 있어. 무슨 말인지 풀어 설명해 주지 않아도……."

"알고 있습니다."

자칼린이 눈동자만 움직여 르옌의 흔들림 없는 자태를 내려다보았다. 저런 맹목적인 성정은 어딘지 모르게 그의 촉각을 지분거린다. 기록상 확실한 신분인데도 불확실한 정체.

다만 직감에 기대어 짐작건대 적은 아니리라.

"……여러모로 조심하는 게 좋을 거다."

담백한 경고였다. 체사의 자칼린 엔도라. 진지하고 무거운 것은 성미에 맞지 않았다. 그는 금세 낯을 바꾸어 입술을 찡그리더니 손가락으로 르옌의 허리를 꽉 움켜쥐었다.

갑작스런 손길에 르옌의 눈매가 사납게 치켜 올라갔다.

"아, 너 근데 살 좀 빼야겠다."

"주물러 대지 마……."

"어허?"

"……시죠. 고명하신 체사의 어린 기사님."

그녀는 슬쩍 미간을 찌푸린 채로 단조롭게 말을 맺었다. 자칼린이 너털웃음 지으며 고개를 저었다.

"아, 일단 뭐……."

그가 채신머리없이 그녀의 어깨에 턱을 걸치곤 느른하게 소리쳤다.

"졌습니다. 자칼린 엔도 체사, 이 여자에게 목숨 한 번 빚졌습니다."

항복의 선언과 함께 심사전은 끝이 났다. 여기저기서 신음이 터져 나왔다.

르옌은 그제야 강제로 끌어 잡던 그의 손목을 풀어 준 후, 말에서 내려왔다. 땅에 닿는 순간 밀려온 발의 통증에 짤막히 신음하던 그녀의 앞에 불쑥 큼직한 손이 내밀어졌다. 그녀를 따라 말에서 내려온 자칼린의 것이었다. 갑작스레 내밀어진 손에 르옌이 눈을 끔뻑이다 그것을 맞잡았다.

"나중에 무섭다고 울고불고 도망치려 해도 소용없어."

전장에서 맞잡는 기사의 손, 그것은 잠시 오래 전의 전우의 손길을 떠올리게 하는 단단함이라 저린 웃음이 새어 나왔다.

여기저기서 탄식에 섞인 갈채 소리가 끊길 듯 이어졌다. 여자라는 이유로 폄훼할 구실도, 소속 군인이 아니라는 이유로 깎아내릴 명분조차 없는 깔끔한 마무리였다.

그러나 시단만은 제 누이를 자랑스럽게 여길 수도, 순순한 찬사를 보낼 수도 없어 망연했다.

"여어, 시단, 저 여자 네가 아는 사람인 거 같은데. 누구냐?"

시단에게로 감탄에 젖은 병사들의 주목이 쏟아졌다.

'말도 안 돼.'

천재라고 불리는 누이의 그림자 아래에서 살아오며 그녀를 존경했다.

르옌은 분명 대단했다. 하지만 저것은 상식을 뛰어넘는 수준이 아닌가. 저 정도로 뛰어났던가. 내 누이가 아니야. 소름이 돋았다. 생각해 보면 시단은 누이의 한계를 본 기억이 없었다. 작은 마을엔 그녀에게 견줄 만한 이가 없었으니까.

피로로 가라앉은 르옌의 시선이 언뜻 병사들 사이에 선 시단에게로 향했다. 거북스러움을 이기지 못한 시단이 비틀거리며 뒷걸음질했다.

울타리의 한편, 파사드의 옆에 서 모든 광경을 입회한 에반부르가

진중한 입술을 열었다.

"이리 말하는 건 모사꾼 같아 저어됩니다만."

"말하십시오, 할드로프 경."

"저 여자, 곁에 두고 잠시 지켜보시는 것이 옳겠습니다. 이 다 죽어 가는 늙은이의 감이 무언가 수상하다 들썩이고 있으니."

파사드는 긍정의 기색도, 부정의 기색도 없이 무거운 물처럼 가라앉은 여자에게로 시선을 고정시켰다. 비틀거리는 그녀를 부축하던 자칼린이 파사드의 시선을 느끼고 고개를 들었다.

"테레어드, 왕실의 명으로 군마 보급을 담당한 군사를 찾아 내게 데려와라."

"존명."

연신 르옌에게서 눈을 떼지 못하고 있던 테레어드는 파사드의 명령에 자리에서 물러났다. 에반부르가 고개를 조아렸다.

"그러면 저는 놀란 군사들이나 다그치러 가야겠습니다."

자격의 심사는 끝이 났다. 기지 내의 병사들이 증인이 된 상황, 무르는 것도 불가능하다. 에반부르가 목례로 간소한 예를 갖춘 후 자리를 떴다. 파사드는 여전히 시선을 르옌에게 고정시킨 채로 주먹을 굳게 쥐었다.

스물아홉 해 가까이 믿음으로 걸어온 세상의 규칙 중 무언가 어긋나고 있었다.

심사전이 끝난 직후, 반쯤 자칼린에게 부축 받아 어느 막사에 처박힌 르옌은 물집이 터지다 못해 문드러져 벌건 살이 드러난 발을 내려다보며 혀를 찼다.

상처를 보고 기겁한 젊은 군의관이 공기를 통하게 해야 한다며 붕대조차 감지 않아 보기가 흉한 건 둘째치고, 치료의 일환으로 바른 약초 냄새가 여전히 고약했다.

그녀는 놀란 근육으로 달달 떨리는 몸을 찬찬히 살폈다. 단련되지 않은 발등의 살갗은 무리하게 기교를 부린 탓에 이미 벌겋게 까져 성한 데가 없었고, 종아리 근육까지도 파들파들 떨리고 있었다. 작은 상처라도 전장에선 조심해야 한다는 것을 알기에 르옌은 이번에야말로 딱지가 앉고 아물 때까지 잠잠히 있을 생각이었다.

자칼린의 말대로 이 몸뚱이는 터무니없이 한심했다.

과거의 여왕은 하루 종일 행군하고, 몇날 며칠을 적기敵騎와 합을 겨루어도 멀쩡했었다. 스완일 때와 체격도 크게 차이가 나지 않는데 고작 기사 둘 상대한 것으로 구역질이 날 만큼 숨이 차다니.

그럼에도 위안이 되는 것은 버텨 냈다는 것이다.

정식 대결을 해 본 기억이 까마득했지만 머릿속 깊이 남은 기억과, 혼에 새겨진 반사반응은 여전히 쓸 만했다. 그녀는 땀 냄새와 쇠 냄새가 가득한 막사 입구에 놓인 경갑과 가죽 군화, 전시용 외투 그리고 붉은 늑대가 수놓인 페넌을 바라보았다.

라르크의 최고사령관으로 내려와 있는 파사드는 제법 행동력이 있었다. 심사전이 끝나고 반나절도 지나지 않아 웬 기사를 보내 수습 기사의 서품을 내려 준 것이다. 그가 사사한 서품의 페넌이 브류나크 왕가의 하얀 늑대가 아닌 공가의 붉은 늑대란 것이 의외였다. 그녀로서는 도리어 부담 없이 달가웠다.

전장의 공적을 근거로 서품을 하사받는 데에는 왕의 인가가 필요하다. 국경 제레드에서 수도까지 직통하는 행군로가 있지만 수도에

도착해 행정 업무로 상안하고 그것이 다시 국왕의 압인을 받아 국경까지 되돌아오는 데에는 빨라도 한 달이 더 걸릴 것이다.

하여 그는 정식 라르크 왕실의 수습 기사가 아닌 공가의 임시 기사 위를 내렸다. 그녀는 애당초 서품을 노린 것이 아니라 권한을 바랐으니 기실 어디에 적을 두든 상관없는 일이었다.

"너—!"

르옌은 쿵쾅거리는 발소리와 함께 막사로 들이닥친 시단을 놀란 기색 없이 바라보았다.

"네가 분대장님께!"

"체사 경의 승인 허가도 떨어졌으니 마음이 풀릴 때까지 본진 후방 보급대에 있어."

그녀는 시단의 씨근덕거리는 숨소리를 무시하고 느긋하게 중얼거렸다. 시단이 저리 쫓아온 것을 보니 자칼린이 제대로 부탁을 들어준 모양이었다.

그녀는 애당초 시단의 강제 전역에 대한 고집을 꺾었다. 대신 언제까지 지속될지 모르는 전쟁에서 최우선으로 보호받는 본진의 후방 보급 부대로 그를 재배치하기로 마음먹었다. 그러려면 지시를 내릴 권한, 혹은 주청할 자격이 필요했다. 그래서 그녀는 심사전에 기꺼이 참여했다. 그리고 얻었다.

시단은 씩씩거리며 르옌을 잡아먹을 듯 노려보다 입구에 놓인 붉은 늑대의 페넌을 발견하고 침음했다.

"그리고 너, 너, 대체 아까 그건 뭐야. 너 언제 그런 걸 배워서……!"

"네 누이 잘난 거 이제 안 사람처럼 왜 그래? 새삼스럽게."

"앞으로 어쩌려고 그래! 서품까지 받고 나면 너야말로 이 전쟁 끝날 때까지……."

"네가 걱정할 문제가 아니다."

"어떻게 걱정을 안 해!"

"그럼 너야말로 왜 너를 걱정하는 부모님의 마음을 짓밟고 그 고집을 피워서 이 사달을 일으켜!"

르옌이 고개를 돌려 별안간 벼락처럼 윽박을 쳤다. 그 안에 담긴 노여움을 읽어 낸 시단이 반사적으로 몸을 경직했다.

짧은 정적이 두 남매 사이를 비집고 들어왔다. 적막 끝에 눈살을 찡그린 르옌이 속을 누그러뜨리고 덧붙였다.

"네 앞가림이나 해."

"너, 너, 기사 서품까지 받겠다 그 난리를 치고……!"

"네가 아까운 줄 몰라 하는 그 목숨, 이 누이가 연명시켜 주었으니 감사라도 하지그래."

"그따위로 말하지 마!"

르옌은 속 뒤집어지는 불쾌감에 입술을 꾹 다물었다. 어린 동생. 저렇게 다루기 어려운 것이 동생이었나 싶다.

전생에도 손아래 형제는 많았지만 혈육이라고 관심을 둔 것은 페이작뿐이었다.

하지만 페이작은 영특하고 강직했다. 더해 누이의 말이라면 무엇이든 복종하는 충성스러움까지 보였으니 그녀의 손이 갈 필요가 없는 아이였다. 이 생에서 정 붙인 데투아의 형제 에이반은 손위 오라비답게 어른스러웠고 자상했다. 천성적으로 인정이 흘러넘치는 성정이라 그녀와 부딪친 적이 드물었다. 시단 또한 에이반의 죽음 이전엔 그녀를 순순히 잘 따랐었다.

하여 그녀는 단 한 번도 형제를 대함에 어려움을 느꼈던 적이 없었다.

그런데 이 상황을 보아라. 끝내 고작 두 살 어린 남동생 하나를 제대로 못 다뤄 이 꼴이 되었다. 아니, 이쯤 되면 데투아 사내들의 고집은 가풍이 아닌가 싶다. 뜯어 말려도 뛰쳐나가 죽은 에이반이나, 이주하라 권해도 고향에 엉덩이를 붙박은 아버지 제스나, 제 앞가림도 못하는 주제에 오기를 부려 대는 시단이나.

시단은 한참이나 그녀를 노려보다가 막사 밖에서 소집령의 북소리가 울려 퍼지기 시작하자 초조한 사람처럼 낯을 굳혔다.

"가 봐야 하지 않아?"

"넌, 넌 앞으로 어떻게 하려는 건데."

그러게.

르옌은 덜덜 떨리는 자신의 손목을 꾹 쥐었다. 이곳까지 돌아와 스스로 진창에 발을 디뎠으니, 어찌 될까.

"……앞으로 어찌 될지 누가 알겠어. 브류나크라면 알지도 모르지."

혼잣말에 가까웠다. 그녀는 타성처럼 감겨드는 음성에 자조했다.

가슴 깊숙한 곳 어딘가에 쇳물처럼 붉고 질은 분노가 끓고 있었다. 시단을 살리기 위함이라는 당위는 분노의 과녁이 되지 못한다. 과녁 앞에 서 있는 것은 자신이었다.

전쟁터.

한낱 범배에 불과해진 그녀가 설 곳이 아니었다. 하지만 어쩔 수 없다는 말로 모든 것이 합리화된다. 기억들이 뒤엉키고 눈앞이 깜깜하고 가슴은 불안인지 희열인지 모를 감각으로 쿵쾅거렸다.

시단은 진영 밖의 북소리가 고조되자 울분을 터뜨리며 밖으로 나갔다.

르옌은 배 뒤집어 깐 고양이처럼 느릿하게 드러누워 낮은 막사의 천장을 올려다보았다. 고통은 금세 잊힌다. 며칠 쉬고 상처가 아물면 언제 그랬냐는 듯 멀쩡해질 것이다.

심사전은 절벽 기지의 오전 일정으로 마무리되었다. 병사들은 저마다의 흥분을 안고 훈련을 위해 흩어졌고, 기사들 또한 각자의 임무로 돌아갔다. 파사드 또한 마찬가지였다.

오후 훈련이 시작되기 전, 수도에서 찾아든 기사의 자태에 막사 보초병들이 바짝 긴장해 숨을 죽였다.

"라페로바한가家로부터 부탁받은 서찰입니다."

수도 관저 소속의 상징, 하얀 늑대 멘테 위로 보랏빛 외의를 걸친 사내가 파사드에게 서찰 한 통을 건넸다. 파사드는 공무가 아닌 사무로 찾아든 이에게 반가운 기색 없이 짤막하고 의례적인 말 몇 마디를 건넨 후 그를 배웅했다.

이후 그는 서찰에 신경 쓸 여력 없이 업무에 매달렸다. 자칼린이 이끌고 온 후발군의 보급 덕에 물자는 모자람이 없었지만 혹 모를 부족 사태에 대비한 방책을 세웠다. 그리고 본진으로 돌아가기 전, 작전에 대한 마무리 회의를 하며 예상 변수들을 논의하느라 반나절을 보냈다. 마지막으로 기지 시찰을 마무리한 후, 본진으로 돌아갈 정비령을 내린 후에야 여유가 생겼다.

붉은 땅거미가 해 잡아먹은 남빛에 잠길 무렵, 본진의 개인 막사로 돌아온 파사드는 하얀 검집의 리오낙을 허리춤에서 끌러 탁자 위에 가지런히 뉘였다. 브류나크가의 보물이라 불리는 시왕 벨바롯트의 검이다. 그는 잠시 동안 그것을 내려다본 후, 먼지와 땀이 밴 갑옷을 탈복했다.

막사 안의 건조한 공기에 눈이 뻑뻑했다. 그는 눈두덩으로 뒤엉키는 피로를 안고 막사를 나섰다. 어제 새벽과 같은 기습에 대비하기 위해 타바잔의 소집령이 내려진 탓에 일대는 비교적 고요했다.

인적 드문 사잇길을 가로질러 곧장 기지의 세면장으로 향한 파사드는 고즈넉하게 늘어진 그림자를 딛고 커다란 대야 앞에 섰다. 그리고 한 바가지 물을 퍼 올려 세수하듯 얼굴을 흠뻑 적셨다.

그는 딱딱한 돌로 고정시킨 세면장을 짚고 허리를 기울인 채로 눈꺼풀을 몇 번 느리게 깜빡였다. 미간을 내리누르는 피로가 떠밀리듯 가셨다. 내리 타오르던 사고가 가라앉는 기분이었다.

뚜욱, 뚜욱.

떨어지는 물기에 얼굴을 몇 번 비빈 그는 머리의 물기를 털어 낸 후 모닥불 연기와 담백한 음식 냄새가 퍼져 나오는 밀집된 막사촌으로 고개를 돌렸다.

먼 곳에서 들리는 가죽 군화 소리와 날붙이 소리에 치워 두었던 의구가 기어 나왔다.

해 저물기 전, 에반부르가 본진에서 데려온 이름 모를 왕실 군사는 국경 근처 마을에 살던 말 팔이꾼의 딸을 기억했다. 여자의 외형뿐만이 아니라 그 형제와 가족의 용모까지도 똑똑히. 하지만 왕실 군사로부터 르옌 데투아라는 이의 신분을 공식 확인한 후로도 의심은 가시지 않았다. 에반부르가 좋지 않은 예감을 느꼈듯, 그 또한 비슷한 이질감을 느꼈다.

되씹어 보면 근력의 미비함을 작은 체구의 날렵함으로 완충하던 모습은 선천적인 능력이라기보다는 습관적 반사 신경에 가까워 보였다. 궁술 또한 무시할 수 없었다. 목전에서 보인 전투의 결과는 쉽사리 납득할 수 있을 만한 것이 아니었다.

여자가 보인 움직임의 합을 나이에 따른 훈련과 경험으로 비롯되었다 여기기엔 젊다. 그 또한 스물의 초입에는 훌륭하다는 평을 이름처럼 들으며 자라 왔지만 그 여자에 댈 것이 아니었다.

애당초 비교가 불가능하나 솔직한 감상으로는 브류나크의 검식에 정형화된 기사 수행을 마친 진골 귀족인 그로서는 따라 하기도 어려운 묘기였다. 그것은 다른 의미로 심장을 뛰게 했다.

의심을 기저에 깔아 두고 라르크 왕실의 기사 작위를 청하기엔 시간이 촉박하다 여겨 임시로 공가 소속의 기사 위를 내렸다. 그러나 여자는 아무래도 좋다는 반응이었다. 더욱 이해할 수가 없었다. 그 정도의 실력이라면 한낱 촌에서 썩을 재능이 아닌데. 목적이 있어 기마술을 단련하고 검과 활을 배웠다면, 그 목적은 무엇일까. 하지만 또 다른 모순이 꼬리처럼 따라붙는다.

여자는 그만한 훈련을 하지 않았다. 손이나 몸의 태를 보면 안다. 그렇다면?

상념 저편에서부터 피로가 융기했다.

그때, 한 병사가 머지않은 곳에서부터 그를 발견하고 바쁘게 달려와 고했다. 그의 막사의 보초를 서던 보초병이었다.

"체사 경께서 와 계십니다."

막사 안으로 들어서던 파사드는 퍽 미간을 찌푸렸다.

보고를 들어 알았지만, 그의 개인 막사 안에는 심사전 이후 있었던 간략한 회의의 끝자락에 잠깐 얼굴만 비치고 사라졌던 자칼린이 자리했다. 그는 발꿈치로 바닥을 툭툭 치며 원목 탁자에 반쯤 걸터앉은 채로 무언가를 읽는 데 열중하고 있었다. 그러다 갑작스레 들어선 파사드를 보고 화들짝 놀라며 그것을 제 엉덩이 뒤로 숨겼다.

자칼린이 입을 헤벌리고 탐독하던 것의 정체를 깨달은 파사드의 입매가 못마땅한 듯이 다물렸다. 자칼린의 손에 들려 있던 것은 수도에서 내려온 기사가 그에게 직접 전하고 간 서찰이었다.

"오, 오셨으면 기척이라도 좀 내 주시지!"

"긴장을 풀지 말고 있으래도 말을 듣지 않는 건 너다."

어쩔 줄 몰라 하는 자칼린의 얼굴에 파사드는 질책할 마음도 들지 않아 그를 무시하고 의자에 걸쳐 두었던 검은 외의를 걸쳤다.

"씻고 오셨습니까?"

그의 눈치를 살피던 자칼린은 언짢은 낌새가 보이지 않자 금세 낯을 바꿔 능청스레 말을 잇기 시작했다.

"놓여 있기에 잠깐 봤는데, 헤에? 엘히엔, 저렇게 뒤에서 제 험담을 하고 있었던 겁니까."

"보고할 것이 있어 왔나?"

파사드의 피로한 물음에 자칼린이 떨떠름하게 뒷머릴 긁적였다.

"아, 뭐. 데투아의 병사는 제가 대충 처리했습니다."

"그 건은 내게 올라올 만한 사안이 아닐 텐데."

"그래도 궁금해하실까 봐."

"앉아라."

파사드는 짤막히 명한 후, 탁자 위에 나무로 만든 잔 두 개를 내려놓고는 그 안에 찻잎을 담았다. 그리곤 차가운 물을 부었다.

"찬물이라니, 맛없을 텐데 끓는 물을 가져오라 이를까요?"

"오래 앉아 있을 생각이냐?"

"오자마자 축객이라뇨."

자칼린은 투정과는 달리 찻잎도 우러나지 않은 찬물을 기꺼이 들이켰다. 하지만 파사드는 자리에 앉아 자신의 앞에 놓인 잔을 한쪽으로 치웠다.

"……봐주었나?"

거두절미한 물음에도 자칼린은 무슨 질문인지 금세 간파하고 고개를 저었다.

"아니요. 장난을 치긴 했지만 딱히 져 주겠다는 마음은 없었습니다. 그 여자…… 볼드 평야에서 여기까지 발이 부서져라 걸어왔을 때부터 짐작했어야 하는데."

"군사로부터 확인했다. 신분상의 문제는 책잡을 것이 없더군."

"짧은 소견으로 짐작건대 털어도 안 나올 겁니다. 작정하고 우리를 속이려고 했든, 아니든. 아, 그나저나 작전은 그대로 괜찮겠죠? 위험한 냄새는 안 나지만 그래도."

자칼린이 자못 진지한 투로 말끝을 흐렸다. 파사드의 흑안이 깊숙한 심해에 잠겼다.

병졸들이야 그저 여자가 대단하다 싶어 입방아를 놀리는 것으로 소일한다지만 상황을 아는 기사들의 입장은 다른 것이 사실이다. 날 때부터 목적으로 키워진 암살자만큼이나 날렵한 몸놀림에 두려움 없는 태도까지.

만에 하나 위장 잠입한 간자라면 은밀하게 수행되어야 할 대규모 작전을 앞둔 상태에선 불안 요소였다. 강제로 추방하기에도 이미 군 내부에서 무엇을 엿들었을지 모르니 여의치가 않았다.

그러나 이 와중에도 모르가나의 원군은 적진으로 한 걸음씩 가까워지고 있을 터. 수적 우세를 이용할 호기회를 불확실한 의심 때문에 놓칠 수는 없는 일이다.

"데리고 간다. 할드로프 경이 감시 역을 맡기를 자처했다."

"할드로프 경은 본진에 남아 연막을 피우는 게 아니었습니까?"

“재배치하기로 했다. 이미 카바인 경에게 귀환 파발을 띄웠다.”

“그냥 제게 맡기시는 방법도 있는데.”

설핏 웃은 파사드가 눈살을 찡그렸다.

“자칼린, 네게 그런 임무가 어울린다고 생각하나?”

조금 전에도 막무가내로 쳐들어와 그의 물건을 훔쳐보다 걸린 터라 자칼린은 이렇다 할 항변 대신 어깨를 으쓱였다. 사람 보는 눈이라면 에반부르가 더 정확하리라는 것에도 동의했다. 자칼린은 자신의 직감을 신봉하는 편이었지만 그렇다 해도 오래 산 이의 연륜을 무시하는 건 아니었다.

호랑이도 제 말 하면 온다고, 막사 밖으로부터 흘러든 에반부르의 우직한 음성이 귓전을 두드렸다.

“칼란독 경, 쉬고 계십니까.”

“들어오십시오.”

직위를 떠난 사석에서의 공경 어린 투가 에반부르를 맞이했다. 에반부르는 파사드가 존중하고 공경하는 몇 안 되는 자였다. 비록 할드로프 가문 내에 생긴 불미스러운 사건으로 인해 전쟁에 나와 있다고 세간에 알려져 있지만 실제로 그가 군사들을 얼마나 아끼는지, 얼마나 헌신적인지 파사드는 잘 알았다.

에반부르는 휘장을 재끼고 걸음을 들이다 의자에 앉아 삐뚜름 앉아 있는 자칼린을 발견하고 낮게 웃었다.

“선객이 있었나 봅니다. 작은 체사 경, 예 있었소? 방해한 것이 아니면 좋겠는데.”

“짬이 나서 잠시.”

“앉으십시오. 사담 중이었습니다.”

파사드의 턱짓에 에반부르가 자칼린의 옆에 엉덩이를 붙였다. 연륜으로 깊은 눈매가 탁자 위에 놓인 고급스런 압인의 서찰에 잠시 머물렀다 거두어졌다.

"뭐, 어차피 내일 저녁 사령부 회의에서 할 얘기긴 하지만 미리 알아 두시는 게 좋을 것 같아. 조금 전 척후병들이 돌아왔소이다. 이타카 저원 지대에는 여전히 경계할 만한 것은 없습니다만, 올조르 쪽에선 약간 움직임을 보이는 것 같더이다."

턱을 괴고 앉아 시큰둥한 얼굴을 하던 자칼린이 피식 바람 빠지는 웃음소리를 냈다. 파사드는 그런 자칼린을 향해 느른한 힐난의 시선을 보낸 후 말을 받았다.

"움직임이라면?"

"저놈들 중에도 머리 달린 놈은 있을 테니, 모르가나의 대군이 도착하기 전에 우리가 움직일 거란 것을 짐작은 하겠지요."

자칼린이 불쑥 끼어들었다.

"근데 어차피 올조르의 북문이 열리는 건 굉장히 드물잖아요?"

"수비에 특화된 요새이니 만큼 공격력에 관한 것은 두려울 것 없으나 혹시 몰라 듀사크 경에게 방비를 강화하라 명해 두었습니다. 협곡 이동 경로 또한 예상했던 대로 움직이면 될 것 같고……. 다만 저놈들이 라르크 영토에 눈을 두고 있다면 요새 근처에서부터는 야간에만 행군을 해야 할 테니 생각보다 시일이 걸릴지도 모르겠습니다."

"변수로 올조르 쪽이 눈치챘을 경우 또한 염두에 두고 있으니 심려할 것 없습니다."

에반부르는 한 치의 흔들림도 없이 되돌아온 답에 흡족한 얼굴을 했다. 일편 기특한 아들을 향해 보내는 자랑스런 미소와도 닮아 있었다.

"하기야, 군을 셋으로 나눈다 해도 본진 쪽엔 이만 명이 넘게 상비

중인데, 둥지에 웅크리고 살던 놈들이 창칼을 쥔다고 무서울 게 없지."

예로부터 모르가나 방벽의 상징으로 의미가 깊은 올조르는 협곡 위의 비밀스러운 요새다.

방위에 최적화된 좁은 언덕과 가파른 협곡을 끼고 있는 탓에 대규모 군사의 진입 또한 힘들지만 마찬가지로 군사 출병의 규모 또한 제한되어 있었다. 그러나 최선의 방어는 공격이라는 틀을 깬 역사의 증거이기도 하다. 올조르가 행하는 최선의 공격은 철통같은 방어였고, 그 철옹성 앞에서 적들은 무너졌다.

악명 높은 전쟁광이었던 라르칼리아의 마지막 여왕 또한 그 앞에서 자멸하지 않았나.

자칼린이 턱을 괸 채로 신경질적으로 투덜거렸다.

"올조르 요새는 한 번도 본 적은 없지만, 이번에 보면 침이라도 뱉어 줘야겠습니다."

"저들은 콧방귀도 안 뀔 게요."

"벨루비르하인 2세가 폐하께 지껄인 망언만 생각하면 피가 거꾸로 솟습니다. 재수 없게 콧대만 높은 것들이 어디서 그런 천박한 도발을."

잊고 있던 사실을 격렬하게 상기시키는 투에 에반부르 또한 언짢은 기색으로 입술을 다물었다.

모르가나의 황제 벨루비르하인 2세가 라르크에 보냈던 서신에 관한 이야기는 유명하다.

라르크와 모르가나는 브류나크 왕조가 성립될 당시에 맺어진 불평등 조약으로 인해 일종의 조공 무역을 시행하고 있었다. 그런데 근 이 년 전, 모르가나가 부당하게 그들의 조공량을 배가할 것을 명령했다. 비록 조공 무역이라고는 하지만 라르크는 실질적으로 모르가나의 속국이 아니었다.

라르크의 왕 테른도크는 분노에 찬 거절을 되돌렸고, 모르가나의 황제는 제국에 대항하는 북부를 용납하지 않겠다며 전쟁도 불사할 것을 선포했다. 그러고는 모르가나의 땅을 밟고자 한다면 올조르에 엎드려 절하라라는 말과 비슷한 모욕을 담은 서신을 보내 왔다.

올조르.

그것은 라르크인에게 있어서는 건드려선 안 될 치부였다. 하여 직전까지 전쟁에 대해 달갑지 않은 의견을 표하던 라르크의 보수 귀족들까지도 들고 일어설 정도로 서신의 파급력은 대단했다.

이백 년 전, 올조르 요새에서의 패배로 라르크는 모르가나와 불평등 협약을 맺었다. 어마어마한 기세로 주변국들을 집어삼켰던 신흥 군사 강국이 무릎 꿇음과 함께 모르가나는 무소불위의 황좌를 얻었다. 그에 더해, 한때 라르크에 충성했던 라르크 제일 기사 페이작 돌레한이 라르크의 피를 삼킨 올조르 요새의 철문 앞에서 무릎 꿇고 엎드려 조국을 배신했다.

모르가나는 올조르에 얽힌 그 치욕스런 역사를 헤집어 라르크의 자긍심을 뭉개 놓은 것이다.

"……그보다, 그 여자는 부상병인데 괜찮겠습니까? 차라리 이곳에 남겨 두는 것이."

에반부르는 노여움을 갈무리하고 수치스러운 정적을 파해하기 위해 화제를 돌렸다.

"눈에 보이는 곳에 두는 것이 낫습니다."

"역시 사령관께서도 의심하고 계신 거지요."

"마음 놓고 있지는 않습니다."

"조금 전에 찾아가 보았는데, 군의관의 말에 따르면 부상이 낫기까지 제법 걸릴 거라 하더이다."

심사전을 떠올리면, 비록 말이 다리를 대신해 주었다고는 하나 어찌 그런 기량을 보였던 건지 에반부르는 아직도 얼떨떨한 기분이었다.

르옌에 관한 것이 화제로 떠오르자 자칼린이 퍼뜩 물었다.

"아, 근데 지금 그 여자 어디 있습니까?"

"막사에 있지 어디 있겠소."

"어디 쪽이요?"

"찾아가시려고? 동에서 네 번째 막사요. 하나 지금 가 봐야 소용 없을 거요."

자칼린이 눈을 끔뻑였다. 에반부르가 어깨를 으쓱하며 부연했다.

"곯아떨어졌소. 시끄러운 와중에도 어찌나 곤히 자는지, 말 몇 마디 나누러 갔다가 한참 동안 자는 거만 구경하다 나왔소."

"깨우시면 되잖습니까?"

"그래도 숙녀인데."

"숙녀는 무슨요. 전쟁터에 자처하는 여자가 어디 있답니까."

피로가 쌓인다면 그럴 수도 있지만, 언제 일이 터질지 모를 최전방의 기지 한복판에서 늘어져 자고 있다니 긴장감은 어디다 팔아먹은 건지. 역시 실망시키지 않는 어이없음에 자칼린이 기가 찬 웃음을 흘리며 벌떡 일어났다.

"먼저 실례하겠습니다."

하는 둥 마는 둥 예를 갖추고 바람처럼 달려 나가는 자칼린의 뒷모습을 눈으로 좇던 에반부르는 '나이도 꽤 드셨는데, 아직 저러니 큰 체사 경께서도 속 꽤나 썩으시겠소.' 중얼거리며 노곤한 기색이 짙은 파사드에게로 시선을 옮겼다.

"그나저나 요즘 사령관께서 제대로 쉬지를 못하시니, 아랫놈들 심려가 이만저만이 아니외다."

"괜찮습니다."

"심신을 편안케 하시라 아랫것들에게 향초라도 피우라 일렀는데."

"제가 물렸습니다. 할드로프 경께서 그리 우려하실 만큼 큰 문제는 아닙니다. 간혹 꿈자리가 사나운 것뿐입니다."

에반부르의 눈빛이 다정하게 깊어졌다. 파사드는 몹시 믿음직한 사내이고, 오래도록 전쟁터에 머물렀지만 전쟁을 즐기는 자는 아니었다. 한때 물었던 적이 있었다.

—왜 그리 전장을 떠나지 않으십니까?

그러자 그는 이리 답했다.

—전장은 흑백이 명확하고 저의 사명을 실천할 수 있는 곳이기 때문입니다.

"뭐어, 괜찮으시다니 다행입니다만……."

걱정스런 기색이 크게 지워진 것은 아니었다. 턱을 긁적이던 에반부르가 문득 탁자 한편에 놓인 서찰을 발견하고 모른 체 운을 뗐다.

"……수도 관저에서 사람이 내려왔다던데."

"공무는 아닙니다."

"그런 것 같습니다. 브류나크 공의 승리 귀환을 기다리시는 라페로바한 영애의 목이 빠질까 걱정스러운 것 때문이 아니라도, 이 전쟁은 빨리 정리하는 편이 낫겠습니다. 모르가나의 잡배들이 괘씸하기는 해도, 산 사람이 먼저지."

파사드가 희미하게 미소 지으며 고개를 끄덕였다.

"할드로프 경의 건강을 위해서라도 빨리 끝내야지요."

"어허이, 마음 씀씀이 고맙긴 하다만 이 늙은이는 아직 정정합니다."

에반부르가 능청스럽게 대꾸했다. 그러고는 느긋하게 몸을 일으켰다.

"회군 후 마무리 정비를 마치면 적어도 엿새 안에는 출발할 수 있을 겝니다. 오늘은 이만 물러가리다."

"쉬십시오."

에반부르는 처음 들어올 때 그리했듯 거침없는 걸음걸이로 자리를 떴다.

그가 남기고 간 적막 속에 앉아 있던 파사드의 시선이 고급스런 압인이 찍힌 서찰 위로 미끄러졌다. 그는 소리 없는 손길로 그것을 집어 펼쳤다.

파사드 칼란독 브류나크 공작 각하,

몸은 건강하신지요?

공께서 위험한 곳에서 헌신하시는 덕에 저와 수도의 백성들은 더할 나위 없이 평온합니다. 하여 지금 저는 류가 호수 근처에 앉아 뱃놀이를 구경하고 있답니다. 이리 말씀드려도 좋을지 모르겠으나, 바람도 물결도 햇볕을 쪼이는 이들의 웃음도 모두 공께서 지켜 주신다는 믿음으로 편안합니다.

얼마 전, 공께서 공저를 통해 보내 주신 푸른 꽃다발은 감사히 받아 꽃병에 담아 두었습니다. 눈 시린 아름다움에 설레는 감사함으로 펜을 들었습니다. 혹 다망하신 와중의 시간을 빼앗지는 않을까, 혹 먼저 이리 서찰을 드리는 저를 인내의 미덕이 부족한 여인이라 여기실까 두려우나 이렇게나마 소식을 바라는 어린 마음을 아량으로 보아주세요.

작은 체사 경이 출전한다는 소식에 이 서찰을 부탁하려 했지만, 생각해보니 작은 체사 경의 성정에 저의 부끄러운 솔직함을 훔쳐보지나 않을까 하여…… 잠시 남부로 향하신다는 수도 관저의 기사 분을 수소문하여 수고를 끼치게 되었습니다.

또, 작은 체사 경에게 이번 출전에 공의 속을 썩이지 말라 신신당부를 해 두었는데, 그리하고 있는지 모르겠습니다. 큰 체사 경께서 작은 체사 경이 말을 듣지 않으면 꾸중을 해 달라고도 하셨습니다. 자칼린은 철이 좀 들어야 하니, 엄히 대해 주시길 바란다고도 전하셨어요.

이번 전쟁이 끝나면 공께서도 수도로 귀환하시겠지요. 저 또한 무척이나 공의 무사 귀환을 고대하고 있습니다.

엘히엔 데비 라페로바한 올림

라페로바한, 착잡한 눈길로 그 이름을 눈에 새긴 그는 조용히 서신을 내려놓았다.

수도에서부터 국경까지 내리 달려왔을 서찰에는 여전히 부드러운 수국의 향기가 남아 있었다.

자칼린은 에반부르의 말을 기억하고 동에서 네 번째 막사로 가뿐가뿐 향했다. 에반부르로부터 전해 듣긴 했지만, 역시나.

"야."

자칼린이 오만한 팔짱을 낀 채로 침상 위로 툭 불거진 이불을 내려다보았다.

"어이, 선머슴."

큰소리로 불러 보아도 반응이 없다. 그는 뚱한 얼굴로 느릿느릿 거북처럼 걸음을 옮겨 여자의 얼굴을 훔쳐보았다.

이불에 반쯤 덮인 흐트러진 붉은 머리칼 사이 드러난 얼굴은 은사시목의 가지처럼 창백하고도 가냘팠다. 날카로운 듯한 분위기를 제하면 겉보기엔 참 평범한 여자다.

으레 훈련을 많이 한 이들의 피부는 거칠거나 햇볕의 흔적이 남기 마련인데, 여자는 건강해 보이긴 하지만 하염없이 하얘서 외양만 보면 무기나 승마와는 전혀 관계가 없을 것처럼 생겼다. 저 여자를 얕잡아 본 탓에 덴작이 창피 아닌 창피를 당한 것도 이해가 갔다.

한참을 관찰하던 자칼린이 턱을 매만지며 콧소리를 냈다. 그의 싱그러운 연두빛 눈동자가 의미 없이 막사 안을 떠돌다 탁자 위의 손도 대지 않은 부석한 건식과 다 식은 야채 미음에 멈췄다.

"야, 일어나라니까?"

자칼린은 신사적으로 르엔이 일어날 때까지 기다리기를 포기하고, 딱딱한 가죽 군화의 앞코로 침상 다리를 성의 없이 때렸다. 그래도 별 반응이 없자 아예 그녀의 이불을 걷어 내기 위해 손을 뻗었다. 그의 배려 없는 손길이 반쯤 이불을 걷어 냈을 때, 번뜩. 잠들어 있던 여자의 희멀건 눈꺼풀이 예고 없이 들렸다. 반쯤 잠에 취한 듯 초점 없는 옅은 붉은기 도는 갈색의 눈동자가 장난기 가득 담긴 자칼린의 녹안과 허공에서 맞부딪쳤다.

"일어났……."

자칼린이 무심코 입을 열려던 찰나 르엔의 손이 불쑥 뻗쳐 올라와 자칼린의 팔뚝을 움켜쥐었다. 미처 피할 새도 없이 재빨랐다. 자칼린의 낯이 써느런 빛으로 가라앉았다.

르엔의 잠에 취한 음성이 느릿하게 흘러들었다.

"한……."

반쯤 엉거주춤 섰던 자칼린이 떫은 표정으로 그녀의 손을 쳐 냈다. 손은 예상외로 쉽게 떨어져 나갔다.

"뭐라고?"

"아……."

르옌은 반쯤 멍한 표정으로 자칼린을 응시하고 있었다. 건조함으로 덮인 눈동자, 자칼린은 문득 그녀의 초점이 기이하다는 걸 깨달았다.

그의 얼굴, 그의 목 언저리, 그의 손으로 차례로 시선을 움직이던 르옌의 빛 죽은 눈동자는 잠결이라기엔 어딘지 모르게 지친 사람처럼 어두웠다. 자신을 향해 있고, 자신을 보고 있음에도 무언가 다른 것을 응시하고 있는 듯 멀다.

하지만 그도 잠시, 허공을 떠돌던 눈동자에 이채가 도는가 싶더니 르옌이 몸을 벌떡 앉히며 황급히 제 몸과 머리칼을 더듬었다.

무슨 짓이라도 했을까 봐 저러나.

신사적인 태도는 딱히 차리지 않았다지만, 불한당 취급당할 만한 짓은 한 기억이 없어서 자칼린은 미간에 옅은 주름을 한 무더기 얹어 르옌을 째렸다.

"그냥 깨우려고 한 거야."

르옌이 멈칫 고개를 꺾어 이불 속 감춰진 자신의 다리로 시선을 던지더니 흐린 안개 같은 한숨을 내쉬었다. 상태가 영 이상했다. 뚱한 얼굴로 자세히 그녀를 살펴보니, 웬일인지 흥건한 식은땀에 불안한 듯 주위를 둘러보는 초조함까지, 영락없이 악몽을 꾼 사람처럼 허둥거리는 꼴이었다.

"……실례했습니다."

그녀가 정신을 차리고 풀리지 않은 음성으로 사과했다. 자고 있는 환자에게 함부로 손을 댄 것도 신사적인 태도는 아니었으니 딱히 본

인도 잘했다 할 만한 것도 없어 자칼린은 사과를 받아들였다.

"그리 귀신 본 얼굴 하는 게, 꿈자리가 사나웠나 보지? 최전방 한복판에서 뭐 그리 잘 자나 했더니. 또 그런 것만도 아닌가 보네."

자칼린의 말에 비로소 르옌은 막사 밖 휘장을 껴안은 두터운 어둠을 발견했다. 그녀의 입술이 살짝 찌푸려졌다. 제법 오랫동안 잠에 빠졌던 모양이었다.

"전 괜찮습니다. 다만 군의관이 처방한 약초와 탕약에 신경 안정 효과와 수면 효과가 있다고 했던 것 같은데, 그 때문인 듯합니다."

"뭐 그리 멀쩡한 체하려 안간힘을 쓰냐. 그냥 그러려니 하면 되지. 이곳에서 악몽 꾸는 이가 너만 있는 것도 아니고."

"악몽이 아니라……."

무심코 답하려던 르옌은 자신을 한심하다 듯 내려다보는 자칼린의 맑은 연록의 눈동자에 말을 잊었다. 그녀는 차가운 공기가 뺨에 닿는 것에 무심코 제 얼굴을 쓸었다가, 식은땀에 축축해진 머리칼의 감촉에 신음했다.

깨자마자 눈앞에 드리워진 저 눈동자에 백산魄散해 잊었던 것이 떠올랐다.

언제였던가. 스물여섯의 나이로 처음 전쟁터의 참혹한 진상을 마주했을 적의 일이었다. 르옌이 아닌, 스완의 기억.

삼만의 군사들을 이끌고 나온 여왕은 출전한 지 두 달 만에 라르크의 서부 국경에 맞닿은 작은 왕국 하나를 역사 속에서 지워 내는 업적을 거두었다.

벌겋게 타오르는 전답 저편, 부서진 방벽 사이로 보이는 산처럼 쌓인 시체들에서 역한 비린내가 풍겼다. 왕국 수도의 우물은 두레박으로 물을 길어 올리면 온통 핏물이었다.

눈앞에서 자결하는 적국의 병사들과, 제 나라를 배반하고 살려 달라 울부짖는 어리석은 백성들을 말 위에서 굽어보았다. 그녀를 향해 달려드는 저들의 오열과 비명은 스치는 바람만큼이나 보잘 것 없었다. 도레크 만세! 마지막까지 제 나라의 왕을 칭송하며 죽임당한 적기의 숨이 다함으로써, 나라는 멸망했다.

첫 승리의 고동이 웅장히 울려 퍼졌다. 그러나 그것은 그녀에겐 익숙하지 않은 혼란과 전에 생각해 본 적 없는 두려움에의 직면이었다.

처음으로 무고한 인간들의 살육령을 내렸을 때, 그녀는 깨달았다. 앞으로 자신이 걸음 하는 길들은 모조리 붉게 물들리라.

섬뜩하게 눈깔을 부릅뜬 이름 모를 백성들의 시체 길을 지나며 그녀는 처음이자 마지막으로 두려움을 물었다.

—한센, 저들 또한 이곳의 애국자에겐 지켜야 할 백성이었겠지.

그녀의 대각선 뒤를 따라 말을 몰아오던 한센이 뭉근하게 답했다.

—아마도.

한센은 성곽 저편 군사들을 이끌고 왕의 수급을 가지고 돌아오는 페이작을 발견하고는 속삭이듯 음성을 낮추었다.

—혹 동정하십니까?

—……거짓으로도 기쁘다고는 하지 못하겠구나.

전장의 비명이 난무하는 피비린내의 지옥 속, 홀로 고고히 선 남자는 얄미울 정도로 여유로웠다.

—하면 돌아가시는 것은 어떨지요, 폐하. 정복 전쟁이라는 게…… 그리 쉬운 것은 아닐 겁니다.

여왕은 노여워하지도, 감히 그런 말을 내뱉은 제멋대로의 기사를 꾸짖지도 않았다.

—번복은 없다.

이것이 그녀가 선택한 애국의 길이었다. 창과 칼로써 통합하는 강대함.

그녀는 거무스름한 연기에 가려진 저편의 하늘처럼 푸른 벽안을 느리게 감았다 떴다. 일편 드러났던 감정의 편린 또한 눈꺼풀에 떠밀려 사라졌다.

생명을 집어 삼키는, 혹은 쏟아 버린 붉은빛 속에서 붉은 머리칼을 흩날리며 선 여왕의 뒷모습을 물끄러미 응시하던 한센이 고개를 돌려 지옥의 풍광을 눈에 담았다.

—예. 폐하께서 바라시는 대로 행하십시오. 이 전쟁이 끝난 후의 결과가 옳고 그름을 말해 주겠지요. 폐하의 야망의 끝에 가 보면 지금 가지고 계신 의문도 답도 전부 해결될 겁니다.

—누님.

어느새엔가 그녀의 지척에 다다른 페이작이 선혈이 뚝뚝 떨어지는 늙은 사내의 목을 들고 말에서 내렸다. 그는 피 칠갑을 한 제 검을 거둔 후, 쥐고 있던 가련한 왕의 수급을 여왕에게 상했다.

—누님이 지킨 라르크 백성들의 목숨이다.

여왕은 빤히 이승에 몸을 두고 저편으로 도망친 비겁한 왕의 얼굴을 내려다보았다.

그래, 그렇구나. 이자가 죽었으니 내 나라의 백성들은 평온하겠구나. 절로 미소가 그려졌다.

어째서였던가? 여왕이 한센을 돌아보았을 때, 그는 질디질은 녹안으로 피거품을 문 품위 없는 적왕의 수급을 동정하고 있었다. 페이작이 그 왕의 머리를 바닥에 내팽개치듯 내려놓고 나서야, 한센은 스완을 돌아보았다. 그리고 한없이 푸르른 미소를 지었다.

—첫 승리를 축하드립니다, 폐하.

그 순간, 의식 저편 느껴지는 인기척에 꿈은 끝이 났다.

공교롭게도 눈을 뜨기 무섭게 보인 것이 자칼린의 연한 떡잎처럼 어린 상록의 눈동자였다.

막사를 진동하는 익숙한 전장의 냄새 속에서 그녀는 자신이 스완인지, 르옌인지 헷갈렸다. 자신을 마주 보고 있는 자의 눈이 한센의 것인지, 아닌지도 판가름하지 못해 애를 먹었다. 다친 다리를 보고 나서야 겨우 현실에 정신을 잡아 둘 수 있었다.

당혹스러웠다.

르옌으로서 살아가며 이토록 선명한 꿈에 휘둘린 기억이 없었다. 그녀는 전생과 후생을 구분치 못하는 자신의 나약함에 분기마저 느꼈다. 자칼린은 그녀의 그런 당혹을 다른 의미로 받아들인 모양이었지만.

"왜 이렇게 또 넋을 놨어?"

"악몽이 아니라……."

그때, 그녀의 눈앞으로 불쑥 나무 쟁반이 들이밀어졌다.

"아, 됐고, 이거나 먼저 먹어라. 다 식어서 가뜩이나 맛없는 거 더 맛없겠네. 너 지금 얼굴 허옇게 뜬 거 알아?"

자칼린이 내민 것은 언제 가져온 건지 차게 식어 기름기가 얇게 덮인 야채 미음과, 부석부석해 보이는 검은 빵 덩어리였다. 르옌이 엉겁결에 그것을 받아 들고 자칼린을 올려다보았다. 나이가 어린 탓인지 귀족들의 풍토에 구애받지 않는 제법 귀여운 구석이 있었다.

"친절은 감사히 받겠습니다만, 지금은 좀……."

"착각도. 누가 네 건강 걱정해서 이러냐?"

자칼린의 노골적인 콧방귀에 르옌은 쟁반을 무릎 위로 내려놓았다. 그리곤 말없이 동그란 그릇에 담긴 희멀건 미음을 그릇째로 들어 마셨다.

"네가 나와 함께 이동해야 하니 가는 길에 짐덩이가 될까 봐 그러는 거지."

막 미음을 벌컥 삼키던 르옌의 움직임이 뚜욱 멎었다.

그녀가 반쯤 빈 그릇을 내려놓은 후, 입술을 훔쳤다. 다리가 다 낫고 나서는 여타 수습 기사들과 함께 훈련하고 그들의 생활에 맞추어야 할 것을 각오했었다. 그런데 벌써 이동이라니.

"……부상이 낫지 않아 군의관으로부터 주의를 받았습니다만."

"네 사정 봐주면서 전쟁을 치를 수는 없어서 말이야."

"본군의 이동입니까."

"아니, 나눠서 일부만 이동할 거거든."

"나눠서……."

"어."

르옌의 표정이 차분하게 가라앉았다.

시단은 본진의 후방 보급 대대에 머무르기로 되어 있었다. 그렇다면 어떻게 되는 걸까. 자칼린이 시원스레 소리 없는 의문에 답을 던져 주었다.

"네 동생과 같이 움직이지는 못할 테지만 애초에 네 조건은 그거였으니 불만 없이 따르도록."

르옌이 희미하게 입술 끝을 내려뜨렸다. 권한을 가졌으니 의무 또한 따르는 것이 마땅했다. 특히나 그녀는 지금 주목받고 있으므로 행동거지에 주의를 요해야 했다.

오늘 낮에도 많은 이들이 그녀를 구경하러 왔다. 군의관은 올 때마다 다른 조수를 끼고 있었고, 보초병도 힐끔거리며 그녀에게 말을 붙여 보려 했다. 또 누군가는 슬그머니 접근해 노골적인 찬사를 아끼지 않았다. 물론 개중에는 그녀의 등장 자체에 강력한 반감을 보이는 이들도 더러 있었다. 그 모든 것은 그녀가 가진 공가의 페넌에 근거된 대가였다.

그녀는 물끄러미 고개를 돌려 막사 한구석에 잘 개켜 놓은 붉은 늑대의 페넌을 바라보았다. 문득 실소가 흘렀다. 늑대들을 거느리던 여자가, 늑대의 아래에 기어들어 가 무릎을 꿇었다. 삶은 어찌 이리도 잔악한 것투성인지.

"……떠난다면 언제쯤입니까."

"질문은 안 받아. 오늘도 몇 가지 궁금해서 물어보러 왔던 거지, 네 질문에 답해 주려고 온 거 아냐."

자칼린은 지난 차, 르옌의 물음에 곧이곧대로 주석까지 달아가며 홀린 듯 답했던 기억을 떠올리고 경계조로 일축했다. 그러나 르옌은 곰곰이 생각에 잠긴 얼굴로 관자놀이만 매만질 뿐이었다.

"이타카 일대로 향한다면 엄폐할 곳이 적어 위험하지 않겠습니까. 지금 그 일대에 대해서 확실히 알지는 못하지만……."

심각하지 않게 흘려들은 자칼린이 어깨를 으쓱했다.

"뭐, 너는 그냥 시키는 대로 따라오기만 하면 된다니까."

그러나 르옌은 이미 일대의 지리와 시기를 가늠하고 있었다.

우기까지 두 달이 채 남지 않은 시점에서 라르크의 후발 부대가 본진에 합류했다. 안프 일대를 제외하고는 접전이라 할 만한 것이 없는 듯 고요하기만 한 본진. 적들의 원군은 아직 도착하지 않았다고 했다. 이 와중 군대를 둘 이상으로 나눈다면…….

"양동을…… 대규모 회전을 생각하시는 겁니까?"

"말 많네, 참."

자칼린은 긍정하지 않았지만 그 속에서 르옌은 분명한 긍정을 읽었다. 대규모 회전이 가능한 지역이라면 아마르즈, 그러니까 파사드가 이타카로 개명되었다 지칭한 일대가 있다. 그러나 그곳은 메마른 탁 트인 저원 지대다. 라르크의 군이 그리로 향한다면 대놓고 작전을 누설하는 것과도 같다.

르옌은 이유 모를 불안을 떨치지 못해 끈질기게 물었다.

"……군을 나누어 저원低原 쪽으로 향하게 되면 적들 또한 기회라 여길 텐데요."

"당연한 말을 뭘 젠체해."

결국 입을 묵직하게 참지 못한 자칼린이 귀찮다는 듯 대꾸했다.

알 수 없는 소름이 달려들었다. 뇌리를 스치는 의문에 벼락 맞은 듯 몸이 굳어졌다. 그녀가 움찔하자 무릎 위에 올려 두었던 쟁반이 기울어져 바닥으로 요란한 소릴 내며 쏟아졌다. 상관없었다.

그렇다면 어디로 간단 말인가.

르옌이 가까스로 입을 열었다. 혼잣말처럼 꺼져 가는 음성이었다.

"……올조르?"

자칼린은 부정하지 않음으로써 긍정의 답을 주었다. 르옌의 눈에 차디찬 한기가 어렸다.

올조르.

이백 년 전, 여왕을 무너뜨린 악마의 요새.

그곳이다.

이튿날 이른 여명을 등지고, 파사드를 필두로 본진의 기사들과 일부 병사들은 본진으로 출발했다.

수십 기의 기사들 사이에 홀로 붉은 늑대의 페넌을 착용한 비교적 작은 체구의 여자는 단연코 눈에 띄었다. 수많은 이들이 그녀의 왼팔에 두른 페넌을 경이로이, 혹은 의문스럽게 바라보았지만 높은 기사들의 눈이 닿는 곳에서 섣불리 사담을 걸 만용은 부리지 못했다. 덕분에 그녀의 속 또한 답답함으로 새카맣게 타들어 갔다.

최전방을 떠나면서 보급 부대로 차출당한 시단과 사나운 남매의 작별식을 가진 후로 시단의 그림자조차 보지 못했다는 것은 둘째치고, 지난 밤 찾아왔던 자칼린의 침묵이 의도치 않게 르옌의 속에 고통스런 불을 지르고 간 것이다.

무어라도 확실한 답을 듣고 싶어 작전이 어찌 되는 것인지 몇 번이고 캐물으려 했지만 그녀의 사정에선 여의치 않았다.

설상가상 본진에 돌아와서는 부상을 치료하는 데에 전혈을 기울이라는 명에 따라 금족령을 받았다. 새로 서품을 받은 이로서 해야 할 선배 기사들과의 대면식은 자연히 생략되었고, 응당 참여해야 할 수습 기사들의 훈련에도 참가하지 못하고 좁은 막사에만 처박혀 있었다. 그렇게 며칠을 보내니 미칠 노릇이었다.

그나마 위안이 된 것은, 발의 물집과 상처들이 하루가 다르게 호전되었다는 것이다. 고약한 약초의 냄새를 견뎠으니 보상으론 당연한 결과였다. 그녀는 차츰 걷는 데에 무리가 없어지자 크게 흡족했다. 슬슬 돌아다녀도 되지 않겠는가 싶어 운을 떼어 보았으나 그들은 하나같이 엉덩이에 불붙은 것처럼 바빠 그녀의 말에 귀 기울여 주지 않았다. 물론 그것에 불만을 토로하지는 않았다. 자신을 제외한 모든 군사와 기사들이 앞둔 작전 임무로 인해 눈코 뜰 새 없이 바쁘다는 것을 알았으니.

여기저기서 모닥불이 피어오르고, 수레들이 오가고, 군마의 마갑

들이 정비가 된다. 각자에게 배정받은 무구들의 점검에 이어 짬짬이 하는 훈련들까지.

마침, 멀리 죽장 얹은 수레들을 이동시키느라 여념 없는 자칼린이 눈에 들었다.

"거기, 조심해! 그건 화약이라고, 어이!"

새파란 어린 기사의 호통에 깜짝 놀라는 병사의 노고가 멀찍이 앉은 그녀에게까지 다다랐다.

익숙한 둔영의 풍경을 바라보던 르옌이 발끝까지 내리 훑는 탈력감과 무료함에 느릿하게 몸을 돌려 막사 안으로 되돌아갔다. 올조르로 향하기 위한 준비. 그 사실이 다시금 상기되자 그녀의 걸음은 절로 무거워졌다.

그렇게 본진의 작전을 위한 은밀한 준비는 차곡차곡 진행되고 있었다. 간자 색출이 강화되어 경비가 엄중해진 것은 물론이거니와, 기사들 또한 눈코 뜰 새 없이 바빴다.

르옌이 보았듯 자칼린은 절벽 저편에서부터 신호를 보낼 수 있도록 화약을 꼼꼼히 수레에 담아 챙기고 보급품들의 목록을 하나하나 대조하느라 바빴다. 파사드의 최측근인 테레어드와 에반부르는 본진에 남아 있을 타바잔과의 연막 작전에 대해 진중한 논의로 밤을 꼬박 샜다. 그리고 나흘째 되는 날에는 제레드 국경을 아우르는 갈라부아 연합의 영지 상황들을 살피러 나갔던 카바인 경, 올베빈이 귀환해 파사드로부터 본진의 통솔권을 위임받았다.

절벽 기지에서 있었던 이례적인 심사전에 대한 열기가 깡그리 식어 사라질 만큼 정신없는 나날이었다.

닷새가 더 지나, 매일같이 이어진 사령부 회의에서는 갖가지 변수들에 대한 대비와 인사의 재배치 논의까지 마무리되었다.

군의 분할령 하달: 올조르–톨프 우회 양동 작전

올조르–톨프 일대를 우회해 적의 측후방에 이르러 신호할 화약 스무 수레를 가지고 갈 기습군 구천. 본진에 남아 연막을 펼칠 군사 이천.

본진과 최전방의 모든 보고는 타바잔과 올베빈에게 위임한다. 포위군이 올조르–톨프를 우회하여 절벽 저편에서 신호탄을 올리면, 전군 절벽 사잇길을 사수하여 양동한다.

각원 도트발 잔트 기릭 899년 여섯째 달 여드레,

라르크 수비군 총 책임자 파사드 칼란독 공 브류나크 인印.

고급스런 양피지 위로 빼곡히 새긴 작전 명령서와 왕실 보고서 두 장에 브류나크의 늑대 압인이 찍힌 후에야 모든 준비가 끝이 났다.

이런 저런 이유들로 그녀는 막사 밖의 눈에 익은 진영과 울타리 저편 훈련장의 풍광을 눈에 담는 것으로 소일했다. 여자이기 때문인지, 하잘것없다 여겨 등한시하는 것인지 그녀를 개의하는 이들은 적었다. 간혹 절벽 기지에서 있었던 낭설을 듣고 묘한 눈길을 보내는 이들이 있었으나 그들 또한 바쁜 걸음으로 못 본 체 멀어지기 일쑤였다.

중천으로 떠오른 햇살을 받은 르옌의 기다란 속눈썹 아래로 얇은 그늘이 드리워졌다. 방치에 가까운 상황이 어찌 된 것인지 이해 못 할 바는 아니지만 역동적인 이들 사이에 홀로 앉아 있으니 지난 과거의 잡념들이 뇌리를 갉아 먹어 고단했다.

"나와 있는가?"

중후한 음성이 흘러들었다. 한두 번쯤 들어 본 적 있는 사내의 것이었다. 그녀가 느릿하게 고개를 돌려 쉰은 훌쩍 넘어 보이는 강강한 풍채의 노기사를 바라보았다.

에반부르 팔다고 할드로프. 최전방 절벽 기지를 떠나올 때부터 그녀를 묘한 눈으로 주시하던 파사드의 측근 기사였다. 기억 속 할드로프가는 그리 선명하지 않아 어느 정도 되는 가문의 사내인지 감도 오지 않았다. 다만 세월을 꿰뚫어 보는 듯한 강직한 눈매 탓인지 그녀는 이상하게 저 노기사의 눈빛이 거북스러웠다.

작은 보초용 의자에 걸터앉아 있던 그녀가 몸을 일으켜 기사식 예를 갖췄다. 에반부르는 정리되지 않은 까칠한 콧수염과 턱수염을 습관인 양 매만지며 부드럽게 물었다.

"아직 기사도와 검의 예식은 익히지 않았을 것으로 아는데, 벌써 배웠는가?"

"……어깨 너머로 배웠습니다."

르옌은 구태여 늘어놓지 않고 눙쳐 답했다. 에반부르 또한 그녀의 반응에 크게 관심 두지 않는 기색으로 팔짱을 끼고는 르옌이 바라보고 있던 둔영 저편의 훈련장을 눈에 담았다.

"그래, 페넌도 달았으니 데투아 경이라 불러야겠지. 오늘 밤 시행될 작전 기간 내내 나의 엄호 임무로 배정되었다는 이야기는 들었는가?"

르옌이 금시초문이란 표정을 지어 보였다. 그러자 '사실 못 들었겠지. 내가 지금 그 말을 해 주려고 온 게니까.' 하는 설명과 함께 낮고 호탕한 소성이 짧게 퍼졌다 그쳤다. 원숙한 자의 어울리지 않는 장난스러움이었다.

묵묵히 그를 듣던 그녀의 입가에 희미한 쓴웃음이 번졌다. 난데없이 기사의 엄호 임무라니, 의심하고 있다는 사실마저 감추지 않는 너무 뻔하고 노골적인 태도라 억울하지도 않았다.

사이좋게 주고받는 불신 속에서, 에반부르는 딱하단 듯 혀를 찼다.

"부상은 괜찮은 게냐?"

"덕분에 상처는 많이 가라앉았습니다."

"그거 다행이군. 데투아 경, 지난 심사전엔 대단했네. 경이 잡아 죽인 지난 접전 지휘관의 시신은 포로 열둘과 바꾸어 보냈지. 다른 기사들도 관심이 많다네. 시국이 시국이라 이리 대접하게 되어 미안하군."

"괜찮습니다."

"말이야 그렇다 치고, 궁술이며 검술 같은 것들은 어찌 배운 건가?"

르옌은 큼직한 벌레라도 삼킨 듯 속이 불편해져 고개를 떨어뜨렸다. 마을에서야 모른다는 한마디로 모든 것을 눙쳐 넘겼지만 지금 그녀가 대하는 이는 작은 촌마을의 주민이 아닌 라르크의 지휘 기사였다.

"마을 청년들과 뒤엉켜 검과 활을 잡았을 뿐입니다."

"허어, 거짓말은 못 하는 편인가 보이. 이 늙은이의 눈을 속일 생각일랑 접어 두시게."

"훌륭한 스승이……."

"이름을 말해 보게, 그 정도의 재량 있는 자라면 응당 눈여겨봐 둬야 하니."

르옌은 사람을 보내어 찾는 수고라도 불사하겠다는 그의 태도에 잠시 입술을 꾹 씹었다.

"시정합니다. 기실…… 어찌 그런 것들을 익혔느냐 물으신다면 아마 답을 드려도 믿지 못하실 겁니다."

"말해 보게나. 이 나이쯤 먹으면 웬만한 일은 그럴 법하다 하고 넘길 수 있기 마련이니."

"남들보다 좀 더 타고난 재능이 있었습니다."

"하지만 그래도 연습이 필요할 터인데."

"크게 배우지 않고, 연습하지 않았지만 타고난 것이 그를 뛰어넘은 모양입니다."

"거, 듣는 기사들 억울할 소릴 쉽게도 하는군. 배우지도 않고 훈련도 안 했는데 그 정도라."

나이 든 기사의 악의 없는 웃음소리가 흔흔 울려 퍼졌다. 그러나 그 안의 따스함과는 별개로 불신이 명명백백해 르엔도 머쓱히 따라 웃었다. 그녀는 더 곤란한 것을 캐물을까 하는 기우에 쫓겨 화두를 돌렸다.

"한데 제 감시 관찰은 체사 경께서 하실 줄 알았습니다만."

"제법 직설적이로구먼. 어린 체사 경은 사람 돌보는 데엔 재주가 없어. 뒷목 잡고 쓰러지지나 않게 하면 다행이지. 물론 체사 경 쪽이 아니라, 돌봐지는 쪽이 말이지."

"그렇습니까."

"데투아 경도 전선까지 오는 데에 체사 경 때문에 고생했다던데."

"예, 고초를 겪었습니다."

르엔 자신도 의식하지 못한 사이 말마디에 불쾌감이 번져 들었다.

덴마저 빼앗겨 평야 한복판에 덩그러니 내던져졌을 때의 당혹감, 피로, 잇따른 노여움을 떠올리면 지금 당장이라도 어린 체사의 목을 졸라 비틀어도 모자랐다. 하지만 그녀는 에반부르를 거들어 자칼린을 욕하는 대신, 내리 궁금하던 것을 넌짓 캐물었다.

"오늘 밤 작전의 시행이 있다 하셨으니 이제 저 또한 조금은 계획을 들을 수 있을는지요. 올조르의 방향으로 가는 이유가…… 그곳을 함락하는 것이 목적은 아닌 듯싶습니다. 맞습니까?"

에반부르가 허연 콧수염 아래 다부지게 다물린 입술을 당겨 웃으며 되물었다.

"왜 아니라 보나?"

"올조르의 함락에 목적을 두었다면, 일만도 되지 않는 군으로는 턱없을 것이라 여깁니다."

"일만도 되지 않는 군이라 무너뜨릴 수 없다?"

"달그다튼의 삼만 군대도 넘지 못하였고, 오로페 시절 테탄의 오만 군대도 넘지 못하였지요. 솔직한 소견으로 말씀드리자면 전쟁이란 본디 머리수의 싸움이라 믿어지는 것이기는 하지만 예외는 있습니다. 올조르가 그러합니다. 군사의 두수는 올조르 요새 앞에서는 크게 상관없는 숫자 놀음이니, 수가 십만이라 해도 그리 생각했을 겁니다."

깊은 세월이 파고든 흔적 역력한 눈가에 은근한 힘을 주어 르옌의 낯을 살피던 에반부르가 간격을 두고 수긍했다.

"그렇지. 입에 담기 좋은 이야기는 아니나, 뭐, 달그다튼과 테탄뿐 아니라 한때 전장을 휩쓸었던 라르칼리아의 마지막 여왕 또한 그 앞에서 무너졌으니 그곳은 철옹성이라 해도 이상할 것이 없음이지. 그러나 경이 아는 만큼 칼란독 경께서도 잘 알고 있는 일일세. 촉박한 시국에 올조르 공략은 전략에 없으니 염려하고 있다면 내려놓으시게."

라르칼리아.

핏기 가신 얼굴로 바닥을 내려다보던 르옌이 떨리는 눈꺼풀에 힘을 주었다. 참으로 오랜만에 듣는 음율이었다. 가슴이 울렁거리는 듯했다. 그녀는 조용히 그의 말을 되새겼다. 그래, 올조르는 아니로구나. 지난 며칠 동안 가슴에 박혔던 가시가 구물구물 목 안으로 기어들어와 목젖을 짓누르는 것처럼 따끔거렸다.

누구도 넘볼 수 없는 악마의 요새는 여전히 건재하다.

문득 여왕을 향해 신랄한 비웃음을 날렸던 요새의 왕 기텔라의 비웃음이 귀 안쪽을 맴돌았다. 그가 여왕에게 선언하였다. '라르크는 결코 올조르를 넘지 못하리라.'며 비웃음으로 맹세하였다.

그 저주스러운 약조, 죽어서도 지키고 있는가 싶어 새삼 대단타 웃었다. 그러다 찡하니 굳어졌다.

'안도라니.'

그녀는 스스로를 향한 환멸에 잠겼다.

나이가 무색하리만치 넘치는 혈기의 노기사는 우직하게 팔짱을 끼고 삽시간에 창백해지는 르옌의 얼굴을 훔쳐보았다. 묘한 반응에서 속을 읽어 낼 수는 없었다. 에반부르는 한참 그녀를 응시하다가 이내 고개를 돌려 본진을 뛰어다니는 병사들을 하나하나 눈에 담았다. 깊은 흙빛의 무뚝뚝한 눈빛에서 짙은 애정이 솟구쳐 났다.

급기야 이 사람 좋은 노기사는 멀찍이 한 청년 병사가 급히 달려가다 돌부리에 채여 나자빠지자, 마치 제 새끼가 넘어진 양 어이쿠 하며 혀를 찼다.

"그러고 보니 자네는 몇 살인가?"

"……막 스물둘이 넘었습니다."

"스물둘이라. 한창 좋을 때인데 이 처자는 대체 예서 무얼 하는 건지."

르옌은 무어라 답해야 할지 몰라 흐리게 웃었다. 에반부르는 빛 잃은 듯 침잠한 르옌의 엷은 마호가니 목의 눈동자를 내려다보다가, 그녀와 눈이 마주치자 흔흔한 미소를 남기고는 설렁설렁 뒷짐을 진 채로 멀어졌다.

빛 내쫓긴 하늘의 어둠을 나침반 삼은 은밀한 움직임이 시작되었다. 전에 없던 긴장으로 폐 속까지 결연함이 잠겨들었다.

"나와라."

르옌의 막사로 들이닥친 베로한 경, 스이센이 설명 없이 명했다. 그녀는 기다렸다는 듯 부여받은 경갑과 페넌까지 반듯하게 장식한 차림으로 소리 없이 스이센을 따라 나섰다. 그리곤 울타리에 묶어 두었던 덴에 올라 야심한 밤, 둔영의 텅 빈 정적에 녹아든 막사들을 가로질렀다.

"네 동생은 만나 보지 않아도 되나?"

의심쩍은 물음이 밤공기를 뒤흔들었다. 어째서 저런 친절을 빙자한 유도신문을 하는 건지 이해하지 못할 바도 아니라 르옌은 담담하게 답했다.

"괜찮습니다."

괜찮지 않다 해도 아마 잔뜩 화가 난 시단과는 근 시일에 부딪쳐서 좋은 꼴은 못 볼 터다. 본진에 남아 살필 수 없음이 다소 불안했지만 최전방이 아니니 그로 만족했다. 그 이상의 불평불만은 늘어놓을 자격도 생각도 없었다.

"전군, 위치로!"

우렁찬 고함이 둔영을 일깨웠다.

출발지에 다다른 르옌은 심장을 전율케 하는 수많은 군사들을 앞에 두고 신음을 삼켰다.

긴장된 한밤의 열기가 고스란히 피부로 닿아 왔다. 사열한 병사들은 수를 가늠할 수 없을 만큼 많았다. 어둠에 녹아든 눈대중으로 짐작건대, 대략 근 일만 조금 안 되는 수였다. 그들의 선두에는 에반부르, 자칼린, 그리고 파사드와 이름 모를 수백 기의 기사들이 늠름히 서 있었다.

스이센이 후미로 자리를 잡는 것을 본 르옌은 수습 기사들 사이로 덴의 머리를 향했다가, 에반부르의 부름에 선두 기사들의 무리에 합류했다.

"진군!"

구름에 가려진 달이 오른뺨을 누르스름 드러낼 무렵 기수의 양손에 경건히 쥐인 깃발이 바람을 가르며 허공을 크게 휘저었다. 수천의 발걸음이 열과 횡을 맞추어 바닥을 때렸다.

르옌은 그들과 보속을 맞추어 천천히 덴의 걸음에 박차를 가했다. 멀찍이 기나긴 군대 선두에는 우아한 흑마에 오른 사내가 고요하지만 확실한 존재감으로 뒤따르는 이들을 압도시켰다.

꼭 기억 저편 누군가처럼 새카만 사내다.

브류나크의 검은빛은 흑단에 드리워진 그림자처럼 자연스레 어둠에 녹아들어 있었다. 색이라고는 그의 제복 위로 둘러진 붉은 늑대의 멘테와…… 밤이 붙잡아 둔 낮의 햇살을 머금은 듯 하이얀 검뿐인, 어느 사내의 우직한 등.

구렁이처럼 길게 정렬한 군사들이 숨죽여 하얀빛을 따라 걸었다.

부우우―

행군을 보채는 상아 나팔의 굵직이 짧은 울음 속에서, 르옌도 저들의 걸음에 맞추어 떨어지지 않는 발을 내딛었다.

몇날 며칠의 행군이 이어졌다.

올조르-톨프를 우회하기 위한 작전의 초반 닷새는 편편한 갈라부아의 가장자리 임야를 무리 없는 속력으로 가로질렀다. 그러나 나흘째에 이르러 울퉁불퉁한 척토에 다다르자 일만에 가까운 군의 행군 속도는 차츰 느려지기 시작했다.

수일을 쪽잠과 최소한의 휴식으로 버티는 강행에 훈련받은 군사들 사이에서도 참지 못한 신음이 나오기 시작했다.

그러나 르옌은 불평 한마디 없이 묵묵히 에반부르의 뒤를 따랐다. 풍채 좋은 이웃집 노인네처럼 정 도타운 에반부르는 그런 그녀를 마뜩하게 보아주었다. 그녀가 의도한 것은 아니었다.

그러나 공은 공이며 사는 사라. 에반부르는 간혹 파사드와 논의를 나누는 시간과 식사 시간, 용변을 보는 시간 등을 제외하면 그녀가 시야 밖으로 사라지는 것을 허락하지 않았다. 제법 큰 불편이었음에도 르옌은 그 부자유를 묵묵히 받아들였다.

그렇게 이틀을 더 걷자 멀찍이 가파르고 바위로 덮인 산 지형이 까마득 멀리로 모습을 드러냈다. 지치지도 않는지 몇날 며칠을 군대의 전후방을 오가며 파사드의 지휘 보좌를 하던 자칼린이 선두에서 지루하단 듯 하품을 해댔다. 그는 갑옷 차림으로 불편하게 기지개를 켜다가 문득 에반부르와 나란히 선 르옌을 발견하고 슬그머니 말머리를 돌려 그들의 걸음에 맞추었다.

“잘 따라오네.”

“말 팔이꾼의 딸이 말 위에 올라 있는 게 무어가 힘들겠습니까.”

르옌은 자신의 곁을 지키고 선 에반부르를 의식하고 최대한 공손하게 그의 말에 답했다.

"슬슬 긴장해. 할드로프 경, 얘가 이상한 소린 안 합니까?"

"데투아 경이라고 부르시게, 체사 경."

"기사도도 모르는데 페넌만 달아 둔다고 기사 된답니까."

"어허이."

"괜찮습니다. 체사 경의 말이 맞습니다."

자칼린의 심드렁한 대꾸에도 르옌은 의례적인 웃음으로 전부 넘겼다.

기실 그녀는 지금 저 어린 체사의 악의 없는 말장난에 일일이 반응할 만큼 여유로운 상태가 아니었다. 그래서 빰 따갑게 쏘아지는 다른 이름 모를 선배 기사들의 시선도 무시하는 중이었다.

올조르를 향하는 걸음걸음 들쑤셔지는 속을 내색하지 않으려 애쓰는 것만으로도 이미 최선이었다. 자칼린은 말 위에 오른 채로 목을 쭉 빼고 차차 굳어지는 그녀의 얼굴을 빤히 응시하더니 이내 흥미가 떨어졌다는 듯 속도를 가했다.

"할드로프 경, 이제 곧 험지에 도착할 겁니다. 척후병이 돌아오면 다시 명이 있을 테니 저는 제 위치로 돌아가 보겠습니다."

"가 보시게."

자칼린은 기이하게 찡그려진 르옌의 얼굴을 마지막으로 돌아본 후, 선두로 내달렸다.

"체하기라도 했나? 안색이 좋지 않아 보이는데."

"괜찮습니다."

르옌이 가까스로 답했다.

올조르와의 거리가 좁아질수록 얼굴 근육은 제멋대로 굳어지고 치 떨리는 긴장이 고조되었다. 입 밖으로 낼 수 없는 수많은 생각들이 물고 물려 멀미가 났다. 에반부르가 그것을 눈치채고 그녀에게 의아한 시선을 보낼 정도였으니.

말 팔이의 딸, 말 위에서 온갖 묘기를 부리는 여자가 말을 타고 가며 멀미를 하다니 이상하게 보이기도 했으리라. 그러나 르옌은 해명할 여력도 없었다. 물에 잠긴 공기를 들이키는 듯 폐부 어딘가가 답답한 환감. 한 발자국 다가갈 때마다 애써 내버렸던 그만큼의 기억을 주워 담아 가슴에 품는 것처럼 묵직해졌다.

그 와중에도 저 멀리 앞서 기수를 태운 흑마는 홀로 고고하게 서 있다. 올조르로 향하는 걸음에 두려움 따위 없는 당당한 자태로.

덧없는 기억에서 시작된 온갖 감각들이 그녀의 손목과 발목과 허리와 등줄기를 죄어들었다. 근 일주일을 쉼 없이 행군하며 뭉게뭉게 피어오르던 그 기묘한 감각은, 구름 저편 올조르 협곡의 그림자가 비치기 시작할 무렵 정점에 치달았다.

멀찍이서 비치는 세로로 아가리 벌린 악마의 협곡. 수많은 라르크인의 시산을 집어삼킨, 여왕의 한을 묻어 둔 시커먼 음습함이 비쳤다.

"내일이면 협곡으로 진입하겠구먼."

에반부르의 혼잣말에 르옌은 주먹을 꾹 쥐었다.

겁이라도 집어 먹은 것인가, 증오가 뿌리 돋아 이 자리에 붙박였나. 주인의 속을 아는지 자꾸만 멈춰 서는 덴에게 애꿎은 채찍질을 했다.

다행스럽게도 얼마 지나지 않아 파사드의 명이 떨어졌다.

"오늘은 이곳에서 야영한 후 내일 오후, 전속력으로 올조르 요새의 영향권을 지날 것이다. 미리 체력을 단단히 해 두도록."

르옌은 멀찍이서 쉬지 않고 병사들을 돌보는 파사드의 뒷모습을 눈에 담았다. 그녀의 아닌 듯 뾰족한 시선을 발견한 자칼린이 말 위에서 허리만 비틀어 그녀를 응시했다.

협곡.

르옌은 이내 기억 저편의 올조르를 수호하는 깊고 험준한 협곡을 눈에 담았다. 눈꺼풀을 닫았다.

그리하여도 선명해서, 그녀는 이기지 못한 천적을 떠올렸다.

올조르 협곡으로 오르는 가파른 언덕 아래에 빼곡히 세워진 근 오만 대군의 막사는 죽음과 절망의 냄새로 뒤덮였다.

그날은, 멈출 줄 모르고 행군했던 여왕의 군대가 이곳에 자리 잡은 지 어언 일 년하고도 반이 지났을 때였다. 언덕 위에서 그들을 굽어보는 거대한 요새의 봉화가 그들의 밤잠을 방해한 지도 꼭 그만큼이었다. 협곡은 늘 피 냄새로 진동했고, 재 냄새가 그 역함을 덮었다.

협곡 입구에서 얼마 떨어지지 않은 진지 정중앙, 수백 마리의 담비 가죽으로 기운 막사 위로는 푸르스름한 나비 문양 기가 바람을 잃고 축 늘어졌다. 야심한 밤에도 잠들지 못한 기사들과 수십 병사가 막사 앞에 사열한 채로 어쩔 줄 몰라 하며 막사 안에서부터 떨어지는 호령을 들었다.

—다시 말해 봐라, 페이작.

—죽었습니다.

—죽었다?

—죽었습니다.

—카난소 경이 죽었다?

탁자에 앉은 여왕이 쥐고 있던 가느다란 펜대가 우드득 소리 내며 부서졌다.

—시신은 되찾아왔습니다.

—당장 그 빌어먹을 바간테오를 데려와.

그녀의 벽안에 감히 똑바로 바라보기도 어려울 만한 진노가 어렸다. 어지간한 일에는 냉정함을 잃지 않던 누이의 반응이 평소보다 격렬했다. 그러나 시기가 시기인 만큼 페이작은 그녀의 맹렬한 진노를 놀람 없이 이해했다. 그리고 한편으로 오늘을 넘기지 못하고 죽어 나자빠질 가능성이 농후한 바간테오 경을 동정했다.

하필이면 이런 때에 덮어 줄 수 없는 수치스런 행동으로 군을 잃었으니 어떤 형태로건 여왕의 진노를 피할 수 없으리라. 그러나 사랑하는 누이의 기분이 상하는 것은 좋지 않았다. 페이작은 단순히 개인적 이유로 여왕의 노여움을 달래기로 마음먹었다.

—하지만 그 덕택에 삼 개 여단의 참패는 면했으니 조금쯤은 노여움을 푸십시오, 폐하.

—참패를 면해? 그놈이 군을 두고 도망을 쳤으니 어느만 한 수치냐! 제게 할당된 군사들을 모조리 몰살시키고 뻔뻔하게 살아 돌아와! 그놈이 도망치지 않았더라면 이런 말도 안 되는 오욕을 뒤집어쓰지 않았어도 되었을 터다! 저놈들이 나를 보며 또 얼마나 비웃겠느냐!

여왕의 노호한 음성이 막사를 뒤흔들었다.

고작 이틀 하고 반나절. 달거리에 찾아든 피로가 극심해 단 이틀 저들에게 군사 전략을 일임했을 뿐이다. 협곡에서 얼마 떨어지지 않은 곳의 진지를 돌보며 고작 이틀 하고 반나절을 놓아두었는데, 그 사이 들이닥친 적의 기습에 눌려 사령관 하나가 제 군대를 두고 엉망진창으로 퇴각했다.

결과는 산더미처럼 쌓인 아군의 시체였다. 그녀가 아끼던 카난소가의 기사는 그것을 수습하다 적의 철퇴를 맞아 죽었다. 그러니 진노할 밖에.

페이작의 푸르스름히 침잠한 벽안이 반쯤 아래로 깔렸다. 노기로 바들거리는 그녀의 손끝에는 지금 기사 하나의 목숨이 애처로이 걸려 있었다.

—폐하께서도 아시다시피 그리 노하시는 건 침강한 사기에 도움이 되지 않습니다. 바간테오 경 또한 스스로 갑옷을 벗고 치죄를 청하고 있으니, 그에 대한 처우는 날이 밝거든 결정하는 것이 어떠하실지.

여왕 또한 스스로의 흥분이 과하다는 것을 알았다. 제 진노에 겁먹은 기사들이 막사 밖으로 줄지어 늘어서 있는 것 또한 알고 있었다.

그녀는 탁자를 쾅 내리치며 입술을 우그러뜨렸다.

—바간테오 경은 내일 아침부로 직위 해제하여 부역꾼으로 격하한다.

바간테오는 귀족 가문 출신의 기사였다. 적법한 재판조차 없이 하루아침에 부역꾼이 된다는 건 말도 안 되는 이야기였으나 이 전장에서 그녀를 거역할 이는 아무도 없었다.

—존명.

—속이 뒤집힐 것 같으니 저것들을 막사 앞에서 다 치워라.

여전히 딱딱했지만 한결 진정을 찾은 여왕의 명에 페이작이 막사 밖 기사들을 돌려보내고 그녀에게로 되돌아왔다. 그러고는 여태까지의 예의를 내려놓은 편안한 투로 말했다.

—낯색이 여전한걸. 점점 심해지는 것 같은데, 누님.

그녀는 잊었던 허리 아래 통증을 깨닫고 사나운 욕지거리를 내뱉으며 새파란 공단으로 뒤덮인 침대로 걸음을 옮겼다. 그녀가 침대에 등을 기대어 눕자 페이작이 따라 앉았다.

갑옷으로도 가릴 수 없는 헌칠한 자태의 사내를 싸늘한 눈으로 흘기던 여왕은 그녀의 배 언저리에 손을 가져다 대는 페이작의 무례를 막지 않았다. 그는 얇은 옷자락으로 가려진 그녀의 배를 쓸어내렸다.

—이 달은 많이 아픈 건가…….

—네 뱃속을 검으로 쉼 없이 찔러 헤집으면 느낌을 알게 될 거다.

—이런, 군의관을 부르는 것이 낫겠나?

—고작 이까짓 일로 가뜩이나 부족한 일손을 낭비할 생각 마라.

—걱정이 되어 그런데도.

—시끄러워.

페이작의 나직한 웃음소리에 여왕은 누운 채 팔로 눈두덩을 가렸다. 그녀가 씹어뱉듯 중얼거렸다.

—빌어먹을, 이미 아들이 둘이다. 그러면 이제 충분치 않나? 이 몸뚱이는 뭐가 부족하여 달 손님도 거르는 법이 없는지.

가차 없이 떨어지는 스스로를 향한 환멸에 페이작이 허리를 숙여 그녀의 윗배 언저리에 입술을 맞대었다.

—이제 저 요새의 빌어먹을 놈들도 내 피 흘리는 시기를 알겠군. 창피해서 전장에 얼굴을 내밀 수가 있나.

—거짓말.

—되었으니 나가 봐.

—우리 폐하가 화가 나서 진짜 배를 칼로 헤집을까 겁이 나서 못 나가겠군.

—그럴 마음이 있었다면 테지스를 낳자마자 그리했을 거다. 내 몸 소중한 건 나도 잘 알아. 아아, 아니지 지금 상황 돌아가는 꼴을 보

자면 네 말도 제법 혹하는군.

페이작은 그녀를 어르듯 살살 속삭였다.

—나머지는 내가 정리할 테니 마음 풀어라, 누님.

—빌어먹을 올조르!

지난 일 년 반 동안 쌓은 증오 위로 쌓인 울분이 쏟아져 나왔다.

거칠 것 하나 없다 한들 여자의 몸인 이상 사내만큼 자유롭지 못하다. 통증 없이 지나는 달은 상관이 없지만, 두 아이를 낳은 후부터 그녀의 월경통은 날로 잦아졌다. 제대로 된 산후 조리조차 않고 전장으로 뛰쳐나온 대가라 하니 스스로가 감내할 문제라지만 중요한 시기에 이리 발목을 잡는 것은 용납이 되지 않았다.

검, 창, 활, 기마 무엇 하나 기사들에 견주어 모자람 없는 그녀에게 있어 의지로 극복할 수 없는 유일한 걸림돌은 적들의 비웃음을 사기 충분했다.

이번에도.

잠깐 배를 달래는 사이 수치스런 패배는 또다시 그녀에게 안겨 왔다. 어차피 저들과 맞붙는 국지전은 눈가림용. 그녀는 작은 패배에 크게 마음 쓰지 않았다. 그러나 군사의 통제를 포기하고 아집을 부려 대다 목숨이 위태로워지자 도망치다니, 그것은 패배 이전에 라르크 군의 수치였다.

저런 지휘관을 믿고 어찌 군사들이 목숨을 걸고 싸운단 말인가. 그런 한심한 지휘관들이 있으니 라르크는 여전히 올조르를 넘지 못하는 것이다.

—누님…… 존경스러운 나의 폐하. 누구도 너를 비웃지 못한다. 내가 그 누구도 너를 비웃게 두지 않을 테니.

페이작은 그녀의 분노를 가라앉히기 위해 그녀의 배와 허리에 따뜻한 숨결을 불며 입술을 옮겨 갔다. 이어 그의 굳은살 배긴 투박한 손이 그녀의 축 늘어진 반대편 손등을 쓸어 깍지를 끼고 쥐었다. 믿으라. 그리 말하듯이 강하게 쥐었다.

도무지가 노여움을 버틸 수가 없었다. 제 사랑을 독차지하는 법을 날 때부터 익힌 것 같은 이복동생의 정성 어린 위로에 스완은 차츰 진정을 되찾았다. 그때였다.

누군가 막사의 휘장을 걷고 달리듯 들어왔다. 스완은 돌아보지 않았다.

—폐하, 잠시.

—볼테드 경, 폐하께서는 지금 쉬고 계시니 급하지 않은 것은 내 막사로 올려라.

허리를 세운 페이작이 대신 답했다. 하지만 되돌아 나가는 걸음소리는 들리지 않았다.

선 자리에서 부스럭거리는 소리가 울려 퍼졌다. 깍지 낀 손을 놓지 않은 채, 반대편 손으로 그녀의 허리를 어루만지던 페이작의 움직임이 멈추었다. 여왕은 별안간 가해진 압력에 슬그머니 팔을 내리고 상체를 일으켰다.

—폐하, 올조르의 요새 군장으로부터 서찰이 왔습니다.

올조르의 영주, 기텔라 오렌 디블리스.

기사가 내민 낡은 서찰을 건네받은 스완의 낯이 차가운 노기를 뒤집어썼다.

우둔한 우직함을 치하하노라, 라르칼리아.

성벽을 두드리는 야만적인 치들의 헛된 죽음에 심심한 애도를 표하니, 모르가나의 아버지 데르나주크 4세께오서 언하건대 삿된 패배를 거듭하는 어리석음이 안타깝도다. 무도한 여인과 그를 따르는 비겁자들이 넘기에 요새는 드높다. 교만한 아집을 꺾고 적절한 굴종으로 물러난다면 아국은 은혜로 그것을 용납하리라.

받는 이를 존중하는 서두도, 보내는 이의 서명도 남아 있지 않은 몹시 무례한 서신이었다. 한 나라의 여왕에게 보내는 것이라면 응당 갖추어야 할 최소한의 예의도 결핍된.

여왕은 그 시건방진 서찰을 입술로 곱씹었다.

—……우둔하다. 무도한 여인이라. 비겁자라.

겨우 꺾은 분노가 하늘 찌를 듯 날카로이 솟구쳤다. 여왕이 구겨 내던진 서찰의 내용을 눈에 담은 페이작이 여태까지의 다정함을 지우고 기사를 노려보았다.

—이 서신을 가져온 자가 누구냐.

—포로로 잡혀 있던 2분대의 한 병사입니다.

페이작의 손에 쥐인 서신을 노려보던 여왕의 입술 사이로 광소가 터졌다.

그녀는 벌떡 일어나 탁자에 앉았다. 그리곤 부서진 펜대를 치우고 가장 고급스러운 양피지를 펼친 후, 탁자 한구석 놓인 푸른 안료에 잠긴 인장을 들어 올렸다. 나비의 문양이 음각된 여왕의 인장이었다. 그녀는 노여움으로 창백한 나비의 인장을 양피지 한 가운데 쾅 내리찍었다.

내가 바로, 라르크의 여왕이니라. 자만을 아로새긴 새파란 한 마리 나비가 양피지 위 선명한 날개를 펼쳤다.

—돌레한 경, 지금 당장 바간테오 경에게 죄를 사할 기회를 주겠다 일러라.

여왕이 푸른 안료가 미처 마르기도 전에 양피지를 페이작에게 집어 던졌다. 페이작은 그녀가 내던진 답서의 푸른 나비를 경이롭게 바라보았다.

그녀의 명대로 바간테오 경은 그날 새벽 무장해제 상태로 올조르 요새에 사신으로 파견되었다.

일주일 후, 그는 목숨을 부지하고 되돌아왔으나 사신이라는 이름이 무색하게도 성한 꼴은 아니었다.

그로부터 보름 후, 여왕은 다시 말에 올라 요새 올조르로 진격했다.

—저 지겨운 여자가 또 왔는가?

요새의 왕, 기텔라는 여왕의 군대를 요새 앞에 세워 둔 채로 음악을 켜고 노래를 불렀다.

여왕은 사흘 후 요새의 목전에서 회군했다.

또다시, 여왕은 울분을 쌓았다.

야영장의 묵직한 어둠, 얕은 잠에서 깬 르옌은 상체를 일으켜 흘러내리는 머리칼을 쓸어 넘겼다. 피로조차 도망간 긴장에 더 이상 잠을 청하는 건 무리였다. 그녀는 힘없이 눈꺼풀을 껌뻑였다. 가슴이 떨렸다.

올조르, 코에 익은 향기가 그녀를 옭아맸다.

조용히 윗몸을 일으킨 그녀는 빽빽이 드러누운 곤한 병사들을 피해 초조함에 물든 눈동자를 내리깔았다. 나지막한 욕설이 마른 입술새로 자조처럼 흘러나왔다.

"지랄도 이런 지랄이 없군."

기억하라. 네가 누구인지. 지척에 둔 협곡으로부터 불어오는 바람이 귓가에 소곤거리는 것만 같았다.

그녀의 옅은 열기에 잠긴 눈동자가 어둠 너머, 야영장 저편 어딘가의 잔상에 젖어들었다.

이튿날, 협곡의 입구에 이르러 파사드가 명했다.

"협곡 안에 들어서는 순간 우리는 적의 눈에 노출될 것이고, 적들은 수비와 견제 태세를 강화할 것이다. 혹시 모를 역공에 대비해 후방을 단단히 하고 전속력으로 빠져나간다."

극에 달한 긴장감에 살갗이 따가웠다.

늘 선진을 다투던 파사드와 자칼린은 연둣빛 눈을 반짝이며 솔선하여 후방으로 위치를 옮겼고, 전방을 이끄는 것은 에반부르와 그 밖의 기사들의 몫이 되었다. 속력을 높인 군사들은 바위로 뒤덮인 험지를 향해 단단한 각오로 출발했다.

협곡 새새를 두르던 물길은 이미 세월과 함께 말라붙어 잡초만이 무성한 바윗길, 흙길이 되었다. 개중에는 어디로 향하는 것인지 짐작하기 어려운 협곡에게 삼켜진 샛길도 있었다.

좁아졌다가 넓어졌다가 하는 구불구불하고 음침한 길목으로 들어선 군사들은 길잡이 기수의 깃발을 따라 보속을 가했다.

르옌은 덜덜 떨리기 시작하는 손발을 애써 안정시키고 덴의 고삐를 꽉 쥐었다. 익숙한 지형에 추억에 잠겨 통제가 불가능한 주저의 빛을 드러날 때면 스스로에게 몇 번이고 채찍질했다.

요새 올조르. 단단한 바위와 철강으로 빙 둘러 세워진 협곡 꼭대기의 요새.

눈에 담아 박는 것만으로도 속을 사포로 쓸어내린 듯 아프다.

저것은 여전히 단단했다. 아니, 과거 기억 속의 그때보다 훨씬 더 굳건하게 라르크의 군대를 내려다보고 있었다.

과거로부터 살아남은 유산을 올려다보며, 그녀는 돌이킬 수 없는 시간 저편에 잠겼다.

석 달, 벨바롯트가 그녀에게 석 달만 더 시간을 주었다면 이토록 진한 아쉬움에 온몸의 털을 곤두세우지 않아도 될 것을.

참으로 어리석고 간사한 미련이었다.

부우우우—

절벽 사이사이로 뿌리박고 자라난 나무들을 제외하고는 요새의 굽은 시선을 피할 요량이 없었으니, 협곡에 진입한 지 얼마 지나지 않아 적들의 시뻘건 봉화가 올랐다. 그와 함께 전투의 시작을 알리는 북소리와 각적이 협곡 구석구석을 쩌렁쩌렁 울리기 시작했다. 우레처럼 거대한 소음은 라르크 군의 온갖 신호와 뒤섞였다.

"전군, 수비 태세를 갖춰라!"

르엔 또한 미리 내려진 지침에 따라 지급받은 방패를 들어 하늘을 가렸다. 얼마 지나지 않아 화살이 떨어지기 시작했다. 창을 때리는 빗소리처럼 자잘한 화살 소리는 수많은 라르크 군의 머리 위로 추락하다 방패에 막혀 퉁퉁 힘을 잃고 흩어졌다.

이것은 별안간 협곡으로 나타난 적을 견제하기 위함이라 기세는 세지 않았다. 협곡의 음침한 사이길, 쓰러진 나무와 울퉁불퉁한 바위를 넘는 군대와 함께 르엔 또한 주저 없이 행군했다. 협곡 깊숙이로 진입할수록 올조르의 살의가 일대를 메케하게 메우는 듯했다.

그리고 얼마 지나지 않아 기름 먹인 살촉에 불덩이를 단 화살들이 뚝뚝 떨어져 내리기 시작했다. 메마른 험지를 맹목적으로 진군하던 다급한 병사들이 갑작스런 불길에 놀라 넘어지고, 그러나 다시 일어서고, 서로의 머리 위를 지키며 꿋꿋하게 걸었다.

"이보다 더 속력을 낼 수는 없다! 화약 수레를 최우선으로 엄호한다! 대열을 유지하고 당황하지 마라!"

불화살이 떨어지기 무섭게 에반부르는 노련한 판단으로 지시했다. 그러고는 급히 파사드가 있는 후미를 눈으로 쫓았다. 에반부르 자신이 있는 선봉은 공격이 거세지 않았지만, 후방은 협곡을 완전히 빠져나갈 때까지 제법 끈덕지게 버텨야 할 터였다. 아주 약간의 걱정스러운 기색을 지워 낸 에반부르는 다시 말 머리를 돌려 앞을 돌아보았다. 들쭉날쭉하게 좁다가도 넓어지는 길목, 끊이지 않는 돌과 바위 무성한 험지는 아직 빠져나가려면 반나절은 걸린다.

"전우들의 머리 위 사방을 살피며 함께 걷는다! 내 전우의 머리통에 불이 붙으면 나도 탄다! 그걸 기억해라!"

쩌렁쩌렁한 고함을 내지르는 에반부르를 뒤따르며 르옌은 방패를 쥔 손에 힘을 주었다. 전후의 분주한 발소리는 갈수록 다급해졌고, 비명과 고함 또한 끊이지 않았다. 간헐적으로 하늘 위에서 떨어지는 불화살과 돌덩이가 내리꽂히는 무게에 팔이 으스러질 것 같았다. 불붙은 방패들이 도처에서 홧홧한 열기를 자랑하다 사그라졌다.

"다들 빠릿빠릿 못 움직여! 만일 적들의 추격이 붙는다 해도 지금의 속도로 협곡을 빠져나가 톨프 일대로 진입하면 충분히 떨쳐 낼 수 있다. 거기 넌 뭘 그리 꾸물거리나! 정신 차리지 못하겠는가!"

르옌을 향한 에반부르의 노호가 떨어졌다. 급박한 진군 속에 르옌은 눈물 괴인 눈을 질끈 감았다 떴다. 그리고 정면을 응시했다. 누구의 것인지 모를 고함과 맞고함이 쩌렁쩌렁 울려 퍼졌다.

"중반의 길이 좁아집니다. 잠시 속력을 늦추어야 합니다!"

"그건 내게 말하지 말고, 후방의 칼란독 경에게 알리러 달려가! 이 늙은이만도 못한 놈! 이든 경은 군의 대열이 흐트러지지 않도록 주의를 요하도록!"

에반부르가 재빠르게 하늘 위에서 떨어진 불화살을 방패로 쳐 내며 선두로 명을 내렸다.

올조르가 이샤스 평야의 모르가나 본군에 파발을 띄울 것은 자명한 사실. 그렇다면 모르가나의 로반티스가 그들의 보고를 듣고 정비를 마치기 전까지의 기간이 관건이다. 이제부터는 시간 다툼이었다.

"선수 무리는 최고 속력으로 빠져나간다."

"후방의 위협은……."

"아직은 여유가 있다. 사령관께서도 그곳에 계시니 그쪽은 걱정할 것 없다."

에반부르가 호언했다.

그도 그럴 것이 요새 올조르는 모르가나의 상징이자, 모르가나의 황제조차 의무 방기를 좌시하는 수비에 특화된 요새이다. 아마 저들이 라르크 군을 발견하고 정비를 시작해 군사를 내보내려 한다면 어림잡아 한두 시간은 더 걸릴 것이다. 라르크 군은 그사이를 틈타 협곡 저편으로 빠져나갈 것이고, 협곡을 벗어나면 저들은 라르크 군을 따라잡을 수 없을 터다.

지금의 이 소소한 올조르의 견제도 예상에서 벗어나지 않는 상황이니 라르크의 용맹한 군대는 계산하의 화살을 두려워 않고 속력을 조절하며 진군했다.

파사드가 후방을 지키고 있는 와중, 전체적 선두 대열이 흩어지지 않을 수 있는 건 모두 강강한 의지로 호령하는 에반부르가 있었기에 가능했다.

"저쪽으로 가면, 낙하물로부터 안전한 샛길이 있습니다."

무작정 앞으로 떠밀리듯 진군하던 르옌이 에반부르를 향해 말했다.

올조르 협곡은 여왕이 근 삼 년을 처박혀 온갖 지형을 꿰었던 곳이다. 기실 그녀는 이 일대에 대해서는 요새의 영주보다 잘 알 거라는 자만도 있었다. 그러나 에반부르는 노골적으로 인상을 찌푸리더니 매섭게 일축했다.

"확인되지 않은 길로 위험을 무릅쓸 수는 없다. 데투아 경, 속력을 높여 예정된 길로 빠져나가라."

의심받는 입장이니 당연한 답이었다. 그럼에도 속이 문드러졌다. 잠깐 혼 나간 얼굴을 했던 그녀는 결국 명에 따라 덴을 채찍질했다.

험지를 가르는 바람이 얼굴을 덮쳐 오자, 울컥 치밀었던 분기도 물 끼얹은 화톳불처럼 사그라졌다.

'르옌이다.'

그녀는 의식적으로 뇌까렸다.

'르옌이야.'

지금 자신은 말 팔이꾼의 딸일 뿐이다.

'르옌.'

그녀의 마른 입술이 협곡을 내달리며 쉼 없이 자신의 이름을 되새김질했다.

지금 자신은 르옌이다. 규젠 마을의 보잘것없는 처녀, 제스와 세닐라의 딸, 에이반의 손아래 누이, 시단의 손위 누이. 가진 거라고는 누구에게도 말할 수 없는 기억과 기민한 몸뚱이뿐인 르옌 데투아.

형체 없는 과거의 그림자에 뒷목이 쥐어뜯기는 듯했다. 쫓기는 듯 가슴이 뛰었다.
'르엔이다.'
뇌까렸다.
'나는, 르엔이다.'
반복했다.
이곳을 빠져나가야 했다. 그러지 못한다면 그녀 안의 한 맺힌 괴물이 르엔을 잡아먹어 버리리라. 묻어야 한다. 그녀는 결코 열리지 않을 요새의 기억을 다시 한 번 가슴에 묻었다.
그때였다.
거짓처럼 화살우가 멎었다.
"……뭐지?"
침을 질질 흘리며 헐떡거리는 덴을 멈춰 세운 르엔이 반사적으로 고개를 하늘 저편으로 치켜들었다. 에반부르 또한 적들의 견제가 멈춘 것을 깨닫고는 사주를 두리번거렸다.
그리고 정적.
이유 모를 불안감이, 공포가, 긴장감이 두근대는 심장을 찢어발길 듯 달려들었다.
기이이이—
악마의 것처럼 소름 끼치는 무언가의 비명이 협곡을 긁어 내려와 음습하게 내려앉았다.
천공으로부터 울려 퍼지는 거대한 도르래가 톱니바퀴를 돌리는 소리, 각적과 북소리마저 짓이기며 달려드는 굉음. 누구의 지시도 없었으나 전 라르크 군의 걸음이 거짓말처럼 뚜욱 멎었다. 비명도, 신음도 모조리 협곡에 집어삼켜진 정적의 시간이 도래했다.
끼기기기이이—

'설마.'

르엔의 눈동자가 서늘하게 흔들렸다. 그녀는 저 소리의 정체를 알았다.

'설마.'

여왕의 군대를 맞이하던 기텔라의 소성이 환청처럼 맴돌고, 심장만이 과거로 되돌아간 듯 펄떡거렸다.

끼이이이이이익.

군사들이 방패를 내려뜨리고 쾌청한 하늘, 그리고 그에 맞닿을 듯 드높은 협곡을 향해 고개를 젖혔다.

돌 부스러기가 협곡 벼랑을 데굴데굴 굴러 떨어졌다.

쿠우우웅.

칠백오십 년간의 위대한 역사를 자랑하는 올조르의 강철 요새 문이 사나운 비명을 지르며 아가리를 벌렸다. 그리고 그 안에서 완전 무장한 기사들과 그들의 뒤를 따르는 적의 병사들이 쏟아져 나오기 시작했다.

굳이 전시가 아니더라도, 승마는 우아함과 강인함을 동시에 드러낼 수 있는 무척이나 유용한 귀족들의 문화였다. 그에 더해, 쉽게 질리는 입 짧은 성격 탓에 이것저것 찔러만 보고 그만두는 일이 많은 자칼린이 그나마 관심을 가지고 배워 온 귀족 소양 중 하나이기도 했다.

그러나 최근 자칼린은 승마의 '승' 자만 생각해도 헛구역질을 하고 싶었다. 수도에서 라르크의 본군에 합류하기까지 거의 한 달을 거북이처럼 달린 데다 도착하자마자 쉬지도 못하고 다시 말에 올랐으니 그는 스스로의 불평을 몹시도 타당하다 여겼다.

그의 등 뒤로는 끝이 보이지 않는 군사들이 임야를 가르는 경계선이라도 되는 양 죽 늘어져 따르고 있다. 저들도 지겨운 행군을 찍소리도 못하고 따르는 자신과 비슷한 가련한 종자들이었다.

말에 묶여 행군하는 내내 수다스러운 말 상대라도 있으면 좋으련만! 등을 지키는 스이센은 지나치게 깍듯했고, 앞을 걷는 파사드는 지나치게 고지식했다. 지나치게 깍듯한 것과 지나치게 고지식한 것은 심심하다는 의미에서 별반 차이가 없었다. 파사드로 말하자면 수도에서의 모습과 전장에서의 모습 사이의 괴리감이 생각보다 더 커서 아쉬웠다. 그래도 수도에서는 잡담이나 이런저런 이야기를 하면 들어 주는 체라도 했는데 말이다.

자칼린이 하품을 참으며 넌지시 말을 붙였다.

"칼란독 경, 이 속도로 톨프까지 우회해 이샤스까지 가면 열흘은 더 걸리겠죠?"

"협곡만 빠져나가면 평야일 테니 그보다 빨리 도착할 거다."

앞서 걷는 파사드는 뒤도 돌아보는 법이 없었다. 그의 말 롯사 또한 주인을 닮아 발굽 소리까지 우아하고 침착했다.

"사령관님, 척후병이 돌아왔습니다. 전방에 적의 매복은 없습니다."

이어지는 이들의 일정한 간격을 둔 보고.

자칼린은 그들의 말을 흘려들으며 무심코 고개를 돌려 에반부르를 응시했다가, 창백하게 질린 낯으로 따라오는 르엔을 향해 게슴츠레 눈을 떴다.

희다 생각은 했지만 몇 날 며칠 씻지도 못하는 강행 속 어째 저 여자는 얼굴이 점점 허옇게 뜨는지. 자칼린이 보건 말건 그녀의 시선은 자칼린의 머리통 너머 까마득한 협곡으로 향해 있었다.

한참이나 자칼린의 고개가 앞을 향할 줄 모르자 뒤따르던 스이센이 헛기침했다.

"흠, 흠, 체사 경?"

자꾸만 눈이 가는 건 본능에 가까웠다.

혈기 왕성한 나이에 이성에 흥미를 보이는 남성성의 본능이 아닌, 생존에 직결된 본능. 굳이 정의하자면 예리한 위화감이었다. 무심코 허리춤에 매인 검 자루를 쥐락펴락하던 자칼린은 에반부르와 눈이 마주치자 익살스레 웃어 보였다.

협곡 입구에서 얼마 떨어지지 않은 곳에는 요새로 오르는 가파른 언덕길이 있었다. 올조르와 라르크 영토를 잇는 언덕의 입구. 올조르의 병력에 대하여는 알려진 것만 사오천 정도. 오천이라 할지라도 요새를 완전히 비우고 뛰쳐나오지는 못할 테니 기실 크게 경계할 만한 수는 아니었다.

그러나 파사드는 그 또한 철저히 경계하여 협곡 입구에 이르자 선두를 에반부르에게 일임한 후, 후방으로 위치를 옮겼다. 파사드의 옆에서 지휘 보좌를 돕던 자칼린 또한 덩달아 같이 빠졌다.

"돌입! 속력을 유지한다!"

음습한 냉기가 흘러나오는 깊은 협곡 안으로 군대가 진입하는 동안, 곁길에 서 있던 자칼린이 손차양을 얹어 요새 위로 펄럭이는 깃발을 올려다보았다.

"독한 놈들. 저 꼭대기에 둥지라니."

하기야, 저쯤 되니 그 수많은 외침에도 단 한 번도 무너지지 않았던 것일 터다. 불가침의 철옹성이라는 말이 자연스레 이해가 되며 퍽 빈정이 상했다.

“사령관님, 군단의 허리까지 진입이 완료되었습니다. 방금 적들의 봉화가 하나 더 올랐습니다.”

한 기사가 자칼린의 맞은편에 서 있던 파사드에게 보고했다.

슬슬 저들이 눈치를 채고 방어전에 돌입할 모양이었다. 그의 말대로 또 다른 봉화가 활활 타오르고 있었다. 도합 두 개, 적의 출현을 알리는 신호다.

“전군 방패를 들라.”

파사드의 명이 끝나기 무섭게 협곡 전역을 울리는 짧은 뿔나팔 소리가 울려 퍼졌다. 전군 수비 태세로! 일찍이 경고를 들었던 터라, 군사들은 당황 않고 일사불란하게 지시에 따랐다. 자칼린도 미리 지급받은 무거운 방패를 고쳐 쥐고 게으르게 긴장했다.

뛰쳐나올 병사들도 몇 없을 테지만, 역사 속에서 그리했듯 올조르는 요새 안에 꽁꽁 몸을 숨기고 장난 같은 활을 쏘아 날렸다. 우수수 쏘아 박히는 화살들을 피하던 자칼린은 얼마간 협곡 안으로 진입한 후에는 긴장마저 잃었다.

“이러고 몇 시간을 가야 한다는 거지…….”

막 건성으로 투덜대려는 찰나, 한 기사가 그의 말허리를 자르며 보고했다.

“사령관님, 길목이 좁아져 허리의 속력이 늦춰지고 있습니다.”

“다급히 움직여 아비규환을 만들 필요 없다. 앞선 군사들의 전진 속도에 따르도록.”

후방 전군 저속! 속력을 늦춘다!

여기저기서 상아 나팔 소리와 함께 뒤섞인 깃발 신호며, 수신호 등에 눈앞이 참 현란했다.

협곡 안의 냉기에 익숙해질 무렵, 하늘 위에서 불덩이가 듬성듬성 떨어지기 시작했다. 불화살이었다. 그것을 썩 못마땅한 얼굴로 올려다보던 자칼린이 파사드를 향해 우렁차게 소리쳤다.

"보급 부대가 화약 수레를 이끌고 있습니다. 잠시 그쪽을 돌아보고 오겠습니다."

자칼린이 속도를 올려 협곡 안쪽으로 바람처럼 달려가는 것을 눈으로 쫓던 파사드는 사위를 샅샅이 살폈다. 한참을 협곡 전역을 눈으로 두르던 그는 화살 냄새에 콧잔등을 찡그렸다. 그러다 고개를 들어 협곡의 꼭대기에서 타오르는 두 개의 봉화를 언짢게 노려보았다.

그를 불쾌하게 하는 건 크게 세 가지가 있었다.

첫째로, 저 봉화 연기는 로반티스의 진영까지 닿을 것이다. 그러나 단 두 개의 봉화뿐이다. 기발이 띄워져 구체적인 사항을 전하지 못한다면 저들 또한 움직일 수 없으니 당장 크게 경계할 것은 아니다.

둘째로, 치열하게 맞붙은 접전은 아니라지만, 여전히 두 번째 단계의 경계 신호라는 것은 협곡만큼 드높은 오만함이었다.

셋째로, 적들의 견제가 이상하리만치 기세가 약했다.

사방에서 몰아치는 메아리와 군사들의 족성, 기름 냄새, 그리고 타는 냄새가 협곡 안을 뒤덮은 지 오래다. 그럼에도 그의 예상보다 훨씬 아래를 맴도는 수준이었다.

애초에 파사드는 최악의 상황 적들이 투석기로 바위를 내던지는 것까지도 변수에 넣어 두었다. 라르크 군이 요새를 공략하려는 의도가 없음을 짐작한다고 하더라도 그들의 영향권을 지나는데 고작 이게 전부인가?

선두 지휘는 에반부르가 맡고 있고, 적의 견제는 시답잖다. 이대로 협곡의 끝까지 행군한다면 아군의 피해도 거의 없을 것이다. 그러나 왠지 모를 불편함은 막을 수가 없었다. 파사드는 괴이쩍은 기분으로 떨어지는 화살들을 피해 기사들의 엄호를 받으며 협곡으로 완전히 진입했다.

한참을 구불구불한 바위 길을 따라 움직이던 파사드는 문득 묘한 울림을 깨달았다. 그가 롯사의 고삐를 잡아 세운 후 협곡의 벽과 바닥을 찬찬히 살폈다.

'뭐지?'

라르크 군의 것이 아닌 기묘한 진동이 협곡 벽을 때리고 있었다. 자잘한 돌 부스러기가 데굴데굴 굴러 그의 머리 위로 떨어지다 방패에 막혀 튕겨 나갔다.

파사드는 눈앞으로 후드득 떨어지는 흙을 깨닫고 고개를 하늘을 향해 젖혔다. 하늘을 고공하던 화살들은 자취를 감추고, 구름 한 점 없는 쾌청함뿐이었다.

이히히힝!

돌연 롯사를 비롯한 다른 기사들의 말들이 일제히 사납게 헛발질을 하며 땅을 때렸다.

땅울림은 여전히 느껴졌다. 점점 뚜렷해졌다.

파사드의 흑안이 하늘에서 하늘에 맞닿은 요새의 꼭대기로 미끄러졌다. 등줄기를 타고 선득한 예감이 스쳤다.

이윽고 그의 입술이 열렸다.

"……체사 경에게 위치로 돌아오라 명하라."

그의 명령을 들은 기사가 황급히 군대의 허리로 달려갔다.

그리고.

기이이이이—

전 라르크 군의 걸음이 뚜욱 멎었다.

비명도 신음도 모조리 음습한 협곡에 집어삼켜진 정적의 시간이 그들의 하늘을 뒤덮었다.

끼이이이이이익—

열린다.

쿠우우웅.

그가 본능으로 방패를 내던진 후 차게 잠든 리오낙을 뽑아 들었다. 지금 열려서는 안 될 올조르의 문이 열렸다. 파사드가 낮게 명했다.

"후방의 전군, 방패를 내려라."

"예?"

그의 시선은 여전히 협곡의 꼭대기를 향해 있었다.

"나온다."

단언이었다. 그와 거의 동시에 까마득 높은 요새의 거대한 문 안에서 수많은 적병들이 우레와 같은 함성을 내지르며 쏟아져 나오기 시작했다.

잇따라 '쿠아아앙!' 하는 거대한 굉음이 천둥 터뜨린 듯 메아리쳤다. 그와 동시에 라르크 군 허리 대열의 어딘가에서 어마어마한 불길이 치솟았다.

비명과 고함도 함께 하늘을 향해 솟구쳤다.

하나, 둘, 셋…….

헤아리기 어려울 만큼 많은 수의 병사들이 가파른 언덕을 따라 내려오기 시작했다. 올조르의 병사들의 고함과 발소리가 곳곳을 위협적으로 메아리쳤다.

협곡의 바닥에 서서 그 웅대한 광경을 올려다보며, 르옌은 역행하는 시곗바늘 위에 걸터앉은 듯한 환감 속으로 침몰했다.

……그래, 꼭 이런 풍경이었다.

삼 년, 일생의 마지막 삼 년을 이곳 공기를 마셨다.

여왕은 협곡 아래와 언덕 입구, 그리고 중턱을 차지하고서 적들의 요새를 올려다보고 있었고, 요새의 왕 놀음자는 그런 여왕을 감히 내려다보았다.

일상 같은 풍경에 질린 적들이 마음을 바꾸어 꽉 막힌 문을 열면, 저렇듯 수많은 군사들이 쏟아져 나왔다.

기텔라는 참으로 교활한 요새의 왕이었다.

여왕의 공격은 철통같은 방어로 막아 내고, 여왕의 수비는 지형적 우위를 점하여 깨부순다. 저 문이 열리는 날은 언덕 입구와 협곡 언저리가 삽시간에 피로 엉킨 실개천을 이루는 날이다.

이곳에 발 디디기 전까지 여왕은 단 한 번도 멈춘 적이 없었다. 뛰어난 결단력, 타고난 재능이 뒷받침해 주는 승부욕과 맹목 그리고 야망. 그리하여 그녀는 승리를 융단 삼아 피로 젖은 카펫 위를 노닐었다.

이 위대한 올조르의 앞에 서기 전까지 그녀는 패배를 알지 못하는 교만한 여자였다.

그러나 교만은 결국 무너졌다.

적들의 성벽은 천혜의 지형을 철갑으로 두르고 라르크를 조롱했으며, 하늘 위에서 날아드는 바윗덩이와 불 기름과 강철 화살들로 라르크의 군사들은 차츰차츰 시체의 산을 쌓았다. 여왕은 협곡만큼이나 높아지는 시산屍山에 올라 스스로를 향해 뇌까렸다.

대를 위한 소의 희생이기에 이것은 패배가 아니니라. 저곳만 넘으면 모든 라르크의 희생은 무가치하지 않음이라.

여왕은 분노하고 증오하고 원망하다 끝내 올조르를 사랑하게 되어 버린 건지도 모른다. 그녀는 애 닳은 욕망으로 도저히 가질 수 없는 하늘만큼 드높은 경관을 탐했다.

—저것을 넘지 못한다면 남부의 그 어떤 옥토도 소용이 없다.

파란 하늘에 맞닿은 은빛 요새를 올려다보며 늘 거꾸로 박힌 시선으로 내려다보는 장관을 상상했다. 저 위에 올라, 모르가나의 전역을 굽어 내리는 상상. 그것을 위해 모든 것을 감내하리라는 삿된 각오를 다졌다.

—폐하는 무엇이든 할 수 있다. 내가 그리 만들 것이고, 내가 그리 해 줄 것이다.

그리하여.

—협곡을 무너뜨린다, 페이작.

여왕은 라르크의 희생조차 불사한 미친 결단을 내렸다.

—두 해를 계획으로 삼았습니다, 폐하.

은밀하게 진행되는 작전 속, 시체들은 계속해서 쌓였다.

—반 해면 이루리라.

그 긴 기다림, 그 모든 희생들은 고통 후의 다디단 열매를 위함이었다.

—석 달이면 마무리될 것 같습니다, 폐하.

그리고.

—스완 세칼리드 라르칼리아 폐하를 궁으로 강제로라도 뫼시라는 명입니다.

이름 모를 칙사의 음성은 바로 어제의 일처럼 선명하다.

자신의 앞에 내던져진 붉은 늑대의 압인이 녹아 있는 서찰에서 어떤 향기가 났는지 또한 또렷하게 기억한다. 믿었던 부군의 배신은 제법 가슴 할퀴는 일이었다.

—섭정 공의 명입니다.

그리하여 그녀는 꺾였다.

부우우우우

각적소리가 정신을 일깨웠다. 서늘하게 뺨을 스치는 협곡의 시린 바람을 등진 르옌은 자신의 왼팔에 감긴 늑대 페넌을 내려다보았다.

늑대의 문장.

브류나크를 원망하지는 않으나 다시 떠올리니 참담했다.

죽음의 목전에 스스로의 광기를 깨달았다. 후회했다. 하지만, 그럼에도 끈끈한 송진처럼 가슴에 묻어 남은 것이 있다. 늑대의 이빨에 물려 죽어 이루지 못한 마지막 업.

협곡 바람에 들쑤셔진 과거가 걷잡을 수 없을 만큼 훌훌 솟아오른다. 그때의 미련과 그 시절의 영광과 그 무렵의 광기가 고스란히 되돌아와 둥지에서 떨어진 새처럼 울어 댔다.

그러나 그 후로 오랜 시간이 흘렀다. 지층처럼 켜켜이 쌓인 세월의 무게를 갑옷으로 두른 요새는 더욱 단단해졌고, 더욱 강력한 오만으로 굽어 내렸다. 여왕을 섬기던 이들은 모두 흙이 되어 사라지고, 다리 없는 왕좌에 납작 앉은 여왕은 눈을 감고 귀를 닫았다.

어제의 일처럼 선명하게 되감기는 것은 다시는 들을 수 없는 망자의 음성이다.

—누님이 진다는 건 상상도 할 수 없다.

그래, 나 또한 그리 믿었던 적도 있다. 그러나 패배라는 건 죽음처럼 피할 수 없는 것이었다. 그런 패배에 너는 내게 실망했겠지. 가신들은 모두 죽고, 여왕은 세월에 동떨어져 홀로 남았으니.

요새를 올려다보는 왕관 없는 여왕의 입술은 구겨진 슬픔으로 다물렸다. 불에 덴 듯 홧홧한 눈동자를 감추고.

—결국 누님은 넘을 것이다.

너는 또다시 저 하늘을 올려다보고 있는 누이에게 실망하겠지.

페이작.

한동안 정적뿐이던 협곡의 풍경은 적들의 발소리에 깨졌다. 르엔 또한 정신을 차리고 뒷걸음질하는 덴의 갈기를 쥐었다. 당황하기 시작한 병사들의 신음과 혼란이 여기저기서 산발적으로 터졌다.

“이 어찌 된 일인고.”

에반부르가 탄식했다.

적들이 보이는 저 반응은 말도 안 되는 속도였다. 완전 무장한 군사들을 저 정도로 준비시켜서 내보내기까지라면 적어도 대여섯 시간은 미리 준비했다는 것이다. 미리 정보가 새어 나갔다 해도 이상할 것이 없었다. 차마 눈으로 헤아리기도 어려울 만큼 어마어마한 군의 고함과 발소리는 끊임없이 협곡을 메아리쳤다.

그들은 끊임없이 밀려 나왔다. 가파른 언덕을 내려오는 탓에 속력은 위협적이지 않았지만 그 수는, 요새의 모든 병사들을 깡그리 끌고 나온 것이 아니고서야 저럴 수 없었다.

그러나 지금 그건 중요한 게 아니다. 그녀의 입술 사이로 낙막하게 가라앉은 음성이 단호히 흘러나왔다.

“모두 선두와 후미의 전투태세를 갖추게 하십시오.”

에반부르의 침잠한 눈동자가 르옌의 옆얼굴을 직시했다. 그러나 르옌은 이미 그를 보고 있지 않았다. 그녀는 일동 경직한 이들을 향해 소리쳤다.

"저들이 미리 알고 대비한 것이라면 협곡 출구의 매복 또한 고려해야 합니다. 요새로부터 저놈들이 언덕을 내려와 평야를 딛기까지 반 시간도 걸리지 않을 겁니다."

"데투아 경."

"또한 정황을 알 때까지 저쪽 샛길을 통해 나오는 엄폐물이 있는 장소로 군사들을 이동시키고, 후방의 상황을 살피는 것이 우선입니다."

에반부르의 뒤를 따르고 있던 기사와 병사들의 시선이 너 나 할 것 없이 일제히 붉은 늑대의 페넌을 왼팔에 찬 여자를 향해 쏟아졌다.

에반부르는 침묵으로 말 머리를 돌려 후방을 노려보았다. 언덕 입구와 가까운 후방엔 파사드가 있지만, 어림잡아 수천을 넘기는 군의 갑작스러운 출병에 지금만큼은 걱정하지 않을 수가 없었다.

그때였다.

콰아아앙!

군의 중간 어딘가에서 어마어마한 폭음과 함께 불길이 치솟아 에반부르의 시야를 가렸다. 갑작스런 폭음이 메아리치자 화들짝 놀란 르옌이 덴의 고삐를 콱 당겼다. 덴이 앞발을 치켜들고 히힝 거리며 펄쩍댔다. 에반부르가 덴의 고삐를 잡아 주지 않았다면 더 꼴사나운 모습을 보일 뻔했다.

기사 하나가 당황하며 입을 열었다.

"군의 허리라면 보급 부대가 있는 쪽입니다. 화약 수레에 문제가 생긴 모양입니다."

"첩첩산중이로고. 바사 경, 당장 가서 후방과 보급 부대의 상황을 확인하게.”

불길은 선두에 선 그들에게까지 똑똑히 보일 정도로 어마어마했다. 르옌은 지나치게 놀란 자신을 부끄러워 할 새도 없이 불길에 시선을 빼앗겼다.

화약에 대한 이야기는 마을에 살며 왕래하는 여행자들과 오가는 상인들에게 귀동냥으로 들어 알았으나, 실제로 저리 터지는 걸 보는 것은 처음이었다. 격세지감이란 것이 이런 것일까. 살 타는 냄새가 훅 끼쳐 오는 것이 적잖은 이들이 순식간에 숨을 다한 것이 틀림이 없었다.

잠깐 넋을 놓았던 그녀는 즉시 냉정을 되찾고 다시 한 번 말했다.

“우선 당장 이동해야 합니다. 어찌 된 정황인지 알지 못하는 상황 속에서는……!”

“더 의심받고 싶지 않다면 경거망동 말고 지시를 기다려라, 데투아 경.”

에반부르가 재고 없이 그녀의 말을 잘랐다. 무언가 따져 말하려고 입술을 열던 르옌이 그의 안색에 침묵을 선택했다.

에반부르의 표정은 이미 거무죽죽한 우려로 침식되어 있었다. 뒤로는 올조르의 군대가 느닷없이 쏟아져 나온 상황, 예상을 벗어난 적기의 출현에 르옌의 주장 또한 충분히 그럴듯하여 무턱대고 전진할 수도 없게 되어 버렸다.

에반부르의 명이 떨어졌다.

“우선, 협곡 출구를 살피고 보고하라.”

두 기사가 쏜살처럼 달려갔다. 에반부르의 시선이 다시 후미로 향해 돌았다. 적들은 느리지만 확실하게 언덕을 따라 내려오고 있어 여파로 끊임없이 흙과 돌 부스러기가 떨어져 내렸다.

얼마 지나지 않아 좋지 않은 소식이 전해졌다.

"후방의 소식을 확인할 수가 없습니다. 지금 화약 수레 두 곳에 불이 붙어 폭발했습니다."

"정황은 내가 직접 보고 확인해야겠다."

"할드로프 경, 체사 경이 불길이 잡힐 때까지는 근처로 접근하지 말라는 명을 내리셨습니다. 그게 아니라도 지금 저 일대는 불바다입니다. 아직도 다 터지지 않은 화약들로 인해 이 차 피해가 우려되고 있습니다."

"체사 경이 보급 부대와 함께 있는가?"

"화약이 터지기 직전 최고사령관이신 칼란독 경의 명을 받잡아 후방으로 되돌아가셨다 전해 들었습니다. 지금 당장은 불길이 잡히기를 기다리는 수밖에 없을 듯합니다."

에반부르의 검을 쥔 손에 힘이 들어갔다.

그때, 그의 뒤로 창백히 서 있던 르옌이 덴의 머리를 들이밀어 기사와 에반부르의 사이를 가로막았다.

"할드로프 경."

"뭐 하는 무례인고."

"만일 가시겠다면 제가 후방으로 안내해 드리겠습니다."

르옌은 침착하게 말을 이었다.

"이곳부터 입구까지의 거리를 가늠할 때 척후병이 되돌아오기까지는 적어도 한 시간 이상이 걸립니다. 무엇보다 당장의 적들의 동태를 확인하는 게 우선입니다. 만일 전투가 벌어진다면……."

에반부르의 시선이 경계를 떠난 의문으로 르옌에게 향했다.

왜 저 여자는 마치 '지휘관'처럼 생각하고 말하는가. 왜 지휘자의 지휘를 기다리지 않는가. 잠깐 그런 의문이 들었다가 급박한 상황에 떠밀려 쓸려 내려갔다.

"불길을 뚫고 가는 것은 데투아 경의 안내가 없어도 되는 일이다."

"전방을 통해 안전하게 돌아가는 우회로를…… 압니다."

짧은 정적이 그들 사이를 맴돌았다. 그러나 그녀는 아무 말도 않고 그녀의 면면을 살피는 에반부르의 눈동자를 똑바로 받았다.

"불길이 잡혔습니까?"

에반부르와 르엔이 나타나자 잔뜩 긴장하고 있던 자칼린이 반색하며 협곡 안쪽을 돌아보았다. 그러나 불길은 세를 조금 누그러뜨렸을 뿐, 여전히 타오르고 있었다.

"아직도 전투가 벌어지지 않은 게요?"

에반부르가 다짜고짜 물었다. 자칼린이 이렇다 할 상황이나 안부의 인사를 건넬 틈도 없었다. 이미 파사드는 협곡의 입구에서 기사들과 병사들에게 전투 대기 명령을 내린 채 서 있었다. 에반부르가 대답도 기다리지 않고 즉시 파사드에게 달려갔다.

"칼란독 경, 어찌 된 겝니까."

롯사의 위에 올라앉은 파사드는 미동도 없이 적들을 응시하고 있었다.

파사드의 뒤편에 선 에반부르는 대답을 재촉하는 대신 언덕 아래 빽빽이 모인 적군을 눈길로 쫓았다. 어림잡아도 천여 기의 기사와 수천의 병사들이 당당한 기세로 서 있었다.

"선두 지휘는."

"바산 경에게 일러두었소이다. 어디까지 우리의 작전이 노출된 건지 모르는 상황에서 무작정 전진은 위험하다 판단해 재량으로 정지시켜 두고…… 척후병도 협곡 출구로 보내 확인하라 명했고요. 어찌 된 상황입니까?"

파사드는 대답 대신 리오낙의 검 자루를 어루만졌다. 그가 도리어 묻고 싶은 질문이었다.

적들이 언덕 아래로 내려온 지도 벌써 반 시간이 되었다. 괴비명과 함께 열렸던 요새의 문도 조금 전 다시 닫혔다. 그러나 금방이라도 달려들 듯 함성을 지르며 내려오던 요새의 적들은 라르크 군을 공격하지 않았다. 오히려 굼뜨게 언덕 입구에서 소집 대열을 갖추며 차곡차곡 병력을 불렸다. 라르크 군의 혼란도 차츰 잦아들었다. 덕분에 기이한 대치 상태가 되었다.

'어째서 바로 공격하지 않고?'

파사드의 뇌리로 기묘한 감각이 불쾌한 가시를 세웠다.

적들의 저런 움직임은 적절하지 않다. 분명 적들의 예상보다 훨씬 빠른 출병에 라르크 군은 혼란했다. 요새의 영주가 얼간이가 아니라면 그 호기회를 놓칠 리가 없었다.

무심코 고개를 돌리던 파사드는 에반부르를 따라 달려온 르엔을 발견하고 눈에 힘을 주었다. 르엔은 그의 시선에도 아랑곳하지 않고 차디찬 눈으로 적 무리를 응시하고 있었다.

"재네 대체 왜 저러고 시간 낭비 하는 거야?"

자칼린이 르엔을 가로질러 파사드의 지척으로 다가와 투덜거렸다.

그때였다.

둥지 올조르를 벗어난 요새의 군대가 작은 무리와 큰 무리로 나뉘더니 그 중 커다란 무리가 그들을 등졌다.

'등을 보인다고?'

이에 더해 그들을 등진 무리가 전진 나팔과 함께 그들이 있는 반대 방향으로 행군하기 시작했다. 그리고 남은 작은 무리의 백여 기사와 몇 백의 병사들은 협곡 안의 그들을 견제하듯 일제히 길게 늘어서 방어진을 펼쳤다. 두꺼운 나무 기둥과 가시덤불 등을 끌고 와 길 한복판에 까는 등, 명백한 수비의 의지를 드러내는 행위였다.

파사드의 미간이 좁아졌다. 햇빛 가려진 협곡의 가라앉은 어둠 속에서 그의 흑안이 심해의 물길처럼 그들을 쫓았다.

"저것들이…… 미쳤나?"

자칼린이 당황해 입을 떡 벌리곤 파사드의 앞으로 나섰다. 전투 대기 상태로 협곡 입구에 바짝 긴장해 있던 후방의 군사들 또한 적들의 기행에 술렁이기 시작했다.

협곡의 좁은 지형상 올조르의 군대와 라르크의 군대의 사정은 비슷했지만, 심적으로 몰려 있는 것은 라르크의 군이었다. 파사드는 만일 전투가 벌어진다면 후방군의 일부를 잃을 쓰디쓴 각오 또한 마쳤다.

그런데 지금 저 상황은.

라르크의 걸음이 멈춘 협곡을 울리는 거대한 땅울림. 눈을 씻고 보아도 광경은 달라지지 않았다. 요새의 무장 군대는 그들을 무시하고 멀어지고 있었다.

"설마 지금."

에반부르가 멀어지는 적들의 꼬리를 찌푸린 눈으로 바라보며 신음했다. 요새의 군사들이 갑자기 정신을 놓고 라르크 영내로 뛰쳐나와 국경으로 향할 리가 없었다. 믿는 구석이 있지 않고서야.

내내 침묵으로 냉철하게 상황을 지켜보던 르엔과 파사드의 입술이 거의 동시에 열렸다.

"모르가나의 최전방과 올조르가 손잡았나……."

"이미 예정된 적들의 양동……."

갑작스레 쏠리는 시선 속, 르엔은 자신에게 즉각 박히는 파사드의 새카만 눈동자에 아랫입술을 꾹 눌러 닫았다. 더 분위기가 이상해지기 전, 파사드가 정리했다.

"이미 예정된 적들의 양동 공격일 가능성이 크다. 공교롭게도 시일이 이리 맞았다 보는 게 맞을 터."

"양동이라면 모르가나 최전방의 로반티스 군과 손발 맞춰서 공격한다는 건데, 것도 상황이 맞아야 하지 않습니까? 올조르 군의 대가리 수가 부족해 보이는데요? 기껏 해 봐야 삼천? 남짓인 듯한데."

르엔이 혼잣말처럼 답했다.

"본진으로 가는 것이 아니라 안프 기지 일대로 향하는 거라면."

안프의 절벽 길을 차지하고 있는 라르크의 최전방 기지를 역습하고, 로반티스 군의 유입을 쉽게 하려는 목적이라면 충분히 가능성이 있었다.

잠시 떨떠름한 얼굴로 르엔을 바라보던 자칼린이 파사드에게 바짝 다가가 속삭이듯 물었다.

"어찌 할까요."

"카바인 경에게 기발을 띄워라."

"저거 놔둬도 될까요?"

파사드의 눈이 적들이 아닌, 안프 최전방의 절벽 기지가 있을 서쪽 어느 방향으로 머물렀다.

아직 우군의 봉화는 오르지 않았다. 저들이 절벽 기지에 다다르기까지 남은 기간은 약 여드레. 비록 본진과 절벽 기지의 군대가 양분되었다 하나, 최전방 절벽 기지에 주둔하고 있는 아군의 수는 올조르 요새의 군수보다 훨씬 많다.

만일 기발을 받은 본진이 기민하게 움직여 적들을 잡아 둔다면, 도리어 호기회였다. 모르가나 군이 안프 일대에 완전 진입해 전투를 벌이는 사이, 이샤스를 돌아 후방에서 밀어붙여 절벽의 전후를 막는다. 그러면 로반티스의 군에 적잖은 피해를 줄 수 있고, 나아가 일부 궤멸까지 기대해 볼 법도 했다.

파사드는 한참이나 적들이 멀어지는 방향을 응시하다가 말 머리를 돌렸다.

“전투태세를 해제. 군의 허리에 붙은 불길을 최우선으로 잡아라. 작전은 그대로 진행한다.”

파사드의 명에 불안하게 서 있던 기사들이 재빠르게 움직이기 시작했다.

에반부르도 곰곰이 생각에 잠긴 얼굴을 하더니 토 달지 않고 말머리를 돌렸다. 자칼린은 영 아쉽다는 듯 턱을 긁적였지만 다시 군사의 정비에 나서느라 바빠 캐물을 틈도 없었다.

에반부르가 망부석처럼 선 르옌을 발견하고 명했다.

“데투아 경, 선두로 복귀한다.”

그러나 르옌은 꿈쩍도 않고 멀어지는 올조르 군의 꼬리만 바라보았다.

적은 대략 삼사천에 이르지 못하는 수, 본진과 최전방의 대기 중인 아군은 무려 이만을 웃돈다. 그러니 파사드가 무슨 생각을 하고 있는 건지는 그녀 또한 전혀 짐작 가지 않는 것이 아니다.

하지만 그렇구나 하고 납득하고 흘려보내기에는 그녀 개인의 사정이 좋지 않았다.

상황을 보건대 저 올조르가 저만한 병력을 소진하기로 마음먹었다면, 필경 그럴 이유가 있을 것이다. 이샤스 평야의 모르가나 군이 단단히 마음먹은 게 틀림없다.

수백 년 전의 그리운 적들을 육안으로 마주하자, 그녀 안의 정신 잃은 괴물이 노호했다. 또 너희는 사랑하는 라르크의 군사들을 죽여 피로 강을 이루려는가.

"정말 저들을 저리 보내실 겁니까?"

막 협곡 안으로 다시 롯사를 채찍질하려던 파사드의 움직임이 뚝 멎었다. 그의 새카만 눈동자가 붙박이처럼 서 있는 여자에게 향했다. 르옌이 가까스로 공손히 입술을 떼었다.

"적들을 추격해 앞뒤로 압박하는 것이 지금으로서는 가장 현명하리라 봅니다."

"네 의견은 묻지 않았다."

"쫓아가면 저들을 모조리 잡아 죽일 수 있습니다. 만일 대기 중인 라르크의 기사들이 저들의 움직임에 제때 대처하지 못한다면……."

르옌의 음성은 파사드의 불길처럼 일렁이는 흑안에 막혔다.

"본진의 기사들의 용맹함을 폄하하지 마라. 그들은 정식으로 교육받은 자들이다. 무엇보다도 경험과 연륜으로도 충분히 저들을 막아낼 재량이 되는 이들이니, 주제넘은 말은 삼가라. 올조르의 움직임이 예상보다 빨랐으며 규모가 생각 외로 크긴 하나, 이미 고려한 경우의 수 중 하나에 지나지 않는다. 본 기습 군의 경로 변화는 없다."

에반부르가 무의식적으로 고개를 끄덕이며 르옌을 돌아보았다.

파사드의 딱 부러지는 설명에도 르옌은 납득하지 못한 얼굴로 차츰 멀어지는 적군을 눈에 담았다. 이명이 비명처럼 이지러졌다. 수백 년 전의 적들이 다시 그녀의 손가락 사이로 빠져나갔다.

파사드는 그녀를 무시하고 말을 몰아 협곡 안으로 움직였다. 르옌은 무의식적으로 그를 쫓아 고개를 돌렸다.

그러던 그녀의 시선 끝에, 차츰 꺼져 가는 불길이 눈에 들었다.

하늘 높은 줄 모르고 치솟았던 것이 협곡 높은 곳의 나무까지 홀홀 태운 후에야 기세를 죽여 가고 있었다. 다시금 떠오르는 화약의 폭음에 절로 등줄기가 바짝 조여들었다. 그것을 여린 나무의 속살 같은 투명한 눈동자에 담는 순간, 깊은 심중 무언가가 꿈틀거렸다.

꿈틀꿈틀.

집념은 섬광처럼 번뜩였다, 올가미처럼 단단히 죄어 온다. 그 짧은 순간은 라르크도 모르가나도 중요치 않았다. 그저 그리해야 한다는 강렬한 충동이 그녀의 온몸 위로 송진처럼 끈끈히 엉겨 붙었다.

"다른…… 방도가 있습니다."

그러나 파사드는 뒤도 돌아보지 않고 멀어지며 싸늘히 쐐기를 박았다.

"사담은 그만두고 할드로프 경과 함께 움직이도록. 네게 하사한 페넌의 의무를 기억하라."

그의 등 뒤로 붉은 늑대의 멘테가 협곡의 찬 바람을 안고 흔들거렸다.

저 늠름한 늑대에게 물려 죽은 여왕은 야망을 접었다. 요새의 협곡 어딘가에 깊고 음침한 굴을 파, 그 안에 모든 염원을 쑤셔 넣고 숨을 다했었다.

입술 밖으로, 소름 끼치는 여왕의 망령이 튀어 나갔다.

"요새를 무너뜨리면 모르가나는 대패입니다."

파사드가 걸음을 멈추었다.

한 마디 한 마디, 혼잣말처럼 되새기던 르엔의 음성은 차츰 자신감이 불어난 듯 또렷해졌다.

"요새를 무너뜨리는 것이 적군을 파해하는 것보다 더 효율적입니다. 그리하면 굳이 톨프까지 돌아가지 않아도 됩니다. 요새가 무너지면 올조르의 군대는 귀환할 것이고 적들의 양동도 무너집니다. 또한 올조르는 모르가나의 상징입니다. 수비의 상징이 무너지는 순간, 모르가나가 흔들릴 겁니다."

"착각 마라. 올조르의 위명은 군사의 머릿수에 있는 것이 아니다. 쓸데없는 말로 행군을 늦추지……."

"협곡을."

르옌은 말 고르듯 짧은 간격을 두고, 거침없이 내뱉었다.

"협곡을 무너뜨리면 됩니다."

소리가 까무룩 숨을 삼켰다.

파사드가 고개만 돌려 그녀를 곁눈으로 노려보았다. 내내 묘한 침묵으로 르옌을 응시하던 에반부르와, 이리저리 뛰어다니던 자칼린도 얼빠진 사람처럼 입술을 작게 벌렸다.

'저게 미쳤나?'

그것은 자칼린과 에반부르뿐만이 아니었다. 근처에서 르옌의 음성을 들을 수 있었던 기사, 병사 할 것 없이 모두가 한마음이었다. 그녀를 향한 평가는 파사드의 한마디로 명확해졌다.

"그저 정신 나간 여자였던가."

르옌은 파사드의 말에 즉각 부정하지 못했다. 어찌 보면 파사드의 말이 옳았다. 이미 자신은 여왕이 아니거늘, 하잘것없는 시골의 처녀이거늘 무에 미련이 남아.

그럼에도 이유와 변명거리는 죄 잊히고 언제나와 같은 맹목만 남았다. 멈출 수가 없었다.

"화약, 화약. 저것은, 저것은 당신들이 가진 폭발력입니다. 그렇다면 필경…….”

이백 년, 자그마치 이백 년이다.

협곡 직하를 죄 갉아먹은 갱도 또한 세월에 깎여 나가 그때보다 지반이 약할 것이다. 가능성이 없는 일이 아니다. 온 도처의 사람들이 자신을 미친 여자 보듯 쳐다보아도 상관없었다. 손가락질해도 좋았다.

올조르를 앞에 두고, 풀지 못한 한을 앞에 두고 고작 경멸 어린 시선 따위에 흔들릴 만한 마음이 아니다. 다시 태어난 것은 이것을 위해서일지도 모른다, 그녀는 그런 덜떨어진 믿음으로 스스로의 행동에 당위성을 부여했다.

“요새 직하에 갱도가 있습니다. 가장 연한 바위와 가장 강한 물살이 흐르는, 흘렀던 곳에.”

단 석 달을 남겨 두고 시도조차 못한 채 무릎 꿇었다.

“적들이 혼란해 회군하면 이쪽에서 그들을 포위해 섬멸할 수 있습니다. 최전방의 적들은 작전 실패의 장애를 지닐 것이고, 올조르 또한 몰락합니다.”

그러니 브류나크, 이번만큼은…….

“그리되면 이는 라르크의 대승입니다.”

호언하듯 말하는 르옌의 눈동자에 간절함이 애끓듯 괴어들었다.

불어오는 협곡의 바람을 등진 파사드는 마치 귀머거리처럼 서 있었다. 그의 제복 외투가 서늘한 냉기로 펄럭였다. 아무것도 읽히지 않는 새카만 눈동자가, 저토록 두려웠던 적이 없었다. 르옌은 입술만 짓씹었다.

“요새를 무너뜨린다?”

파사드는 저런 미친 말을 내뱉는 여자를 그의 기억을 거슬러 본

적이 없었다. 임시로 내린 붉은 페넌을 팔에 두른 여자는 마치 제가 공가의 정식 기사인 양 떠들어댔다. 멍청한 게 아니라면 어지간히도 주제 파악 못하는 맹목적인 태도라 말문이 막힐 정도였다.

그런데 어째서인지 그리 미친 소리를 지껄이고도 여자는 한 치의 흔들림 없이 자신을 올려다보고 있었다. 스스로가 어찌 보일지 상상하지 못하는 걸까.

아주 잠깐의 찰나, 파사드는 그녀의 어스름한 붉은 눈동자에 어린 확신을 읽고 어리석은 질문을 되돌릴 뻔했다. 그러다 문득 그녀의 어깨 너머로 평야 저편으로 점이 되어 사라진 올조르 군을 발견하고 다시 침착히 마음을 가라앉혔다.

그가 리오낙을 거두었다.

"시간 낭비로군……. 조금 전의 발언은 네 동생이 걱정스러워 저들을 쫓자고 하는가 하여 보아 넘겼다. 그런데 지금은 네가 무엇을 목적하고 그런 헛소리로 아군을 혼란케 하는지 짐작도 가지 않는다. 조사는 추후 하겠다."

"헛소리가…… 아닙니다."

"무가치한 사담으로 군의 발목을 잡지 마라."

단호한 일축을 이해하는 것이 쉽지 않았다. 조각난 희망 같은 목소리를 느릿느릿 주워 새기는 동안, 르엔의 얼굴은 차차 절망으로 굳어졌다. 도려내진 듯 입술의 감각이 사라지고, 목구멍이 돌덩이 삼킨 듯 꽉 막혔다.

브류나크, 브류나크, 어찌하여 끝끝내.

소리 내어 외치고 싶은 울분으로 눈앞이 어지러웠다.

"……일단, 일단 저를 믿지 못하시겠다면 눈으로라도 보고 판단해 주십시오."

그녀의 사그라지는 불길처럼 미약한 음성을 무시한 파사드가 말머리를 돌렸다. 적들은 라르크 군이 이러고 있을 동안에도 쉬지 않고 움직이고 있을 것이다. 더 지체할 생각이 없었다. 그는 가장 먼저 얼간이처럼 굳어 섰던 자칼린과 앞선 기사들에게 재정비 후 즉시 출발할 것을 지시했다.

자칼린은 떫은 얼굴로 르엔을 흘기다 파사드의 눈초리에 꽁무니가 빠져라 달려갔고, 기사들은 르엔에게 힐끔 시선을 준 후 일제히 자리를 벗어나 위치로 돌아갔다.

"할드로프 경, 협곡 출구로 보낸 척후병이 되돌아온 후 추가 매복이 확인되지 않을 시에는 재량으로 움직이십시오. 오늘 해 저물기 전, 협곡 출구에 이르러 임시 회의를 소집하겠습니다."

경쾌한 발굽 소리가 서늘한 공기에 섞여 퍼지는 가운데, 에반부르는 까끌거리는 수염이 난 턱을 매만지며 고개를 끄덕였다. 그러면서도 여전히 르엔에게서 시선을 떼지 못했다. 임시라고는 하나 페넌을 달고 있는 이상 기사로 대우해 줘야 함이 마땅하기에 여태까지는 어느 정도 자유로이 두었으나, 조금 전 그녀가 뱉은 말로 인해 상황은 더 박해졌다.

여자의 눈동자는 어미 쫓는 아이의 손길처럼 애절하게 파사드의 등 뒤로 매달렸다.

에반부르의 속까지 더부룩해지는 기분이었다. 파사드의 말이 맞았다. 간자라면 그런 세 살배기 어린애도 코웃음 칠 헛소리를 할 리가 없으니, 그녀는 간자라기보다는 망상증 환자에 가까웠다. 저를 이곳까지 안내한 협곡의 샛길을 어찌 알았는가에 대한 의문은 여전히 풀리지 않지만, 그 밖의 기묘한 감상들은 모두 망상증에서 비롯되었다 하면 타당했다. 전시 작전 와중이 아니었다면 페넌조차 빼앗졌을지도 모를 일이다.

에반부르의 눈에 비친 그녀는 여전히 넋을 놓은 채라 금방이라도 저 먼 바다의 파도거품처럼 부서질까 싶었다.

"……경거망동 말라 일렀을 터이네, 데투아 경."

르옌이 느리게 고개를 돌렸다. 잠깐 에반부르에게 향했던 그녀의 눈동자는 이내 요새를 향해 미끄러졌다. 꺼풀이 덧씌워진 듯 초점 없는 눈동자였다.

올조르. 수많은 장수들을 잃고, 저승의 뱃삯인 라르칼리아의 금화를 동 냈던 애증의 땅. 닿을 수 없었던 하늘에 떠안긴 염원의 요새. 그리고 여왕의 무덤.

비록 여왕은 뮈드아로로 끌려가 단두대 위에서 숨을 다했지만 그것은 육신의 죽음, 스스로가 후회로 놓아 버린 죽음이었다. 기실 여왕은 이곳에서 배반당한 순간 죽었다. 하여 남은 이루지 못한 업의 회한이 협곡 전역에 덩굴처럼 남아 있다. 그것은 이백 년 후, 오롯이 되돌아온 자신의 한이었다.

스완이 아닌 르옌이다.

스스로를 세뇌하듯 뇌까리는 것도 더 이상은 무용했다.

왜 다시 올조르를 디뎠는가. 왜 다시 전장에 나섰는가. 무수히 많은 자문들이 머릿속을 정처 없이 떠돌다 답을 얻지 못하고 죽어 갔다.

르옌의 빛 잃은 눈동자가 부옇게 흐려져 멀어지는 사내를 쫓았다. 그는 벨바롯트가 아니거늘. 저 멀리 자신을 등지고 멀어지는 사내는 벨바롯트가 아님에도 진득한 원망과 울분이 솟아나는 것에 어찌 할 바를 몰랐다. 그러나 울분조차도 드러낼 수 없어 그녀는 속으로 애걸하며 파사드를 바라만 보았다. 사내는 뒤도 돌아보지 않는다. 점점 멀어지는 그의 허리에 매달린 고결한 리오낙이 흔들거렸다. 검집에 새겨진 하얀 나비의 음각이 어두운 그림자를 삼켜 선명했다.

적들과의 전투가 벌어지지 않음으로 인해 재차 내려진 지시와 기사들의 선도에 대기 중이던 병사들도 대열을 정비해 협곡 안으로 움직이기 시작했다. 군화 신은 이들의 족성이 울리기 시작하자 비로소 정신을 차린 에반부르는 더 이상 지체하면 파사드가 노여워할 것을 알았다.

대저 전장을 떠난 곳에서는 예의 바르고 때로는 자상한 사내이나 전장에서의 파사드는 목숨들의 무게에 웃음조차 보이지 않는 매몰찬 자다. 이미 듣지 않겠다는 의지를 표명했으니 그는 뒤도 돌아보지 않을 것이다. 저 여자가 아무리 저런 시선을 보낸다 해도.

멀리서 불길이 차츰 가라앉아 거무스름한 연기와 탄내가 흘러들었다. 꼼짝도 않는 그녀를 향해 에반부르가 막 단호한 명을 내리려는 찰나, 그녀의 자조 어린 중얼거림이 족성 가득한 협곡의 바람 새로 스며들었다.

"……맹세의 증거를 허리에 차고서."

르옌은 몸 뒤틀리는 노여움에 굳어 버린 입술로 속삭였다.

"……대단한 충성이구나, 브류나크."

이미 훌쩍 멀어진 그에게는 들리지 않을 터다.

최고사령관. 그 직함이 주는 무게를 이해하지 못하는 것은 아니었다. 이성적으로 그는 군을 책임지는 이답게 모든 것을 충분히 경계함으로써 섣부른 판단을 하지 않은 것뿐이다. 그러나 경계의 상대가 자신이 된 지금은 참으로 지독하다 싶은 감상뿐이었다.

여왕이 충성과 신임을 맞바꾼 대가로 사하였던 새하얀 검을 차고, 저 고고한 얼굴로 어찌……. 아니, 누굴 탓하겠는가.

르옌은 절박함을 가라앉히고 차분히 숨을 내렸다. 이런 생각에 빠져 원망이나 할 때가 아니었다. 말을 믿을 수 없다 하면 행동으로 보이리라. 그녀가 천천히 움직이기 시작했다.

"데투아 경."

에반부르는 부쩍 이상한 기색을 느끼며 르옌을 살폈다.

아니나 다를까, 홀린 듯 파사드를 쫓아 말을 몰던 그녀가 별안간 등허리에 매고 있던 호신용 단검을 꺼내 들었다. 그 번뜩이는 날붙이가 에반부르의 눈에 똑똑히 들었다. 동시에 주행에 차츰 속력이 붙는가 싶더니 그녀가 탄 말이 비정상적으로 질주하기 시작했다.

날렵하고 힘찬 준마의 말편자 소리가 앞서 이동하던 병사들 사이를 헤집어 길을 텄다. 미처 그녀를 붙잡지 못한 에반부르가 심상찮은 예기를 느끼고 소리쳤다.

"브류나크 공!"

쩌렁쩌렁 협곡을 메아리치는 에반부르의 고함과 뒤따라 들리는 다급한 발굽 소리에 파사드를 따르고 있던 기사들이 뒤돌았다. 그 순간, 사나운 말의 숨결이 배인 붉은빛 도는 갈색 긴 머리칼이 서늘한 바람에 실려 그들의 시야를 넘실거렸다.

기사들이 그것들을 깨닫고 검을 뽑아 들었을 때는 이미 르옌의 손에 쥐여 있던 날카로운 단도가 파사드의 등허리를 향한 후였다. 그러나 파사드는 놀라지 않고 번개처럼 뽑아낸 리오낙을 세로로 비껴 세워 그녀의 검을 막았다.

캬르르릉.

두 자루의 성질 다른 검날이 부딪쳐 요란히 울었다.

"무슨 짓이냐?"

리오낙과 단단히 맞붙은 그녀의 단검 끝이 파사드의 허리띠에 아슬아슬 걸렸다. 르옌은 눈동자만 움직여 그 허리띠를 눈에 담은 후,

표정 하나 변하지 않고 그의 새까만 흑안을 마주했다. 단검을 쥔 그녀의 손에 힘이 들어갔다.

써걱.

파사드의 허리춤에 매여 있던 귀한 가죽 띠가 끊어졌다.

"당장 물러서지 않으면 처결하겠다!"

그녀의 목덜미에 겨눠진 기사들의 검이 차갑게 목덜미에 닿았다. 그들을 차례로 곁눈으로 살핀 르엔이 흩어지는 미소로 중얼거렸다.

"이미 저는 보잘것없는 목숨을 내놓았습니다. 그 대가로 당신의 눈 정도는 빌릴 수 있지 않겠습니까."

그 순간이었다.

기사들이 그녀를 제압하기 위해 손을 뻗기 무섭게 르엔이 허리를 꺾다시피 젖혀 피하며 파사드의 허리끈에 매여 있던 새하얀 검집을 빼앗아 들었다. 그리곤 그녀를 향해 검을 겨눈 기사들이 미처 반응하기도 전에 덴의 갈기에 바짝 엎드려 몸을 낮추었다. 그녀는 즉시 파사드로부터 강탈한 흰 검집을 휘둘러 제게 뻗쳐 오는 기사들의 검을 모조리 쳐 냈다. 쩡! 소리가 협곡을 메아리쳤다.

기사들은 당황했다. 그녀가 쥐고 있는 것은 공가 브류나크의 상징으로 내려오는 유서 깊은 '리오낙'의 검집이었다. 대저 저 검과 검집은 그 자체로도 역사의 유물, 그것이 얼마나 대단한 것인지는 모르는 이가 없었다.

섣불리 검을 휘둘렀다가 흠집이라도 생길까 주저한 순간, 찰나를 놓치지 않고 그녀는 쏜살처럼 병사들을 헤치고 달렸다.

"칼란독 경! 괜찮으십니까!"

에반부르가 허겁지겁 달려와 그를 살폈다. 파사드는 대답 대신 순식간에 허전해진 허리를 매만졌다.

몇 초, 몇 초 만에 벌어진 일이었다. 군의 대열을 흩트리며 달아나는 여자가 허리끈째로 가지고 도망쳐 버린 것이 '리오낙'의 검집. 명백한 도발이다.

몇몇 기사가 그녀를 따라 달려가고 있었지만, 여자의 말은 정식 마갑조차 두르지 않아 날래기가 일반 군마로는 따를 수 없었다.

"경계령을 울려 잡도록 하겠……!"

"아니."

파사드의 서늘한 음성이 노기로 젖어들었다. 이런 지형의 험지에서는 우르르 몰려다니는 것이 오히려 추격을 어렵게 하는 길이다. 게다가 일반 군마로는 저 여자의 혈기 넘치는 말을 따라 잡을 수 없으리라.

—이미 저는 보잘것없는 목숨을 내놓았습니다.

그래, 그의 눈에도 그리 보였다.

그는 저 정신 나간 여자를 더 이상 좌시할 수 없음을 깨달았다. 공로를 세운 것을 인정하여, 가족을 제 살처럼 아끼는 모습을 높이 사, 그 모든 의심에도 불구하고 놓아두었건만 그것이 방종이 되어 이런 결과를 낳았으니 결국 자신의 불찰이었다.

"그란 경, 후방을 맡아라."

"……예? 아, 예!"

파사드가 롯사를 채찍질했다. 이랴! 일시에 어마어마한 바람이 후방을 정돈하던 이들 사이로 훅 끼쳐 왔다. 에반부르의 걱정 어린 기색이 가시기도 전에, 파사드는 어느새 군사들을 헤치고 르옌이 달려간 험지의 구불대는 돌길을 따라 내달리고 있었다.

군의 허리에 이르기까지 어수선한 수군거림이 울려 퍼지기 시작했다. 거의 다 소화된 불길에 다친 이들과 죽은 이들의 수를 살피며 남은 화약 수레들을 점검, 지시하던 자칼린은 불현듯 들리는 말발굽 소리에 고개를 돌렸다.

가장 먼저 그의 시야에 잡힌 것은 늘씬한 말 위에 올라 병사들이 말발굽에 치이지 않도록 요리조리 움직이며 달려오는 르옌이었다. 얼마 지나지 않아 전에 본 적 없는 무서운 얼굴을 한 파사드가 서늘한 날의 검을 쥐고, 롯사를 채찍질하며 달려오는 것도 보였다.

기이한 광경이었다.

"갑자기 무슨…… 야! 너 어디 가냐?"

그녀가 지척에 다가왔을 때, 상황이 수상쩍다 싶어 섬뜩한 의문을 물으려던 자칼린이 말끝을 흐렸다.

머리 위로 드리워지는 거대한 그림자에 절로 고개가 뒤로 꺾였다. 길목에 놓인 거대한 바위를 딛고 도약해, 말에 앉은 사내의 머리 위를 뛰어넘는 르옌의 기교는 이제 감탄도 안 나올 정도였다.

그러나 그것이 중한 것이 아니다. 자칼린은 제 시야를 스치고 지나간 물건의 정체를 의심해야 했다.

'응? 하얀 막대기? ……검집?'

그리고 금세 추격해 온 롯사가 덴이 했던 그대로 바위를 딛고 뛰어올라 자칼린의 머리를 넘어갔다.

"파사드 형님, 갑자기 무슨……!"

이히힝! 롯사의 사나운 울부짖음이 바로 정수리에서 들리자 순간 움찔해 입술을 떨던 자칼린은 파사드의 텅 빈 허리를 발견하고 숨을 흡 들이켰다. 붙잡아 뭐라도 묻고 싶었지만, 파사드는 그를 완전히 무시한 채 르옌이 달려간 방향으로 멀어진 후였다.

'이게 대체 뭔 일이야?'

어수선해진 군 대열부터 시작하여 후방의 분위기가 이상했다. 쫓아가 봐야 하나? 진지하게 고민하며 두리번거리는데, 에반부르가 몇몇의 기사들을 이끌고 쩍 갈라져 선 군사들 사이로 달려왔다. 에반부르는 르옌이나 파사드처럼 자칼린의 머리를 뛰어 넘어 그에게 오싹한 소름을 안겨 주는 일 없이 재빠르게 말을 달렸다.

"할드로프 경, 지금 이게 무슨 일이……!"

"자리를 지키고 계시게."

에반부르마저 설명 없이 쌩하니 그를 지나쳐 갔다.

금세 멀어지는 네 기의 기사와 에반부르, 그리고 이미 보이지도 않는 파사드와 르옌을 눈으로 좇던 자칼린이 황당함으로 쩌렁쩌렁 소리쳤다.

"……무슨 말이라도 좀 해 주고 가면 안 됩니까!"

그녀에게는 두 번의 유년기가 있었고, 두 번의 사춘기가 있었으며 두 번의 성년기가 있었다. 그녀가 갖지 못한 것은 죽음으로 내달리는 노년의 황혼기뿐이었다.

죽음을 맞이하기 위해 생을 정리하는 시기. 전생에는 치죄를 당하여, 현생은 아직 해가 차지 않아 그 고상하고 고결한 생의 마지막 시간을 누리지는 못하였다. 그러나 하등 아쉬울 것이 없었던 이유는 과거 전반의 생애가 황혼보다 붉은빛으로 뒤덮인 죽음과 맞닿아 있었기 때문이리라.

어려서는 왕실의 암투, 귀족들과의 알력 정쟁. 그리고 머리가 큰 후에는 무도한 검을 휘두르는 전쟁터 속에서 살았다. 죽음이 나약함의 상징이 되는 그런 삶 속에서 그녀는 생사의 고비 아래 제 삶을 반추하는 법을, 떠나가는 이를 보내는 방법을, 새로이 찾아드는 이를 포용하는 법을 배웠다.

그러나 단 한 가지 배우지 못한 것이 있다면, 희망을 포기하는 방법이었다.

인간은 희망이 있다면 발밑이 무너질 때까지 걸음을 멈추지 못하는 우둔한 존재라.

언젠가 제스에게 젠체했던 그 말은 스스로에게 건넨 자조이기도 했다. 희망을 쥔 이는 포기를 용납하지 못하기에 참담한 말로를 향해 내달린다. 그리하여 희망이란 지독하고 악독한 것이다. 알고도 삼키게 되는 독배처럼 끊임없는 갈증에 젖게 하는 인간적 그 모순을 아름답다 말하는 이도 있으나, 여왕은 그를 조롱했다. 왕재로서의 삶에서 포기라는 것은 목숨을 내놓는 것과도 같았기에, 결코 허용할 수 없는 아름다움이었다. 설사 그로 인해 바닥없는 벼랑 끝으로 내몰린다 해도.

순수하게 빛나던 시절, 아무것도 모르던 일곱 살 어린 소녀의 세상은 데칼리아에 오르는 순간 뒤집혔다. 자아조차 형성되지 않은 불완전한 정신이 기억에 좀먹혀 세상에 드러났을 때부터, 의심은 늘 그림자처럼 그녀를 뒤따랐다.

마을 어른들은 그녀를 수상쩍다 여겼고 때로는 부모조차도 그녀를 이해하지 못하는 듯이 기묘한 시선을 보내 왔다. 에이반은 그런 그녀에게도 흔흔한 미소로 대단타 추켜세워 주었지만 그뿐, 감정이 격해진 시단이 보이는 반응이 일반적인 이들의 속내라는 것쯤은 충분히 짐작할 수 있었다.

하지만 그녀는 자신을 의심하는 이들을 야속하다 여기지 않았다. 해명할 의지 또한 없었다. 어차피 지나가 버린 시간. 그에 대한 회고

와 그것이 현생에 준 영향은 납득시킬 방도도 없었거니와, 필요하지도 않으니. 그리하여 그녀는 세간의 의혹 어린 눈길들을 모르는 체 거짓 낯으로 덮고 살았다.

지나간다. 기억이란 그런 것이다. 기억은 망각을 이겨 내지 못하고, 새로운 경험과 인지에 망각은 자리를 내어 주니 언젠간 잊히리라.

그러나 과거에 둘러싸인 순간, 르옌은 반복되는 역사의 어느 글귀처럼 과거를 답습했다. 머릿속에 치워 두었던 것은 화약처럼 폭발해 그녀의 이성을 뒤집어엎었다.

그리고 깨달았다. 무엇 하나 변한 것이 없었다.

다른 생애라고 생각했다. 무수한 후회를 작은 가슴으로 끌어안고 새로이 살 수 있는 기회가 주어졌다 착각했다. 그러나 전생의 하나밖에 볼 줄 모르던 성정은 후생에 이르러도 한결같았다. 결국 전장에 발 디딘 것은 에이반이 그녀의 발목에 채운 족가足枷를 이겨 내지 못한 자신의 교만이요, 올조르의 앞에서 과거와 현재의 양분이 와르르 무너진 것 또한 버리지 못한 이기심 탓이다.

나라를 위해 일생을 바치던 여왕은 대상을 바꾸어 요새 하나를 넘기 위해 온 생을 소진했다. 이백 년 후, 철부지 어린 동생 하나를 위해 검을 쥔 여자는 또다시 그 요새를 넘기 위해 목숨을 걸고 있다. 끔찍할 정도로 변함이 없었다. 그럼에도 간절한 염원으로 확신했다.

자신은 이를 위해 순리를 거슬렀으리라.

다시금 반복되는 전쟁의 시기에 되살아나 홀린 듯 전장으로 걸음한 것도, 이들이 올조르를 향해 행로를 잡은 것도 모두 이것을 위해서이리라. 그녀 안의 죽은 듯 잠든 괴물의 집착을 일깨우는 것이 이곳이라면, 이것을 무너뜨리고 나면 모든 족쇄가 끊어질 것이다. 미련 둘 과거가 사라진다면 남는 것은 현재뿐일 터이니.

정해진 행군로를 벗어나 협곡의 좁은 샛길로 덴을 보챘다. 기억 속 풍광과는 판이한 길을 더듬던 그녀의 심장이 북 울리듯 쿵쿵거렸다.

빼빼 고사해 꺾인 나무와 새로이 덮인 덤불, 무성해진 잎사귀, 자리 옮긴 바위. 무엇 하나 기억과 꼭 같은 것이 없었다. 하여 그녀는 망망대해를 헤치는 심정으로 요새를 부표 삼아 좇았다.

향하는 길목을 잃어도, 익숙하던 흔적을 잊어도, 요새 직하의 좁은 길 틈에 난 갱도 입구의 존재만큼은 선명하다. 수많은 이들의 고혈을 받아 삼키고 삭아 넓어진 그곳은 그녀가 놓지 못했던 마지막 꿈이었기에.

시린 바람이 얼굴을 때리며 우악스레 그녀를 가로막아도 멈추지 않았다. 이것을 위해 다시 태어나, 되돌아왔다면 자신은 기억해내야 했다. 그러니 떠올려.

영문도 모른 채 떠밀려 질주하는 덴 위에 앉은 그녀의 눈이 쉴 틈 없이 사주를 살폈다. 빠르게 지나치는 지형물과 지표들은 이백 년의 세월에 엉망으로 엉켰지만 그녀는 포기하지 않고 시린 눈동자를 움직였다.

등 뒤로 파사드의 말발굽 소리가 바싹 따라붙었다. 첫인상부터 명마다 싶었으나 어찌 저리 빠르게 따라붙는지. 흑마의 발굽 소리가 가까워질수록 초조해져 숨조차 쉴 수 없었다. 조금만 집중을 늦추면 사로잡힐 것만 같아 고개조차 돌릴 수 없었다.

그녀는 그저 앞을 향해 내달렸다. 고개를 젖히는 것만으로는 요새를 눈에 담을 수 없을 때까지 달렸다. 거미줄처럼 뻗은 협곡 길의 가장자리를 빙 둘러 달리며 르옌은 지척으로 다다른 파사드로부터 살의에 가까운 노여움을 느꼈다.

가까스로 쥐고 있는 하얀 검집의 음각이 손끝에 도드라졌다.

—다시…… 전장으로 돌아가시는 겁니까?

어린 날의 눈물을 부추기던 그리운 이의 음성이 귓바퀴에 걸려 속삭였다. 르옌은 바람에 시린 눈을 질끈 감았다 떴다.

마지막. 마지막이다, 벨바룻트. 이것은 네가 내게 남긴 단 하나의 빚이다. 이것은 라르크의 염원이었다. 네가 무너뜨린 라르칼리아의 마지막 숙원이었다. 그러니…… 이걸로 마지막이다.

바람이 이뤄지는 날, 광기에 찬 괴물이었던 여왕 또한 역사 속의 여인으로 그리 사라질 터이니.

나뭇가지에 뺨이 긁히고, 상처가 나는 것도 개의치 않고 경사의 완만함과 너비를 이리저리 오가는 길을 질주했다. 그러다 어느 순간, 눈에 익은 길목에 이르러 바위틈에 박혀 있는 이끼 덮인 낡은 검을 발견하고 덴을 멈춰 세웠다. 르옌의 지척까지 따라붙었던 파사드 또한 다급히 롯사를 멈춰 세웠다.

르옌은 홀린 사람처럼 허겁지겁 말에서 내려, 미끄덩거리는 이끼를 딛고 돌 바위를 짚어 벽 언저리를 따라 걷기 시작했다.

“멈춰라.”

무장한 기사의 갑옷 소리가 가깝다.

그녀는 그 소리를 죄 흘리며 무언가를 찾아 헤매듯 주위를 둘렀다. 이곳 어디인데, 이곳 어디인데, 기억이 나지 않았다. 나이 먹은 자갈이, 바위가, 나무가, 덤불이 그녀를 조롱하듯 바람 한 점 없는 정적 속에 앉았다.

속에서 천열이 솟아올랐다. 세월이, 흘러간 시간이 그녀를 방해하고 있었다.

눅진 이끼와 잡초 무성한 협곡의 돌벽을 더듬으며 전진하던 그녀의 어깨가 돌연 우악스런 손길에 붙잡혔다. 예고 없이 닥친 악력에 르옌은 손에 쥐고 있던 새하얀 검집을 빼앗겼다. 그녀는 종잇장처럼 힘없이 고개를 돌려 그를 올려다보았다. 먼 길을 쫓아 달려왔으면서도 숨찬 기색조차 없는 사내의 차디찬 눈에 노여움이 가득했다.

"목숨을 내놓았다 호언했으니 즉처에도 이의는 없겠지."

그가 그녀를 향해 번뜩이는 선뜩하게 번뜩이는 검날을 겨누었다. 르옌은 이를 악물고 찬찬히 떠밀리듯 뒷걸음질했다. 등 뒤로 축축한 협곡 벽의 이끼가 닿았다. 뱀 비늘처럼 소름 끼치게 목덜미를 덮는 냉기가 그녀를 얼렸다.

바로 이 앞인데, 사내는 철벽처럼 그녀를 가로막아 섰다.

제 주인에게 검을 겨눈 이의 살기를 깨달은 것인지, 덴이 사납게 울며 그들을 향해 달려왔다. 그러자 롯사가 앞발을 치켜들고 투레질하며 덴을 가로막았다. 파사드는 사납게 대치한 두 필의 말을 곁눈으로 흘긴 후 싸늘하게 명령했다.

"임시나마 페넌을 가졌으니 유언쯤은 듣겠다."

"처벌은 피하지 않겠습니다. 하나…… 갱도는 이곳, 이 근처에 있습니다."

검에 목을 내놓고도 멈출 줄 모르는 헛소리, 그것이 너무나도 간절해 파사드의 시선이 잠시 좁다란 협곡 길을, 그리고 고개를 젖혀도 그 끄트머리밖에 보이지 않는 드높은 요새를 향했다가 정면으로 떨어졌다.

그러다 문득 그의 새카만 눈동자가 르옌의 등 뒤, 음침한 이끼 덮인 협곡 벽에 머물렀다. 르옌은 두방망이질치는 가슴을 꾹 움키며 간곡하게 말을 이었다.

"갱도는 분명 있습니다. 이곳은……."

파사드의 시선은 여전히 그녀의 뒤로 뻗어 있었다. 그의 입술이 짧게 열렸다.

"……이곳은."

그의 말은 거기서 끊겼다. 당장이라도 그녀를 베어 버릴 듯 달려든 리오낙 또한 웬일인지 움직일 줄을 몰랐다. 르옌은 그의 기묘하게 붙박인 시선을 깨닫고 조심스레 고개를 돌리려 했다.

그 순간, 한참을 굳어 있던 파사드가 돌연 그녀를 벽에서 끌어내어 밀쳤다. 예고 없는 폭력에 르옌이 휘청이며 몇 걸음 움직였다. 파사드가 돌연 그녀가 기대어 섰던 벽의 이끼를 손바닥으로 훑었다. 손끝으로 그를 긁어내던 파사드는 별안간 검날을 세우더니 벽을 길게 긁어내렸다.

끼기긱. 연한 바위가 이끼와 함께 부서져 내렸다.

르옌의 시선이 리오낙에 긁혀 나간 이끼 아래 숨어 있던 협곡의 벽면으로 향했다. 그녀가 무어라 입을 열기도 전, 멀지 않은 곳으로부터 말발굽 소리가 울려 퍼졌다.

"칼란독 경, 괜찮으십……."

거친 길을 헤치고 오느라 제법 고생했는지 드문드문 생채기가 난 얼굴의 에반부르와 네 기의 기사가 달려와 섰다. 바짝 다가온 에반부르는 비틀거리는 르옌을, 그리고 몇 걸음 떨어진 곳에서 딱딱하게 굳어 벽을 노려보고 있는 파사드를 발견하고 황급히 말에서 내렸다. 숨찬 기사들이 황급히 그녀를 에워싸고 검을 겨누었다.

파사드는 홀로 얼어붙은 석상처럼 이끼 아래의 협곡 벽을 눈에 새기고 있었다. 씨근덕거리며 달려든 기사 하나가 르옌을 노려보며 '처형할까요.' 하고 으르렁거렸다. 그러나 대답은 돌아오지 않았다.

참 기이한 정적이었다.

에반부르는 파사드와 르옌의 시선이 한곳에 향해 있다는 것을 깨닫고 그들의 시선을 쫓아 고개를 돌렸다. 그리고 노기사는 경악에 가까운 탄성으로 신음했다.

"……이게 뭡니까?"

파사드가 느리게 고개를 돌려 거무죽죽한 옥빛으로 뒤덮인 협곡의 면을 따라 시선을 미끄러뜨렸다. 기묘한 문양을 이루며 돋아난 이끼들이 눈에 들었다. 이끼에 가려진 협곡 벽을 뒤덮은 희미한 문양. 다름 아닌 라르칼리아 왕실의 숫자이며 문자였다.

어디선가 눅진 바람의 냄새가 났다. 혹 있을지 모를 적을 주의하기 위해 일대를 순시하던 기사가 소리쳤다.

"사령관님, 이곳에 뭔가 있습니다."

"……확인하라."

또 다른 기사가 말을 몰아 달려갔다.

르옌의 등 뒤로 스무 걸음 남짓 거리. 협곡의 벽 사이로부터 눅눅한 바람이 흘러나오고 있었다. 기사 둘이 잔뜩 경계하며 썩어 꺾인 나무의 잔해와 덤불들을 헤집자 장정 서넛 겨우 나란히 설 만큼의 작은 어둠이 드러났다. 당혹한 기사가 소리쳤다.

"이게 무슨…… 동굴로 추정되는 입구인 듯합니다!"

파사드의 시선이 창백하리만치 하얗게 가라앉은 여자의 얼굴 위로 떨어졌다.

그의 오롯한 시선을 받고 나서야 르옌은 웃었다. 시리게 말랐던 눈시울이 뜨거워졌다. 그러나 아직은 눈물을 흘릴 때가 아니다. 치미는 감정을 죄 삭이며 그녀가 천천히 무릎을 꿇었다.

"……보아 주십시오."

네 눈으로 보아라.

우둔했던 여왕의 마지막 발악을.

대기 중인 지휘관들을 비롯한 수십 기의 기사들이 갱도의 입구로 소집되었다. 막 도착한 이들 사이에는 자칼린도 끼어 있었다. 자리를 지키라는 말에 꿈쩍도 못하고 내내 덧없는 상상의 나래만 펼쳤던 그는 기사들에게 둘러싸인 르엔을 발견하고 다시 한 번 고개를 갸웃했다.

파사드가 그리 사나운 기세로 쫓아갔으니 무슨 사달이 나도 났으리라 여겼는데 표정이며 분위기가 하염없이 잠잠했다. 가뿐하게 말에서 내린 자칼린이 어기적대며 걸음을 옮겼다.

"여기는 뭡니까? 시간이 촉박한데 왜 이리로 모이라고……."

답답하다 듯 말을 잇던 자칼린은 불현듯 느껴지는 인위적인 이질감에 주위를 두리번거렸다. 언뜻 보아서는 다른 협곡 길의 풍경과 크게 다르지 않았음에도 눈이 까끌까끌 했다. 개중 가장 이해하기 어려운 상황을 굳이 꼽으라면 협곡의 벽을 더듬거리는 기사들이었다.

'쟤네 왜 저래?'

자칼린은 자신보다 먼저 출발해 이곳에 도달한 기사들이 단체로 미쳤는가 싶었다. 도대체가 어떻게 돌아가는 상황인지 알 리 없는 그의 눈에 그 풍경은 퍽 괴괴했다.

"할드로프 경? 어떻게 돌아가고 있는 건지 설명 좀 해 주시면 안 됩니까?"

"눈으로 보시게."

단단하게 서서 어두컴컴한 좁은 굴의 입구를 응시하던 에반부르가 턱짓했다. 자칼린은 협곡의 무른 벽을 향해 시선을 미끄러뜨렸다. 멀찍이 눈대중해 봐도 특별할 것이 없었다. 자칼린은 벽으로 다가가 양손으로 허리를 짚고 목을 쭉 뺐다. 가늘게 뜬 그의 연한 녹빛 눈동자가 건성으로 벽을 훑었다. 그러다 파뜩 굳어졌다.

자칼린이 놀란 거위처럼 꽥액 소리쳤다.

"어라? 왕실 문자가 왜 에 쓰여 있답니까!"

대저 라르칼리아의 문자는 왕실의 행정 업무를 비롯한 왕족과 고위 귀족들 간의 서간에나 아주 가끔 쓰였다. 다른 평기사와 낮은 지위의 귀족 기사들은 그 의미를 해석할 수 없다지만 자칼린은 체사였다.

"조용히. 왕실 문어가 아니라 라르칼리아의 문文이다."

"아니, 뭐라 부르는지가 중요한 게 아니잖습니까? 왜 이게 올조르 협곡에 있는 겁니까? 엄밀히 지금 이 협곡 벼랑은 전부 모르가나의 영토인데!"

자칼린은 금방이라도 깡충거릴 듯 들썩이더니 금세 희열에 가까운 놀라움으로 벽에 얼굴을 처박았다. 그러고는 눈도 깜박이지 않고 그것들을 읽어 내렸다. 전부 숫자였다. 날짜를 세는 라르칼리아의 음각 문자. 잔토, 가, 부드, 트봐트, 벨, 로바주…….

무언가 헤아리는 것들을 나열해 둔 것이다.

'대체 이런 게 왜?'

그제야 자칼린의 시선이 기사들 사이, 소리 없이 서 있는 르옌에게 향했다. 흐트러진 차림새와는 다르게 한없이 침착한 얼굴의 여자는 자칼린의 눈빛에 이끌린 듯 그를 향해 고개를 돌렸다. 그녀의 불그스름한 눈동자가 자칼린의 시선을 꿰었다. 기사들의 검에 둘러싸여 두렵지도 않은 건지, 그녀는 초로에 잠긴 사람처럼…….

"정찰병이 돌아 나왔습니다!"

자칼린이 문득 들리는 소음에 고개를 돌려 정체 모를 굴의 입구를 불안으로 서성이던 망지기를 돌아보았다. 시야 끄트머리 비치는 좁고 어두운 벽의 틈새. 갱도가 있다며 자신했던 여자의 음성이 절로 떠올라 척추에 가시가 박힌 듯 굳어졌다.

횃불을 들고 좁다란 갱도 안을 살피기 위해 들어갔던 정찰 기사들이 빠른 걸음으로 되돌아 나왔다. 입구 밖으로 그들의 덜그럭거리는 군갑 소리가 들리자마자, 초조하게 그들을 기다리던 일대의 긴장감이 순식간에 푹석 꺼져 들었다.

가장 선두로 나온 정찰병은 얼마 떨어지지 않은 곳에 선 파사드에게 즉시 달려갔다. 그는 조금 전 안에서 본 상식 밖의 상황을 최고 사령관과, 고위 기사들의 면전에 조금이라도 더 쉬이 전달하기 위해 뜸을 들였다. 그러나 에반부르는 이미 충분히 인내했다는 듯 그를 보챘다.

"어서 사령관께 고하시게."

"아, 아, 예! 일단 저 굴은, 입구는 좁으나 안으로 스물세 보를 들어가면 공간이 급격히 넓어집니다. 그리고 길을 따라 조금 더 걸으면……."

"무엇이 있나."

"이리 빗대어 말해도 좋을지 모르겠으나, 너비가 수도 뮈아드로의 경계초소만 한 빈 터가 있습니다."

"자연적인 지형인가?"

"아니오. ……자세한 발생 경위까지는 알지 못하나, 인력이 닿아 있음은 확실합니다."

일대가 잠시 술렁거렸다. 파사드는 섬뜩하기까지 한 상황에 주먹을 꾹 쥐었다. 올조르의 놈들이 정신이 나가지 않았다면 자신들의 요새를 지탱하는 협곡의 직하에 이런 굴을 파 놓았을 리가 없었다.

"안의 공기가 습기로 무르고 워낙 넓은 탓에 전부 둘러보지는 못하였습니다만…… 다 썩어 문드러진 나무 대들보가 있었고, 지금 저 안을 떠받치는 것은 자연적으로 쌓인 석주들입니다. 그리고…… 보여라."

함께 안을 시찰 갔던 기사 중 하나가 허옇게 황망한 얼굴로 파사드를 향해 녹이 슨 검과 흙투성이 투구, 그리고 낡아 헤진 견갑을 내밀었다.

파사드의 내리뜨인 눈동자가 그것을 뚜렷이 훑었다. 살짝 벌어졌던 그의 입술이 꾹 다물렸다. 언뜻 떨렸다.

협곡 벽에서 흥미를 거두고 그들을 향해 다가오던 자칼린 또한 머잖은 곳에서 눈에 익은 양식의 무구들을 발견하고 뚝 멈춰 섰다.

이윽고 신음만큼이나 흐트러진 나직한 누군가의 음성이 흘러나왔다.

"……라르크의."

그의 옆에서 마음을 고르던 에반부르가 충격으로 떨리는 손을 어찌할 줄 모르고 부서져 나갈 듯 녹슨 검을 받아 들었다. 비록 시간에 삭아 형태조차 뚜렷하지 않았으나 무기의 휘어진 날과 검 이빨의 형태, 그리고 투구에 새겨진 월계수의 문양은 식별이 가능했다. 그에 더해 협곡 도처의 벽을 매운 라르칼리아의 문자까지. 모든 것들의 합은 그들로 하여금 어떠한 결론을 이끌었다.

에반부르가 탄식에 가깝게 신음했다.

"……적어도 백오십 년 전의 라르크 군사 양식입니다."

그들은 숨 막히는 침묵을 베어 물었다.

요새 올조르는 협곡을 빠져나가지 않고 정체한 라르크의 군을 살피기 위해 두어 차례의 파수병을 보냈다. 그러나 라르크의 군대는 그런 그들을 경계할 뿐, 꿈쩍 않고 자리를 지키고 있었다.

요새는 요새 나름대로의 판단을 내렸다. 라르크의 군대가 올조르의 군대가 빠져나가는 것을 목도하였으니, 목표를 요새로 돌릴지도 모른다. 하여 그들은 요새의 교두보를 걸어 닫으며 코웃음 쳤다. 개미 한 마리 남지 않은 올조르조차도 라르크는 넘어올 수 없음이다.

그러나 실상은 그들의 예상과는 몹시 달랐다.

라르크의 군사들도 어리둥절하기는 마찬가지였다. 이 정체停滯의 원인은 대단한 어떤 작전 때문이 아니라, 단순히 지휘 수뇌 기사들이 소집당해 불려간 탓이었다.

이유라 짐작해 볼 법한 것은, 조금 전 요새를 빠져나갔던 군대밖에 없었다. 적들의 공격은 없었다. 군사들은 요새의 망상병자들 만큼이나 다양한 걱정과 우려 속에서 휴식 아닌 휴식 시간을 보내고 있었다. 그들은 기사들이 죄 불려간 협곡의 샛길을 멀뚱멀뚱 바라보았다.

협곡의 안쪽. 갱도의 입구에서 조금 떨어진 곳에 서서 육안으로 협곡의 벽 전부를 담아 살피던 파사드가 그에게 다가오는 에반부르를 멈춰 세웠다. 확실하다. 협곡의 낮은 벽 일대는 전부 라르칼리아의 문양으로 덮여 있다.

무언가 말할 듯 입술을 벌렸던 그는 이내 소리를 입 밖으로 내는 대신 기사들에게 둘러 싸여 무릎 꿇은 르옌을 사나운 눈초리로 바라보았다. 그녀는 더 이상 분란을 일으키지 않고 얌전히 자리했지만 위축된 기색은 없었다. 파사드의 주먹에 힘이 들어갔다. 당장이라도 이 상황에 대한 해명을 하라 윽박을 쳐도 모자라다. 그러나 파사드는 이미 소용없음도 알았다.

—무너뜨리십시오. 그리하면 적들의 작전은 근본부터 와해될 것

이고, 올조르 함락의 영광은 오로지 당신에게 있을 겁니다.

—넌 대체 무언가.

—정체를 의심하셔도 좋습니다. 바라신다면 이 페넌, 지금이라도 내려놓겠습니다. 다만 현명한 지휘자로서 적아의 구분만이 중요하다는 것을 안다면 바르게 판단하십시오. 모르가나의 군이 양동을 펼쳐 기습을 하려는 상황에, 무엇이 라르크에 득이 되고 실이 되는지 자명하지 않습니까. 맹세하건대…… 저는 일생 단 한순간도 라르크에 해 끼칠 생각을 한 적이 없습니다. 사투르가 귀레 라르크.

라르크를 위하여.

파사드는 그녀가 자연스레 말미에 덧붙인 말에 얼어붙었다. 사투르가 귀레 라르크. 라르칼리아 왕조 시절부터 내려온 라르크의 고어로서, 충성심을 드러낼 때 사용하는 귀족들 사이의 맹세의 말이기도 했다.

—네가 그 말을 어찌 아나?

—평민이라도 귀는 있습니다.

믿기 어려웠다.

그 이후로는 명령에 가까운 물음에 꾸역꾸역 성의 없이 대꾸하는 게 전부였다. 이곳으로 찾아온 건 우연인가. 아니오. 어찌 알았나. 우연히…… 마을을 지나는 여행객을 통해 주워들었습니다. 말도 안 되는 대꾸들. 중요한 것에는 교묘함 삭인 공손함으로 눙치고, 강압적인 명령이 내려진 후에나 모르겠습니다는 말로 넘겼다. 작정하고 추국을 열어 여자의 입을 열게 하기에는 시간도 상황도 여의치 않았다.

그러나 정체 모를 굴 안에서 라르칼리아의 오래된 물건들이 나오고, 온 벽이 라르칼리아의 문자로 덮여 있으니 무시할 수도 없었다. 갑작스런 돌발 상황 속, 파사드마저 생각에 잠겨 침묵하자 발이 묶인 기사들은 속만 태웠다.

당장 협곡을 달려 나가도 시간이 촉박하다 싶은 와중, 회의가 열렸다. 대부분의 중책을 맡은 기사들은 전부 이곳에 불려 온 상황이기에 논의는 따로 장소를 마련할 필요 없이 그 자리에서 시행되었다. 군사 서기도 없고, 탁자도, 의자도 없는 곳이었지만 경건함과 긴장감만은 여느 때보다도 팽팽했다.

한참을 엉덩이에 불붙은 송아지인 양 호들갑을 떨던 자칼린도 어느 정도 정신을 차린 건지, 되레 신이 난다는 듯 낡은 검을 손가락 사이로 휘휘 노닐게 하며 강력하게 주장했다.

"가능성이 보이는데요. 지금 남은 화약이 열여덟 수레입니다. 그거면 저희 가문의 사저도 날려 버릴 수 있을 양입니다."

"하지만 체사 경, 우리는 지금 본진과의 협력 작전을 수행 중이네."

"작전 수행 중이긴 하지만, 올조르의 상징적 의미를 으스러뜨리는 게 등신 같은 로반티스의 군을 족치는 것보다는 멀리 보아도 낫지 않겠습니까?"

"만일 일이 잘못된다면 우리는 이샤스를 기습하는 연계 작전 또한 실패하고, 올조르도 건재하겠지. 게다가 저 갱도가 어찌 난 건지도 모르는 상황에서……."

"재가 아무 말도 안 합니까?"

에반부르를 비롯한 기사들과 지지 않고 대화를 주고받던 자칼린이 기사들의 견제를 받고 있는 르옌을 턱짓했다. 일부 기사들 중 어느 정도 상황을 짐작하는 이들은 르옌이 이 굴로 라르크를 인도한 것을 알고 있었다. 기묘한 눈으로 르옌을 곁눈질하던 에반부르가 고개를 저으며 논의를 속행했다.

"더 깊이까지 가 보지는 않아서 모르겠지만 적들의 함정일 수도 있소이다. 아무리 등잔 밑이 어둡다 한들, 올조르가 제 요새 코 아래 이런 것이 있는데 모를 리가."

"상관없지 않습니까. 그 안에 적들이 매복하고 있다면 칼질할 필요 없이 이기는 건데요. 그리고 생각해 보십시오! 올조르가 망하고 나면 모르가나의 황제병자가 눈 뒤집혀 몇 날 며칠을 잠 못 들 겁니다. 다시는 그따위 망발도 못 하겠지."

마지막 말은 삿된 투덜거림에 가까웠다. 그러나 자칼린이 칭한 망발이 무엇인지 짐작하지 못하는 이가 없어 딱히 그를 책망하는 이는 없었다. 도리어 한 기사가 거들었다.

"경들께 잠시 저도 소견 하나 올려도 되겠습니까? 만일 성공한다면 그는 모르가나의 조공국들에게도 영향을 줄 겁니다."

에반부르가 고개를 저었다.

"성공할 거라 자신할 수 없는 상황일세."

"저도 누트 경의 발언은 지지하지 못하겠습니다. 지금 당장 이곳에서 이러고 있을 때가 아닙니다. 어찌 된 것인지는 모르겠으나 당장의 모험은 불가하다 생각합니다."

"동의합니다. 이런 토굴이 생길 때까지 올조르가 몰랐다는 건 말이 안 된다 여깁니다. 함정일 가능성이 큽니다."

각양각색의 의견이 쏟아져 나왔다. 아무래도 쉬이 풀리지 않을 것 같은 논의에 자칼린이 습관처럼 쑤시는 허리를 퉁퉁 때렸다. 그의 음성이 소곤거림처럼 작아졌다.

"아니, 경계는 좋은데 무조건 함정이라고 하기에는 뭔가 안 맞잖습니까? 적어도 백오십 년? 이백 년 전? 기록상으로 올조르에서 마지막 전투가 벌어진 건 라르칼리아 폭군의 치세 당시라는 걸 고려해 보면.”

자칼린이 툭 내뱉은 말에 열의에 차 의견들을 쏟아 내던 기사들의 입술이 약속이나 한 듯 다물렸다.

올조르에서 치렀던 마지막 전투. 라르크인들 중 그에 대한 소재로 신이 나 입 놀리는 이는 없으나 모르는 이도 드물었다.

라르칼리아의 여왕이 올조르에서 장기전을 치르고 몰락한 이래로 누구도 올조르를 넘보지 못했다. 십 년도 걸리지 않아 북부를 죄 집어삼키고 서부의 거친 야만족들에게서 충성의 맹세를 받아 냈던 여왕이 피눈물을 흘리며 무너진 땅이다. 어느 누가 용기 내어 저 철옹의 요새에 검을 겨눌까.

국경을 접한 라르크에서도 올조르는 역사 저편으로 흘려보내고 싶어 하던 치부였고, 치부였기에 그간 작은 전투조차 없었다. 하여 자칼린이 제기한 의문이 어떤 의미인지 알았다.

기사들은 쉽사리 답하지 못했다.

상황을 정리한 것은 에반부르였다. 그는 자칼린을 엄하게 꾸짖었다.

“체사 경, 그런 사족은 후일 논하는 것이 어떠시오. 지금은 무엇도 확실한 것이 없으니 아무것도 확신해선 안 되오. 우리들끼리 왈가왈부해도 결국 결정은 최고사령관께서 내리시는 것이니.”

파사드를 향해 시선이 쏠렸다. 그들은 차게 갈앉은 파사드의 얼굴에 스스로 지나치게 흥분했음을 깨닫고 얼굴을 붉혔다. 자칼린이 나섰다.

“사령관님, 함정을 파는데 제 살 깎아먹는 짓까지 해서 파헤칠 리가 없지 않습니까? 올조르는 이 협곡으로 완벽한 수비 요새입니다. 근간마저 뒤흔드는 멍청한 짓을 해서 함정을 판다는 건 말도 안 됩니다. 정찰을 하고 나온 측량 소대가 쭉 둘러보고 와서 이르지 않았습니까? 저 정도의 지반이 약한 공간이 남아 있다면 아마 일정 이상의 충격이면 협곡 전체가 아니라도 일부는 무너질 거라 했습니다. 끄트머리만 떨어져 나가도 요새의 반이 떨어져 나갑니다."

"하지만 반대로 그게 사실이라면 지금 당장 그런 위험을 감수하지 않아도 되지 않습니까? 체사 경."

"나중에도 기회야 있겠지만, 지금이 아까 뛰쳐나간 애들까지 다 잡아 족칠 기회잖아요? 아군 피해 하나 없이, 저놈들이랑 맞붙어 싸울 필요도 없이, 로반티스 군도 물 먹고 무너지는 겁니다."

"그리 확신하시는 것은 조금……."

기사들은 담론을 나눌수록 혼란해졌고 언성도 덩달아 높아졌다.

멀지 않은 곳에서 흘러드는 그들의 음성이 더욱 격해질수록 르옌의 낯은 반대로 늪에 잠긴 듯 차분해졌다. 그녀는 느리게 눈을 깜빡이며 언쟁을 벌이는 이들을 돌아보았다.

기사들은 이미 그녀에게 관심조차 없었다. 심지어 그녀를 둘러싸고 있는 이들조차도 머잖은 곳에서 옥신각신하는 상관들을 어쩔 줄 모르고 바라보고 있었다.

르옌은 희게 앉은 낯 아래 초조한 속을 달랬다. 다물고 싶어 입을 다물고 있는 것이 아니었다. 자신에 대한 의심이 가시지 않은 상황 긴장한 이들에게 말을 몰아 붙였다간 오히려 상황이 악화될 수 있음을 알기에 치미는 것들을 모조리 삭이고 기다릴 뿐이었다. 그 즈음, 파사드의 시선이 르옌에 와 닿았다.

"최고사령관님께서도 지금 제 의견을 고민 중이신 거죠!"

자칼린이 파사드의 옆통수에 대고 호기 넘치게 소리쳤다. 다른 기사들이 죄 얼굴을 찌푸릴지언정 파사드는 자칼린의 말에 내심 동의했다. 그가 보기에도 갱도는 요새를 무너뜨리려고 작정한 이가 파헤쳐 놓은 거대한 비밀 장소였다. 함정이라는 건 논리가 결여된 비약이다. 그러나 문제는 저 정체와 의도를 알 수가 없는 여자였다.

'대체 어찌 안 건가.'

"칼란독 경, 비록 피해는 조금 있을지 모르나 지금이라도 군을 움직이면 해 저문 직후엔 출구에 다다를 겁니다."

영 꺼림칙함을 지우지 못한 한 기사가 파사드를 향해 직고했다. 파사드는 여전히 르옌에게 시선을 고정시킨 채였다.

르옌 데투아.

훈련조차 제대로 되지 않은 여자의 재능은 기사들을 제압할 만큼 출중했다. 단순히 태생부터 재능을 가졌다 묻어 넘기기에는 괴이쩍은 구석이 한두 가지가 아니다. 르옌이 진영에 닥친 이후로 무언가가 엉망이 되고 있었다.

정식 기사 서임이 아닌 임시직을 내린 것이야 의도한 것이라지만, 애당초 작위 서임을 중에 하는 것이 아니었다. 에반부르로 하여금 그녀를 감시하게 한 것도 그랬다. 비록 에반부르가 자처했다해도 그는 군을 통솔하는 지휘관 중 한 명이지 감시 따위의 소일을 하는 자가 아니었다.

무엇보다 르옌으로 비롯한 가장 큰 문제는 군율이다. 지금 당장만 해도 저 여자는 최고사령관인 그에게 날을 겨누었다. 개인적이고 사사로운 감정을 떠나 명백한 고의로 그의 등허리에 검을 겨누고도 지금껏 살아 있는 여자를 이상타 여기지 않는 기사들이 태반이었다. 저 여자가 왜 아직 살아 있는가를 소리 높여 따져도 모자랄 판에 저 느닷없이 나타난 갱도로 온 관심이 쏟아져.

물론 파사드조차도 지금 당장은 그에 대한 생각을 잘라 낸 후이니 그들을 책망할 수도 없었다. 되짚어 생각하기 시작하자 수상쩍은 것이 한두 가지가 아니었다. 덮여 있던 의혹은 더는 무시할 수 없을 만큼 커졌다.

로반티스의 군단장 중 한 명인 아스바르 백을 죽인 것과 그것을 빌미로 페넌을 요구한 것 또한 여자의 계산이었을까. 지금 저 여자가 올조르와 작당을 한 것은 아닌가. 지금 시간을 끌려는 속셈은 아닌가. 그런 말도 안 되는 의구에 이르러서야 파사드는 제 속을 가라앉힐 필요성을 인정했다.

전장에서는 적인지 아군인지만이 중요하다 했다. 스스로를 아군이라 주장한다. 그러나 그녀는 아군이라 여기기에는 지독하게 이질적이다. 라르크에 충성스러운 백성이었다면 감히 자신에게 검을 들이댈 생각을 하지 못했을 것이다. 살해의 의도가 없었다 할지라도 마찬가지다.

그렇다면 적인가? 섣불리 적이라 치부할 수도 없었다. 파사드의 심중으로 이번 작전 후, 여자에 대한 것들을 샅샅이 조사해 밝히리라는 의지와 더 이상 용납해서는 안 된다는 생각이 견고해졌다.

"사령관님, 어찌하올지……."

심상찮은 기세로 모인 기사들의 사기 또한 해가 기우는 속도와 함께 침강했다.

요새는 현재 죄 군을 차출해 출병한 터라 큰 위협은 없다지만, 파사드는 저들이 조바심 내는 이유를 모르지 않았다. 그는 잡념을 지우고 생각을 정리했다.

죽임당하고 싶지 않은 이들이 벌이는 죽고 죽이는 혈투 속에서 사령관인 그의 역할은 최소한의 피해로 적에게 최대한의 손실을 주는 것이다.

그녀의 정체가 무엇이건, 어떤 경위로 이 갱도를 알았건 상관 없이 저 토굴은 함정이라 볼 수 없었다. 정찰을 하고 나온 군사들마저도 요새 직하의 갱도가 크게 단단하지 않다 결론지은 상황이었다. 화약은 작은 성 하나를 다 태울 만큼 있다. 그것을 다 쏟아부어 올조르가 무너진다면 양동을 벌이기 위해 둥지를 떠난 요새의 군대도 회군할 것이고, 아군의 피해는 무無에 수렴하리라. 무혈입성은 하지 못할 터이나 무혈점령은 가능하다.

무엇보다도 요새를 잃으면 모르가나는 칠백오십여 년의 역사를 잃는 것과 상통했다. 그리만 된다면 역사의 오명을 씻고도 남는다. 다만 문제는 만에 하나의 상황에 그들이 수송해 온 화약이 협곡에 아무런 영향도 미치지 못했을 때다.

어스름 붉은 옅은 눈동자가 그의 흑안을 향했다. 파사드의 눈동자 위로는 안절부절못하는 여자의 속마음이 고스란히 읽혔다.

"이건 우리가 왈가왈부하여 갑자기 결정할 문제가 아니라고 봅니다, 라트 경. 만일 상황이 뜻대로 돌아가지 않았을 때의 책임은 누구도 질 수 없습니다."

"이러고 있는 것도 시간 낭비인 듯합니다. 그냥 작전대로……."

르옌은 차츰 미지근한 불 삼킨 듯 뜨거워지는 속을 달랬다.

'핫바지 같은 놈들이.'

지리멸렬하게 이어지는 이야기는 끝이 없었다. 실패했을 때를 상정해 질책을 피하고자 이리저리 몸을 사리는 것이 눈에 훤해서 웃음도 나지 않았다. 머리가 있는 놈들이라면 지금 이 시점에 요새에 씻을 수 없는 타격을 주는 것이 얼마나 큰 효과를 불러올지 모르지 않을 것을 오죽 겁이 많으면 저러는가.

슬슬 르옌도 불안의 기색을 지우기가 어려워졌다. 왜 파사드는 침묵하는가. 그나마 강강하게 주장하던 자칼린마저도 에반부르의 제법 단호한 태도에 입을 다물고 말아 그녀는 더욱 초조해졌다.

이미 할 수 있는 모든 것을 했다. 목숨을 걸고 내달렸고, 저들을 안내했다. 그리고 이리 저들의 결정을 기다리고 있다.

그녀의 시선 끝에 파사드가 맺혔다. 그에게서 벨바롯트를 떠올리기는 하였으나, 생각해 보면 르옌은 저 새까만 것 똑 닮은 사내의 성정을 모른다. 젊은 나이에 사령관의 직위에 올랐으니 그만한 머리가 있을 것이고, 그만한 판단력이 있을 것이라 어림했을 뿐이다. 또한 브류나크의 혈통이라 하니 그에 저만의 기대를 높여 댄 것인지도 모른다.

만일 저자 또한 저네들처럼 몸 사리기에 마음 쓴다면 어쩌나? 속내 알기 어려운 새카만 눈동자에서 무엇도 읽어 낼 수가 없다. 긍정도, 부정도, 불꽃처럼 타오르던 노여움마저도 가라앉은 정적인 시선.

이내 그가 그녀를 외면했다. 명확한 이유에서 기인된 불안으로 심장이 쿵 떨어졌다. 르옌은 순간 무슨 말이라도 해야 할 것 같은 충동에 휩싸여 입술을 벌렸다.

그때, 내리 침묵을 고수하던 파사드가 먼저 입을 열었다.

"경들의 말에 일리가 있다."

가라앉은 닻처럼 흔들림 없는 음성이었다.

사람의 소리가 가진 그 무게에 기대가, 바람이 산산이 부서져 바스라진다. 이제 어찌해야 하나. 결국 그녀가 허리 꺾인 갈대처럼 고개를 떨어뜨렸다.

"그러나…… 시도해 볼 가치 또한 있다."

바위와 자갈로 덮인 흙바닥을 처연히 내려다보던 르옌은 뚜렷이 울리는 음성에 이끌리듯 고개를 들었다.

"전군, 후방을 선두로 퇴각한다."

파사드의 명령은 절대적이었다.

기사들은 갑론을박을 떠들어 대던 입을 다물고 군사들을 퇴각시켰다. 그 바람에 협곡 앞에서 수비 진형으로 대기 중이던 올조르의 일부 군대와 작은 전투가 벌어졌다. 그들은 돌아 나오는 라르크 군과 잠시 맞서 싸우다 언덕 위로 줄행랑을 놓았고 라르크의 군대는 그들이 주둔했던 그 자리에 행군을 멈춘 채로 집결했다.

결국 협곡의 입구에서 해는 저물었다. 당초 파사드의 결정에 은연중 반발의 기색을 보이던 기사들 또한 등골 저릿한 긴장으로 투구를 벗고, 석양빛 오롯이 새기는 요새를 응시했다.

돌이킬 수 없었다.

"예상 소요 시간은?"

"체사 경께서 자정이 되기 전에 모든 준비를 마치실 수 있다 하십니다."

요새의 사위를 둘러싼 공기도 심상치 않았다. 갑작스레 협곡 밖으로 뒷걸음질한 라르크의 군대가 요새군을 추격하지도, 그렇다고 요새를 침략하지도 않고 정지 상태에 있으니 의아할 법도 했다. 종종 언덕 아래로 달려 내려와 라르크의 동태를 쥐새끼처럼 훔쳐보고 달아나는 요새의 파수병을 사격 위협으로 물리치기를 몇 차례.

파사드는 마른 공기 휘감긴 평야의 한복판에 서서 방향이 바뀌기 시작한 협곡풍에 흔들리는 깃발을 응시했다.

암암한 밤이 지평선을 갉아먹고 오롯이 드리워졌다. 느지막이 화약과 보급 군수품을 담당했던 자칼린이 협곡을 빠져나온 것을 확인한 파사드가 그의 곁을 지키던 기사에게 명했다.

"무의미한 희생을 피하고 싶다면 요새 밖으로 나오라고 올조르의 군장에게 사신을 보내라."

요새의 언덕 위로 라르크의 자비로운 기사가 달려갔다. 그러나 요새는 그들의 관대함을 비웃었다.

달이 하늘 위로 높이 솟아오른 시각, 파사드의 마지막 정리가 이어졌다.

"등 뒤는 라트 경과 에반부르 경이 방비할 것이다. 세 번째 봉화가 오르기 시작하면 저들 또한 귀환할 터, 우리는 그때를 놓치지 않고 적들의 길목을 막는다. 체사 경은 차봉에서 대기하도록."

각각의 부대를 이끄는 지휘관들이 일제히 자리를 찾아 움직였다. 그리고 변경된 작전들을 하달했다. 지휘관은 부관에게, 부관은 또 보조병에게, 보조병은 그 아래의 수백 수천의 군사들에게 전했다. 갑작스레 당초의 작전이 중지된 상황 속, 새로이 하달된 명은 명백한 기우와 불신으로 라르크 군을 뒤흔들었다.

실패라는 상황을 상정하지 않고 강강히 주장했던 자칼린마저도 긴장으로 침을 꿀꺽 삼켰다.

"시작할까요."

파사드가 주위를 훑었다.

"여자는."

"저쪽에."

덴과 함께 두었다가는 또 무슨 짓을 벌일지 모른다는 우려로 포승줄에 묶인 채 평야에 자리한 군의 차봉次鋒에 선 르옌은 석상처럼 요새를 올려 보고 있었다.

수백여 년 요새를 떠받들고 있던 협곡의 음습한 입구는 여느 때보다도 어두운 틈으로 그들을 위협했다. 달빛, 별빛 부스러기 흩뿌린 밤이었다. 그녀는 멈춘 시간 속의 화폭처럼 그렇게 협곡을, 요새를 눈에 담았다.

"신호를 울려라."

숨 막히는 정적과 불안으로 점철된 대기는 파사드의 손짓 하나로 사납게 울부짖었다.

뿔나팔 소리는 소름 끼치는 기세로 퍼져 나가 세상 뒤덮을 듯 귓전을 때렸다. 수십 개의 나팔 소리가 일시에 울리기 시작하자 바짝 놀란 요새의 불빛이 거세어졌다.

그들은 라르크의 침략을 대비하듯 요새의 전후로 병사들을 내보내고 견제 궁수들을 배치해 세웠다. 그러나 라르크의 군사들은 꿈쩍도 않았다. 그리고 얼마 지나지 않아 협곡 안에서부터 징 소리가 울리기 시작했다. 최종적으로 화약의 설치와 점화의 임무를 맡은 라르크의 기사들이 우악스런 후진의 징 소리와 함께 달려 나왔다. 그들이 바람처럼 질주해 오는 것을 눈에 담은 라르크 군사들이 숨을 죽였다.

평야를 미끄러져 협곡으로 달리던 바람이 왠지 모를 불안으로 걸음을 되돌리는 밤. 하얗게 흔들리는 브류나크의 왕실 깃발이 별빛 반사하는 찰나의 시간. 가까워지는 북소리와 다급한 말발굽 소리가 실제의 소리로 인식되기 시작할 무렵.

찢어지는 바람과 함께 협곡이 울었다.

찌그러진 하늘이 돌 바위를 으스러뜨리는 소리가 휘몰아쳤다.

그것은 땅이 갈라지는 소리, 대지의 축이 쪼개지는 소리와도 같았다. 지반이 내려앉는 육중한 폭음은 어마어마하게 기세를 불려 악마의 비명처럼 협곡을 메아리쳤다. 불빛 한 점 보이지 않았고, 화약 냄새 한 움큼 맡을 수 없었으나 라르크 군의 모두가 알았다.

그들이 수일을 짊어지고 달려온 수레와 그 안의 화약이 협곡의 어딘가를 산산조각 냈으리라. 그들이 모든 작전을 송두리째 뒤엎은 것은 저 때문이었다.

구름 한 점 없는 어둔 밤하늘 아래 쏟아지는 빛무리조차 침범하지 못하는 어둑어둑한 협곡의 입구를 향해, 모두가 한 마음으로 시선을 괴었다. 파사드는 룻사에 앉아 침묵으로 기다렸다. 에반부르는 오묘한 긴장으로 눈을 지그시 감았으며 자칼린은 침을 꼴깍 삼키며 저네들의 마지막이 될지도 모를 풍광을 눈에 담았다.

모두의 경직 속에, 르옌이 천천히 걸음을 옮겼다. 앞으로, 앞으로. 조금이라도 더 가까이서 볼 수 있도록. 비록 그녀를 감시하던 병사들에게 붙잡혀 몇 걸음 내딛지도 못했으나 그녀에겐 한 걸음이라도 중했다.

징 소리가 멎음과 함께 기사들이 말을 멈추고 뒤돌았다. 요새의 꼭대기에 앉아 그들을 굽어보던 오만한 종자들이 비명을 지르며 달려 나오기를 고대하며. 보는 것만으로도 오그라드는 심장이 핏기를 잃고 떨리는 것을 내색하지 않으며. 쿠르릉, 협곡이 몸을 뒤트는 굉음이 잇따라 울려 퍼졌다.

귓속으로 파고드는 사나운 대지의 비명에 르옌이 간구했다.

무너져라. 무너지란 말이다.

그러나 폭음의 메아리는 밤바람에 섞여 덧없이 사라졌다. 연기가 저편으로 피어오르고, 불길이 홧홧하게 비쳤다 사그라졌다.

요새는 멀쩡했다.

지루하다 싶을 만큼 긴 시간이 흘렀다. 건재한 협곡의 변함없는 위엄에 자칼린의 낯빛도 차츰 굳어졌다. 아닌 듯 기대했던 에반부르조차도 내색을 지우지 못하고 곤혹스레 주위를 둘러보았다.

실패야? 실패한 거야? 이제 그럼 어떻게 되는 건데?

군사들의 충격과 불안의 색이 살갗을 찌를 만큼 따갑게 짙어졌다. 에반부르는 말을 잃고 협곡을 다시 한 번 돌아본 후 파사드를 향해 다가갔다.

"……칼란독 경, 이제 어찌하올까요."

이미 원래의 작전으로 되돌아갈 수도 없다. 시간도 가쁘거니와 신호탄을 올릴 화약마저 죄 소진했다. 파사드는 꿈쩍도 않은 채로 그들의 혼란을 불식시켰다.

"……인내하십시오."

그럼에도 불구하고 기사들의 눈에 낭패의 기색이 서리기 시작했다. 화약 열여덟 수레. 자칼린이 호언했듯 작지 않은 귀족 사저 하나 충분히 날려 버릴 화력이 아닌가. 협곡을 찢을 듯 울리던 굉음과 흔들리는 땅을 귀에 담고 발에 새겼다.

그러나 결국 제 단단함을 과시하는 저 협곡은 그야말로 악마적으로 심중을 파고들었다. 일견 이 사태에 비극적 감상을 느끼며 후회 막급한 얼굴을 하는 이들이 더러 비쳤으나, 차마 파사드에게 언하지 못하고 발만 쿵쿵 굴렀다.

"이제 어찌……."

르옌 또한 망연히 주먹을 쥔 채 그것을 바라보았다.

무언가 잘못된 건 아닐까. 저들이 제대로 임무를 수행하지 않은 게 아닌가. 그대로 돌이 되어 버릴 듯 굳어진 몸에 폐만 헐떡거린다.

막연한 회한이 밀려들었다.

결국 아니 되는 것이었나. 저것 하나 무너뜨리기 위해 수백의 백성들을 사지로 내몰고, 수천의 백성들에게 고통을 주었고, 수년의 시간을 쏟아 부었거늘. 자신이 목적했던 것은 불가능이었던 것인가. 지독한 집착이 끝내 다시 죄를 쌓았다.

이 어리석은 여자가 또다시…….

달빛에 길게 드리워진 속눈썹의 그림자, 그 아래 충혈된 눈동자는 혼 빼앗긴 듯 요새를 올려다보고 있었다.

그들을 비웃듯 요새의 불빛은 찬란했다.

이윽고 달이 기울기 시작하자 자칼린마저 초조함에 방방거리기 시작했다. 그는 화약의 점화의 임무를 맡은 기사들을 닦달하며 윽박을 쳐 댔다. 그러나 결국 달이 완전히 기울기 전, 르엔을 강하게 지지했던 자칼린마저도 침통한 낯으로 꼬리를 내렸다.

실패다.

부정적인 여론이 비통한 정적 새새로 스며들었다. 결국 한 기사가 조심스레 다가와 말했다.

"칼란독 경…… 요새는 포기하고 군을 돌려 본진으로 향한 올조르 군을 섬멸하는 것이 차선인 듯합니다."

"기다린다."

파사드는 누누히 잠긴 음성으로 일갈했다. 그리고 시체의 살결 같은 창백한 달빛 아래, 금방이라도 바스러질 듯 연약하게 선 여자를 돌아보았다. 그녀의 시선은 시종일관 요새의 꼭대기에 박혀 떨어질 줄 몰랐다. 금방이라도 일그러진 얼굴로 울음을 터뜨릴 듯이.

죽음의 악취보다 지독한 정적의 시간이 흘렀다. 실패의 무게와, 엉망이 된 작전의 혼란함과, 앞으로 어찌 될지 모른다는 불안감이 라르크 군의 손끝, 발끝까지 점령했다. 그러나 그들의 최고사령관이 침묵을 명했기에 그들은 모든 감정을 속으로 삭이며 고개를 떨어뜨렸다.

그리고 지상을 한 바퀴 돌아 날아오르려는 태양이 평야 저편으로 불그스름한 빛을 드러낼 즈음.

찌저저적.

괴이한 소리가 저편으로부터 울려 퍼지기 시작했다. 두꺼운 모루 쪼개지는 듯한 육중한 소음이었다.

뺨에 닿는 붉은빛만큼이나 참담한 감상으로 고개를 떨어뜨리고 있던 라르크의 군사들이 지친 고개를 들었다. 매 맞은 개처럼 기가 죽어 올조르를 향해 혼잣말 같은 욕지기를 퍼붓던 자칼린의 음성도 뚝 그쳤다.

그리고.

요새를 지탱하는 협곡의 끄트머리로부터 자그마한 돌멩이가 굴러 떨어지는 것이 시작이었다.

요란한 돌 깨지는 소리와 함께 자잘한 것들이 유사처럼 흘러내리는가 싶더니 이내 커다란 돌덩이들이 요란한 소릴 내며 토사와 함께 쓸려 내렸다.

모두가 충격과 기대로 숨죽인 광경, 돌연 요새 위로 두 개의 봉화가 벌건 불길을 더했다. 전에 없던 소름 끼치는 굉음이 협곡을 양분했다. 그리고 뚝 떨어진 거대한 바위는 협곡의 좁은 벼랑에 걸려 무른 돌벽을 짓누르며 쿠구궁 내려앉았다.

풍경 속에서 도려내지듯 요새가 기울었다. 이내 요새를 둘러싼 단단히 쌓아 올린 철옹의 성벽 일부가 종잇장처럼 떨어져 나갔다. 성벽과 함께 쓰러진 봉화가 어마어마한 불티를 휘날리며 폭포처럼 불길을 쏟아냈다. 불이 이리저리 옮겨 붙었다.

긴급사태를 알리는 무늬 없는 붉은 깃발이 요새의 첨단으로 치솟고, 놀란 요새는 문을 열었다. 그 안에서 뛰쳐나오는 이들의 수만 어림잡아 일천여를 훌쩍 넘겼다 이르렀다. 그러나 대부분의 병력을 차출한 탓에 반절은 비무장의 백성들이었다.

흔들리는 둥지에 놀라 뛰쳐나온 이들 중에는 요새의 군장도 있었다.

멍하니 그 광경을 지켜보던 라르크의 군사들은 환호도, 안도도 하지 못했다. 그저 꺼지듯 무너져 내리는 수백 년의 역사를 떨리는 가슴으로 새겼다. 마른 숨을 내쉰 파사드가 입술을 꾹 다물더니 리오낙을 움켜쥐고 명했다.

"체사 경은 이든 경을 이끌고, 전투태세를 갖추어 언덕 아래 대기하여 올조르의 남은 방위군들을 제압, 요새의 군장을 생포하라."

고사한 들풀처럼 기가 팍 죽어 있던 자칼린은 이루 말할 수 없는 기쁨으로 정체 모를 구호를 외치며 달려갔다.

여명의 빛무리가 불그스름 스며든 르옌의 눈동자 위로 이백 년의 눈물이 괴었다.

그날 동이 틀 무렵, 협곡의 붕괴로 요새 올조르는 반파되었다. 이렇다 할 회전조차 없이 라르크 군은 놀라 도망 나온 요새의 군장과 고관들, 모르가나의 민간 포로 오백여 명을 사로잡았다. 그러나 수백 년의 상징의 마지막이 된 올조르의 군장은 언덕 아래 내려와 무너져 내린 협곡을 목도하고 명예로이 자결했다.

요새 올조르.

불가침의 신화는 그렇게 끝을 맺었다.

비록 일부였으나, 오래된 협곡은 겨냥된 목적 아래 무너졌다.

태반의 군사들은 강철 요새의 성벽이 휘어지고 끊어져 그 잔해가 일대를 뒤덮는 것을 육안으로 목도하고도 믿지 못했다. 개중 빠르게 정신을 차린 누군가는 역사의 현장을 그 눈으로 보았음에 감격하여 눈물 흘렸으며, 반대로 누군가는 얼떨떨한 얼굴로 이 말도 안 되는 상황에 멀건 눈만 비볐다.

장장 칠백오십여 년, 그 긴 시간을 흠결 하나 없이 건재하던 요새의 위명이 화약 몇 수레에 모래성처럼 스러지다니. 온 군대가 파도처럼 술렁였다. 라르크 군사들은 계속해서 제 살을 떨어뜨리는 협곡의 위태로움에 일대가 진정될 때까지 협곡 근처에 발끝조차 두지 못하고 눈으로만 더듬을 뿐이었다.

그리고 정지된 시간이 움직인다.

"지체하지 마라."

그들은 지휘관의 명령에 언덕 아래로 도망쳐 나온 올조르의 백성들을 생포하고 감시, 정리함은 물론, 요새 안의 고관들이 들고 도망친 모르가나의 기밀 서류 등을 모조리 압류해 선별하는 것만으로 하루를 꼬박 보냈다.

"본진으로 두 번째 파발을 띄웠습니다."

"모르가나의 황실과 주고받은 서간을 압류했습니다. 암호문으로 되어 있어 당장의 해독은 불가능할 것 같습니다."

흥분을 가라앉히지 못한 이들의 순차적인 보고가 이어졌다. 밤잠 한숨 자지 못한 이들의 낯에 피로의 기색은 없었다. 지휘관, 말단 병사 가릴 것 없이 황홀과 흥분에 자신을 송두리째 내준 듯했다. 그뿐만 아니라 피 한 방울 흘리지 않고 요새를 무너뜨린 제 사령관의 재량에 치미는 무한한 존경은 감추려야 감출 수도 없을 지경이었다.

그들 중에는 콧대가 높아져 우쭐하는 이도 있었다. 자칼린이었다. 그는 날다람쥐처럼 뛰어다니며 기세등등한 태도로 다른 기사들과 눈이 마주칠 때마다 '그러게, 제가 뭐랬습니까!' 하며 어깨에 힘을 주었고, 에반부르 또한 그런 그를 향해 난감하게 웃기만 했다. 노익장도 살아생전 저런 광경을 보리라 기대치 않았으니 감격은 마찬가지였다.

그러나 파사드는 도리어 언짢은 얼굴이었다.

"아직 마음 놓지 마라. 본진쪽 길목으로 파수병을 보내 요새군의 동태를 확인하라."

이만한 승리조차 즐기는 기색 없는 파사드를 의아해하는 이들은 많았지만 감히 묻는 이는 없었다.

"군장의 시신은?"

"일반 군 병영에 다른 시신과 함께 안치해 두었습니다. 확인하시겠습니까?"

"이후 보겠다."

"칼란독 경, 파수병이 돌아왔습니다. 올조르 군의 회군이 막 확인되었다 합니다. 내일 정오 즈음이면 다시 이곳에 다다를 것 같습니다."

"요새 군장의 죽음을 저들에게 알리고 전투를 준비하라. 경기병輕騎兵[†]들을 필두로 삼면 매복 포위, 제압한다."

"존명."

경기병† 민첩한 활동을 위해 가볍게 무장한 기병.

해가 저물고 나서야 대부분의 상황이 정리되었다.

여전히 바쁜 걸음 소리와 쇠붙이 소음이 지천에 널렸으나 적어도 흥분의 고함과 감격의 비명, 제 눈을 의심하는 반문들은 사그라졌다. 잠시 짬을 내어 지친 롯사에게 풀을 먹이던 파사드는 믿기지 않는 풍경을 다시 한 번 돌아보았다.

곳곳에 모르가나의 포로들이 겁을 집어먹고 포로 수용 공간에 갇혀 있는 풍경. 그보다 더 멀리 협곡 입구에는 산더미같이 쌓인 돌과 바윗덩이의 잔해가 수북했다. 불확실한 가능성에 기대어 무리한 시도를 감행했고, 성공했다. 올조르의 붕괴, 그는 더할 나위 없는 라르크의 축복이었다. 이로서 대모르가나전의 판도가 크게 바뀌리라. 아마 일대의 지도를 다시 그려야 할지도 모를 일이다.

파사드는 문득 손끝에 박힌 가시 같던 여자의 존재를 떠올렸다.

모든 것은 당신의 업적이 되리라며 허영심을 부추기던 여인. 그래서 더욱 불쾌했다. 다만 지난 하루, 또한 눈코 뜰 새 없이 사태를 수습하느라 잠시 잊었던 것이다. 그는 군의 재정비로 바삐 뛰어다니는 기사들에게 시선을 옮기고, 그들 하나하나를 찬찬히 둘러보았다. 적어도 그의 시야가 닿는 거리에 여자는 없었다.

에반부르는 중책을 수행하기 위해 현재 포로가 된 올조르의 고관대작들을 신문하러 갔으며, 자칼린은 붕괴의 끝에 안정기에 들어선 협곡을 살피기 위해 자리를 비웠다. 파사드는 그녀가 어떤 기사의 휘하에 감시당하고 있는지 알지 못했다.

잠시 고민하던 그가 에반부르와 함께 움직이던 한 기사를 발견하고 물었다.

"르옌 데투아는 어디에 있나?"

"몸이 좋지 않다고 하여 임시 막사로 보내 두었습니다."

"데리고 나와라."

그러나 한참 후에야 홀로 돌아온 기사는 아연실색 고개를 떨어뜨렸다.

기가 찼다.

대체 언제, 어디로, 어떻게 빠져나간 건지.

최고 지휘관의 명령이 있은 후에야 그녀의 부재를 깨달은 군사들이 사방팔방을 헤매고 다니기 시작했다. 체구가 작고 날랜 여자이니 우락부락하거나 길쭉한 사내들 사이에서 분명 눈에 뜨일 것인데 어디에도 없었다. 해 울음에 쫓기는 그들의 그림자가 기다란 갈대처럼 늘어질 무렵이 되어서도 여자는 발견되지 않았다.

저무는 붉은빛 저편으로 협곡이 비쳤다. 파사드는 곧 죽을 사람처럼 요새를 올려다보던 여자의 얼굴을 떠올렸다.

올조르 요새의 군장, 기텔라의 오만처럼 드높은 협곡을 등진 기사들의 낮은 장송의 거무죽죽함으로 물들었다. 둔영의 사망자들을 고이 뉘여 둔 풍경 속에 몰려 있던 지친 추모자들의 눈빛에 짙은 통한이 배어들었다. 화드득 타오르며 어둠과 투쟁하는 횃불조차 우는 듯 우울한 새벽이었다.

수많은 시신들 중, 한 구의 시체를 둘러싸고 모인 기사들은 슬픔을 오롯이 가슴에 품고 묵념했다.

—폐하께서 오셨습니다.

—비켜라.

별안간 들리는 한 군사의 아룀에 미처 길을 터 줄 사이도 없이, 무장을 하고 나타난 자그마한 여인이 그들 사이를 거칠게 헤치고 시신의 앞에 섰다.

—폐하.

여왕의 뒤를 따라 온 페이작이 막 인사를 올리려는 기사들을 제지했다. 감정 하나 없는 싸늘한 벽안을 마주한 기사들은 고개를 숙였다. 사슬에 죄인 듯 숨 막히는 정적이 흘렀다.

다급한 걸음을 멈춘 여왕이 투구를 벗어 내렸다. 단단한 투구 속 숨어 있던 적갈색 머리칼이 흘러내렸다. 횃불에 더욱 불그스름 빛나는 머리칼을 쓸어 넘긴 여왕은 바라지 않았던 풍경에 입을 다물었다.

그녀의 새파란 벽안이 시신의 뺨에 깊이 남은 자상에 머물렀다.

—……이번엔 그대가 갔는가.

일그러진 입술 새로 흐르는 음성에 슬픔의 색은 없었다. 여왕이 페이작을 향해 손을 내밀었다. 그러자 페이작은 말없이 그녀의 손에 자그마한 금화를 하나 건네었다. 여왕은 손바닥 위로 다다른 차가운 금화의 냉기에 잠시 손끝을 움츠렸다가 꾹 쥐었다.

여왕이 출병한 이래, 이상하지 않은 풍경이 되어 버린 장송의 의식. 그를 바라보는 비통으로 가라앉은 시선 속에서, 여왕은 말없이 허리를 숙였다. 길게 늘어진 머리칼이 차게 굳은 시신의 뺨 위에 닿았다.

—데라 노트진 카난소.

여왕은 시신의 흉하게 드러난 상처를 어루만지더니 차게 굳은 시신의 입술을 강제로 벌린 후, 그 혀 아래 월계수를 새긴 둥근 금화를 조심스레 밀어 넣었다. 그리고 조용히 작별사를 고했다.

—누아드가…… 뮌 잔리사스 귀레 라르카드단야.

누아드가, 이 영광을 삶으로 낙원까지 안내하소서.

허례허식 벗긴 장례의 제문을 생략한 간결하고도 과분한 치하가 이어졌다. 라르칼리아의 왕이 허락한 영원의 땅으로, 왕족을 위해 헌신한 또 다른 사내가 돌아올 수 없는 길을 떠났다. 여왕은 느린 손길로 시신의 이마를, 콧등을 그리고 양 뺨을 성호를 긋듯 어루만졌다.

—송구합니다, 폐하.

카난소 경이 죽은 바로 그 전투에서 살아남은 한 기사는 죄의식으로 무릎 꿇었다.

여왕이 차디찬 낯으로 몸을 일으켜 세웠다. 올조르에서 잃은 장수만 수십이었다. 또한 그 곱절보다 많은 무수한 백성들이 그들보다 먼저 죽음이라는 무아의 세계로 떠났다. 그녀는 벼처럼 축 수그린 기사들의 목례를 돌아보다, 이내 금방이라도 이마를 땅에 처박을 듯 무릎 꿇고 엎드린 기사를 내려다보았다.

사내의 울분에 찬 눈물이 흙바닥을 적시고 있었다. 차가운 협곡 바람에 흔들리는 머리칼 새로 노여운 벽안이 날을 세웠다.

—누가 그대에게 눈물을 허락했나.

—모두 저의 불찰입니다.

—지금 우리는 먼저 떠난 저들의 짐을 대신 짊어졌음이니라. 슬퍼하려거든 카난소 경을 이리 만든 적들을 모조리 베어 넘기고 슬퍼하라. 감히 지금 그대가 보이는 눈물은 그저 동정에 지나지 않으니. 누가 감히 라르크의 맹장을 동정하라 하였나.

울지 마라. 오랜 시간 그녀와 함께 전선을 내달렸던 기사들은 알고 있었다. 그리 말하는 여왕의 차가운 낯 아래 차오른 치욕과 슬픔과 분노를 모를 리가 없지 않은가. 그녀는 단 한 방울의 눈물조차 허락지 않는 엄격함으로 스스로를 채찍질하고 있었다.

그리하여 어느 사내보다도 단단하고 강강했으니, 솟아오르는 경외로 기사들은 하나둘씩 무릎을 꿇었다. 오직 페이작만이 무미건조한 눈으로 차게 식은 시신을 내려다보며 침묵했다.

여왕은 그런 페이작과 무릎 꿇고 울음을 참는 기사들 새를 스쳐 지나며 투구를 올려 썼다.

—저들을 향한 눈물은, 저 쳐 죽일 요새를 무너뜨린 후에야 완전한 조의와 애도가 될 것이다. 우리는 이들의 희생을 헛되이 하지 않을 것이다.

갑작스레 변한 상황에 바빠진 병사와 기사들의 관심을 피하기란 쉬웠다. 아직 빼앗기지 않은 붉은 늑대의 페넌은 사정 모르는 군사들에게야 여전히 두려운 것이었다. 그들에게서 말을 빌려 언덕의 입구를 지키고 있는 이들을 피해 샛길로 숨어드는 것도 그녀에게는 간단한 일이었다.

가파른 언덕을 올라 높은 평지를 디딘 그녀는 반쯤 열린 철문 앞에 섰다. 밤빛 속에서, 웅장하기보다 기괴하고도 처연히 열린 휑한 문 도처로 밟혀 죽고 굴러 떨어져 죽은 시신들이 즐비해 있었다. 적은 없었다.

언제 무너질지 모르는 요새의 입구 앞에서 허리를 곧게 세운 르옌은 전신을 밟고 지나는 바람 소리에 눈을 감았다 떴다. 지독스레 건조한 바람이 차갑게 살갗을 때렸다.

다시금 떠오르기 시작한 누런 달빛이 삽시간에 사성이 된 요새를 비추었다. 몽롱한 달빛이 어루만지는 삭막한 요새의 풍광은 꿈이 아니었다. 말에서 내린 그녀는 천천히 요새 안으로 걸음을 디뎠다. 한 걸음, 한 걸음, 족쇄를 단 듯이 무겁고도 느린 발자국을 남겼다.

얼마간 들어간 르옌이 무릎을 굽혀 바닥을 짚었다. 그러고는 흙을 한 움큼 쥐어 코끝에 가져다 대고 향취를 삼키듯 들이켰다. 코끝에 맴도는 향취에 취한다.

빛 삭은 눈동자가 조용히 미끄러져 휘어진 성벽 위 불 꺼져 가는 봉화를 응시했다. 그 담담한 빛 드리워진 눈동자는 이내 부서지고 무너져 내린 드넓은 요새 안의 풍경에 머물렀다.

실감이 나지 않았다. 주인 잃고 열린 위태로운 요새 안으로 걸음 했음에도 실감치 못했다.

수많은 이들을 죽이고, 수많은 것들을 잃어 가며 넘고자 했던 이 요새가 이토록 연약한 것이었나? 그저 돌 쌓아 올린, 철벽을 두른 보잘 것 없는 인간의 땅이었던가? 이리도 쉽게?

이 허풍스런 땅에서 그리 큰소리를 쳤던가, 기텔라여.

반쯤 고꾸라질 듯 앞으로 몸을 기울어뜨린 르옌이 덜덜 떨리는 손으로 흙바닥을 긁었다. 밤공기 속으로 스며든 온갖 것들의 냄새가 폐부로 스며들었다. 함께 스며드는 과거를 견딜 수 없어 그녀는 몸을 둥글게 말아 엎드렸다. 안정되지 않은 지면에선 여전히 위태로운 떨림이 진동했다. 많은 이들의 통한과 고혈을 고이 받아 삼켜, 그대로 뿌리부터 삭아 간 이 협곡은 이백 년 전의 이들의 업적이었다.

여왕이 남겨 둔 마지막 과거의 잔혼, 수많은 이들이 목숨을 걸어야 했던 퇴적된 원망과 비원의 화석.

"……그대들의."

그녀가 말을 멈췄다. 이토록 청량한 공기를 마신 적이 없다. 화약과 불에 탄 재 냄새조차도 상록의 향취처럼 달콤하다. 흐려지는 시야에 넋 놓은 그녀의 마른 입술이 달싹였다.

"그대들의 희생은 헛된 것이……."

차마 말을 맺지 못했다. 밀려오는 감격으로 목울대가 아플 만치 떨려서.

—결국 누님은 넘을 것이다.

"……그래, 페이작…… 내……."

고개를 들어 주위를 둘러보던 르옌의 움직임이 느릿느릿, 멎었다. 그녀의 콧잔등이 일그러지는가 싶더니 이내 입술이 사납게 다물려 굳어졌다. 온통 어둔 적막과 검은 풍경 속 점점이 찍힌 나무와, 방관하며 굳게 선 돌 바위들만이 그녀를 에워싸고 있었다.

어찌 이리도 고요한가. 올조르가 무너졌거늘 기쁨의 축제도, 성취의 풍악도 없이. 아무것도 없이.

부지불식간에 눈물이 뚜욱 떨어져 내렸다.

아무도 없다.

외딴 세상에 홀로 내버려진 기분이었다. 응당 있어야 할 함께 목숨을 걸었던 전우들은 하나 없고, 고독에 절어 홀로가 홀로인 것도 잊은 여자만이 남았다.

—누님이 진다는 것은 상상할 수도 없다.

귓바퀴 안으로 달큰하게 스며드는 환청에 입술을 떨던 르옌이 끝내 오열을 터뜨렸다. 그녀는 주먹이 부서져라 땅바닥을 내려치며 참았던 비명을 쏟아 냈다.

빌어먹을 올조르! 빌어먹을 올조르!

그녀는 목 뒤틀린 새처럼 울며 세월 층층이 퇴적된 시간을 저주했다. 씨근덕거리는 숨이 이내 멎었다. 이어 흐느낌이 새어 나왔다.

"고작…… 고작…… 이를 위해……."

눈물이 앞을 가려 무엇 하나 볼 수가 없었다. 울음에 숨이 막혀 꿈

찍도 할 수 없었다.

끝내 올조르는 무너졌거늘, 이것을 이루기 위해 고군분투하며 목숨을 걸었던 이들은 영영 알지 못할 터다. 수고했다. 모두 그대들의 노고이니라. 치하조차 그들에겐 들리지 않을 것이다. 그녀의 파르르 떨리는 흙투성이 손이 후회로 짓이겨진 가슴을 움켜 안았다. 할 수 있는 거라고는 오롯한 승리 위에서 그들의 죽음에 참아 눌렀던 조의를 표하는 것밖에 없어서.

그녀는 허망하게 뒤돌아보았다.

그리 뜨겁던 바람 끝에 남은 것은 아무것도 없었다. 그저 언젠가 지워질 발자국 하나, 달빛 말곤 눈여기는 이 없는 흙바닥 위 덩그러니 놓였을 뿐.

르옌은 새벽이 깊어지기 전, 진영으로 되돌아왔다.

휘몰아치던 감정들을 죄 침몰시킨 정갈한 얼굴이었다. 진영을 순찰하던 순시병은 그녀를 발견하자마자 깜짝 놀라 허둥지둥 상부에 보고하러 달려갔다. 감시를 받던 요주의 인물이 슬그머니 사라졌다 돌아왔으니, 여러모로 방정맞은 반응이 이해는 되었다.

멀뚱히 서 있던 그녀는 모든 보고와 체계를 건너 뛰고, 즉시 파사드가 있을 법한 임시 사령 막사로 찾아갔다. 최고 지휘관이 있을 법한 위치야 뻔했기에 복잡한 진영에 길을 잘못 드는 법도 없었다.

막사 앞에 다다르자 그녀가 지닌 붉은 늑대의 페넌을 발견한 보초병이 금세 막사 안으로 사라졌다가 조용히 돌아 나왔다.

"데투아 경, 들어가십시오."

허름하기 짝이 없는 휘장을 걷고 들어간 그녀는 정면으로 보이는 새까만 머리칼에 무의식적으로 걸음을 멈췄다.

지난 밤 쌓인 피로 때문인지 파사드는 눈을 감은 채로 의자 등받이에 기대어 앉아 있었다. 전시이니 무장을 하고 있는 것이 당연했지만, 르옌의 눈에는 그의 휘황한 갑옷이 오늘따라 묵직한 피로처럼 보였다.

파사드의 눈이 느리게 뜨였다.

"군사들의 눈을 피해 자리를 비웠더군."

"……무너진 협곡 일대를 둘러보고 왔습니다."

"아무리 제대로 기사 교육을 받지 못했다 하더라도 기본적인 군율을 모르나. 담당 감독을 맡았던 할드로프 경이 상관의 시야 밖으로 함부로 움직이는 것은 군율 위반이라 가르치지 않던가."

파사드의 싸늘한 질타에 르옌은 그저 고개를 조아렸다.

모를 리가. 올조르로 오는 수일 동안 그 때문에 에반부르의 시야 밖을 떠나지 못해 온갖 불편을 감수했다. 그러나 그 점을 파사드에게 상기해 주는 것은 썩 좋은 생각은 아니었다. 이미 스스로가 저지른 군율 위반이 몇 가지인지 세기도 면구했다.

파사드가 행동 이전에 숙고하는 진중한 이였기에 망정이지, 뇌까지 근육으로 덮인 혈기 넘치는 귀족 기사였다면 그녀는 지금보다 훨씬 곤혹스러운 대우를 받고 있었을 것이다.

파사드가 잠시 피로로 묵직한 눈꺼풀을 지그시 손가락으로 눌렀다. 이 여자를 보고 있으니 또 머리가 아파 온다. 고개는 숙이지만 낯빛에는 겁먹은 기색도 없었다. 그 뻔뻔함을 보고 있으니 멋대로 사라졌다 되돌아온 것에 대해 책잡을 마음조차 사라졌다.

"그래서, 내게 직접 찾아온 이유가 뭔가?"

"청할 것이 있어 이리 찾아뵈었습니다."

허름한 나무 탁자에 앉아 전장 일지와 왕실로 보내기 위해 작성해 둔 서간을 한편으로 치워 낸 파사드가 손끝에 묻은 잉크를 닦아 내고 그녀를 응시했다.

달지 않은 눈빛에 르옌이 마른 숨을 삼켰다.

"여전히 처지를 모르는군."

"아니요. 그러나 수백여 년 이어 내려온 올조르 함락의 결정적인 정보 제공자로서 최고사령관께서도 어느 정도의 아량을 보여 주실 거라 믿고 싶습니다."

파사드의 입술이 딱딱하게 다물렸다.

저리 나올 것을 예상은 했고, 애당초 그녀의 말이 크게 틀린 것도 아니었다.

"……그렇다면 어찌 그곳을 알았는지부터 해명하라."

"……마을을 지나다니는 여행객 중, 국경 일대를 통하는 밀수역자가 있습니다. 그가 왕래하며 일러 주었습니다."

"그자의 신분을 확인하겠다. 이름은."

"디호였던 것 같기도 하고, 베라라는 이름이었던 것 같기도 하고, 타티시라 했던 것 같기도 합니다만, 정확히는 기억나지 않습니다. 사시사철 가리지 않고 불쑥 찾아와 사나흘 머물다 떠나곤 했습니다."

"그런 식으로 눙쳐 넘길 생각 마라. 그걸 내가 믿을 거라 여기는 건가."

"밀수역자가 제 본명이며 신상의 정보를 낱낱이 까발리고 다닐 리가 없지 않겠습니까. 이름, 신분, 무엇 하나 제대로 말해 주지 않아 제대로 듣지 못했습니다. 다만 올조르 요새 아래의 갱도에 대해 얼핏 들은 것이 기억이 났습니다."

르엔의 뻔뻔하기까지 한 대답에 파사드는 사나운 눈초리로 그녀를 노려보았다.

"나는 지금 너와 말장난을 하려는 것이 아니다."

그의 냉랭한 일갈에 르엔이 마지못한 자조로 답했다.

"……설명이 어렵습니다. 그러나 설명할 수 없음은 제가 라르크에 칼을 갈고 있는 적이기 때문이 아닙니다. 설명을 드릴 방법이 없습니다. 말씀드려도 믿지 못하실 테니."

"믿고 말고를 정하는 것은 네가 아니라 나다."

"날 때부터 알았습니다. 이제 믿으시겠습니까."

파사드는 또다시 겁대가리 없는 장난 대꾸를 하는 르엔을 향해 고함을 치려다, 그녀의 한없이 가라앉은 눈동자를 마주하고 말을 멈추었다. '갱도가 있습니다.' 그리 말할 때의 여자의 눈빛 또한 저러했다.

그는 낮 시각, 그를 찾아왔던 에반부르를 떠올렸다.

올조르까지 오는 내내 그녀와 줄곧 함께 있었고, 또한 협곡의 선봉에 함께 있었던 에반부르는 르엔에 대해 파사드보다 많은 것을 관찰하고 보고 느꼈다.

—무엇 때문인지는 모르겠습니다. 그러나 그 여자는 적어도 글로서 전쟁을 배운 이는 아닌 게 분명하외다. 게다가 이 일대에 미리 파견 보냈던 척후병도 모르는 샛길까지 알고 있던데…… 아무리 갈라부아의 시골 마을 출신이라 해도 올조르 근방을 오가지는 않았을 터인데 말입니다…….

에반부르가 이르기를, 처음 올조르 요새에서 화살우가 떨어지기 시작했을 때, 급박한 상황 속에서도 제 몸 사리기 이전에 아군의 전술적 움직임을 먼저 논했다고 했다. 일개 시골 처녀가, 그것도 고작 스물 갓 넘긴 듯한 젊은 아가씨가 보일 수 있는 행동이 아니었다. 죽음의 위협 속에서도 타인의 목숨을 우선시하는 것은 지휘관들의 소임이었다. 두려움을 앞선 비범한 결단력. 비록 기사의 임시 작위를 받았다 하나, 그것이 그녀에게 기사도를 심어 주지는 못하였을 터이니 아마도 천성이리라.

—여태까지 그녀가 보인 진실함은 보상해야 하나, 멀리함이 좋겠습니다.

파사드는 그 말을 단박에 이해했다. 실제로 그가 전해 듣기로 여자는 단 한 번도 거짓을 말한 적이 없었다. 적어도 그들이 아는 한은 그랬다.

작은 마을의 군마 상단의 둘째라는 것은 라르크 왕실 군사가 입증한 사실이었다. 게다가 손위 오라비의 전사 또한 사실이었으며, 그 복수심으로 인해 아래 동생이 최전방으로 뛰어들었다는 것도 사실이었다. 그로 인해 여자가 부득불 참여하게 되었다는 것도. 또한 에반부르에게 샛길을 안내해 주었다는 것도 들었다. 그리고 무엇보다도 올조르 직하 한복판에 갱도가 있다는 미친 소리, 그것마저도 사실이었다.

갈수록 정체가 오리무중으로 빠져드는 여자의 진실함은 외려 그들의 등을 무겁게 하는 일이었다.

파사드가 물었다.

"안프 절벽 기지에서 설전이 벌어졌을 때, 절벽 위에 있던 적장은 어찌 찾아내었지?"

"몰랐습니다."

"우연이라."

"예…… 운이 좋았습니다."

그의 의혹 가득한 눈매에 그늘이 드리워지는 것을 발견한 르옌이 조용히 화제를 돌렸다.

"비록 보잘것없는 이의 다짐이며 마음이라 가벼이 여기실는지 모르겠으나, 이번 일 또한 운 좋은 여자의 애국이라 여겨 주십시오. 그리고 요새의 함락은 모조리 공의 업적이 되어야 마땅하다는 말씀을 드리고 싶습니다. 정체조차 확신할 수 없는 여자의 말 몇 마디에 최고사령관께서 위험을 무릅쓰셨다는 이야기가 나돌게 되는 건 좋지 않을 테니까요."

모욕을 당했다 느낀 파사드가 흉흉한 기세로 일어서 탁자를 내리쳤다. 쾅 하는 귀 아픈 소음이 울려 르옌이 반걸음 물러섰다. 그의 날카로운 흑안이 공가 브류나크의 붉은 페넌에 쏘아졌다가 르옌의 얼굴로 향했다.

"우선, 경이라 존중하지 않음을 서운해 마라. 너는 적어도 존중받을 만한 행동을 보인 적 없으니. 이번의 내 모든 결정은 너를 배제한 객관적 득실로 내린 것이다. 분명 올조르 함락에 네가 기여한 바는 명확히 인지하는 바다. 그러나 네 말 몇 마디로 내가 군의 위험을 무릅썼다 감히 이르는 것은 몹시도 주제넘는 일이다."

"……최고사령관의 결정이 라르크를 위한 것임을 압니다. 하지만 다른 이들은 갑작스레 변경된 작전에, 갑작스레 발견한 갱도의 존재로 인해 혼란하지 않겠습니까. 하니, 공식 기록에 저에 대한 것은 모조리 삭제하시고, 영광된 역사의 서편에는 공께서 지닌 혜안의 자부심으로 남기십시오."

"모욕을 주려 하는가. 나는 진실한 자부와 텅 빈 허영을 구분치 못하는 자가 아니다."

"저는 죽음으로도 씻지 못할 죄로 군율을 어겼습니다. 그런 저를 공개적으로 치하하시겠습니까? 혹은 이제 와 그 모든 공로를 뒤로

하고 저를 치죄하시겠습니까.”

파사드가 말문이 막힌 듯 잠시 입술을 다물었다. 르엔이 예상했다는 듯 희미한 미소로 말을 이었다.

“다만 당신께서 상과 벌이 명확한 분이라 이 일로 부채감을 느끼신다면 군장의 시신을 제게 주십시오. 그거면 충분합니다.”

참으로 기막힌 말이었다.

그러나 여태까지 저 여자의 언행을 생각하면 새삼 놀랄 일도 아니었다. 파사드는 완강한 거절 대신 여지를 두고 물었다.

“군장의 시신의 처우를 탐내는 이유가 뭔가?”

르엔의 바싹 마른 입술이 여태까지와는 다르게 인형처럼 다물렸다. 파사드는 인내심을 발휘해 보았다. 그러나 실 꿰인 듯 침묵하는 여자의 행동에서 무엇도 말하지 않겠다는 의지를 읽어 내는 것은 어렵지 않았다.

붉은 늑대의 페넌을 달고도 하문의 무게를 알지 못하는 여자에게 어찌하여 기사답지 못하느냐 따질 수는 없었다. 하지만 그것이 모든 것의 포용을 의미하는 것은 아니다.

또한 포용의 가불가를 떠나, 저 여자는 군에 방해물이었다. 군에 둔다면 앞으로도 계속 저럴 것이라는 추측 아닌 예견이었다. 그는 자신의 판단에 사감이 섞여 들었음을 인정하는 한편, 견디기 어려운 불쾌감으로 추후로 미뤄 두었던 그녀에 대한 처분을 다졌다.

“……서품과 작위에 가치 두지 않음은 잘 알겠다. 지금 명하지. 안프 기지의 적장 피격의 공으로 하사한 임시 페넌은 최고사령관인 내게 검을 겨눈 중죄에 상쇄하여 몰수한다. 그러나 이번 올조르 함락에 관한 사안과 처우는 후일 되돌아가 너에 대한 조사를 완전히 한 후, 폐하께 상하여 정할 것이다. 물론 폐하의 명이 있을 때까지는 갱도에 관한 것은 함구에 부치겠다."

"수긍합니다. 하지만 시신은?"

"……."

"긍정으로 알겠습니다."

답은 침묵이었으나 르옌에게는 충분한 것이었다. 그녀는 망설임 없이 왼팔에 두르고 있던 삼각의 붉은 천을 풀어내어 탁자에 내려놓았다.

"……그의 시신만 보게 해주신다면 이제, 다시는 그 어떤 행동으로도 군의 기강을 어지럽히지 않겠습니다."

지금 최고사령관인 자신이 저런 말을 듣고 있어야 하는 건가. 기가 막혀 입술을 가늘게 벌렸던 파사드가 입술을 꾹 다물었다.

죽은 요새 군장의 시신 한 번 보이는 것은 사실 커다란 문제는 아닌 데다, 그는 대체 저 여자가 군장의 시신을 탐하는 이유가 뭔지 알고 싶었다.

왜 그 시신에 저리도 집착하나?

잠시 숙고하듯 한쪽 눈썹을 찡그리던 그가 마음을 바꾸어 턱을 까닥였다.

"……그 대가로 조사 후 폐하의 하명이 있을 때까지, 네 행동의 자유 또한 규제하겠다."

"얼마든지 그리하셔도 됩니다."

"무기를 쥐는 것 또한 불허한다."

그녀는 반발 없이 고개를 조아렸다.

"따르겠습니다."

그러나 르옌의 겸손한 대답에도 파사드의 불편한 마음은 풀리지 않았다.

함부로 자리를 비운 것에 새벽까지 깨어 있던 다른 기사들이 질타 어린 눈길을 보냈다.

르옌은 그것들을 오롯이 감당하며, 모닥불 피워 둔 둔치 언저리에 모포를 깔고 앉아 짙게 빛나는 하늘을 올려다보았다. 그녀는 동이 트기까지의 시간을 가늠해 보았다. 네 시간쯤 남았을까. 분명 짧은 밤이었을진대, 잠들지 못하는 새벽은 길다.

저 멀리 어둠 속에는 무너져 내린 올조르가 있고, 이곳에는 기쁨도 희열도 모조리 하얗게 타오르고 남은 것은 재투성이 후회뿐인 여자가 있다. 너무나도 쉬이 무너진 올조르를 향한 원망에 잠시 노엽기도 했지만 그마저도 밤바람에 흩어져 사라졌다. 부서져 내린 별빛에 눈이 시렸다.

"파사드……."

파사드 칼란독 브류나크.

무심코 반복해서 그의 이름을 곱씹던 그녀의 입가에 절로 아릿한 미소가 배어들었다. 같다고는 말하지 못하겠지만, 담담한 낯이 내심을 고결함으로 무장했던 벨바롯트와 잠시나마 닮아 보였다는 것은 부정할 수 없었다.

그녀가 느끼기로, 파사드는 사람 죽이는 것에 어울리지 않는 사내였다. 재량과 능력이 미치지 못한다는 의미가 아니라, 그 성정이 그러했다.

즉처하겠다 달려들었다가 처분을 미루었고, 후일을 위해서라도 이 의혹투성이 목숨을 앗아 갈 수 있었을 것을 구태여 공로를 빌미로 살려 둔다 하니 그녀로서는 고마울 뿐이다.

물론 그 까만 머릿속에서 어떤 계산이 일어나고 있을지는 모르나, 누군가를 연상시키는 용모 탓인지 크게 수작 부릴 이는 아닐 거라 믿고 싶다.

아마도 저러한 성정이니 위험한 후방을 지키는 것조차 거리끼지 않았던 것이고, 모두가 부정적으로 여기던 결단 또한 내릴 수 있었을 것이다. 언젠가 자칼린이 파사드는 최소한의 피해로 전쟁을 끝내기를 바란다며 스치듯 했던 말이 떠올랐다. 사내 스스로도 그리 말하기도 했었다.

과거의 자신이 사람 목숨 위로 승리를 쌓음에 도리어 자랑스러워했던 것이 떠오른다. 무엇이든 직성대로 하지 못하면 곧 죽을 사람처럼 맹렬하게 달려들었던 성정 탓에 무수한 상처투성이 승리를 얻었더라. 창칼로 이루는 대승만이 라르크를 위한 길이라 여겼던 옛 시절의 그녀는 스스로만이 왕국의 구원자라 믿었다.

그러나 작금의 시간, 도리어 괜찮은 이들이 서로를 위하고 아끼며 살고 있다는 것을 깨닫자 서글픈 따스함으로 마음이 물들었다. 르옌은 온갖 사랑으로 충만했던 시절의 기억을 더듬었다.

몹시도 사랑했다. 배반당해 숨 앗겼음에도 원망조차 들지 않을 만큼 절절한 은애였다.

추운 겨울의 왕국, 남부와 맞닿은 좁다란 땅에서 아등바등 살기위해 노력을 그치지 않는 사랑스러운 라르크의 백성들을, 초목을, 곡식 한 톨까지도. 그들이 무시당하지 않았으면 하고 바랐고, 그들이 겨울의 문턱에서 두려움에 떨지 않기를 바랐고, 박하지 않은 풍요로움으로 마음 놓고 사랑하며 살기를 바랐다. 비록 길 잃은 여왕의 악의에 삭아 무너진 바람이었으나…….

그녀는 느릿 눈을 감았다.

무너진 요새, 세상 뒤집어진 듯 인간들이 떠들어 댄다 해도 태양은 또 묵묵히 떠오를 터이니…….

이제, 미련 둘 것은 아무것도 없다.

이른 아침부터 대부분의 병력은 회군하는 적들을 대비해 전 측방의 방비를 정렬하느라 분주했다.

그들의 분주함을 나 몰라라 제쳐 두고 자칼린은 바쁜 걸음을 옮겼다. 적들이 되돌아오기 전, 군장의 시신에 관한 처우가 있을 거라는 보고에 세수조차 않고 달려 나온 참이었다. 그러나 그가 도착했을 때, 시신을 안치해 둔 진영 마당은 휑했다. 주위를 휘휘 둘러보던 그가 정신없이 뻗친 머리칼을 꾹꾹 내려앉히며 미간을 좁혔다.

'아, 좀 더 잘걸.'

지난 밤, 보급 부대의 군사들 중 화약이 터졌을 때 크게 다친 이들의 임무 교대를 위한 시간표를 정리하느라 거의 밤을 꼴딱 새워 영 머리가 무거웠다. 오후 무렵으로 예상되는 올조르 군과의 전투에 대한 긴장마저 없었다면 그냥 이 자리에서 쓰러져 자고 싶을 정도였다.

괜스레 심통이 난 자칼린은 군화의 코로 볼품없이 뻣뻣하게 굳은 시체를 툭툭 건드렸다. 사실 올조르와의 지난 악연을 생각하면 저 시체에게 침을 뱉어도 시원치 않았으나, 한순간 폭삭 무너져 버린 제 둥지를 목도하고 절망으로 자살한 이를 보고 있자니 이놈도 제법 불쌍한 놈이지 싶었다.

칠백오십여 년을 그리 오만방자하게 버텨 냈던 요새가 이놈의 대에 어이없이 무너졌으니 아마 두고두고 욕을 처먹을 게 뻔하지 않은가. 희대의 무능력자라며.

"칼란독 경께서 오셨습니다."

밀려오는 하품에 막 기지개를 켜던 자칼린이 팔을 쭈욱 늘인 그대로 몸을 돌렸다. 갑옷이 아닌, 낡고 칙칙한 평복 차림의 여자가 가장 먼저 보였고 여느 때와 다름없이 차분한 파사드의 모습이 뒤이어 보였다. 에반부르와 몇몇 기사들도 그 뒤를 따르고 있었다.

자칼린이 발딱 일어서 짧게 거수경례를 붙인 후 물었다.

"아, 사령관님, 얘는 왜 왔습니까?"

르옌은 지난 오후 쥐새끼처럼 사라져 많은 이들을 곤혹스럽게 했음에도 참 뻔뻔한 낯짝이었다. 겁이 없어도 저리 없으면 약도 없는 법이다.

그녀의 존재를 불편하게 여기는 기사들의 시선이 마뜩잖게 박혔다. 르옌을 보는 기사들의 눈이 곱지 않은 것은 자칼린도 잘 알았다.

그럴 만한 자격도 지위도 없으면서 에반부르와 함께 움직였고, 또 쉬쉬되고 있다고는 하나 그녀가 검을 뽑아 들고 파사드에게 달려갔던 것을 본 기사들도 열 손가락으로는 꼽을 수 없을 만큼 많다. 올조르의 붕괴로 인해 치죄를 주장할 시기를 놓친 데다, 파사드마저 침묵하고 있으니 아무 말도 않는 것이지.

"제가 청했습니다."

"그래?"

자칼린이 대수롭잖게 넘기며 고개를 끄덕였다.

사실 다른 기사들이야 어찌 생각하건 간에, 이번 갱도 사건 이후로 자칼린은 그녀가 제법 마음에 들었다. 정체가 궁금하긴 하지만 적은 아니리라. 막연히 본능에 가까운 직감이라 근거를 댈 수는 없지만 결과적으로 그녀 덕분에 어깨에 힘도 들어갔으니 좋은 게 좋은 거다.

게다가 의심은 이미 자신이 아니라도 다른 이들이 신물 나게 하고 있지 않은가. 저 하나쯤 의심 않는다고 나라 망하는 거 아니다.

"근데 너 페넌은……."

낮은 기사들은 삼각의 페넌을, 고위 기사들은 사다리꼴의 배너를 지닌다. 그것은 군에 속한 이상 항시 차고 있어야 하는 직위의 상징이었다. 위계에 관한 것이기에 규칙이나 규율을 개똥처럼 여기는 그도 꼭 잊지 않고 체사의 배너를 달고 다니지 않는가.

무심코 고개를 돌리던 자칼린은 그녀를 잠잠히 응시하는 파사드의 눈빛에 금세 상황을 짐작했다. 르옌이 왜 갑옷도 벗고 있는가 싶었더니만 아무래도 페넌마저 압수당한 모양이었다.

하기야 아무리 살의 없는 목적이었다 한들 최고사령관에게 검을 들이댔다. 참당하지 않고 몰수만 당한 게 천행이지.

짐작 가능한 이유라면 갱도로 파사드를 안내한 것이 저 여자인 만큼 그 점에 대한 참작이 아니었을까 싶다. 자칼린이 혀를 끗 찼다.

"그리 나대더니만. 근데 뭘 청했다고?"

"이자의 처분권을 위임받았습니다."

"헤엥?"

자칼린이 기이한 콧소리 내며 고개를 갸우뚱 기울였다. 어차피 저 시신은 상징적인 의미가 큰 만큼 오늘 중 목을 잘라 효수하여 되돌아오는 올조르의 군대 앞에 내보이겠거니 예상했고, 그리할 것을 안다. 하지만…….

"무슨 처분? 네가 직접 단두한다고?"

다시 물었으나 르옌은 납득할 만한 답을 돌려주지는 않았다. 파사드를 비롯한 에반부르마저 침묵으로 자리를 지키는 것에 암묵적 동의가 있었음을 짐작한 자칼린이 얼떨떨하게 물러섰다. 뜬금없긴 하지만 기실 요새 함락의 가장 큰 공을 세운 것이 르옌인 만큼, 구실을 붙이자면 많았다.

다만 가녀린 팔뚝의 여자가 사람의 머리를 깨끗이 잘라 낼 수 있을까 싶은 의구심이 들었다. 아니 아무리 날고 기어도 사람 베어 본 적이 있기나 할까 싶은.

"금화 한 닢 지니신 게 있다면 주십시오."

당황한 자칼린이 생각을 멈추고 파사드를 돌아보았다. 파사드도 그녀의 요구를 예상하지 못했던 듯 짐짓 찡그린 얼굴이었다. 초연한 눈동자로 공손히 시신의 옆에 무릎을 꿇은 그녀는 번복할 의지가 없어 보였다.

금화라는 화폐 자체가 귀하나, 몇몇 고 귀족들에게는 그 의미가 남달랐다. 장례에서 사용되는 금화는 낙원으로 향하는 삯이 되어 준다고 하지 않던가. 그러나 파사드와 자칼린 그리고 에반부르를 비롯한 두어 명의 기사를 제외한 일반 병사와 낮은 지위의 기사들은 뜬금없는 그녀의 말에 고개만 갸우뚱했다.

그들의 고스란히 드러나는 당황을 읽어 낸 르옌이 선선히 파사드를 올려다보았다. 주저도, 머뭇거림도 없는 여자를 마주한 흑안 위로 설마 하는 의구심이 피어올랐다.

따스히 달아오르는 햇살 아래 앉아 눈 하나 깜빡 않고 자신을 올려다보는 옅은 눈동자가 채근했다. 기이한 강요였다. 한참을 미동 없이 서 있던 파사드가 못마땅한 낯빛으로 턱짓했다. 그러자 한 병사가 급히 어딘가로 달려가더니 얼마 지나지 않아 왕실 금화가 담긴 낡은 가죽 주머니를 내밀었다.

르옌은 그 안에서 차가운 감촉의 금화 한 닢을 꺼내어 들었다. 비록 라르칼리아의 월계수가 새겨진 금화는 아니었으나, 이만하면 낙원의 길잡이 누아드가 또한 만족하리라. 그녀는 주저 없이 죽은 적장의 경직된 턱을 쥐어뜯을 듯 벌렸다. 내내 침묵으로 자리하던 에반부르의 눈매가 매서워졌다. 그와 동시에 유심히 그녀를 관찰하던 자칼린이 황당함을 이기지 못하고 눈을 휘둥그레 떴다.

'……설마 진짜 왕실의 장례? 저 여자가 정신 나갔나!'

설마, 혹시나 하며 의혹 어린 눈길을 보내던 파사드도 발을 한 걸음 앞으로 내딛었다.

"그만."

"그래, 야, 너 그만 못 해! 어디 모르가나의 잡배한테……!"

자칼린이 다가와 그녀를 움켜쥐려 했다. 그러나 르옌의 움직임이 더 빨랐다. 그녀는 지저분한 시체의 입속에 금화를 쑤셔 넣고는 다시금 비틀어진 턱을 꽉 닫았다. 자칼린만 어정쩡하게 굳어 버렸다.

느리게 고개 숙인 그녀는 만족스레 웃었다. 마른 입술이 속살거렸다. 아주 자그마한, 신음처럼 흐린 음성은 그녀와 고인만의 밀어였다.

"기텔라."

아마 이자는 다른 이름일 터이나 그녀에겐 상관없었다.

전생의 여왕에게 올조르는 기텔라였으며, 기텔라는 올조르였다. 그녀는 반쯤 내리깐 눈동자로 시신의 얼굴을 가슴에 새겼다, 뇌리로 화석처럼 조탁된 송별의 제문을 읊조렸다.

"누아드가…… 뮌 잔리사스 귀레 라르카드단야."

누아드가, 이 영광을 삯으로 낙원까지 안내하소서.

귀를 쫑긋 세워도 들리지 않을 만큼 작은 음성이라 제대로 알아듣지는 못했지만 시체에 얼굴을 처박고 중얼거리는 모양새가 몹시도 괴괴해 자칼린은 찡한 낯으로 그녀를 내려다보았다. 흡사 제문처럼 들리는 웅얼거림이었다. 아니, 저 고까운 시신의 입술 사이로 금화를 쑤셔 넣은 것까지 떠올려 보면 제문이 맞을 것이다.

혹 저만 황당한가 싶어 주위를 둘러보니 파사드 또한 속 알기 어려운 차가운 눈동자로 그녀를 쏘아보고 있었다. 에반부르의 낯이 돌덩이보다 무겁게 굳은 것은 두말할 것도 없었다.

그들의 시선을 뒤로한 채, 시신 위를 부유하는 르옌의 눈동자가 죽은 단풍처럼 흔들렸다. 그녀는 다시금 시큰대는 눈시울에 입술을 꾹 깨물고 허리를 숙여 시신의 차가운 이마에 제 더운 이마를 맞대었다. 죽은 것의 감촉이 적나라하게 닿아 왔다. 감긴 눈꺼풀 안으로 녹음과 빛으로 찬란한 저승 어딘가의 풍경이 간절히 그려졌다.

그녀는 영영 닿지 못할 낙원이었다.

참수당한 여왕과 말 팔이꾼의 딸은 죽어도 도달하지 못할 고귀한 저편, 그곳에는 그리운 이들이 참으로 많을 것이다. 그는 생이 그녀에게 주는 벌이었다.

그녀가 입 밖으로 낼 수 없는 바람을 끌어안았다.

그러니 올조르여, 치욕으로 원통함으로 절규로 그곳에 있을 수많은 내 사람들에게 전해라. 여왕은 넘었노라고.

벨바롯트, 네가 나를 용서치 못한대도 나는 너를 용서하겠다. 페이작, 함께하지 못하였으나 이 누이는 결국 넘었느니라.

이제 모든 것이 끝났다.

잘게 떨리는 몸으로 조심스레 시신의 얼굴을 감싸고, 한참을 그리 엎드린 여자는 얼어붙은 호수처럼 미동도 없었다. 누구도 그녀에게 말을 걸거나 다가갈 생각을 하지 못했다.

햇살이 더하는 열기에 평온하게까지 느껴지는 괴이한 정적은 그녀가 몸을 일으키며 끝이 났다. 그녀의 옅은 숨소리에 퍼뜩 정신을 차린 자칼린이 벌건 얼굴로 더듬더듬 물었다.

"너⋯⋯ 지, 지금 그거 뭐, 뭐, 뭐 한 거야?"

르옌의 사슴처럼 말간 눈동자가 자칼린의 녹안을 마주했다. 그녀는 대답 대신 입꼬리를 끌어 웃었다. 르엔은 전에 없이 부드러운 눈동자로 파사드를 돌아보더니 천천히 허리를 숙였다.

"관대한 처사에 감사드립니다."

파사드는 말없이 그녀를 바라보았다. 꽉 다물린 시신의 입술, 금화, 제문. 아직도 무슨 일인지 이해하지 못하는 군사와 병사들이 멍청하니 서로를 멀뚱거리는 것에 반해, 여인은 무거운 짐이라도 내던진 사람처럼 후련한 투였다.

"……망자에게 금화를 물리는 것의 의미가 무언지 알고 있나?"

"올조르에 한 맺힌 라르크의 선인들도 기뻐하지 않으시겠습니까."

"……어디서 배웠나."

"책에서 보았습니다."

그녀의 담담한 답을 불신하였으나 내색은 않았다. 당장 되묻는다 해도 그가 바라는 진솔한 답을 듣지 못할 것을 직감했음이니. 수상함이 반복되자 그에도 익숙해지는가 싶었다.

한참을 심각하게 굳어진 얼굴로 침묵하던 파사드는 이내 고개를 들어 하늘 위로 오르는 새하얀 태양의 위치로 시기를 가늠했다. 그리곤 질책과 추궁 대신 건너편에 서 있던 기사에게 명했다. 당장에 급한 것은 저 여자가 아니었다.

"……수급을 베어 효수하라."

얼마 후, 그녀는 파사드의 명에 따라 죄인인 양 병사들에게 연행되었다. 그날 정오, 목 잘린 요새의 군장이 라르크의 선봉에 효시되었다.

회군한 올조르의 군사들은 으스러진 둥지의 광경에 아비규환에 빠졌다. 경악한 그들은 짧은 전투 끝에 전의를 잃고 사천여 명 중 천여 명은 탈주 혹은 항복. 이틀에 걸쳐 끝까지 싸우던 삼천여 명의 올조르 군사들 또한 전 평야를 차지한 라르크의 구천여 병사에게 제압당했다.

요새의 적들을 모조리 무찌른 라르크 군은 여드레의 강행으로 본진에 되돌아갔다.

올조르 군의 회군 소식을 전해 듣지 못하고 양동 계획에 따라 움직이던 로반티스 군은, 절벽 일대를 밀고 들어와 온 힘을 다했으나, 라르크 본진의 대기 중이던 군대가 합세하자 수세에 몰려 수천의 사상자를 내고 퇴각했다. 또한 곧이어 퍼지기 시작한 '올조르가 무너졌다.'는 비보에 모르가나 군의 사기는 땅 깊은 줄 모르고 꺼져 내려갔다. 라르크의 군은 여세를 몰아 절벽 길을 따라 도망치는 로반티스 군을 공습, 이샤스 평야의 입구를 차지했다.

여왕이 그리 잃었듯 올조르 또한 남은 것 없이 몰락했으니, 바야흐로 대륙을 뒤흔든 대전쟁의 서막이었다.

2장

2장

무너져 내린 올조르의 처리를 뒤로하고 제레드 국경으로 바삐 돌아가는 길은 떠날 때와는 달리 군사들의 활력으로 충만했다. 그들의 흥분이 건조한 햇볕보다 뜨거웠다.

르옌은 포로가 된 올조르의 백성들과 한데 이동하라는 파사드의 명령에 죄인과 다를 바 없는 대우를 받게 되었다. 그녀는 군사들의 따끔대는 눈길을 갑옷조차 두르지 않은 맨몸으로 받아 내야 하는 낯선 상황에 벌거숭이가 된 듯한 불안감을 느꼈다. 얼마 전까지만 해도 붉은 페넌을 하사받았던 낯선 여자가 삽시간에 주요 경계 대상으로 다뤄지는 모습이 군사들의 눈에 어찌 비칠지는 짐작할 만했다. 그러나 어린아이 칭얼대듯 불평의 기색을 비치지는 않았다.

집착적인 미련을 올조르와 함께 숨결 흘리듯 떠나보냈으니 그로 족하다. 회군한 적의 군대가 몇이나 되었고, 몇이나 죽었으며, 몇이나 항복했는지도 그녀의 눈 밖이었다.

그렇게 제법 긴 불편함을 감수하고 수일 후 본진에 도착했다. 본진은 다소 허전한 감이 있었다. 귀환군을 맞이하러 나온 기사들의 이야기를 어깨 너머로 주워듣기를, 이미 로반티스 군은 사태를 파악하고 퇴각한 후라 하였다. 또한 본진에서 대기 중이던 다수의 군사들이 절벽 기지의 맹공에 합세해 모르가나 군을 추격해 섬멸하기 위해 떠났다고.

"올조르의 포로들 중 모르가나와 교섭할 만한 자가 있는지 걸러내어 명단을 올려라. 그리고 르엔 데투아, 너는 따라와라. 칼란독 경께서는 네 말을 임시 압류하고 중앙 막사에 거처를 두라 하셨다."

모르가나의 포로 대열에서 떨어져 나온 그녀는 마뜩잖다는 듯 중얼대는 기사를 따라 걸었다.

'중앙 막사…….'

르엔이 한숨을 삼켰다. 둔영에서 가장 안전하고, 가장 깊숙한 곳이다. 고관 귀족이나 거처를 잡지 못한 명가의 기사들에게나 허락되는 위치로 그녀에게 어울릴 만한 장소는 결코 아니었다. 그녀는 파사드의 의중을 충분히 추측할 수 있었다. 가장 안전하다는 것은 가장 많은 이들의 눈이 닿고 진영 밖으로 향하는 길이 멀다는 의미와도 같으니, 이미 여러 차례 저들의 눈을 피해 나다닌 자신의 도주를 원천 봉쇄하겠다는 의미가 컸으리라. 그녀로서는 아무래도 좋았다.

본진의 공기는 무거웠다.

긴장과 땀내가 배인 마른 흙냄새에 얼핏 비릿한 쇠 냄새도 섞여 있었다. 부질없는 생각을 멈춘 그녀의 차분한 눈동자 위로 낯설지 않은 둔영의 풍경이 비쳤다. 붐비지 않는 둔영 곳곳에서 작전을 변경해 귀환한 이들을 환영하는 인사가 오가고, 더 멀리서는 때아닌 식사 준비로 한창 불을 피워 올리는 것이 보였다.

그때였다. 병사와 기사들이 산만하게 흩어지는 풍경을 헤치며 달려오는 청년을 발견한 르옌이 난색으로 낯을 굳혔다.

"저희 누이는 어디…… 르옌, 누나, 누나!"

유령이라도 본 사람처럼 허겁지겁 군사들 사이를 헤치며 달려오는 이는 시단이었다. 눈은 토끼처럼 벌게서는, 그녀를 발견하자마자 투우처럼 달려들었다. 그는 연행되듯 끌려가는 그녀의 초라한 몰골에 표정을 일그러뜨리더니 다짜고짜 와락 끌어안았다.

당혹스런 남매의 재회에 미간을 찡그리던 기사들이 서로 눈치 보듯 응시하다 외면했다. 그들에게도 가족이 있었으니, 배려는 르옌을 위한 것이 아닌 살아 돌아온 가족에 기뻐하는 이름 모를 병사를 위한 것이었다.

르옌은 설핏 웃으며 자신을 감싼 커다란 남동생의 팔뚝을 툭툭 때렸다.

"낯 간지러우니 이쯤 해라. 함부로 자리를 비운 건 아니겠지."

"대장님 허락받았어. 별일, 별일 없었어?"

파사드의 군이 동쪽으로 떠나고 얼마 지나지 않아 들린 올조르 군의 출병 소식에 놀란 모양이었다. 그들의 규모 또한 적지 않았으니 파발을 받은 본진 또한 극도의 불안감에 휩싸였을 것이다. 안도로 후들후들 떨리는 어린 동생의 숨소리가 귓바퀴에 고요히 박혔다. 그 때문일까 터럭만큼 남아 있던 미움마저도 녹아 사라졌다.

"올조르의 미친놈들이 저 앞까지 밀려왔다고 해서, 혹시 무슨 사고라도 났을까 봐…… 내가, 내가 얼마나."

그녀는 녹이 슨 서글픔 속에서 불현듯 심상 저편에 가라앉혔던 사실을 떠올렸다.

현실의 살갗에 와 닿은 불안과 격정으로 충만한 체온. 그제야 되돌아온 것이 실감이 났다. 그래, 자신은 이 아이를 위해 이곳에 와 있었다.

시작은 이 아이를 위해서였다.

"네 누이가 얼마나 잘났는지는 네가 더 잘 알잖아. 걱정하지 마."

"제멋대로야, 넌 정말!"

"……걱정했으면 포기할래, 네가?"

르옌이 시단의 등을 가볍게 두드렸다. 퍼뜩 정신을 차린 시단이 그녀를 확 밀치더니 벌겋게 소리쳤다.

"시끄러워! 나, 나 아직도 화났어!"

"그래. 어차피 당장 가능할 것 같지도 않으니 그 이야기는 나중에 하자."

르옌은 고집부리는 대신 가볍게 흘려 넘겼다. 제 누이답지 않은 반응에 가늘게 눈을 뜨던 시단의 옅은 갈색 눈동자가 허전한 그녀의 왼 팔뚝에 박혔다.

"……근데 누나는 왜 맨몸으로 돌아다녀?"

"아아."

"무슨 일이야?"

"뺏겼어."

"뺏기다니? 누나 서품도……."

"브류나크 공이."

대꾸가 떨어지기 무섭게 시단이 합죽이가 되었다. 그의 표정이 삽시간에 불안으로 물들었다. 너, 너, 무슨 사고를 친 거야? 차마 주위 기사들의 시선에 대놓고 묻지 못하는 그의 눈빛이 애처로울 정도였다.

그때, 잠시 여유를 주었던 기사가 그들 사이를 가로막았다.

"이쯤 하고 병사는 위치로 돌아가라. 여자, 너는 따라온다."

"어, 어디로……."

그녀는 딱히 할 말을 찾지 못하고 빙그레 웃었다. 망연하게 기사들에 둘러싸여 멀어지는 르옌을 바라보는 시단의 얼굴이 참담하게 일그러졌다. 곁눈에 파리한 시단의 낯색이 똑똑히 담겨 그녀가 도리어 미안해졌다. 자신의 막무가내의 행동으로 인해 시단까지 의심을 받게 될 테니 이쯤 되면 고집쟁이 데투아가의 사내들에게 화낼 자격도 없지 싶다.

그러나 파사드가 철저하게 자신에 대해 조사하고 시단에 대해 조사한다고 해도, 털어 먼지 하나 나오지 않을 존재가 데투아의 자식들이다. 그녀는 마음을 놓았다. 그리고 편안한 걸음으로 이름 모를 기사의 뒤를 따랐다.

우기는 참 습하고 끈적였다. 열흘 넘게 그치지 않는 비는 간혹 멈췄다가 다시 줄기차게 쏟아졌다. 처음 며칠은 하늘 덮은 먹구름이 벗인 양 반가웠으나 보름 가까이 이어지는 빗줄기에 여기저기서 불만의 소리가 높아졌다.

용맹한 라르크의 군사들은 우천의 악조건 속에서도 훈련과 임무로 열심이었다. 그러나 그들에 비해 르옌의 일상은 한없이 고정적이었다. 처음엔 그녀도 바쁘게 돌아가는 주위에 휩쓸려 지루함을 느끼지 못했다. 아무것도 않고 앉아 그들을 살피는 것만으로도 하루가 훌쩍훌쩍 지나가곤 했으니. 하지만 이쯤 되니 슬슬 한계였다.

파사드가 저에 대해 이리저리 알아보았다는 것은 시단을 통해 들어 알았다. 마을에 사람까지 보냈다고. 그러나 지금까지 그녀에게 어떠한 태도도 취하지 않고 이리 좁은 막사에 가둬 방치한 것을 보면 만족할 만한 답을 구하지 못한 것이 분명했다.

'아아.'

쏴아아. 쏟아지는 빗소리가 우렁찼다. 르옌은 습기로 곰팡이가 핀 눅눅한 침상에 걸터앉았다. 이곳으로 돌아온 지 한 달하고도 보름을 넘긴 듯싶었다. 올조르가 무너진 지도 두 달 가까이 된 것이다.

올조르.

그 지독하던 것이 한순간에 폭삭 무너졌다는 것이 실감이 나지 않을 때면 막사 천 밖에서 올조르의 붕괴에 대해 떠드는 이들이 현실을 상기시켰다.

남들이 보기엔 막사 하나를 통째로 차지하고 숙식을 제공받는 팔자 좋은 여자로 비칠는지 모르겠으나, 그녀는 덴이 어디 있는지 묻는 것만으로도 경계받을 만큼 철통같은 감시를 받았다. 참 지루한 시간이었다. 이전에는 임시 서품을 받은 그녀에게 관심을 두고 슬그머니 말 붙여 보려던 이들도 제법 되었는데 이젠 그마저도 없었다.

그나마 그녀를 상대해 주는 이라고 한다면, 가끔 여유가 생길 때 엄중한 허락하에 방문하는 시단과 세상이 제 것인 양 휘젓고 다니는 자칼린 정도일까.

시단은 여전히 할 일 없는 후방 보급 부대로 차출당한 처지에 앙심을 품고 있었다. 감정에 솔직한 만큼 그녀를 비난하는 말도 서슴없었다. 그러나 올조르 일대에 다녀온 후로 원망이 크게 사그라진 것만큼은 확실해서 그녀는 말없이 모든 투정을 받아 주었다. 정 깊은 아이가 요새군의 소식을 듣고 오만 상상을 하며 발 굴렀을 것을 떠올리니, 마을에 남아 그들을 기다릴 부모가 떠올라 마음이 무거워지곤 했다.

가끔 그녀는 지루함을 이기지 못하고 자칼린의 방문을 기다리며 휘장 밖을 힐끗거리는 스스로를 발견하기도 했다. 이유라고 붙이기엔 구색나지 않지만 격의도 따지지 않고, 남들 뻔히 하는 의심조차 않는 태평한 그와의 만남은 제법 즐거웠다.

최근 듣기로 자칼린은 절벽 기지 일대와 더 나아가 모르가나의 이샤스 평야에 새로운 주둔지를 설치하느라 바빠 발길이 뜸해졌으나, 또 여느 때 불쑥 찾아와 헛소리를 늘어놓을지 방심할 수 없는 위인이다.

가장 재미있었던 건 마치 제 오랜 벗인 양 가진 비밀을 슬쩍 귀띔해 달라고 옆구리를 찔러 댈 때였다. 어떻게 알았냐? 누가 가르쳐 줬어? 아무한테도 말 안 할게! 야, 내가 네 편 들어 준 거 기억 안 나냐? 여러 차례 영양가 없는 고집을 피우며 졸라 대던 그는 르옌의 '말하면 브류나크 공작 각하께 미주알고주알 이르러 가실 거 다 압니다.' 하는 매몰찬 답에 끝내 반박하지 못하고 꼬리를 내렸다.

귀족의 채신머리는 그렇다 치고, 기사로서의 근엄함마저도 패대기친 그가 강아지처럼 그렁그렁하게 뜬 녹안을 하고 뺨을 부풀리는 건 솔직히 조금 귀여웠다.

"……아."

깊어진 빗줄기에 사방이 눅눅했다. 빗소리에 잠긴 군사들의 고함마저 질식해 희미한 시간, 르옌은 지루함을 이기다 못해 낮잠을 청하려다 말고 이리저리 몸을 움직였다.

자칼린도 오지 않고, 시단도 오지 않는다. 막 고양이처럼 기지개를 켜던 그녀는 예상 밖의 방문객에 눈을 끔뻑였다.

"잠시 들어가도 되겠소?"

"예."

에반부르였다. 휘장이 걷히며 빗소리가 시원스레 밀려들어 왔다. 풍채 좋은 노기사가 쑤욱 들어서 성큼성큼 다가와 섰다. 그가 입고 있던 것은 우의에서 빗물이 뚝뚝 떨어져 내리는 것을 응시하던 르옌이 무덤덤하게 시선을 내리깔았다.

공교롭게도 지금의 라르크 진영에서 파사드보다 대하기 어려운 이가 있다면 에반부르였다. 노기사의 연륜과 통찰은 올조르를 벗어나 본진으로 돌아오는 내내 아닌 척 집요하게 그녀를 좇았다. 다른 이들의 노골적인 의혹과는 다른 진득한 주시였다. 이들의 의심은 합당하였고 대우도 불만스럽지 않았으나 유독 그의 시선만이 불편했다.

“잘 지내고 있구려. 잠시 들러보았네.”

“덕분입니다.”

간단한 안부를 건네는 그에게 가벼운 인사치레로 응수한 르옌은 달리 할 말을 찾지 못해 입을 다물었다.

“불편한 것은 없으시오?”

“예.”

“곧 처지가 나아질 거요.”

딱히 달가운 기색 없는 르옌의 면면을 살피던 에반부르가 물기 젖은 턱을 습관처럼 매만지며 말을 이었다.

“왕도로부터 회신이 와 포상이 결정되면 정식 작위와 서품을 받아 그대의 거취를 논하거나, 동생과 함께 포상 전역해 떠날 수도 있을 거요. 한데 작위에는 전혀 관심이 없다더군.”

대뜸 들리는 물음에 르옌은 마땅한 답을 찾지 못해 침묵했다. 더 이상 높을 수 없는 위치에 머물렀던 여자에게 작위라는 것은 그리 하잘것없다고 정직하게 이야기할 수도 없는 노릇이었다. 또한 그게 아니라도 비천한 평민의 신분으로 살지언정, 저들에게 헛된 치하를 받아 욕심을 불릴 계산은 추호도 없었다. 아마도 그건 자존심이었다.

"정체가 무엇이시오?"

어투에 존중의 기색이 배어든 것을 깨달은 르엔이 고개를 들어 그를 응시했다.

나이 든 자는 무시할 수 없다는 격언이 괜히 있는 말이 아니라더니 과연 사실인지, 에반부르의 강강한 눈빛에 절로 한숨이 새어 나왔다.

"……무엇이라 여기시기에 제게 예의를 갖추십니까?"

"이런저런 일이 있어 자진하여 전쟁터에 몸담은 지 스무 해가 넘었네. 그대와 같은 자를 본 적이 없네. 범상한 시골 처녀는 아닐 터. 물론 간자로 보고 있지는 않소. 제문을 외기만 한 것인지, 고어를 읽고 쓸 줄 아는 것인지는 모르겠으나…… 늙은이의 눈에 보인 협곡의 벽에 새겨졌던 라르칼리아의 문양들은 날을 세는 것 같았는데, 그도 알고 있었소이까?"

그녀의 손끝이 찰나의 순간 움츠러들었다. 에반부르의 말은 정확했다. 그러나 조금 부족했다. 그것은 날을 헤아려 새긴 것뿐만 아니라, 죽은 이들의 머릿수를 센 것이기도 했다.

그곳에서 많은 이들이 죽었고, 많은 날을 보냈다. 빽빽이 새겨진 협곡의 그 벽면은 수많은 날들과 죽은 이들의 명부였다. 이제는 그마저 남지 않아 토사에 파묻혔을 터이니, 누구도 그들의 죽음을 기리지 못하리라.

그녀가 눈꺼풀을 반쯤 내려 깔고 말을 골랐다.

"그러했습니까."

"어찌 의심이 거두어지기를 바라지 않소?"

르엔은 자신을 한심한 아이 보듯, 딱한 아이 보듯 말하는 에반부르에게 사감을 보이지 않으며 공손히 답했다.

“할드로프 경께서는 용맹한 노장이시니 연륜 또한 그만큼 쌓여, 세상 보는 눈이 젊은이들과는 다를 것이라 여깁니다. 어느 누가 의심을 안고 살기를 바라겠습니까. 신임받기를 바라지 않을 리가요.”

“허면?”

“방법이 없으니 침묵할 수밖에 없는 일도 분명 있다 여깁니다. 경께서 이런저런 일로 인해 전장에 임하신 것처럼 제게도 이런저런 사정이라는 것이 있다 여겨 주십시오.”

“시도는 해 보는 것이 어떻겠소?”

“이미 저는 솔직한 저의 상황을 말씀드렸습니다. 다만 믿음을 얻지 못했을 뿐입니다.”

에반부르의 눈빛이 자못 진중해졌다. 르옌은 잠깐 그의 대꾸를 기다리다가 결국 다시 변명처럼 말을 이었다.

“사람들은 쌍무지개가 떠오르고, 머리 셋 달린 말이 태어나고, 남부에 내리는 폭설 따위의 거짓 같은 이야기들을 들으며 살아가지 않습니까.”

“그만큼 허황한 자라는 말이오?”

“허황하다는 말씀을 드리려는 것이 아닙니다. 비밀과는 다릅니다. 진실로 맹세코 저는…… 제가 우연으로 그리 알고 있었다는 말밖에는 할 수가 없습니다.”

“알 수 없는 처녀일세그려…….”

에반부르의 마뜩잖아 하는 중얼거림에 르옌이 희미하게 미소 지었다. 한참을 그녀의 깊디깊은 눈동자를 들여다보던 에반부르가 고개를 절레절레 저으며 우의를 고쳐 입었다.

떠날 듯 채비하는 그를 올려다보던 르옌이 불쑥 물었다.

"……라르크는 승리하겠지요?"

"그리되어야겠지."

르옌은 살짝 틈 벌어진 막사 휘장 너머로 그를 배웅했다. 노기사는 뒤도 돌아보지 않고 거센 빗줄기 사이를 헤쳐 멀어졌다. 그녀는 우직한 그의 등을 한참 바라보다가 이내 거북이 목을 움츠리듯 느리게 쪼그려 앉았다.

낙원으로 떠난 기텔라가 자신의 바람을 전해 주었을까. 알 수 없는 일이다. 굳게 흘려보낸 마음 되돌아올까 두려워 그녀는 무릎 사이로 얼굴을 파묻었다. 한시라도 지체 않고 이 요람처럼 익숙한 전장을 떠나면 된다. 그러면 될 것이다. 그리되어야 한다.

르옌은 쫓기는 사람처럼 간절한 고대로 왕실의 사자를 기다렸다.

대모르가나전의 발발 근 일 년하고도 반.

지난 초여름, 치열한 접전 끝에 모르가나의 절대 방어 군사 기지라 불리던 올조르 요새가 함락되었으며, 제레드 국경 안프 절벽 일대를 두고 각축을 벌이던 로반티스 군의 후퇴. 이샤스의 입구를 라르크 군이 차지하는 쾌거를 얻었다.

올조르 붕괴의 소식을 전하는 전서구와 파발들이 각 지방마다 휩쓸며 진탕을 치느라 바빴다. 그때만큼은, 파발마들은 개선장군이었다. 라르크에게는 수치스런 역사인 한편 모르가나에겐 자랑스런 상징인 올조르가 무너지고 로반티스 군이 후퇴하였다! 한 달도 되지 않아 전 라르크는 축제 분위기에 휩싸였다. 줄기차게 내리기 시작한 빗줄기도 기쁨의 불씨를 꺼뜨리지 못했다.

젊은 혈기를 이기지 못하고 뛰어나간 자칼린은 타바잔과 함께 이샤스 평야로 건너가 새로운 진지를 설치, 관리하는 감독관의 소임에 열을 올렸다. 본군의 이동 준비를 하는 일은 그 밖의 기사들과 파사드의 몫이었다. 라르크의 영내에서 피를 흘릴 필요가 없다는 파사드의 의지에 대규모의 군사가 이샤스 평야로 넘어가기 위해 분주히 움직였다. 그만큼 커다란 주둔지를 확보해야 하기에 자칼린은 몇 날 며칠을 그곳에서 머물러야 했다.

그런데, 웬일인지 절벽 너머에 있어야 할 그가 난데없이 피 칠갑을 한 꼴 그대로 파사드의 막사로 들이쳤다.

"체, 체사 경! 그리 들어가시면……."

"아, 혼나도 내가 날 테니 걱정 마!"

자칼린은 그를 만류하는 보초병을 손사래로 내쫓은 후 다급히 주위를 둘러보았다. 전쟁이 시작되고 근 일 년간의 시간이 쌓인 파사드의 개인 막사는 사령 막사나 일반 병영 막사의 황폐함과는 사뭇 다르게 고급스러웠다.

단조로운 취향 탓에 화려한 장식품은 없었으나 우아한 담갈색 탁자와 간이 책상, 그리고 책장까지 구비되어 있었다. 거대한 책장에는 많은 책들이 꽂혀 있었다. 대부분이 전술서와 병법 관련 일지였으나 개중에는 아무것도 쓰여 있지 않은 서첩도 있었다. 그러나 그들의 고상함이나, 그들이 주는 왠지 모를 거리감에도 전혀 위축되지 않고 막사 한편에 걸린 붉은 늑대의 문양 기를 씩씩 바라보던 자칼린이 이내 숨을 크게 들이마셨다. 그가 소리쳤다.

"칼란독 겨어어엉!"

대답은 돌아오지 않았다.

대신 텅 빈 듯 고요하던 서가의 뒤편에서 인기척이 났다. 자칼린은 고풍스런 카펫 위로 핏물 섞인 물이 뚝뚝 떨어지는 발자국을 쿵쿵 찍어 대며 부리나케 안으로 달려 들어갔다.

"형님, 형님, 아니, 사령관님!"

"무슨 소란이냐?"

파사드는 그에게 시선조차 주지 않은 채로 책장 뒤편에 곧게 서서 책 한 권을 펼쳐 들고 있었다. 그의 손에 들린 낡고 해진 책면에 새겨진 익숙한 문양은 자칼린도 아는 것이었다. 그는 미동도 없이 책장을 탐독하는 파사드의 옆얼굴을 보며 발을 동동 굴렀다.

"평소라면 그냥 기다리겠는데요. 제가 이 꼴을 하고 쳐들어온 건 정말 급해서입니다. 잠깐만 먼저 안 되겠습니까?"

그제야 고개를 든 파사드는 핏물이 뚝뚝 떨어지는 자칼린의 꼴에 한숨을 삭이고는 걸음을 옮겼다. 그는 들고 있던 책장의 펼침 면에 책갈피 삼아 노끈을 끼워 탁자 위에 내려놓았다. 그러고는 훈련용 수건을 한 장 자칼린에게 던졌다.

"검과 갑의는 제때 손질해 주지 않으면 금세 녹이 슬고 상한다는 것을 모르나."

엄한 음성에 자칼린이 허겁지겁 그것을 받아 갑옷을 눌러 닦았다.

마뜩해 보이지 않는 풍경에 미간을 꾹 누르던 파사드가 피로에 잠긴 눈빛으로 자칼린을 응시했다. 자칼린은 금세 피투성이가 된 수건을 슬그머니 내려놓으며 고했다.

"이샤스 일대를 어슬렁거리던 적의 파수병 무리와 마찰이 있었습니다. 전투라 할 만한 것도 아니라 보고병을 보내지는 않았습니다."

"급히 논할 것은 무어냐?"

"아, 그, 그 여자, 르엔요. 지금 어쩌고 있습니까?"

난데없이 튀어나온 이름에 파사드의 표정이 삽시간에 찡그려졌다.

"어찌하실 겁니까?"

"곧 절차대로 폐하께 보고를 올려 포상하게 할 것이다."

"군에서 내보내실 거죠?"

평소와는 다르게 심상찮은 자칼린의 낯빛에 본능적인 통찰로 불안을 감지한 파사드가 나직이 물었다.

"무슨 일인지 먼저 들어 봐야겠는데."

문득 자칼린의 눈동자가 탁자 옆에 기대어 뉘인 파사드의 새하얀 리오낙에 머물렀다. 그는 의미 모를 복잡한 표정을 하더니 황망한 얼굴로 품을 뒤적였다.

붉은 주단에 둘둘 말린 웬 단검 한 자루가 탁자 위에 고이 놓였다. 파사드가 눈동자만 움직여 자칼린이 풀어 보인 팔뚝만 한 길이의 검을 내려다보았다. 푸른 검 자루와 검집에 새겨진 문양이 눈 시리게 박혔다.

"모르가나의 기사 중 하나가 진지 근처에 박아 두고 간 검입니다."

자칼린이 불안과 흥분으로 뒤섞인 눈동자로 파사드의 반응을 기다렸다. 그러나 파사드는 무언가 소리 내어 말하는 대신 자칼린이 내보인 검을 건네받아 쥐었다.

손끝으로 느껴지는 익숙한 음각에 순간 그의 눈동자에 불꽃이 튀었다. 자칼린이 안절부절못하며 빗물조차 적시지 못하는 촘촘히 부드러운 주단을 손바닥으로 스윽 밀어 보였다.

살기로 들끓는 까만 시선이 이윽고 고급스런 주단으로 향했다. 그것은 모르가나의 전언傳言이었다.

올조르의 정복자, 위대한 나의 누님에게 바친다.

올조르의 정복자.

그저 아무 이유 없이, 한 여자가 떠올랐다.

"됐으니 물러가라."

파사드의 사나운 기세를 고스란히 받고 겁먹은 보고병이 딱했다. 의무적인 보고에 떨어진 칼 같은 일축. 하지만 누구도 그 병사를 두둔해 주거나 비호해 줄 수 없었다.

파사드의 맞은편에서 에반부르가 팔짱을 끼고 눈을 지그시 내리깔았다. 타바잔도, 덴작도 하던 일을 멈추고 소집된 긴급 상황이었다.

"이게 뭡니까, 대체?"

푸른 단검과 그를 감싸고 있던 주단에 쓰여 있던 모르가나의 전언에 대해 전해 들은 기사들은 너 나 할 것 없이 어리둥절했다. 개중에는 극단적으로 긴장해 모든 의심의 근원을 근절하자는 이도 있었다.

이 검이 무어냐. 돌아오는 대답은 없었지만 누구도 대답을 채근하지 못했다. 사실 이렇다 할 대답을 줄 수 있는 이는 아무도 없다는 것을 그들 또한 알고 있었으므로.

무언가 낌새를 알아차린 에반부르가 넌짓 화두를 던졌다.

"그 여자와 관련이 있다 보시는 겁니까?"

"수상한 건 수상한 거니까요."

"체사 경, 경에게도 말하는 것이 없소?"

"전혀요. 근데 저 검이 르옌이랑은 관계없을 수도 있잖습니까?"

"관계없을 거라 단정하기에는 걸리는 게 한두 가지가 아니잖소이까. 조사를 하면 할수록."

전부터 조사를 시켰던 조사병이 그녀가 살았던 마을과 동선 하나하나를 촘촘히 조사해 올렸으나 결국 알아낸 것은 아무것도 없었다.

여자가 스스로 읊었듯 국경 인근의 마을에서 태어난 군마 상단 일가의 삼 남매 중 둘째라는 것과 오라비가 전사했다는 것, 그리고 막내 동생이 이곳에 있다는 것까지 이미 알고 있는 탐문 결과만 연이어 들려왔다. 병사를 보내 그 마을 사람들 중 수상한 이들을 색출하여 샅샅이 조사하라 일렀음에도 더해진 정보라 할 만한 것은 없다. 오히려 기가 막히게도 그녀가 '천재'라는 꼬리표를 달고 스물두 해를 살았다는 것이 그들의 조사에 더해졌을 뿐.

검을 다루는 이들이라고는 자경단원뿐인 작은 마을에서 이렇다 할 스승도 없이 자란 여자는 날 때부터 활이며 검이며 다루지 못하는 것이 없었다고 한다.

여느 또래보다 훨씬 방대한 지식을 가진 여자. 마을 청년들과의 대련에서 단 한 번도 패한 적 없다는 여자. 천재.

그러나 그것으로 그녀가 보였던 모든 행동에 당위성을 부여할 수는 없었다. 그녀가 보였던 집착과 거침없는 행동, 그리고 누구도 알지 못했던 것을 확신하던 그 자신감까지. 게다가 작금 더해진 이 검의 존재까지도.

"이게 어찌 된 영문인지 모르겠군. 적들은 무슨 의미로 이걸……."

파사드의 눈빛이 서늘하게 가라앉았다.

올조르를 함락한 라르크를 계집 같다 폄훼한 것일까. 아니, 아니다. 그랬다면 저렇듯 공손하게 나오지 않았으리라. 공교롭게도 모르가나의 전언에는 그들을 비꼬려는 의도가 담겨 있다 보긴 어려웠다. 그런 의도를 두려 했다면 그들은 자신이 실패했음을 곧 알아차렸을 것이다.

모르가나와의 접점을 찾으려야 찾을 수도 없는 여자를 직접 문초해 입을 열어야 하는가. 그러나 파사드는 생각을 접었다. 비록 함구령을 내린 상태로 표면적으로 밝히지는 않았으나 올조르 함락의 최고 공로자는 그 여자였다.

역사에 길이 남을 업적을 위해 목숨을 걸었던 일등 공신을 귀히 대접하지 않는다는 것만으로도 지탄받아 마땅할진대, 고문과 추궁이라니.

"하지만 올조르의 함락자는 칼란독 경이 아닙니까."

듣고 싶지 않은 이야기였다.

"그건 당연한 말인데 굳이 입 아프게 다시 거론하는 이유가 있소?"

"예 써 있지 않습니까, 올조르의 정복자라고. 당시 협곡에 있지 않았으나 상황을 모르는 것은 아닙니다. 하지만 판단과 결단은 모두 최고사령관께서 내리신 것이니 사령관의 공이 맞습니다. 이 검이 사령관께로 바쳐진 거라면……."

"그만."

파사드가 말허리를 잘랐다.

덕분에 말을 꺼냈던 덴작은 머쓱함을 감추기 위해 눈만 내리깔았다. 분위기는 한없이 냉랭해졌다.

잠잠히 침묵으로 자리하던 에반부르가 느릿하게 눈꺼풀을 들어올렸다. 올조르의 승리에도 크게 기뻐하지 않는 파사드의 심중을 짐작할 수 있었다. 수많은 군사들이 입을 모아, 올조르를 무너뜨린 결단을 내린 현명하고도 위대한 최고사령관이라며 그를 칭송했으나 파사드에게는 허명이었다. 군공을 쫓는 것은 전쟁터에서 큰 원동력이 될 수는 있으나, 자랑스러운 것은 아니다. 파사드는 이미 그것을 숙지한 채로 전장을 책임지고 있는 사람이었다.

누구보다도 그 정체 모를 여자의 존재를 가시처럼 의식하고 있는 파사드로서는 계획을 중간에 엎어 버린 원인이 그 여자라는 사실 하나만으로도 몹시 속이 불편할 것이었다. 그런 사내였다. 심지어 그 결정이 이제 와 모르가나와 연관이 있을지 모른다는 의혹까지 불거졌다. 더는 치하가 아닌 치욕이었다.

에반부르가 무거운 입술을 떼어 그를 불렀다.

"칼란독 경."

파사드가 눈꺼풀을 들어 묵묵한 시선으로 에반부르를 바라보았다. 성정만큼이나 곧은 어떠한 신념이 고스란히 느껴지는 눈빛에 잠깐 말을 고른 에반부르가 너털웃음으로 분위기를 반전했다.

"사정이야 어찌 되었던 간에, 경의 결단이 작금의 승리를 이끌어 많은 목숨을 살렸으니 조금쯤은 자랑스러워하시는 건 어떠하실는지."

"그에 관한 이야기는 넘기겠습니다. 본론으로."

어색해진 분위기가 견디기 힘든 듯 연두빛 눈동자를 댕글댕글 굴리며 한 사람, 한 사람의 낌새를 살피던 자칼린이 관자놀이를 꾹꾹 눌렀다.

"근데요. 검에 새겨진 거 말이에요. 아무리 봐도…… 그…… 닮지 않았나? 에…… 저만 그렇게 생각하는 겁니까?"

자칼린의 중얼거림에 모두의 시선이 약속이나 한 듯 한데 모였다.

리오낙. 그들은 넋을 놓은 듯 빤한 눈동자로 백색 검집을 내려다보다가, 다시금 낯선 푸른 검집을 돌아보았다.

파사드가 검 자루를 꽉 움켜쥐었다. 그제야 기사들이 퍼뜩 정신을 차리고 마치 대역죄라도 지은 사람처럼 고개를 수그렸다. 브류나크에 대대로 전해 내려오는 가보. 리오낙의 하얀 검집 위로 새겨진 나비의 음각, 그리고 새파란 단검에 새겨진 양익을 펼친 나비의 문양.

무심코 비교한 것이다. 공가 브류나크의 위대한 가보와 근본 모를 모르가나의 검을.

좋지 않은 예감이 엄습했다.

"모르가나의 원군의 선봉은 누구라 하였던가? 세르반테스 백작이라 하였나?"

"지난 회차에 보고받기를 적들의 동부 지역 수뇌 자르스 변경백이 이끌고 있다 했습니다. 마지막 보고에는 본디 중부의 세르반테스 백작이 천거될 듯하다 보고를 들었습니다마는 그자는 제명된 듯합니다."

한참을 탁자 위에 놓인 검을 노려보던 파사드가 마지못해 명령했다. 더 이상의 논의는 무용했다.

"……르옌 데투아를 끌고 와라."

우기의 끝자락.

모르가나의 둔영은 그야말로 참혹한 분노로 들끓었다. 모르가나의 최고사령관으로 부임해 있는 마르세 칼 로반티스는 지척에 다다랐다는 원군의 소식에도 웃음 한 끗 보일 수 없었다. 목구멍으로 물 한 모금 넘어가지도 않았다. 잠이야 더 말할 것도 없었다. 목숨이 두 개라면 수치스러움에 당장이라도 하나 내놓을 수 있을 것 같았다.

참상도 이런 참상이 없었다. 이미 천여 명이 죽거나 실종되었고, 그 배에 달하는 이들이 부상을 입었다. 때마침 요행으로 우기가 시작되어 잠정적인 짧은 휴전에 들지 않았다면 얼마만큼 더 심각해졌을지 모를 일이었다.

이 모든 상황은 모두 그가 짊어져야 할 책임의 무게가 되어 그를 짓눌렀다. 마지막 교전에서 합동 공격을 약속한 올조르 군의 침묵에 불길함을 느낀 것은, 라르크의 절벽 너머를 전장 삼아 작지 않은 접전을 며칠 이어 간 후였다. 처음에는 미리 손발을 맞추기로 했던 올조르와 시기의 오해가 있었나 싶었다. 그러나 군사들을 재정비하기 위해 물리려던 중 들린 소식은 청천벽력이었다.

올조르가 무너졌다.

개소리. 세 살 먹은 어린 아이도 코웃음 칠 만한 같잖은 낭설이었다. 그러나 이미 들은 보고를 아예 못 들은 체할 수도 없는 노릇이라 군사들이 파견되었다. 파수병이 몇날 며칠을 달려 확인하고 돌아온 결과는 모르가나의 군대를 혼란에 빠뜨리기 충분했다.

어찌 무너졌는지도 알려지지 않았다. 그저 협곡의 하부부터 붕괴된 것으로 추정된다는 보고만 들었을 뿐.

협곡이 통째로 무너져 그 역사적인 자부심을 잃었다는 것은 울화가 치밀다 못해 숨이 넘어갈 만큼 끔찍한 현실이었다. 그 소식은 발 달린 말처럼 황성까지 닿았고 황제를 진노케 했다. 전 모르가나가 삽시간에 비탄 속으로 침몰했다.

소모전과 각축전으로 적들을 지치게 하려던 계획은 수포로 돌아갔다. 본군의 대규모 주둔지까지 라르크 군이 점거한 상황에 이샤스 평야의 남부로 떠밀려 내려온 현 상황을 어떻게든 만회해야 했다. 깔깔하게 말라붙은 목 안쪽이 바짝 타들어 갔다. 과민으로 사나운 음성이 터졌다.

"적들의 동태는 어떻다고 하던가. 자르스 변경백의 원군이 당도하거든 즉시 그를 내게로……."

절박함에 찌든 음성은 말미를 맺지 못하고 끊겼다. 막사 밖이 불현듯 소란한 걸음과 몇몇 기사들의 음성으로 난잡해진 탓이었다. 마르세의 신경이 사납게 곤두섰다. 가뜩이나 예민한 시기에 감히 그의 신경을 거스르는 이를 용납하기 어려웠다. 그러나 그가 부관에게 살펴보고 오라 명하기도 전에 휘장이 예고 없이 휙 걷혔다.

"아니, 감히……."

아룀도 없이 불쑥 들이닥친 무장 기사들 무리를 향해 노성을 치려던 마르세가 반사적으로 눈살을 찌푸렸다. 마르세는 덩치 좋은 기사들을 이끌고 선봉에 선 기사에게 한참이나 시선을 놓았다.

뜻밖에도 여자였다. 물기가 뚝뚝 떨어지는 푸른 갑의의 묵직함조차도 호리호리한 여인의 체형을 가리지는 못했다.

미간을 가린 투구를 타고 흘러내리는 빗물 좌우로 드러난 싸늘한 청록빛 눈동자가 그를 똑바로 바라봤다. 무심결의 본능으로 여기사의 머리끝부터 발끝까지를 눈에 담아 살피던 마르세의 눈동자가 견갑 위에 새겨진 문양에 떠억 멈추었다. 그의 낯빛이 떫게 일그러졌다.

"로반티스 후, 인사드립니다. 마리포사 기사단 총기사단장 에일라 시니스입니다."

"……그쪽에서 지원 출병하였다는 이야기는 전해 듣지 못했는데. 원군이 도착했나? 자르스 백은……."

마르세는 말을 끝맺지 못했다.

"자르스 백은 오지 않으십니다."

"그 무슨 말인가."

"자르스 백은 귀성하셨습니다."

"허면 원군을 예까지 인솔한 것은……."

에일라는 이렇다 하는 대답 대신, 차가운 예우로 턱을 까닥한 후 품고 있던 황실의 서간을 마르세의 면전에 던지듯 내려놓았다.

"이게 무슨 무례냐."

"자리에서 일어서 주십시오. 주군께서는 이곳에 드시기 전, 모든 준비를 마치기를 명하셨습니다. 작금 이 순간부로 모르가나의 지원군과 주둔군 전 제대는 황제 폐하의 칙명에 따라 본 기사단의 명령 체계로 임시 귀속됩니다. 그동안 수고 많으셨습니다."

에일라의 말은 단순하고도 명쾌했다. 마르세의 옆에 서서 상황을 지켜보던 부관이 소스라치며 신음할 만큼.

그러나 정작 당사자인 마르세는 상황이 어찌 돌아가는 것인지 헤아리기 위해 무던히도 애를 써야 했다. 분명 눈앞에 보이는 것은 지고한 황실의 압인이 찍힌 서간이었다. 좋지 않은 예감이 덜컥 그의 손목을 붙잡았지만, 그는 마지못한 기색을 꾹 참아 누르며 서간을 펼쳤다. 몇 번 좌우로 오가던 그의 눈동자가 얼음장처럼 굳어졌다. 황제의 칙서는 명확히 그의 축출을 명시하고 있었다.

그의 거칠고 두꺼운 손가락이 바들바들 떨리기 시작했다. 조금 전까지 사나운 기세가 가득했던 목소리도 꼭 그만큼 떨렸다.

"발로이드…… 그자도 출병했나? 지금 어디에 있나!"

"일어나 주십시오."

"한낱 계집 기사 나부랭이가 오만방자함이 하늘 높은 줄 모르는구나! 네게는 용건이 없다. 그자는 어디 있어! 밖에, 밖에 대기 중인가! 마리포사아아!"

마르세는 당장이라도 뛰쳐나갈 것처럼 벌떡 몸을 일으켰다. 에일라는 당황하지 않고 평이한 음성으로 대꾸했다.

"현재 주군은 다른 용무를 보기 위해 국경으로 즉시 향하셨습니다."

"왜 난데없이 네놈들이 튀어나와 이런 무례를 저지르는지 직접 들어야겠다!"

목이 찢어져라 높이는 호통에 에일라의 눈매가 서늘하게 굳어졌다. 그녀는 황실의 서간을 쥐고 씨근덕거리는 마르세를 열없는 눈동자로 흘긴 후 뒤로 서 있던 기사들에게 명했다.

"주군을 뫼실 준비를 하라."

에일라의 명에 그녀의 등 뒤에 서 있던 푸른빛 갑옷을 입은 사내들이 성큼성큼 움직여 막사의 한쪽 면을 차지한 로반티스의 문양 기를 우악스럽게 뜯어내었다. 그러고는 정갈히 품에 개켜 접어 들어온 푸른 천을 넓게 펼쳐 걸었다. 마르세는 삽시간에 온 막사를 진동하는 선명한 푸른빛에 눈을 질끈 감았다 떴다.

로반티스 가문의 장미를 문 사자 기는 쓰레기처럼 흘러내리고, 그 자리에 걸린 것은 푸른 나비가 우아한 양익을 펼친 혼미한 풍경이었다.

진영의 최중심부 우뚝 솟은 사령부 막사 위로 라르크의 상징인 늑대 깃발이 물기를 머금고 늘어졌다.

사령부 막사 안. 전략 회의를 위해 펼쳐 놓았던 지도 위로, 윤택한 빛이 감도는 붉은 천에 둘둘 감긴 낯선 물건이 놓였다

"이것에 대해 아는 것이 있나."

노기 띤 음성이 흘러들었다. 원탁의 좌우로 둘러 선 기사들도 잔뜩 숨죽여 여자의 대답을 기다렸다.

르엔은 난데없는 당황스러움에 눈만 끔뻑였다. 얌전히 있으라기에 얌전히 있었다. 왕실의 회신에 따라 포상 전역도 고려해 준다 하여 그만을 기다렸거늘 다짜고짜 불러다 앉혀 놓고 이리 살벌한 기세라니.

"대답해라."

두서없이 몰아치는 추궁에 슬며시 눈살을 찌푸리던 르옌이 마지못해 주단을 펼쳤다. 한기를 삼킨 듯 서늘히 푸른 단검이 굴러 떨어졌다. 툭. 그녀의 엷게 그림자 앉은 눈동자가 그것들을 따라 미끄러졌다.

비단만큼이나 보드라운 붉은 주단 위로 박제처럼 선명히 수놓인 나비 한 마리가 내려앉아 있었다. 그리고 푸른 검집 위로 강박적이기까지 한 또 한 마리의 음각된 나비가.

그녀의 움직임이 뚝 멎었다.

"이럴 게 아니라 당장 문초하여 입을 열게 만들어야 합니다."

그녀의 오른쪽에 서 있던 덴작의 말에 자칼린이 끼어들었다.

"아직 확실한 것도 아닌데 너무 성급한 게 아닙니까, 듀사크 경?"

"체사 경, 그대야 말로 나서지 마시게. 지금은 전시이니 전시 율법에 따르는 것이 마땅한 일이네. 데투아 양의 침묵을 우리는 이미 충분히 눈감아 주었다 여기외다. 이번만은 그저 넘어갈 수 없을 듯하이."

에반부르가 여지없는 음성으로 무섭게 힐난했다. 르옌은 그들의 자잘한 음성들을 귓바퀴 밖으로 밀어내며 침묵했다. 침묵에 질린 기색 역력한 자칼린만 답답하다는 듯 가슴을 쳤다.

아오! 좀!

르옌의 시선은 여전히 정체 모를 푸른 검 위로 머물고 있었다. 널따란 양익을 펼친 나비, 모르지 않다. 눈에 익은 어떠한 것과 닮아 있었다. 아마 그것은 자신을 추궁하는 남자도 알 것이다. 그의 새하얀 검에 새겨진 것과 이 나비는, 조금의 차이를 고려하더라도 몹시 닮아 있었다.

그때 불쑥 사령부 막사 안으로 한 병사가 달려 들어왔다.

"그, 급보입니다!"

흉갑을 쾅쾅 때리던 자칼린이 화풀이하듯 쏘아붙였다.

"누구도 들이지 말라는 명은 귓등으로 들었냐? 응?"

"지금 모르가나 군의 최고사령관이라 자칭하는 자가 직접 차, 찾아왔습니다! 올조르 함락자에게 용건이 있다며……."

"로반티스가?"

"아니…… 그것이, 처음 보는……."

이게 무슨 소리야? 턱까지 찬 숨을 할딱이는 병사의 외침에 기사들의 표정이 애매하게 찡그려졌다.

올조르 요새.

모르가나의 건국 이래 칠백오십 년, 단 한 번도 함락된 적 없는 난공불락의 위명이 무너진 데다, 성이 와해되면서 수많은 손실을 입었으니 사령관을 갈아 치웠다 해도 이상하지는 않았다. 남부로 밀려 내려간 로반티스가 잠잠한 것이 저 때문인 모양이었다.

그러나 방문이라니? 누구도 예상하지 못한 일이었다.

말없이 내리깔린 여자의 옅은 갈색 눈동자를 바라보던 파사드는 당황한 기색 없이 물었다.

"병력은 얼마나 되지?"

"푸른 갑주를 두른 기사 서른네 기와 검은 갑옷의 기사 한 명입니다."

"어찌 이곳까지 올 동안 보고가 없었나."

"그도 잘 모르겠습니다, 별안간 나타나서……."

사령부 내의 공기가 찬물 끼얹은 듯 싸늘하게 가라앉았다.

선명한 나비 음각이 새겨진 푸른 단검으로 긴장이 고조되었던 차다. 푸른 갑주, 고작 서른 기의 기사를 이끌고 적 진영에 찾아와 사자를 자청한 적장. 르엔을 향해 있던 라르크 기사들의 살기가 일순간에 표적을 바꾸었다.

"무장을 준비해라. 혹시 모르니 체사 경이 여자를 데리고 나와라. 지오타르 경은 파수꾼을 보내 진영 사위의 동태를 살피고 할드로프 경은 사각의 진으로 집결시켜 방어 태세를 구축하도록."

명을 마친 파사드가 자리를 벗어나자 얼떨떨한 얼굴을 하고 있던 자칼린이 주춤주춤 그녀에게 다가와 섰다. 평소라면 능청스레 의뭉 떨어 넘겼을 것을, 그럴 정신이 없었다.

입술이 작게 벌어졌다. 르옌은 멍하니 손에 들린 나비 양각의 단검을 내려다보며 절망적으로 뇌까렸다.

그럴 리 없다.

검을 감싸고 있던 피 먹은 듯 붉은 천 위로 선명한 글귀가 남아 있었다.

올조르의 정복자, 위대한 나의 누님에게 바친다.

그럴 리 없다.

라르크와 모르가나의 바뀌어 그려진 남부 국경선.

우기가 막 끝물에 접어들어 온 세상이 눅진 습기로 가득했다. 통통거리며 갑옷 위로 떨어지는 빗소리가 도처에서 울려 침묵이 숨어들 새도 없는 긴장으로 가득 찼다.

드문드문한 빗줄기 사이를 흐르는 서늘한 냉기. 시커멓게 찡그린 하늘 아래에는 가까스로 꺼지지 않은 횃불과 검게 오르는 연기만이 자욱했다. 그리고 라르크 군 둔영 저편의 평야 끝엔 푸른 갑옷을 입은 기사들 위로 적의 깃발이 비쳤다. 비에 젖어 자세한 문양까지 식별할 수는 없으나 선명한 푸른빛만큼은 그들의 눈에 각인되었다.

마갑과 안장을 단단히 고정시킨 롯사에 오른 파사드가 대오의 앞으로 나섰다. 그의 뒤로 수십 명의 궁병과 창병, 그리고 기사들이 횡렬했다.

"움직임은?"

"올조르 함락의 공로자를 만나게 해 달라는 청 이후로 쭉 거리를 지키고 있습니다."

한 기사의 보고에 자칼린이 주먹을 꽉 쥐며 경멸의 기색을 드러냈다.

"저놈은……."

얼마 지나지 않아 푸른 갑옷의 기사단이 움직이기 시작했다.

그를 지켜보던 파사드가 왼손을 들어 올리자 사열했던 궁수들이 일제히 시위를 겨누었다. 살얼음 같은 긴장감 속에 자로 잰 듯 움직이던 저편의 대열이 좌우로 갈라졌다. 곧 그들 사이로 머리끝부터 발끝까지 검은 갑옷으로 무장한 사내가 새까만 말을 타고 걸어 나왔다.

하, 여기저기서 탄식이 흘러나왔다. 오래 고민할 것도 없었다.

파사드는 그의 정체를 단박에 확신했다.

'라르크의 수치.'

칠흑처럼 까만 눈동자에 제련된 적의가 떠올랐다. 최고사령관을 저자로 새로이 지명한 제국의 농간질은 이로써 정점을 찍었다. 푸른 나비 문양 기와 더불어 나타난 사내. 어떤 이유에서인지 수 년 전, 중간 이름을 '페이작'으로 개명하여 한동안 라르크 중앙 귀족들을 떠들썩하게 했던 발로이드 페이작 마리포사였다.

그가 전선에 선 이상, 전쟁은 단시간 내 끝나지 않으리라. 이는 피할 수 없는 국가의 자존심이 걸린 문제였다.

흑마의 기사는 호위조차 없이 다가와 서른 걸음 남짓 떨어진 곳에 멈춰 섰다. 투구 아래로 매끄러운 음성이 흘러나왔다. 일견 나른하고도 흥분된 어조였다.

“내가 누군지는 이미 잘 알고 있는 얼굴들이니 쓸데없이 시간을 끄는 인사치레는 각설하지. 올조르 요새의 함락 계획을 고안한 자는 어디 있지?”

오만의 안장 위에 앉은 남자가 수비 태세를 갖춘 병사들을 눈으로 훑었다.

“라르크의 총지휘관은 나다.”

“들리기로 이번 대의 붉은 늑대의 아들이 썩 인망이 두텁고 명예롭다하여, 남의 공을 가로채는 것을 자랑스레 여기는 자인 줄은 몰랐는데. 나는 남의 공으로 거짓 명성을 업은 적장을 만나기 위해 온 게 아니다. 올조르 협곡 갱도의 위치를 고발한 이에게 나를 안내해라.”

올조르 협곡의 갱도. 그것을 저자가 어찌 알았을까. 그가 준 모욕에도 불구하고 파사드는 놀람으로 낯을 굳혔다.

“감히 반역가의 핏줄이 수치도 모르고!”

자칼린이 벌건 얼굴로 소리치며 검을 꺼내어 들었다. 카르릉! 쇳소리와 함께 치솟은 은빛 검날이 석양빛을 받고 번뜩였다. 거의 그와 동시에 평야 저편의 기사단이 일제히 전투태세를 갖추기 시작했다.

하지만 고조되는 긴장감 속, 검은 기사가 손을 들어 보이자 그들은 소름 끼칠 정도로 정연하게 대열을 되돌렸다. 파사드가 그를 노려보며 자칼린에게 명했다.

“검을 거둬라.”

“그래, 나는 지금 싸우려고 온 게 아니니 일을 어렵게 만들지 마라. 젊은 혈기에 날뛰는 것은 좋지만 목을 조심해야지. 다시 말한다.

나는 칠백여 년 역사, 단 한 번도 함락당한 적 없는 난공불락의 올조르 요새를 무너뜨린 이를 만나러 왔다. 내가 보낸 선물은 잘 전해 줬겠지."

정녕 그 때문에 적 진영의 코앞까지 왔단 말인가? 덴작을 비롯한 몇몇 기사들이 저도 모르게 자칼린의 대각에 선 르옌을 돌아보았다.

험악한 남자들의 시선을 온몸으로 받고 선 그녀는 혼 빠진 사람처럼 검은 기사를 올려다보고 있었다. 검은 갑옷의 적장의 시선 또한 자연스레 여자에게 향했다. 폭발할 듯한 긴장감 속에 나약한 빗소리마저 달아났다.

짧은 정적. 이내 사내의 투구 아래로 희열에 찬 음성이 흘러나왔다.

"……드디어."

굳었던 여자의 표정에 금이 감과 동시에 검은 기사가 고삐를 후려쳤다. 상대를 밟아 죽일 듯 도약하는 흑마의 돌진에 자칼린이 그녀의 앞을 막으려 했다. 하지만 거대한 흑마는 놀랄 정도로 날렵하게 뛰어올라 도리어 여자와 자칼린 사이를 파고들었다.

이히힝— 뛰어든 말을 피해 앞발을 치켜든 자칼린의 준마가 뒷걸음질쳤다. 자칼린의 경멸스런 눈초리가 그에게 향했다.

"무슨 자신감입니까? 단신으로 라르크의 둔영 코앞까지 온 걸 잊을 만큼 멍청하진 않으실 테고. 올조르 이후로 국경선이 바뀐 것도 모르십니까?"

검은 투구 안으로 음울하게 비치는 벽안은 그대로 그녀에게 향했다. 그녀는 유령이라도 본 사람처럼 얼어붙어 뒷목을 뻣뻣하게 세우고 있었다. 그녀의 눈동자에 군마 안장에 새겨진 모르가나의 사자 양각이 어렸다.

'그럴 리 없다.'

매끄러운 남자의 음성이 아득하게 귓가로 감겨들었다.

"비켜라. 올조르의 함락을 축하하기 위함일 뿐이다."

그걸 믿을까 보냐. 자칼린은 노골적인 경멸을 감추지 않고 파사드의 명을 기다렸다. 그러나 파사드의 굳게 닫힌 입술은 열릴 줄 몰랐다. 결국 삵처럼 눈꼬리를 올리던 자칼린이 물러났다. 검은 기사는 만족스런 웃음을 지으며 고개를 비껴 숙여 여자를 눈에 담았다.

허름한 바지와 상의를 입고 있는 여자의 손에 들린 푸른 검. 그는 한 치의 의문조차 없는 확신으로 입술을 열었다.

"오랜 시간 기다렸다."

잠긴 듯 감격에 찬 듯한 음성.

"누님이…… 다시 돌아오리라 믿었다."

……지금 저 자식이 뭐라 했어? 물러섰던 자칼린의 안색이 허깨비라도 본 듯 굳어졌다.

"올조르의 이야기를 듣자마자 누님이라는 걸 알았다. 이제라도 그 염원을 이룬 것을 진심으로 존경스럽게 생각한다. 다만……."

검은 기사는 말 위에서 허리를 숙여 조심스레 그녀의 뺨을 어루만졌다. 그제야 여자가 종잇장처럼 턱을 들어 그의 얼굴을 바라보았다. 절망에 가까운 신음이 흘렀다.

'그럴 리가 없는데…….'

눈에 익은 새파란 눈동자가 그녀의 소망을 산산이 부쉈다.

"그 영광에 내가 함께 있지 못해 아쉬울 뿐이야. 가자. 누님의 자리는 이곳이 아니라는 걸 알고 있겠지."

"설마…… 지금 네가……."

검은 기사가 그녀의 팔을 끌어 올리는 바람에 그녀는 비틀거리며 몇 걸음 끌려갔다. 다정함으로도 감출 수 없는 매서운 음성이 묵직이 깔렸다.

"그래, 누님이라면 나를 알아보지 못할 리가 없다 믿었다. 이야기는 후에 풀자. 더 이상 이 구역질 나는 자들과 어울릴 필요 없다. 누님을 모시기 위해 내가 이 자리에 왔으니."

심상찮게 흐르는 사태에 그들과 조금 떨어진 선봉에 서 있던 파사드가 나직이 입을 열었다.

"체사 경."

자칼린이 번개처럼 튀어 나가 여자를 잡은 남자의 팔뚝을 움켜쥐었다. 한없는 부드러움으로 수몰되어 있던 검은 투구 안의 눈동자가 순식간에 살기를 띠고 그를 노려보았다.

자칼린이 소리쳤다.

"무슨 개소린지는 모르겠다마는, 반역가의 수장이 라르크의 무엇에 미련이 남아 이러십니까?"

"……체사라면, 그 체사인가. 카라제시 란센? 아니면 그 동생? 어찌 되었건 어린 기사는 물러서라."

"동생 쪽이외다. 저기 궁수들 안 보이십니까? 경고입니다. 두 번째는 검이 바로 튀어 나갈지도 모릅니다. 모르가나가 이번에 발등에 불이 떨어져 대가리를 갈아 치운 모양인데, 발령받자마자 목 달아난 최고사령관 되기 싫으면 물러서십쇼."

르옌은 납득할 수 없는 꿈같은 상황 속에서, 막연히 끓어오르는 배신감으로 그를 불렀다. 그럴 리가 없다 여기면서도, 본능으로 알았다.

"……페이작."

"그래."

대응하듯 적장의 입술이 소리 없이 열렸다. 빗줄기 사이로 하얀 입김이 흩어졌다.

"스완."

최후의 의심마저 불식하는 한마디였다.

이게 꿈인가. 이건 꿈인가.

절정으로 치닫는 긴장감에 모두가 숨을 죽인 그때, 노여움에 젖은 여자의 고함이 흐릿 빗줄기를 뒤흔들었다.

"네가…… 네가…… 네가 어째서 그들의 갑옷을 입고, 그들의 안장에 앉아, 라르크에 검을 겨누고……!"

검은 투구 안에서 순간 당황의 빛이 어리는가 싶더니 이내 형형한 살기를 띠기 시작했다. 여태까지와는 전혀 다른 분위기가 그의 사위를 휘감았다. 눈을 부릅뜨고 여자를 노려보던 검은 기사는 자신에게로 겨누어진 수십의 화살을 의식하고 물러섰다.

"누님이야말로 지금 무슨 소릴 하고 있나……?"

"네……!"

"수백 년을 기다려온 염원이다. 저들의 만행을 잊은 건가. 아니면 무언가를 착각하고 있는 건가. 누님을 배신한 한센의 핏줄에, 은혜를 원수로 갚은 브류나크의 핏줄에 둘러싸여서."

"……."

"……누님."

자칼린은 도저히 그들의 대화를 따라갈 수 없어 아연했다. 저게 대가리에 화살이 박혔나! 모르가나의 새로 발령받은 최고사령관이라 자청한 사내의 말은 하나부터 열까지 미친 소리처럼 들렸다.

꼭 저만큼 미친 사람인 양 섰던 르옌이 비틀거리며 물러서다가 돌연 자칼린의 말허리에 매인 검을 뽑았다. 날카롭게 귀청을 찢는 쇠붙이 소리에 놀란 자칼린의 군마가 거친 입김을 내뿜었다. 몇 걸음의 거리를 두고 자신에게로 겨눠진 검 끝을 내려다보던 적장이 돌연 투구를 벗어 내렸다.

미약한 빗물이 뚝뚝 그의 얼굴로 떨어졌다. 다 기울어진 태양 아래 드러난 불그스름한 갈색 머리칼과 심연 저편으로 침잠한 듯 익숙한 벽안이 맹렬히 빛났다. 왜 나에게 검을 겨누나. 그의 눈은 그리 묻고 있었다. 르옌은 그대로 얼어붙었다.

"너희들의 땅으로 물러가라."

파사드가 단호하게 일갈했다. 몇 번이고 들었던 음성이 낯설다. 그저 까마득 세상 모든 소리들이 멀어졌다. 르옌은 꿈쩍도 하지 못하고 선 채로 죽은 나무처럼 그리 침묵했다. 말없이 르옌을 눈동자로 옭아매던 검은 기사는 고조되는 파사드의 살기를 깨닫고 이를 으득 갈았다.

기사가 사나운 기세로 말 머리를 돌렸다. 짙은 잿빛의 말갈기가 그녀의 눈앞을 스치며 오래된 전장의 냄새를 풍겼다.

"……누님에게 시간이 필요하다면 조금 더 기다리겠다. 오늘은 이만하지. 그동안 너희는 예우를 다해 누님을 모셔라."

그가 고삐를 당기며 파사드를 쏘아보았다.

"그리고…… 파사드 칼란독 브류나크. ……네놈에게 한마디 하지. 나를 상대로는 정정당당하지 않아도 좋다. 나는 전 사령관 로반티스, 그 얼간이처럼 멍청하지 않을 테니까."

날렵한 흑마가 평야 저편으로 내달리기 시작했다.

빗줄기 저편 멀어지는 사내의 등 위로 흔들리는 푸른 멘테가 선명히 눈에 박혔다. 느리게 인식되는 시야 속 그것은 마치, 지상에 내려앉은 파란 나비처럼 몽롱했다. 얼마 지나지 않아 적의 기사단은 평야 저편의 점으로 사라졌다.

그들의 모습이 완전히 사라진 후에야 르옌은 가까스로 정신을 다 잡았다.

이런 일이 가능하단 말인가. 이게 무슨 일이란 말이냐. 달달 떨리는 그녀의 손아귀 사이를 빠져나온 자칼린의 검이 챙! 소리를 내며 바닥을 나뒹굴었다. 모두가 경계의 눈초리로 그녀를 노려보는 가운데 파사드의 명이 떨어졌다.

"따라와라."

우기가 막바지에 접어든 어느 날의 조우였다.

르옌이 끌려가다시피 이끌린 곳은 사령부 막사도, 취조나 추궁을 위한 옥사도 아닌 그의 개인 막사였다. 막사에 들어선 그는 그를 뒤따라 들어온 다른 기사들을 모조리 물린 후, 종이며 펜, 책 따위가 가지런히 놓여 있는 탁자의 모서리를 짚고 한참을 침묵했다.

막사 밖에서 안절부절못하고 서성대는 이들의 인기척이 흘러들었다. 파사드가 몸을 돌려 희게 질린 낯빛의 여자를 노려보았다. 여자는 여전히 넋을 놓은 듯한 낌새였다.

발로이드 페이작 마리포사. 그자는 마리포사의 광인, 모르가나에 엎드린 라르크에 이어 내려온 수치였다.

스스로가 외교 사신인 양 혈혈단신으로 들이닥친 마리포사 백작을 향한 적의는 브류나크 왕실에 대한 충정이 깊을수록 꼭 그만큼 짙었다. 그러나 적의를 태울 여념도 없었다. 발로이드가 지껄였던 말들은 물론이거니와 여자의 태도까지도 무엇 하나 납득하지 못했기에.

모르가나 수성의 상징, 올조르 요새 함락에 앞장섰던 여자에게, 라르크를 향한 질디짙은 적의로 제 이름까지 갈아 치웠다 전해지는 사내가.

당초 마리포사의 소기 목적이 라르크 진영을 혼란스럽게 교란하려는 것이었다면 그는 성공했다.

파사드는 당장이라도 르옌을 베어 버리고 싶은 강렬한 충동을 참았다. 저 여자를 신임한 적은 맹세코 단 한순간도 없었으나, 은연중 적이 아니라 판단을 한 것은 부정할 수 없었다. 여자가 라르크에 보였던 애착을 믿었기에 그녀에게 다양한 여지를 두었다. 그리하여 모든 의혹에 눈감았다. 그런데 그 확신이 자신의 착각이었다면, 저 여자의 계략이었다면.

이성을 뿌리째 뜯어 던질 듯 몰아치는 분기에 턱으로 뻐근한 힘이 들어갔다.

리오낙을 그러쥔 파사드의 손등에 퍼런 힘줄이 돋았다. 그녀는 여전히 넋 잃은 낯으로 비스듬 허공만 내려다보고 있었다.

"더 이상의 침묵은 용서치 않겠다. 해명하라."

칼날처럼 벼려진 그의 음성에 르옌이 비로소 고개를 들었다. 바싹 마른 입술이 무슨 말을 해야 할지 모르겠다는 듯 달싹거리다 부질없이 다물렸다.

—수백 년을 기다려온 염원이다. 저들의 만행을 잊은 건가. 아니면 무언가를 착각하고 있는 건가. 누님을 배신한 한센의 핏줄에, 은혜를 원수로 갚은 브류나크의 핏줄에 둘러싸여서.

그녀의 뇌리로 '그'의 음성이 다시 한 번 상기되었다. 르옌은 차마 눈에 익은 새까만 시선을 감당치 못하고 파사드의 발치로 고개를 떨어뜨렸다.

"무슨 관계냐."

"아무…… 아무런……."

르옌의 바들 떨리는 음성이 막사의 사나운 분위기에 휩쓸려 흩어졌다. 그럴 리가 없는데, 그리 뇌까리면서도 이미 그녀는 본능의 속삭임에 귀를 기울이고 있었다.

익숙한 어투, 눈에 익은 벽안, 무엇하나 다른 것이 없었다. 불가능하다고 외치는 것은 기만이었다. 이 넓은 세상에 꼭 자신처럼 기이한 출생으로 새 삶을 가지게 된 이가 또 있을지도 모른다. 어릴 적부터 으레 상상해 오던 일이 아닌가. 그러나…….

'그럴 리가 없다.'

급류에 휩쓸린 듯 속이 메슥거렸다. 지푸라기라도 쥐려는 양, 손가락이 안으로 애처로이 그러모아졌다. 절박한 바람이었다. 그럴 리가 없다. 페이작은 과거 그녀와 함께 전장을 누비고 다녔던 하나뿐인 혈육이었다. 그가 모르가나를 얼마나 혐오하며 증오하는지, 얼마만큼이나 단단한 충정으로 라르크의 적들을 베어 냈는지 모를 그녀가 아니었다.

그러니 당연한 것이다.

모르가나의 적장이 페이작일 수가 없었다. 비슷한 말투, 유물이 되어 버린 자신의 이름을 부르던 입술, 눈에 익은 나비의 문양을 지니고 있다 하더라도.

무언가가 뇌간을 찌르고 지났다. 그녀가 마른번개 맞은 사람처럼 얼어붙었다.

―페이작 돌레한 경은 어찌 되었나?

―돌레한? 그에 대해서는 내 입이 더러워질 것 같으니 묻지 마라. 체통 없는 언행으로 품위를 잃고 싶진 않으니까.

언젠가 무심코 넘겼던 자칼린과의 대담. 그녀의 낯빛이 죽어 가는 설원처럼 하얗게 가라앉았다. 굳게 다물린 입술 사이로 견디지 못한 신음이 흘렀다. 왜 그의 이름을 언급하는 것만으로도 진저리를 쳤을까.

시골의 처녀로 살며 귀를 닫고 눈을 감은 대가가 컸다.

—감히 반역가의 핏줄이 수치도 모르고!

자칼린은 왜 '모르가나의 적'에게 수치도 모르는 반역가의 수장이라며 고성을 질렀을까.

"페이작, 페이작 돌레한은 어찌……."

목 졸린 짐승의 신음처럼 위태롭던 음성이 차츰 뚜렷해졌다.

"라르칼리아 여왕의 사후 페이작 돌레한 경은 어찌, 어찌 되었습니까."

"네게 질문을 허하지 않았다. 어찌하여 그자가 네게 친숙히 굴었는지, 함구령을 내려 본진의 군사들조차도 무지한 갱도의 존재에 대해 알고 있었는지 설명—"

"그는 어찌 되었느냐고! 어째서, 어째서 여왕의 상징을 새긴 멘테를 맨 이들이 모르가나에 있는지! 어찌 되었느냐 묻지 않습니까!"

별안간 르옌의 천 갈래 찢겨 나간 목소리가 온 곳을 난타했다.

파사드가 말을 멈추었다. 그동안 순종적인 북부의 여인들답지 않은 대범함으로 많은 이들을 놀라게 했던 여자의 눈동자가 겁에 질린 이처럼 얼어 있었다.

페이작 돌레한 라르칼리아, 이백 년 전 라르크를 배반하고 망명한 사내가 어찌 되었는지는 역사서 몇 장만 들추어도 나오는 이야기다. 군법과 제문에 대한 서책을 탐독했다고 하는 여자가 그 유명한 이야기를 모른다는 것은 모순이었다. 지금 그의 이야기를 꺼낸다는 것 자체도.

"그것을 몰라 묻나?"

"대체 왜 그가 모르가나에…… 대체, 무슨……."

말을 잇지 못하고 더듬거리는 여자는 정신을 놓은 사람처럼 보였다. 그녀와 눈싸움이라도 하듯 정적으로 노려보던 파사드가 돌연 몸을 일으키더니 막사 한편 배치된 책장에서 책 한 권을 꺼내어 돌아왔다.

각국의 가문과 문양, 상징 등을 정리해 둔 도감이었다. 그는 소리 없이 어느 한 면을 펼쳐 탁자 위에 내려놓은 후, 손바닥으로 쾅 짓뭉개듯 내리눌렀다.

위협적인 경고가 이어졌다.

"네가 내통한 자가 지금 네가 묻는 페이작 돌레한 라르칼리아, 치욕스러운 북부의 배반자의 후손임을 모른다 시침 떼지 마라."

르옌의 혼 빠진 눈동자가 파사드가 짚고 있는 낡은 서책의 한 면에 머물렀다. 선명한 나비 문양이 그의 손바닥 안쪽에 가려져 있는 것이 보였다. 그녀가 비틀비틀 탁자에 다가가 그의 손을 뜯듯 밀었다. 낡은 가죽 내음 물씬 배인 죽은 나무 위에 내려앉은 시리게 아름다운 미물, 필경 여왕의 상징으로 기록되어 있어야 하는 그 문양은…….

그녀의 시선이 차츰, 차츰, 아래로 미끄러졌다.

변절자 페이작 돌레한 개문開門:

마리포사 – 속屬 모르가나

그녀의 시선이 이해할 수 없는 글귀 위에 멎었다.

"그럴……."

—누님이 있을 자리는 이곳이 아니다.

귀 안쪽의 처절히 메아리치는 기억. 르엔이 가까스로 균형을 잡고 탁자 위로 손을 짚어 기댔다. 팔다리가 후들거리며 오한으로 등줄기가 저려 왔다.

'변절자.'

그녀는 믿을 수 없는 단어를 눈에 새겼다. 마치 그리 보고 있으면 글귀가 바뀌기라도 할 거라 여기는 사람처럼.

"그럴 리가…… 그럴……."

칼 삼킨 듯 쓰라린 목구멍으로, 불에 덴 듯 떨리는 혀로 쉼 없이 뇌까리던 그녀의 음성이 뚝 멎었다. 늘 침착하던 그녀의 낯이 일곱 살의 그날처럼 일그러졌다.

밀려오는 아연함에 맥이 풀린 르엔은 탁자를 잡은 그대로 바닥으로 미끄러졌다.

'어찌.'

그제야 그녀는 제 죽음을 기뻐할 이들이 두려워 페이작을 외면한 무관심을 후회했다.

'어찌.'

그러나 이미 늦은 일이다.

"공로를 빌미로 눈감아 주는 네 망행도 끝이다. 마리포사의 발로이드 페이작과의 면식을 해명하지 않는다면 당장 네 동생과 일가를 모조리 잡아들여 엄중히 따져 묻고 처벌할 것이다. 전시에 적과 내통한다는 것은 그 자체로 매국. 사형에 준한 처벌을 받을 것이다."

스르릉. 부드럽게 뽑히는 쇠붙이 소리에 이어 그녀의 목덜미로 파사드의 매정한 검날이 와 닿았다. 살갗에 닿는 차가운 냉기에 르엔은 솜털이 곤두서는 것을 느끼고 턱에 힘을 주었다. 비스듬하게 기울어 흘러내린 머리칼 사이, 흔들리는 눈동자 위로 정돈되지 않은 체념이 떠올랐다.

"……시단, 시단은 아무것도, 모릅니다. 제 부모 또한 아무것도 모릅니다."

"그렇다면 네가 아는 것은 무엇인지, 네 정체는 무엇인지 직고하라."

웃음으로 무마할 수도, 더 이상 늦춰 넘길 수도 없는 현실이 노도처럼 닥쳐왔다.

"저는…… 나는."

그녀가 고개를 들었다.

그러던 중 탁자 위 가지런히 놓인 낡은 전서가 그녀의 시선을 사로잡았다. 세월의 냄새가 칙칙하게 배어든 그것은 이미 여러 차례 기워 묶은 흔적이 만연했다. 책의 겉면, 이미 빛바래 흐린 흔적만 남은 문양이 그녀의 눈동자 안으로 뛰어들어 왔다.

괴 기사단의 등장으로 인한 충격은 비단 라르크 군의 몫만이 아니었다. 기존 군의 체계를 통째로 뒤흔들며 나타난 기사단의 정체에 기존의 모르가나의 군대는 크게 술렁였다.

일만여 명이 넘는 군사들을 뒤세우고 사열한 약 수천여 기의 푸른 갑옷의 기사들의 모습을 목도한 이들 중에는, 소문의 '그들'의 모습이 초원 위 부서지는 거대한 파도처럼 보였다며 흥분해 떠드는 이도 있었다.

올조르의 붕괴 소식부터 시작해 사태가 예기치 못한 방향으로 급선회하였다는 것을 부정할 수 있는 이는 없을 것이다. 전쟁의 시작부터 그들을 아울렀던 검은 사자의 군대 최고사령관인 마르세 칼 로반티스가 물러나게 될지도 모른다는 소문도 반나절 만에 기정사실화되어 있었다.

마리포사, 푸른 깃발을 끌고 다니는 살인 기사들의 등장. 그들은 솔직한 자들에게는 공포의 대상이 되었으며, 두려움을 부끄러워하는 자들에게는 경멸과 멸시의 대상이 되어 왔다. 아군조차 두렵게 하는 아군은 과연 아군인가? 그런 생각을 하지 않을 수 없는 자들이다.

기존 군사들의 감상과 상관없이 질서정연하게 움직이는 푸른 갑옷의 기사단은 차근차근 진지 곳곳을 점령해 갔다. 검은 사자 군대의 기존 수뇌부는 십이면 십, 혼란을 감추지 못했다.

"비세바르 님, 이게 말이 됩니까."

검은 사자의 군대 내 차하급 사령관인 배너 기사, 비세바르에게 여덟 번째로 같은 질문이 던져졌다. 체구가 비교적 작은 대신 옹골찬 남부인들 중에서도 유독 크고 건장한 중년의 기사였다.

최고사령관 로반티스 후작은 지금 제정신이 아니니, 사태의 수습을 바라 저를 찾는 기사들의 방문도 이상하지 않았다.

중부의 세르반테스 백작이 합류한다는 둥, 에블룸의 용병단을 이끌었던 로위아 가문의 기사가 발령될 것이라는 둥의 뜬소문 끝에 동부의 자르스 백작이 증원군과 함께 올 것이라는 통보를 받은 것이 석 달 즈음 전이었다.

그런데 모르가나의 주둔지에 도착한 것은 자르스 백이 아닌 마리포사 백이었다. 게다가 새로운 최고사령관이 되었다는 임관장까지 가지고 왔다.

"불충을 드러내지 마라."

냉정히 답한 비세바르는 주욱 찢어 낸 천을 화로에 던졌다. 마리포사 가문의 한 기사가 제도에서 출발하며 가져왔다는 제도 식솔의 편지였다. 안부의 내용은 아니었다. 현재 제도와 앙레디움 등의 상황에 대해 간결하게 쓰인 것이었다.

주된 내용은 셋이었다. 그의 가문에서도 적게나마 군사를 차출해야 하겠느냐는 물음과 올조르가 붕괴된 사건으로 인해 비상시국에 접어든 제도 시모어의 동향, 그리고 제도에서 그리 멀지 않은 곳에 위치한 대국 앙레디움의 소식이었다. 다른 것보다도 그를 화나게 한 것은 앙레디움의 왕 이오닌이 자국 백성들에게 공개적으로 철옹의 쇠락을 연설하였다는 부분이었다.

"아무리 그래도 마리포사라니. 과합니다. 차라리 로위아 경쯤 되는 자라면…… 아니, 비세바르 님이."

비세바르는 탄식하는 기사를 뒤로한 채 낡아 버린 그의 검을 바라보았다.

'과하다라.'

절대적인 황명 아래 과함과 덜함이 존재할 수 있는가. 감히 판단하려 하는 것만으로도 커다란 무례였다.

이미 검은 사자의 군사들은 벨루비르하인 2세가 그런 황제임을 알고 있는 자들이었다. 사람의 목숨을 쉬이 생각하고, 제도 밖의 거의 대부분의 일들을 독재로 결정한다. 남부는 자랑스러운 체 '독단은 남부 황실의 자존심'이라는 말로 스스로의 피지배를 합리화하지만 그것이 옳은가, 옳지 않은가를 따지지 않을 수 없게 될 때가 있었다.

몇 해 전, 벨루비르하인 2세는 마리포사를 황궁 내의 출입이 자유로운 중앙 가문에 이름을 올렸다. 그때부터 세간은 벨루비르하인 2세가 현 마리포사 백작인 발로이드를 눈여기고 있다는 것은 알고 있었다.

그럼에도 마리포사와 라르크를 맞붙일 생각을 할 줄은 몰랐을 것이다. 황제는 이 전쟁을 애들 장난이라 생각하는 걸까. 그러지 않고서야 감정적으로 돌변할 양측을 알면서 마리포사 백을 후방의 차하급 사령관도 아닌 최고사령관으로 임관할 리가 없었다.

—독재가 옳지 않은 이유는 명확하네. 물고기를 잡고 조개를 따는 것은 어부의 소임이고, 먹을 짐승을 잡거나 기르는 것은 사육사의 몫이지. 공단과 저 책상 위의 필기구를 파는 것은 상인이 하는 일이며 곡식을 기르는 것은 농부가 하는 일이지. 한 사람이 모든 방면에서 능통할 수는 없는 법이네. 우리는 그것을 잊고 있지. 북부의 왕정이 돌아가는 방식을 찬양하려는 것은 아닐세. 하지만 그들은 공식적으로 왕에게 반反할 권리가 있는 귀족들이 그들의 왕을 합리적인 방향으로 이끌어 가네. 우리는 사병 양성의 억압과 황제가 지닌 임명의 권한만으로 제국이라는 울타리 안에 묶여 있는 각기 다른 수백 개의 나라와 다를 바 없어. 검은 사자의 후예에게 우리네와 같은 법령을 엄격히 적용해야 한다는 주장과도 다른 말일세. 하지만 때로는 우리도 목소리를 높일 필요가 있어.

제게 그 말을 건네었던 것은 라르크와의 전쟁을 시종일관 반대하였던 조르디아 공작이었다. 조르디아 공작은 한때 벨루비르하인 2세의 가장 커다란 측근 중 하나였으나, 벨루비르하인 2세와 조르디아 공작 부인의 치정 문제가 벌어지면서 황실에 등을 돌렸다.

두 해쯤 전, 그 말을 들었을 당시에는 단순히 제 여자를 빼앗긴 졸렬한 사내의 앙심이라 치부해 흘려 넘겼다. 하지만 지금만큼은 그가 옳았다고밖에 할 수 없었다.

황제는 전쟁을 모른다. 한 사람의 군사 하나하나의 얼굴을 마주할 수 없는 지고의 존재이므로, 제 결정 하나하나가 얼마나 가변적인 결과를 불러일으키는지 알지 못할 것이다.

"마리포사 백은 아직도 당도하지 않았다던가?"

"예. 로반티스 후께서는 지금 그자만 기다리고 계십니다."

허옇게 뜬 얼굴로 앉아 엉덩이만 들썩이며 발로이드를 기다리고 있을 그들의 최고사령관을 생각하니 한숨이 절로 나왔다. 그러나 뱉어 풀기 위해 숨을 더 깊이 내쉴수록 폐부는 더욱더 눅진 갑갑함으로 차올랐다.

비세바르는 스스로가 완벽하게 결백한 사람이 아니라는 것은 알고 있지만, 싸움이란 정정당당하고 아무런 사감이 속하지 않았을 때야말로 깨끗하게 매듭지어진다 믿는 사람이었다.

'글렀군.'

이제 전쟁의 판은 이보다 커질 것이다.

현재 모르가나의 주둔군을 들썩이게 하는 주범인 마리포사 가문은 그 역사의 시작부터가 독특했다.

이백여 년 전, 북부에서 망명한 라르칼리아 왕조의 마지막 왕자가 당시 모르가나의 왕이었던 데르나주크 4세초대 황제 발라르제프 1세로부터 이가 산맥 서쪽에 땅을 하사받은 것을 기원한다. 남대륙의 산맥 너머의 땅은 비교적 척박한 불모지였는데, 그곳에서 페이작 돌레한 라르칼리아는 마리포사라는 가문을 열고 일생을 모르가나를 위해 헌신했다.

라르크의 정복 전쟁이 막 끝난 직후였다. 북부인들만큼이나 남부인들도 마리포사 가문을 멸시할 때였다. 수많은 편견들과 갖가지 현실적인 문제 속에서 마리포사 가문은 독특한 체계를 정립하여 살아남았다. 모르가나 황실의 개를 자청하여 그들 대신 피 흘리는 것으로 세금을 대신하고, 엄격하게 규제받는 사병의 개념이 아닌 자유로운 모집의 용병 같은 개념으로 사람들을 끌어 모아 훈련시킴으로써 인력을 충당한다. 꽤 유명한 이야기였다.

그들의 최근까지의 활약 중 아직 기억에 남아 있는 것들은 앙레디움의 변경을 짓밟고, 소수민족들을 학살하고, 한때 남진하여 톨프를 침략하려던 다락 민족들을 막아 내는 데에 커다란 공을 세웠다는 것 등이다.

또한 그들은 본거지인 라곳에시스가 위치한 이가 산맥 서쪽의 두 개의 왕국과 스무 개가 넘는 영지들의 관계를 조율하는 추 역할도 하고 있다. 십여 년 전 죽은 서부 끄트머리에 위치한 바인의 왕이 서부 침략을 감행하려 할 때 제국령을 구해 낸 것도 그들이었다. 이미 그들은 무력면에서 충분히 많은 영향력을 발휘하고 있다는 말이다. 영향력과 명예가 같은 궤라면 이토록 고민하지 않아도 되었을 것이다.

특히나 현 수령 발로이드 페이작 마리포사가 전권을 위임받은 이래 단 한 번도 패주한 적 없는 무적의 살인 기사라는 악명까지 덧붙었다.

분명, 전시에 강한 군사가 있다는 건 든든한 일이지만, 전쟁은 살육이 전부가 아니다. 외려 그 어떤 곳보다도 규칙과 인도가 지켜져야 하는 거대한 투쟁이었다.

착잡함을 감추기 위해 기사를 등지고 막사 밖으로 나온 비세바르는 어둑한 한낮의 하늘을 올려다보았다. 비는 그치지 않을 듯하다.

"폐하께서 무슨 생각이 있으셨겠지."

그리 말하면서도 이미 그들의 위로 드리워진 어둠을 확신했다.

분명 마리포사의 등장은 이 전쟁의 불씨를 키우는 명백한 방아쇠였다.

빗줄기는 거세게 쏟아졌다.

발로이드가 모르가나의 진영으로 되돌아갔을 때는 이미 해 저문 이른 밤이었다.

"주군."

손톱을 물어뜯으며 발로이드가 나타나길 기다리고 있던 전 최고 사령관, 마르세 칼 로반티스가 막사 차양 밖으로 뛰쳐나와 고래고래 소리쳤다.

"마리포사아아아! 이 무슨 일인지 해명해 보시오오!"

흠뻑 젖은 검은 말 위에 오른 기사가 고개를 돌려 마르세를 내려다보았다. 투구로 드리워진 밤 그림자로 그의 표정은 드러나지 않았다. 마르세는 불가시한 상대의 표정에 벼랑 끝으로 내몰리는 끔찍한 기분에 사로잡혔다

"이 어찌 된 일인지 내게 당장 설명을……!"

"라르크와 포로 관련 안건을 의논할 만한 수완이 있는 협상가를 데려와라."

투구 속으로부터 의미 모를 명이 흘러나왔다. 그것을 끝으로 발로이드는 마르세에게서 관심을 끊고 외면했다. 근처에 서 있던 한 기사가 명을 수행하기 위해 재빠르게 달려갔다. 감히, 감히 나를 무시해! 마르세는 그의 건조한 태도에 호통에 가까운 고성을 질렀다.

"지금 대체 무얼 하자는 거냐, 마리포사! 감히 내게 이런 모욕을 주다니! 그 뱀 같은 혓바닥으로 이번엔 어떻게 폐하를 구슬렸는지는 모르겠으나아!"

처절하게 갈라지는 고함 소리엔 절박함과 분노가 뒤엉켜 있었다. 일 년 내내 한 짓이라고는 군량으로 국고를 동 내고 패주하여 황제의 노여움을 산 것뿐이니, 이대로 물러나면 제 운명이 어찌 될지 아는 탓이었다.

그의 말이 들리지 않는 사람처럼 침묵하던 발로이드가 느린 동작으로 말에서 내렸다. 그는 빗물이 뚝뚝 떨어져 시야를 가리는 투구를 벗어 던졌다.

"이미."

축축이 젖은 적갈색 머리칼과 한겨울의 하늘처럼 선명한 벽안이 비로소 드러났다. 그와 시선을 마주친 마르세가 흠칫하며 반사적으로 눈을 내리깔고 내동댕이쳐진 검은 투구를 좇았다. 쩡하는 신경질적인 소리를 내며 물웅덩이 위를 구른 투구가 마르세의 발치에서 멈추었다.

"황제의 칙명勅命은 내려왔다."

"이, 이, 이것은 말도 안 되는 처사라. 지난 번의 패배는 올조르의 얼간이 같은 요새 군장의 책임이다!"

살갖 저린 정적이 일대를 죄어들었다.

"로반티스 후께서는 올조르가 왜 무너졌는지 아나."

지독히 낮은 음성이 흐린 빗줄기 사이를 헤치고 마르세의 귓가에 다다랐다.

마르세가 무너진 올조르를 떠올리곤 수치스러운 표정을, 그리고 황제의 노여움을 떠올리고 절망적인 신음을 흘렸다. 심지어 그는 요새의 붕괴에 대해서도 사실 아는 바가 없었다. 마르세의 얼굴이 금세 벌게졌다.

그러나 질문을 던진 것은 기억이나 하는지, 발로이드는 그를 등지고 검 자루를 쥔 채 타고 온 흑마에 시선을 고정시켰다.

"……아아, 군장도 죽어 마땅했지."

발로이드는 그리 뇌까리며 냉소했다.

올조르, 그 역겨운 땅에서 또 다른 불패의 신화가 무너졌다.

새까만 흑안. 그가 타고 있던 말이 마갑 안에서 긴 속눈썹을 꿈뻑거렸다. 비에 젖어 살살 떠는 기색이었다. 마갑 안의 검은색 눈동자를 가만히 응시하던 발로이드의 입매가 비틀렸다. 문득 누군가를 떠오르게 한다. 달려오는 내, 겨우 침전되었던 노여움의 찌꺼기들이 다시금 솟구쳤다.

"그것은 추후 조사로 밝힐 일이다! 발로이드, 네 가문이 중앙 15가문에 입적되었다는 사실 하나로 시건방짐이 하늘 무서운 줄 모르는 모양인데! 그래도 결국 네 더러운 핏줄은 폐하께서도……!"

"……지금 저곳에 누가 있는지도 모르고."

"라르크의 군이 있다는 것을 누가 모르……."

미동조차 않던 발로이드의 젖은 입술 사이로 실소가 터졌다. 하하하, 웃음 같은 비아냥이 짧게 흘렀다. 그의 허리춤에 매여 있던 섬뜩하게 벼려진 검이 예고 없이 뽑혀 나왔다. 이히히힝……. 말울음이 멎었다. 사나운 쇠붙이의 비명이 울려 퍼지는가 싶더니 잇따라 뜨거운 선혈이 터져 빗줄기 사이를 솟구치다 추락했다. 부연 김이 역한 냄새와 함께 퍼져 나갔다.

놀란 마르세가 입을 벌리고 꼴사납게 뒷걸음질했다. 그러나 발로이드는 그에게 시선조차 주지 않은 채로 바닥을 나뒹구는 흑마의 머리만 내려다보았다. 붙박힌 듯, 시선을 빼앗긴 듯이.

이윽고 머리 잃은 말의 몸뚱이가 벌건 피를 흩뿌리며 스러졌다. 순식간에 무너지는 거대한 몸뚱이에 몇몇 기사들이 물러섰다. 그제야 발로이드가 마르세를 돌아보며 검에 묻은 피를 털었다.

"치워라."

몹시도 중의적이었다. 치, 치워? 누굴? 날? 마르세가 흠칫하며 끽 소릴 냈다가 이내 정신을 차렸다. 발로이드의 명령에 내내 목각 인형처럼 서 있던 여기사가 움직이기 시작한 덕분이었다.

그의 냉담한 한마디, 에일라의 눈짓 한 번에 푸른 갑옷을 착의한 네 명의 기사가 죽어 나자빠진 말의 거대한 몸통을 그 자리에서 토막 냈다. 이리저리 피가 튀고 살점 찢기는 소리, 뼈 갈리는 소리가 났다. 그들은 순식간에 말을 조각조각 낸 후, 마지막으로 작은 수레에 말의 사체를 아무렇게나 던져 올렸다. 가련히 죽은 말의 머리 또한 성의 없이 수레 위로 올려져, 이내 토막 난 몸통과 함께 사라졌다.

발로이드가 피투성이 입술을 엄지손가락으로 닦아 낸 후 말을 이었다.

"황제의 명에 항명할 거라면 말리진 않겠다. 하지만 그 전에 제도에 다녀와야겠지. 더 남아 할 말이 있나."

마르세가 허옇게 질린 얼굴로 금방이라도 숨이 넘어갈 것처럼 씩씩대다가 몸을 돌렸다. 쿵쾅쿵쾅. 그는 일부러 더 거칠고 우악스레, 빠르게 멀어졌다.

마르세가 사라지고 나자 팽팽하게 감돌던 긴장감이 일부 느슨해졌다. 발로이드는 고개를 들어 오늘 오후 내리 달려온 방향 어딘가를 응시했다.

에일라가 다가와 아뢨다.

"주군."

"……준비는?"

"주군께서 오시기 전에 대부분의 인계는 제가 대신 마무리했습니다."

에일라의 가지런한 시선이 피바다가 된 흙바닥 위로 내려앉았다.

"……새 말을 준비해 두겠습니다."

"그래."

대수롭잖다는 듯 돌아오는 응수에 에일라가 몸을 돌렸다. 그러나 그녀는 몇 걸음 채 멀어지지 못하고 멈춰 섰다. 에일라가 조심스레 몸을 돌려 물었다.

"……혹, 찾던 분은 만나지 못하셨습니까."

발로이드의 노여운 눈빛이 에일라의 침착한 눈동자를 마주했다. 에일라는 당황하거나 겁먹은 기색을 내비치지 않고 그 자리에 무릎을 꿇었다.

"불쾌하셨다면 감히 주군께 주제넘었던 저의 무례를 벌로써 다스려 주십시오."

즉각적인 사죄에 그는 책망 대신 북쪽의 하늘을 응시했다. 그는 다시금 꿈을 꾸는 기분 속으로 잠겼다.

길고 긴 시간이었다. 그 세월을 헤아리려 드는 것만으로도 속이 우그러질 듯이 긴.

만났다. 이백 년을 뛰어넘어 다시 그녀를 만났다. 생김이 달라도 상관없었다. 자신을 바라보는 눈빛, 자신을 부르던 입술, 그 전부가…….

'페이작.'

스완이었다.

그의 눈가가 흥분으로 떨렸다. 아랫배가 빼근해질 정도의 환열歡悅이 밀려왔다.

스완, 그의 하나뿐인 세상을 다시 만났다.

이제야, 시간이 흐르기 시작한다. 이제야, 지옥 밖의 빛이 보인다. 하지만 누릴 수 있었던 것은 재회의 기쁨뿐이었다. 벼랑 끝까지 몰린 듯 절박한 초초 속에서 그는 느리게 빗줄기로 부연 시야 저편을 응시했다. 그의 명령에 따라 진지 곳곳에 걸어 둔 푸른 나비의 깃발이 비쳤다. 빗물에 시야는 흐릿했음인데, 그만은 선명했다.

—네가…… 네가…… 네가 어째서 그들의 갑옷을 입고, 그들의 안장에 앉아 라르크에 검을 겨누고……!

발로이드는 버겁게 차오르려는 숨을 가라앉혔다.

이미 그는 그녀와의 만남을 확신했고 믿어 의심치 않았다. 이것은 이백여 년 전, 그 지독한 세월의 보상이었다. 하지만 그녀에게는 이해의 시간이 필요한, 조금은 갑작스러운 것일 수도 있다. 지금은 자신을 알아봐 준 것만으로도 충분하다. 돌아왔다는 것을 눈으로 확인한 것만으로 충분했다. 이미 이백 년을 넘도록 지옥 속에서 기다렸는데 조금 더 시간을 할애하지 못할 이유가 없었다.

"아직은…… 조금 더 인내할 수 있다."

그가 스스로에게 세뇌하듯 중얼거리며 비스듬히 턱을 들어 올렸다. 까만 밤이 그를 내려다본다.

온 하늘을 뒤덮은 어둠 아래 스완은 여전히 브류나크와 함께 있다. 용광로처럼 끓는 분노가 차올라 목구멍 안쪽이 뜨겁게 녹아내리는 것만 같았다. 밤결 아래로 박힌 별빛은 새까만 말 위에 올라 자신을 굽어 내리던 사내의 눈빛처럼 형형했다.

얼마간 그리 하늘을 올려다보던 발로이드가 피로한 걸음을 옮겼다. 지독한 증오와 희열이 뒤엉켜 젖은 족적 위로 빗물처럼 괴었다.

옅은 입김이 다시 가늘어지는 빗줄기 사이를 헤매다 흩어졌다.

온 하늘을 뒤덮은 어둠, 솟아오르는 모닥불의 연기마저 녹아 사라지는 전장의 밤 아래로.

언제였던가.

그녀는 라르크의 서부 인근 어느 소왕국의 무너진 왕좌에 앉아 있었다. 투구와 보호구를 벗어도 그녀를 해할 이 없는 텅 빈 왕의 알현실. 대기는 피 냄새로 침통했다. 공기처럼 익숙한 악취와 차츰 멎어가는 비명 소리를 흘려보내며 마른 눈꺼풀을 덮었다.

감긴 꺼풀, 검은 눈 안으로 선연히 그려지는 풍경은 여느 때와 같았다.

모든 나라의 백성들이 라르크를 하늘처럼 우러르고 두려워하며 존경의 꽃을 바친다. 낭만적인 그러한 바람을 구제 불능의 이상주의라 경계하는 이도 있었으나, 아무렴 어떤가. 결국 모든 것은 결국 라르크의 영광이 될 것이라 확신하니 마음조차 쓰이지 않는 이야기였다. 대륙의 모든 왕국들은 이곳처럼 왕좌의 주인을 잃고 라르크에 복속되리라.

얼마간 그리 정적을 음미하며 승리에 취해 있으니, 참혹하게 부서진 알현실의 문이 괴이한 소리를 내며 열렸다. 머나먼 융단의 저편, 피 칠갑을 한 사내를 선두로 알현실로 들어오는 기사들을 곁눈으로 흘긴 여왕이 비스듬히 몸을 기댄 자세 그대로 손을 팔랑였다.

—꼬리가 길구나, 돌레한 경.

그녀의 서릿발 같은 찬 음성에 선두에 선 기사가 턱짓했다. 그러자 뒤따르던 기사들이 약속이나 한 듯 절도 있게 몸을 돌려 나갔다. 산만하게 울리던 갑옷의 이음새 소리와 군화 소리의 메아리가 잦아들 즈음에야 검은 갑옷을 입은 한 기사가 피투성이 검을 쥔 채로 그녀에게 다다랐다. 여왕의 눈매가 슬며시 찌푸려지자 즉각 대꾸가 흘러나왔다.

—어쩐지 누님의 기분이 상해 있는 모양이군.

—페이작.

—검집이 망가져 이리 흉물스레 들고 다니는 걸 이해해라. 체사 경과 벨라키시 경도 임무를 마무리했다. 도망쳤던 왕비까지 모조리 잡아 죽였으니, 화근은 모조리 싹을 베었어. 그러니…… 이제 가시지요, 폐하.

여왕은 표정 하나 변하지 않고 망국을 오열케 할 비보를 들었다. 본디 사랑하지 않는 자들의 죽음은 그녀에게 일말의 동정도, 죄책감도 일으키지 못했다.

그녀는 페이작의 달게 흐르는 보고를 흘려들으며 자신이 망가뜨린 작은 나라의 왕좌를 손끝으로 어루만졌다. 차갑고 허망한 감촉이었다.

—예까지 얼마나 걸렸지?

—넉 달?

—……이렇게 가는 길목마다 헛짓거리를 해 대는 녀석들이 발에 차인다면 제법 오래 걸리겠구나.

비록 지도에 이름조차 명확지 않은 변경의 소왕국이라 하나, 이백여 년의 역사를 지닌 왕국 하나를 넉 달 만에 멸망시키고도 만족하지 못하는 투였다. 선 채로 그녀를 내려다보던 페이작이 매끄러운 동작으로 한쪽 무릎을 굽혀 앉았다.

여왕은 감흥 없는 눈동자로 툭 뱉듯 물었다.

—왕비의 시체는?

—몸뚱이는 내다 버리고 목만 가지고 왔다. 보러 가겠나?

여왕의 고고하게 내리뜨인 벽안이 피에 젖은 기사의 검 위로 내려앉았다. 그의 검은 라르크를 무시했던 하잘것없는 왕국의 고귀한 왕비의 악혈로 엉켜 흉했다. 날 아래로 검질기게 눌어 흐르는 피는 생의 종말이 흘린 공포와 후회였을 것이다.

그녀가 팔걸이를 짚으며 몸을 일으켰다.

—벨바롯트를 납득시키려면 이만한 승리로 만족해서는 안 되겠지.

—무엇 때문에 섭정 공을 신경 쓰나. 비록 그가 국정을 돌보고 있다고는 해도 왕좌는 누님의 것이다. 누님은, 누님 그 자체로 라르크다.

페이작이 그녀에게로 허리를 숙여 눈높이를 맞춘 후 속삭였다.

—대륙을 통일하고 싶다면 그리해. 적들을 밟아 죽이는 것이 바람이라면 그리해. 세상을 불태우고 싶다면 그리해라. 누님에게 전장이 안식처가 된다면 세상 어디라도 그리 만들어 줄 테니.

그녀는 무심코 그를 스쳐 지나려다 멈춰 서, 페이작의 뺨을 어루만졌다. 이제는 왕궁보다 전장이 더 편안하구나. 그리 지나치듯 말했던 것이 떠오른 탓이다. 그녀의 입술이 페이작의 뺨에 가볍게 닿았다 떨어졌다. 갸륵함의 포상이라.

—누님이.

페이작이 그녀의 목덜미 뒤로 손을 뻗었다. 그리곤 그녀의 등에 걸린 나비 문양의 멘테를 끌어당겼다. 고귀한 천을 입술가로 끌어당긴 페이작이 서늘한 눈꺼풀을 들어 올려 그녀를 응망했다. 속으로부터 치밀어 오른 가없는 경애가 속삭였다.

—어째서 이것을 택했는지 이유는 모르나, 이 자유로이 날아다니는 것도 그런대로 누님과 어울리지.

겹겹으로 울려 퍼지는 나직한 저음은 가뜬한 날갯짓을 추켰다.

—마음 놓고 날아라. 섭정 공도, 크라투와도, 아르도니스도, 뢴사도, 시친의 엔호자도 상관 마라. 내가 그 어디라도 누님이 앉을 수 있는 앉아 쉴 수 있는 꽃을 피워 줄 테니.

여왕은 그저 비웃었다.

—어디서 그런 시 낭송을 하느냐.

그로부터 수년에 걸친 전쟁.

그녀의 발길이 닿는 곳곳은 라르크를 위한 제물이 되었고, 그녀의 시선 닿는 곳은 온통 붉은 꽃 피어난 듯 피 먹은 대지였다. 그리고 그런 여왕의 등 뒤엔 늘 라르크 제일 기사 페이작 돌레한 라르칼리아가 별 아래의 그림자 같은 선연한 존재감으로 뒤따랐다.

우애, 연모, 경외, 그 어떤 단어로도 설명할 수 없는 무언가가 그들 사이에 존재했다.

그리하여 이백여 년이 지난 지금,

또 다른 이야기가 시작되는 것이다.

-2권에서 계속-

외전

수국의 정원
(El jardín de la hortensia)

외전. 수국의 정원

—어째서 나비를 당신으로 삼으셨는지 물어도 되겠습니까.

—네가 그런 걸 묻다니, 별일이구나.

—여인들은 아름다운 자태의 꽃에 스스로를 대는 것을 즐기는 것으로 알았습니다.

—꽃…… 아아, 꽃.

—싫어하십니까?

—꽃을?

—예.

—나도 꽃은 좋아한단다. 주는 이가 없으니 받지 못할 뿐이지.

—……오늘 공무가 끝나고 돌아가는 길에 구해 올리겠습니다.

여왕은 붉은 카펫으로 덮인 대리석 바닥 위에 멈추어 섰다. 그러고는 살며시 뒤돌아 미소 지었다.

—농담이니 그리 진지하게 답하지 않아도 된다. 물론 나는 꽃도

좋아하지만 푸른 것이 더 좋아 그리했다.

그녀는 무슨 말을 하고자 하는 것일까.

잔잔한 음성이 자장가처럼 울려 퍼졌다.

—그러나 내 일생 푸른 꽃을 본 역사가 없었다. 나비는 보았지. 내 발 닿는 곳은 필연으로 온통 붉은 것투성이니, 좋아하는 것쯤이야 푸르러도 좋지 않겠느냐.

봄이 도래하였다. 혹한의 겨울은 꼬리를 말고 달음박질했다. 그러나 라르크의 수도 뮈아드로는 여전히 겨울이 남기고 간 시샘의 추위에 시달렸다. 척토에 싹을 틔운 질긴 새싹마저 시름시름 햇볕을 향해 떡잎을 뻗치는 계절, 북국의 뮈아드로는 여전히 추웠다.

사슴처럼 목을 뺀 소녀가 까치발을 들고 한 저택의 낮은 담장 안을 살폈다. 작은 키로 까치발을 세워 서성대는 갈색 머리 소녀의 코끝은 쌀쌀한 봄바람에 발갛게 얼어 있었다. 무얼 그리 찾아 헤매는지, 쉴 새 없이 요리조리 움직이는 눈동자는 말간 호박색이었다.

뮈아드로 중앙 공저의 총관리관, 할만은 꼭두새벽부터 방문한 소녀를 발견하고는 소리 없이 공저의 담장 밖으로 나갔다.

"아직 공께서는 당도하지 않으셨습니다."

슬그머니 안을 훔쳐보던 엘히엔은 바로 옆에서 울려 퍼지는 중후한 음성에 흠칫 놀랐다가 이내 도도하게 낯을 바꾸어 턱을 치켜들었다.

"오랜만이에요."

"예, 영애. 그간 별고 없으셨는지요. 호위와 시녀들은 어디에 있습니까?"

엘히엔은 대답 대신 의뭉스런 웃음을 지어 보였다. 주인 없는 공저의 관리관 할만은 알 만하다는 듯 고개를 절레절레 저으며 마침 들고 있던 꽃 한 송이를 그녀에게 건네었다. 브류나크 공저의 온실에서만 자란다는 그 유명한 푸른 수국이었다.

“오늘 아침쯤 도착하신다 들었는데…….”

“일대에 눈이 내리는 바람에 하루 이틀 정도 늦어질 것이라는 전갈이 왔습니다.”

꽃을 받아 든 엘히엔은 할만의 부연에 김빠진 음성으로 중얼거렸다.

“그랬군요.”

엘히엔은 뚱하니 까칠하게 손에 감긴 여린 꽃을 바라보았다. 그리곤 실망감 역력한 눈빛으로 낮은 담장 저편의 거대한 저택을 올려다보았다. 붉은 늑대의 문양 기가 찬 바람에도 아랑곳하지 않고 위엄을 흩날리고 있었다.

에취! 한껏 들떠 오른 기대감이 꺾이고 나니 잊었던 추위가 몰려왔다. 그녀가 작게 재채기하자 할만이 소리 없는 미소로 권했다.

“드셔서 몸이라도 녹이고 가시겠습니까?”

고운 미간을 찌푸리던 엘히엔이 이내 해사한 웃음으로 고개를 저었다.

“아니에요. 가 보는 게 나을 것 같네요. 마차도 저기에 있으니 신경 쓰지 마세요.”

“그러면 조심히 들어가십시오.”

마지막까지 미련을 버리지 못하고 다시 한 번 브류나크의 깃발을 돌아본 엘히엔이 빙긋 웃었다. 꽃을 곱게 쥐고 우아하게 발끝을 돌린다. 누가 보더라도 어른스러운 체하는 의식적인 동선이었다. 아이를 귀엽다 여긴 할만은 내심 웃으며 꾸벅 허리를 숙였다.

몇 걸음 빠르게 걸어가던 그녀가 돌연 뚝 멈춰 섰다. 그리고 슬그머니 고개를 돌리며 미소 지었다.

"오늘 제가 온 건 비밀로 해 주세요."

할만은 소녀의 무거운 치맛자락이 까마득 멀어진 후에야 웃음을 삼키는 소리를 냈다. 참 나이 대에 걸맞은 순수한 소녀였다. 머지않아 그가 안주인으로 모셔야 할 귀한 아가씨이기도 하지만, 그저 보는 것만으로도 즐거웠다.

모두의 사랑을 받는 엘히엔 데비 라페로바한, 그녀가 바로 파사드의 정혼녀다.

이른 아침, 수도의 닦인 흙길 위로는 어린아이들이 두꺼운 코트를 입고 뛰어다니고 길거리 곳곳에는 행상들이 아침 장이 열리길 줄을 서서 기다렸다. 코끝이 간질간질한 살가운 봄추위 속에서도 백성들은 언제나처럼 기도로 하루를 시작했다.

오늘도 평소와 같기를.

그러나 기껏 기도하고 일상을 시작한 백성들의 눈에 평소와는 다른 풍경이 비쳤다. 아침부터 수십 기의 훈련받은 기사들이 무리 지어 몰려 나와 굳게 닫힌 성문 앞에 석상처럼 서 있는 모습이 눈에 든 것이다.

등에 늘어뜨린 하얀 왕실 멘테와 각 명가의 팔뚝에 차는 사다리꼴의 완장 배너를 두른 수십 기의 기사들이 미동 없이 사열해 있었다. 기세가 자못 위압적이어서 백성들은 무슨 큰일이라도 났는가 싶었다. 그러나 한참을 보고 있는데도 기사들은 지루할 정도로 꿈쩍도 않았고, 백성들의 호기심 어린 눈길도 지쳐 떨어져 나갔다.

막 해가 중천에 올랐을 무렵 성문의 교두보 위로 개문의 깃발이 휘날렸다. 귀 아픈 도르래 소리가 울렸다. 느리게 열리는 성문 저편, 한 무리의 기사들과 뒤따르는 행렬이 모습을 드러냈다.

멀찍이 봄바람에 흔들리는 붉은 늑대의 깃발이 점차 큼직하게 시야에 자리 잡았다. 지루하게 서 있던 왕실 기사들이 움직이기 시작했다. 눈치 빠른 이들이 손뼉을 쳤다.

"북서의 공작 각하가 오셨구나."

백성들은 흥미를 잃고 각자의 소일로 돌아갔다.

"자키드 론, 속屬 게로비가의 기사 인사 올립니다, 작위 공."

수십의 기사들과 그 배에 달하는 가솔들을 데리고 무리 없이 성문 안으로 들어선 파사드는 어느덧 서늘한 봄기운을 띤 뮈아드로의 풍경을 눈으로 훑었다. 거의 넉 달 만이었다. 파사드는 중앙 귀족들과는 달리 공작령 로크란드에 머무는 시기가 더 많았고, 그나마도 지난 몇 년간은 서부의 척토와 남서부의 해안 일대를 오가느라 바빴다.

파사드의 눈에 비치는 뮈아드로의 아래 도시는 지난 방문과 크게 다를 것이 없었다. 조금 더 길이 반질해지고, 가옥들이 깨끗해지고, 높아진 것이 전부였다. 흔하디흔한 풍경에도 잔잔한 안정과 감동이 이는 것은 이곳이 유년의 고향이기 때문이리라. 시기가 평탄하였다면 조금은 더 감상적이게 될 수 있었을 터인데, 그러지 못하는 것이 아쉬웠다.

자잘한 것들에서 시선을 거둔 파사드는 까마득 펼쳐진 대십자로 끝, 시야를 덮쳐 오는 거대한 백색 궁을 돌아보았다. 북부 신화에 등장하는 갈리아우 산맥을 등지고 위치한 왕궁의 담벼락이 만년설처럼 하얗게 줄을 섰다. 담벼락 너머로는 곧은 나무처럼 뻗어 오른 첨탑들과 하늘과 땅을 잇는 무지개처럼 둥글게 솟은 지붕이 비쳤다.

눈 녹지 않은 산맥과 어우러진 수도 왕궁의 광경은 커다란 눈 무덤처럼 시렸다.

백색 늑대의 멘테를 등에 맨 기사가 앞지르는 파사드를 따라 속력을 맞추었다.

"폐하께서 기다리고 계십니다. 이미 노르테 홀에는 재상과 다른 귀족 분들도 함께 모여 계십니다. 입궁까지 함께 동행하는 것을 허락해 주시겠습니까."

파사드가 그제야 의문의 낯빛으로 고개를 돌렸다.

"전부?"

"예. 그러니 빠르실수록 좋습니다."

파사드는 왕실 기사들의 칙칙한 낯빛을 응시했다.

이 시기, 중앙 귀족들과 고위 관직 인사들이 모두 모인 회의라면 필경 좋은 이야기는 아닐 것이다. 뮈아드로 내에 위치해 있는 공저로 향하려던 그의 말 머리가 자연스레 돌아 움직였다.

"키하이프 경, 경이 솔선하여 이들을 이끌고 공저로 돌아가라. 나는 왕성으로 먼저 향할 테니."

"예."

그의 명에 한 공작령의 기사가 깃발을 높게 치켜들었다.

"나를 따르도록!"

우렁찬 고함을 시작으로 붉은 늑대 기를 단 이들의 행렬이 대로의 반대편 갈림길로 갈라졌다.

파사드는 멀어지는 행렬의 꼬리를 쫓아 브류나크의 중앙 공저가 있는 방향을 응시하다가, 이내 대로 저편의 웅장한 왕궁으로 시선을 옮겼다.

왕궁에 도착해 먼지 묻은 헌 멘테를 풀어 낸 파사드는, 군사의 상징인 수려한 남빛 제복 위로 은사가 겹겹 수놓인 예복의 등에 새로운 붉은 늑대 멘테를 덮어 둘렀다.

왕실 의복 시중이 조심스레 그의 다리 아래로 늘어지는 예복 겉단의 주름을 반듯하게 고정시키기 위해 금사 엮은 끈으로 허리를 감았다. 파사드는 어느 정도 차림이 마무리되자 시중이 멘테를 등 뒤로 덮어 주기도 전에 낚아채 자리를 박차고 나섰다.

왕을 배알하는 데에 몇 날 며칠의 여정을 내색할 수는 없으니 가볍게 씻고 간소한 의장만 갖추려 했음에도 시간을 제법 지체했다.

복잡한 왕궁의 복도와 기둥 사이로 뻗친 미로 같은 길을 한 치의 헤맴 없이 움직이던 그의 걸음이 멈추었다. 세상에서 가장 차가운 왕좌를 품었다 일컬어지는 노르테 홀의 알현실, 그 거대한 문을 지키던 경비병들은 파사드를 알아보고 기다렸다는 듯이 뿔을 울리며 문을 열었다.

“붉은 늑대의 아들, 팔란 솔고의 수장, 유일 공작 각하, 파사드 칼란독 브류나크께서 드십니다.”

선객들의 공방으로 어수선하던 알현실은 그의 등장과 함께 삽시간에 찬물 끼얹은 듯 가라앉았다. 서늘하게 밀려오는 알현실의 기류에 파사드의 흑안이 침착해졌다.

끝 모르고 늘어진 붉은 카펫 끝엔 국왕 테른도크가 앉아 있었고, 좌우로는 재상 라페로바한, 동부 출신의 툴시오 후가 서 있었다. 그 반대편에는 마찬가지로 동부 출신의 말재주가 좋은 외교학자로 알려진 파네세와 수도 기사대장 체사 백이 있었다.

"북서의 늑대가 도착하셨군."

진한 짜증이 배인 테른도크의 음성이 그를 맞았다. 화려한 순백의 의장을 갖춘 진한 갈색 머리칼의 사내를 짧게 응시한 파사드가 긴 카펫 위를 걸었다. 그러고는 왕좌의 하석에 다다라 왼쪽 무릎을 꿇었다.

"인사 올립니다. 파사드 칼란독 브류나크, 작위 공, 폐하의 부름을 받고 달려왔습니다."

"그래, 우선 일어나라."

"예."

"갑작스러운 부름에도 이리 와 주어 고맙다. 모처럼의 귀환에 환대를 해 주어야 마땅하나 시기가 시기인 만큼 논의를 먼저 하겠다."

테른도크의 음성이 한결 누그러졌다. 하지만 시친의 바다처럼 푸른 눈동자에는 여전히 복잡한 불쾌감이 어려 있었다.

파사드가 일어서서 하석의 왼편으로 섰다. 오른쪽에 서 있던 재상 라페로바한이 파사드와 눈이 마주치자 가볍게 눈인사를 건넸다. 파사드가 마지못해 까닥 응수했다.

파사드의 등장과 함께 잠깐 끊겼던 이야기가 시작되었다.

"갈카마 족의 침략이 거세졌다지. 고생이 많다 들었다. 바쁜 시국에 그대의 발을 번거롭게 했다."

"아닙니다."

"뭐, 그대가 어련히 잘하고 있다는 것을 내 모르지 않는 바."

테른도크는 여느 때보다도 심기가 불편해 보였다. 입술을 찡그리던 그가 팔걸이 위로 손끝을 까닥이며 말했다.

"이번 소환은 제국과의 외교 마찰에 있어 귀 공과도 논의가 필요하다 판단했기 때문에 조금 급작스러웠다. 전부 각설하지. 공 또한 제국의 패악질에 대해서는 들어 알겠지. 어디까지 알고 있나?"

"폐하께서 보내 주셨던 밤 늑대에게 전해 들은 것과 친찰에 남겨 주신 것만을 알 뿐입니다."

"길로하임, 설명하라."

"예."

길로하임은 재상 라페로바한의 이름이었다. 재상 라페로바한이 고개를 조아린 후 설명을 이어 갔다.

"반년 전, 제국은 라르크와 인근 왕국들에 조공과 공녀, 부역 노동자들을 요구했습니다. 라르크뿐만이 아니었지요. 들려오는 소문으로는 제국 내에서 토지를 임대받아 생활하던 소수민족들, 앙레디움, 살리가르, 북부의 일라린 공국, 심지어 바인에까지 그 황명을 뻗쳤다 하였습니다. 남부국들은 대부분 제국과 긴밀한 연을 지니고 있으므로 그렇다 치지만 라르크에까지 강압적인 태도를 보이는 것은 터무니없는 일이지요. 하여 본국은 부당함과 재조정을 요청하는 사절을 보냈습니다."

재상 라페로바한과 잠깐 눈을 맞춘 파사드가 고개를 살짝 끄덕였다.

"예. 정도를 넘어선 요구를 시정하고자 파네세 님과 툴시오 후께서 직접 다녀오셨다는 이야기를 들었습니다."

파사드는 당시 북서 변방에 위치한 공작령에서 일어나는 빈번한 이민족의 침입을 막느라 수도를 떠나 있었지만 그렇다고 귀까지 막은 것은 아니었다. 대륙 곳곳에 퍼진 브류나크의 첩자들의 보고로 대강 어떻게 흘러가는 상황인지는 짐작하고 있었다.

"하면 제국의 요구 사항이 여전히 개선되지 않은 일 때문입니까."

파사드의 물음에 파리한 낯빛으로 침통하게 서 있던 툴시오 후가 고개를 끄덕였다. 대화에서 빠져 침묵하던 테른도크가 턱을 괸 채로 다른 손을 들어 올렸다.

"벨자, 작위 공에게 보여라."

테른도크의 부름에 대기하고 있던 시종이 파사드에게 사정없이 구겨진 서신 한 통을 건넸다. 포효하는 사자의 압인이 찍힌 그 서찰은 모르가나의 것이었다.

사정없이 구겨진 서신. 파사드의 손끝에 테른도크의 노여움이 만져졌다.

브류나크, 테른도크 란펠.

제국이 지금껏 베풀었던 자비를 잊은 망덕이 몹시도 애석하다. 감히 범 무는 개는 범에게 잡혀 죽는 것이 순리이니 경계하고 경계하라. 대륙의 규율을 수호하고자 분투하는 제국의 아량이 마지막 자비를 베푸노라. 거역의 죄는 국호의 추방으로 물을 것이다. 그대들의 죄를 씻고자 한다면 엎드려 절하라. 올조르는 언제나 그대에게 열려 있도다. 그렇지 않는다면 그대들의 목전에 날카로운 검이 겨눠질 뿐이다.

벨루비르하인 2세 라흐도스 샬 로아르 모흐간 모르가니아.

서신의 서두부터 말미까지 차근차근 읽어 내려간 파사드의 손등에 핏줄이 도드라졌다. 서신의 첫머리부터 끝머리까지 도발이 아닌 부분이 없었다. 테른도크를 제외한 모두가 눈을 내리깔았다.

재상 라페로바한이 중얼거리듯 말했다.

"국호 추방이라니 말이 될 법한 이야기는 아니지요."

기가 막히다 못해 어처구니가 없는 이야기였다. 비록 대륙 유일의 제국이라고는 하지만 남부와 북부는 엄연히 다른 궤를 지니고 있었다. 라르크의 입장에서 모르가나가 남대륙의 살리가르나, 바인, 앙레디움과 같은 나라들에는 무슨 짓을 하여도 상관없었다. 하지만 라르크에까지 종주국으로 군림하려 한다면 그건 문제가 달라진다.

"그뿐만 아니라 툴시오 후와 파네세 님께서는 그곳에서 매국자의 후손도 만났다 하셨습니다. 그 이야기도 해 주시지요."

툴시오 후작은 땋아 묶은 긴 수염을 만지작대며 나섰다. 그는 라르크 내부에서도 확연히 동쪽 지데라카의 풍습이 짙게 남아 있다고 알려져 있는 가니아 출신의 사내였다.

"예, 만나 보았습니다. 멀리서 얼굴만 본 것이긴 하지만요."

툴시오 후의 무뚝뚝하고 간결한 대답에 이어 날카롭게 째진 눈과 돌출된 콧등이 유달리 매서워 보이는 파네세가 부연했다.

"모르가나의 행정들이 오간다는 지빠귀 거리†에 머무는 동안 전해 듣기로, 그자가 황제를 부추겨 황궁 증축 건설에 강력한 지지를 보내어 영향을 주고 있다 합니다. 벨루비르하인 2세가 그자를 어디까지 신뢰하는지는 모르겠지만 일단, 남제국에서 가장 온건하다 알려진 조르디아 공작과 관련 주제를 두고 대놓고 설전을 벌였다는 이야기도 있고 말입니다."

조르디아 공작 가문은 남부 제국에 존재하는 커다란 실세 중 하나였다. 그리고 현 조르디아 공작은 벨루비르하인 2세의 사촌 동생으로, 한때 벨루비르하인 2세의 측근이라 유명했지만 지금은 남제국의 독재 정권에 대해 회의적인 입장을 취하고 있다던가. 비록 교류는 별로 없다 할지라도 풍문으로 이름 두어 번 정도는 들어 본 이였다.

지빠귀 거리† 모르가나의 제도 시모어의 행정, 외교 청사들이 모인 거리.

조용히 자리를 지키고 있던 희끗한 눈썹을 씰룩이던 체사 백 루가크가 답답한지 제 가슴을 한 번 때렸다.

"그가 원흉인 것이 분명합니다."

왕에게 달한 서찰을 감히 내동댕이치지 못하고 시종에게 되돌려준 파사드가 서늘히 입술을 열었다. 쓴 것을 곱씹어 뱉듯 딱딱한 음성이었다.

"마리포사."

은연중 피해 온 이름을 서슴없이 꺼내니 듣는 이들의 낯빛이 거무죽죽 물들었다.

"발로이드 이세르스, 페이작 마리포사 그자를 말하시는 겁니까?"

마리포사Mariposa. 달갑지 않은 이름이자 치욕스러운 이름이었다.

라르칼리아 혈통의 의무를 저버리고 모르가나에 무릎 꿇어 공식적으로 라르크의 위신을 내동댕이친 매국노의 가문. 까마득히 먼 이백여 년 전의 일이고, 작금에 이르러 그 가문은 완전한 모르가나의 중앙 15개 가문 중 하나로 자리매김했지만 라르크는 잊지 않았다.

특히나, 지금의 마리포사 백작을 생각하면 백안시할 수가 없는 일이다. 남부에서야 그들의 생활이 어떠했건 간에 그가 회자되기 시작한 것은 십 년도 되지 않은 일이다. 선대 마리포사 백작이 죽고 난 직후 제 가문과 관련된 온건파의 친족들을 모조리 숙청하고 젊은 나이에 가주가 된 발로이드 이세르스 마리포사는 제 이름을 '페이작'이라 개명하여 라르크에 이름을 알렸다.

처음 그 소식을 들었을 때 라르크인들은 이를 갈았다. 남부로 도망을 쳤다면 부끄러운 줄 알아야지. 어찌 감히 매국노의 이름을 스스로에게 댄다는 말인가? 게다가 페이작이라는 이름은 모르가나의 입장에서도 듣기 좋은 이름은 아닐 것이었다. 한때 그들을 박살 내려 했던 이백여 년 전의 북부 왕자로부터 비롯된 이름이니.

남부는 땅이 넓은 만큼 수많은 군소 귀족들로 이루어져 있고, 제국이라는 이름하의 효율적인 통치를 위하여 모르가나의 황실은 남부의 분란을 책임져야 하는 의무가 있었다. 북부가 사병 양성에 비교적 관대한 포용을 보이는 것과 달리 남부의 사병 양성이 엄격히 제한된 것도 그 탓이다.

그들 중 마리포사들은 예외적으로 사병이 아닌 용병단과 같은 개념으로 법망에서 벗어나 황실을 대신해 지저분한 일들까지 도맡아 무력행사를 하는 가문으로 이백여 년 동안 유지되어 왔다. 모르가나의 황실은 마리포사를 규제하는 것이 당연했다.

들리는 소문으로 처음 발로이드가 개명을 하겠다 나섰을 때 남부뿐만이 아니라 북부 역시 떠들썩했는데 현 황제 벨루비르하인 2세가 그를 강제 소환하였던 적이 있었다더라.

그러나 마리포사 백작, 발로이드는 제 행실의 반성과 번복 대신, 벨루비르하인 2세에게 모르가나를 처음으로 제국으로 발돋움하게 한 '발라르제프 1세'라 불리우는 대륙 사상 가장 위대한 사내를 빗대며 공개적인 충성을 맹세함으로써 또 한 번 세간을 혼란케 했다.

그를 흡족히 여긴 것인지, 아니면 다른 모종의 거래가 있었는지는 모르나 마리포사 백작의 개명 사태는 유야무야 넘어갔다. 벨루비르하인 2세는 그의 심지와 충정이 곧다, 공개 성명을 발표한 후 그의 개명을 공식 인정하기도 했다. 아무리 곱게 보아도 라르크를 향한 조롱이었다.

당시 라르크인들도 가만있지 않았다. 수치스럽게 묻어 둔 그 이름이 반역가의 발로이드로부터 되살아나자 모르가나에 밀명을 받아 내려가 있던 라르크인들 중 일부는 분노로 검을 들었다. 그리고 그

과정에서 밀정 여럿이 발각되어 처형당했다.

생각해 보면 아마도 그때부터일 것이다. 모르가나와 라르크 사이의 긴장감과 꾹꾹 눌러 담은 악감정이 그릇 밖으로 흘러넘치기 시작한 것이.

파사드가 치미는 적의를 억누르며 나직이 말했다.

"응해서는 안됩니다. 라르크는 모르가나의 속국이 아닙니다."

체사 백 루가크가 몹시 진지한 목소리로 수긍했다.

"맞습니다. 남부의 서쪽 끄트머리에 붙어 있는 바인조차 피해 간 제국의 횡포를 우리가 견뎌 내야 할 이유가 없습니다."

"작위 공, 하여 공을 이 자리에 모신 겁니다."

재상 라페로바한이 묵직한 음성으로 루가크의 말을 받았다.

"저들의 의도와 향방이 명백하니, 이 이상은 좌시할 수 없지 않겠습니까? 팔란 솔고의 동의를 청하고자 이번에 급히 뫼셨습니다."

팔란 솔고, 그것은 왕당회 팔란당의 수장을 칭한다.

엄습하는 어떠한 예감에 파사드가 고개를 들어 테른도크의 낯빛을 살폈다. 재상 라페로바한이 일축했다.

"왜 체사 백과 툴시오 후께서 이 자리에 있겠습니까."

내내 침묵으로 자리하던 체사 백과 나이 든 툴시오 후가 고개를 조아렸다.

파사드는 테른도크에게로 시선을 고정시켰다.

이미 전쟁의 분위기를 형성하는 네 가지 요소는 전부 마련되었다. 군사를 내세운 모르가나의 협박과 적들을 향한 라르크인들의 저항심. 그리고 이번에는 지난 오욕을 씻고 승리할지도 모른다는 희망과 기대감 어린 불확실성과 그 갈등에 불을 지피는 왕의 의지.

"이미 그리 정하신 것입니까."

"공의 결정만 남았네."

시종의 손에 쥐인 모르가나의 서신을 갈기갈기 찢을 기세로 노려보던 테른도크는 예상보다 느른한 투로 파사드의 시선에 답했다.

"저놈들에게 갚아 줄 때가 왔다. 귀공은 어찌 생각하나?"

자칼린의 경쾌한 걸음 소리가 복도에 울려 퍼졌다. 온갖 화려함으로 무장한 저택의 벽이 전과는 다르게 어두침침한 벽화로 덧칠된 것을 알아차린 그가 휘파람을 불었다.

복도 전체로 따스한 햇살이 드리워지는 풍경과는 어울리지 않는 시커먼 취향이다. 아마도 재상의 입맛에 맞춘 것이리라. 돈이 썩어 넘치는 재상 가문의 사택이다 보니 볼 때마다 바뀌는 장식이며, 카펫이며 구경하는 재미가 쏠쏠했다.

뒤따르는 라페로바한가의 시녀가 따라잡지 못할 만큼 배의 없는 그의 보속은 삼 층의 복도에 다다라 약간 느려졌다가, 복도의 한가운데에 위치한 문 앞에서야 멈추었다. 자칼린은 성의 없이 문을 두드렸다.

"야, 들어간다?"

등 뒤로 숨찬 시녀가 헐떡거리며 쫓아오는 것을 천진난만하게 곁눈질한 자칼린은 대답도 기다리지 않고 발칵 문을 열어젖혔다.

"엘히엔, 소식 들었냐? 오늘……."

안이 갑작스레 소란해졌다. 가장 먼저 그를 반긴 건 거의 비명에 가까운 계집들의 난리법석이었다.

"에……."

열린 문 안의 풍경에 자칼린도 난색하긴 마찬가지였다. 체사 경, 갑자기 그리 들어오시면 어쩝니까! 시녀들의 황망한 신음이 터졌다.

의복 시중들의 도움을 받아 막 무거운 드레스를 올려 입고 있던 속옷 차림의 엘히엔이 그를 발견하고 하얗게 질렸다.

"너, 너, 너……!"

놀란 시녀가 황급히 그녀를 가렸다.

자칼린은 금세 당황을 지우고 턱을 매만지며 연둣빛 눈동자로 시녀 너머에 선 엘히엔의 머리끝부터 발끝까지를 샅샅이 훑었다. 그러고는 침대와 의복 시녀의 팔에 수북이 걸쳐진 각양각색의 드레스들을 발견하고 천진하게 웃었다.

"또 얼마나 주렁주렁 달고 다니려고?"

"안 나가!"

느닷없이 날아드는 머리 장식에 자칼린이 이크크 하며 황급히 문을 닫았다. 쿵 하는 소리와 함께 간발의 차로 닫힌 문에 무언가가 사정없이 부딪치는 소리가 울렸다.

잠시간의 시간이 지난 후, 자칼린은 분이 풀리지 않는지 그와 눈조차 마주치지 않고 선 엘히엔을 내려다보며 뒤통수를 긁적였다.

"문을 제대로 잠갔어야지."

"내 집에서 내가 문까지 꽁꽁 걸어 잠그고 살아야 한단 말이야?"

"미안. 그렇지만 해가 중천인데 이제 일어나서 옷 갈아입고 있을 줄 상상이나 했겠어? 네가 게으르다는 걸 깜빡했다."

"게으른 게 아니라……! 아니, 그럼 지금 네가 잘했다는 거야?"

엘히엔이 금방이라도 터질 듯이 양뺨을 붉히며 따박따박 되물었다. 그녀의 보랏빛 실크 드레스 위로 물결처럼 흐르는 레이스를 정돈하던 시녀는 제 주인의 심기가 매우 좋지 않다는 것을 깨닫고 황급히 물러났다.

그러나 정작 그녀를 화나게 한 자칼린은 그러건 말건 제멋대로 탁자에 앉아 이죽거렸다.

"그럼 게으른 게 아니라 하루 종일 옷만 갈아입고 있었단 말이지? 형님이 오신다는 소식 들은 거구나? 하여간 여자들이란."

엘히엔이 슬쩍 그를 외면하며 기세를 죽여 답했다.

"너보다 훨씬 먼저 알았어. 오랜만에 뵈니 정갈한 차림을 하는 건 당연한 거야."

"보라색 안 어울려. 네가 백날 옷을 갈아입어 봐야 꼬맹이라니까?"

"자칼린!"

"나 서품도 받았으니 이제 경이라고 불러 주는 게 예의 아냐?"

"기사다워야 기사답게 대우를 해 주지. 체사 백께서 한숨지으시는 게 눈에 훤해 안타깝다."

나무늘보처럼 팔을 늘어뜨리고 앉아 있던 자칼린이 눈을 부릅뜨며 엘히엔을 쏘아보았다. 엘히엔은 그 반응이 제법 마음에 들었는지 턱을 추켜올린 후 만족스레 웃었다.

"아픈 데 찌르네. 저 콩알만 한 걸 확 때릴 수도 없고."

"내가 콩알보다 컸어도 넌 나한테 손 못 대잖아."

"재상집 딸내미가 벼슬이냐?"

"벼슬이지, 아니니? 어디 그런 불한당 같은 말투나 배워 와서는."

쏘아붙이는 말투와는 달리 그녀의 눈망울에 묻어난 설렘을 읽어낸 자칼린이 반박을 포기하고 턱을 괴었다.

"그렇게 좋냐?"

"너 안 가고 계속 내 방에 있을 거니?"

"나 참…… 저건 누굴 닮아서."

앙큼한 계집애.

그녀에게는 나이 차이가 스무 살이 넘어 이미 출가한 남자 형제가 있어 별 감흥이 없는지 모르겠지만, 형제라고는 카라제시밖에 없는 자칼린은 그녀를 썩 귀여워했다.

게다가 라페로바한가와 중립인 체사가는 비교적 왕래가 잦기도 했으니 엘히엔과 자칼린은 친구 같았다. 일국의 재상이라는 아비의 후광이 워낙 대단하다 보니 엘히엔이 때때로 그에게도 콧대를 세우며 철없이 굴긴 하지만, 그쯤이야 '무례'에 몹시 관대한 자칼린에게는 별 문제가 아니었다.

"형님이 언제 보자고 연락 했어? 이미 궁에 드신 것 같은데."

"아니, 그건 아니지만 워낙 바쁜 분이니까."

자칼린은 고개를 절레절레 저었다.

엘히엔은 제대로 걷기 시작할 무렵부터 파사드의 정혼녀로 내정되어 있었다. 때문에 그녀가 파사드를 연모하는 것은 어쩌면 당연한 걸지도 모른다. 그렇지만 이른 새벽부터 저러고 있었을 걸 상상해 보니 참…… 뭐라 해야 하나.

"너도 참 불쌍하다."

자칼린이 불쑥 내뱉은 말에 엘히엔이 반사적으로 눈살을 찌푸렸다.

"내가 왜?"

"정성은 갸륵한데 실이 없어. 원래 여자는 자고로 도도한 새침데기여야 매력이 있는 거야. 교제를 청하면 한 열 번쯤은 튕겨야 남자가 애가 타고 불타오르는 건데, 저건 무슨 날 잡아 잡숴 하고 달려갈 준비만 하니 형님이 널 여자로 안 보지."

엘히엔의 표정이 굳어지건 말건 간에 자칼린은 대수롭잖다는 듯 턱을 괸 채로 중얼거렸다.

"아니, 근데 근본적인 문제는 그게 아닌가? 형님 취향이……."

"듣기 싫어. 막말로 자칼린 너는 제대로 된 혼처조차 없어서 나이만 먹고 있으면서. 내 앞가림 걱정하기 전에 네 앞가림부터 제대로 하는 게 어때? 철도 좀 들고."

"나는 혼인을 못 하는 게 아니라 안 하는 거야."

"어?"

"좋아하는 사람 있어."

"누군데?"

"흑단 같은 머리칼에…… 몸매가 끝장이 나지. 가슴이 오죽 큰지 파묻혀 있으면 아주 질식할 것 같다니까……. 또 얼마나 요망한지…… 홀딱 벗겨 놓으면…… 아주 그냥 녹아버……."

"자칼린! 남우세스러운 말은 그만 못해!"

엘히엔이 당황을 고스란히 드러내며 황급히 그의 말을 막았다. 그에게 관심을 주는 게 아니었다고 뒤늦게야 후회했다. 그러나 자칼린은 이미 벌게질 대로 벌게진 엘히엔의 뺨에 배꼽이 빠져라 웃기 시작했다. 겨우 열여섯이니 순진한 것은 어쩔 수 없다만.

"네가 그러니까 안 되는 거야. 파사드 형님이 너를 애라고 생각하는 게 당연하지. 넌 가슴 앞섶만 풀어헤쳐도 기겁하며 뺨 때리고 경비병 부를 것 같다고."

"파사드 오라버니는 너처럼 망나니 호색한이 아니거든?"

"망나니까지는 양심상 부정 못 하겠다만 나도 호색한은 아니거든? 아, 형님이 불쌍해. 너 같은 풋내기 꼬마한테 묶여서 십수 년 홀로 가문을 이끌고 계시니 얼마나 고달프실까."

어른스러운 체하지만 아직은 어린 터라 엘히엔의 의연한 체하는 낯빛에 우울함이 배어들었다.

그러나 자칼린은 잔인한 일침을 뱉으면서도 크게 죄의식을 느끼지 못했다. 사실이었으니까. 게다가 그의 말 몇 마디로 저들 관계가 파탄 나거나 하는 것도 아니다.

아무리 정치에 관심 없는 자칼린이라도 알 수밖에 없는 것이 팔란당과 대립하는 반트당를 이끄는 재상 라페로바한과 팔란당을 인솔하는 공가 브류나크의 균형이었다. 결국 양당이 대립하는 가운데 엘히엔과 파사드의 정략은 정치적으로 굳게 다져진 귀족회와 왕당 세력 결합의 상징이다.

엘히엔에게 파사드는 연모의 정일지 모르겠으나 적어도 파사드에게는 정치적인 입장에 의한 관계라는 의미가 클 것이다. 그런 그를 모르지 않기에 엘히엔도 안달복달을 하며 어떻게든 파사드의 눈에 들어 보려 하는 것이다. 뭐, 이미 벌어진 일 어떻게라도 조금 더 행복하게 살아보려는 엘히엔의 노력이라면 갸륵하기도 하다.

"너, 너, 너……."

그러나 엘히엔의 낯이 굳어지는 것을 넘어 일그러지자 스멀스멀 불안감이 기어들기 시작했다. 자칼린은 생각 없이 쏟아 내었던 말들을 수습했다.

"뭐, 네가 백날 그래 봐야 형님이 거들떠도 안 본다는 건 변하지 않겠지만 어차피 혼인할 거잖아? 뭐…… 이러니저러니 해도 미래의 공작 부인이 되실 귀한 몸이니 내가 잘 보여야지."

자칼린은 끝내 눈물이 그렁그렁 맺힌 엘히엔의 말간 눈동자를 발견하고 아차 하며 자리에서 일어섰다.

"아…… 야……?"

"너는 그 입 때문에 망할 거야. 너는 망할 거라고!"

"나 참, 내가 무슨 말 했다고 그래. 울면 분칠 다 지워져서 괴물처럼 된다?"

엉거주춤 서서 위로를 빙자한 폭언을 하는 자칼린을 향해 엘히엔이 입술을 꾹 다물고 중얼거렸다.

"자칼린…… 꼴도 보기 싫어!"

"야, 난 너 아니면 놀 만한 애도 없으니 그런 말은 심하다. 좋아, 내가 형님한테도 잘 말해 줄게. 응? 그러니까 화내지 마. 설마 울려는 건 아니지?"

그러나 엘히엔의 표정은 당최 나아질 기색이 없었다. 자칼린이 손끝을 꿈틀거렸다.

어릴 적부터 남자 형제들, 또 여자라고 해 봐야 거칠기 짝이 없는 이들과만 어울려 온 자칼린은 어쩔 줄을 몰랐다. 자칼린은 유리 깨질까 조심조심 상대를 어루만지느니, 혼자 있을 시간을 준다는 명목으로 꽁무니가 빠져라 도망치는 게 편하다는 걸 몸으로 익힌 청년이다. 그러나 상대가 상대이다 보니 나 몰라라 도망칠 수도 없었다.

"취소! 취소할게! 넌 완벽한 형님의 취향이야! 아암! 취향이지!"

"너 지금 날 놀려……?"

엘히엔이 말끝을 흐리며 고개를 떨어뜨렸다. 눈물도 함께 뚝 떨어졌다. 아닌 체해도 속을 많이 태운 모양이었다. 하기야 서로 무엇 하나 모자람 없는 완벽한 신랑감과 신붓감이라고는 하지만, 구색만 좋으면 뭘 하나. 타인이 보기엔 전형적인 정략으로 이루어진 관계, 딱 그 정도이니.

"고, 곧 파사드 형님 오실 테니까. 너, 류가 호수의 붕어 눈깔 하고 있으면 진짜 있던 정도 오지게 떨어지……."

이윽고 횡설수설 늘어놓던 자칼린이 말을 멈추고 머리를 쥐어뜯었다. 이렇게 울릴 생각이 아니었는데 정도 모르고 날뛴 주둥이가 다 말아먹었다.

자칼린은 엘히엔의 눈물을 닦아 줄까 말까 고민했다. 하지만 그것은 생각으로 그쳤다. 도리어 그는 엄습하는 도주 충동에 뒷걸음질하기 시작했다.

"도대체 너는 왜 말을 그렇게 함부로……!"

"미안, 미안."

"미안하다고 하면 다니? 왜 그렇게 못 괴롭혀서 안달이야?"

"괴롭히려는 게 아니라 사실이…… 아, 취소. 이것도 취소!"

자칼린이 자신의 입을 손바닥으로 짝짝 때렸다. 엘히엔의 표정이 표독스러워지는 것을 발견한 그가 힐끔거리며 닫힌 문을 흘겼다.

그때였다. 구원자가 나타났다.

"작은 체사 경, 여기 계십니까? 큰 체사 경께서 찾으십니다."

"형이?"

"예. 지금 라페로바한의 사저 입구에 와 계십니다."

이크크. 사방에서 몰아치는 압력에 자칼린이 입술을 빼죽 내밀었다. 오늘은 카라제시와 함께 경비 훈련에 참가하기로 했었다. 몰래 나온 것인데 자신이 이리로 올 것이란 건 어찌 알았는지 의문이었다. 이리 한량처럼 돌아다니는 모습을 보인다면 카라제시는 또 다시 잔소리를 늘어놓을 것이다.

잠깐 고민하던 자칼린은 어느 새에 눈물을 뚝 그치고 그를 노려보는 엘히엔과 눈이 마주치곤 숨을 들이켰다. 곤란함은 이내 안도의 낯빛으로 바뀌었다.

그는 엘히엔이 무어라 더 힐난하기 전, 재빠르게 '미안! 나 형님이 찾는다니까 먼저 가 본다!' 하고 소리치며 바람처럼 도망쳐 나갔다.

파사드는 해 저물녘이 되어서야 공작 저로 돌아왔다.

청결하게 정돈된 고상한 대저택은 주인 없이 수년을 버텨 온 기색 없이 단정했다. 그는 거의 반년 만에 방문한 자신의 저택을 지친 눈으로 바라보다 감흥 없는 걸음을 옮겼다.

갑작스레 귀환한 그를 맞이하기 위해 몰려나온 이들을 일일이 상대할 여력도 없었다. 곧장 침소로 든 그는 가장 먼저 불편한 의복을 갈아입고, 할만으로부터 그간에 있던 공저의 보고를 들었다.

"주인어른, 먼저 도착한 기사들과 가솔들은 공저 동관과 서관에 각기 배정했습니다. 부재하신 동안 공저를 방문한 방문객 명단도 정리해 올리겠습니다. 주인어른이 계시지 않는 동안, 무엇 하나 바꾸지 않았습니다만 혹 불편한 게 있으시다면 즉시 말해 주십시오. 시장하실 터이니 저녁 식사를 먼저 올리겠습니다."

"식사는 되었네."

그의 단호한 답에 할만은 언뜻 실망스런 기색을 보이더니 고개를 조아렸다.

"……또한 공저 예산안에 관한 것은 닷새 전 공작령으로 올려 보냈습니다. 이리 갑작스레 방문하실 줄 몰라 제대로 준비하지 못한 점 용서해 주십시오."

"할만, 그동안 수고 많았다."

치하 아닌 치하에 할만의 얼굴에 금세 감읍한 기색이 떠올랐다. 그러나 파사드는 복잡한 심경에 그를 반가이 상대해 줄 만한 상태가 아니었다.

테른도크가 모르가나와의 전쟁을 굳게 마음먹은 지금, 그는 꼭 그만큼이나 분노하면서도 섣불리 동의하지 못하는 자신을 책망했다. 자신이 도착하기 훨씬 이전부터 그들은 이야기를 결정지었을 것이다. 이번 전쟁을 위해 라르크가 필요로 하는 것은 명분을 위한 왕가의 핏줄, 무시당하지 않을 경험으로 전쟁의 승률을 높여 줄 장기짝이다.

예로부터 라르크와 모르가나 사이의 앙금은 단 한순간도 씻긴 적이 없었다. 그들 사이의 악감정은 브류나크 왕가의 시초부터 존재했으며, 라르크의 모든 애국자들은 그때의 치욕을 잊지 않았다.

그러나 전쟁.

공작령인 로크란드에서 빈번히 일어나는 전투로 칼 놓을 날이 없는 나날을 보내며 수도의 누구보다도 많은 피를 보고 자라 왔으나 좋아하지도, 익숙해지지도 않는 단어다. 피를 보는 것은 변경 백성들의 것만으로도 족하거늘.

뮈아드로의 귀족들은 브류나크의 출병을 원한다. 테른도크가 직접 참전할 수는 없으니 그들의 기대는 자연히 공가 브류나크로 이양되는 것이다.

명분을 위한 구실을 붙이자면 수십 가지도 더 댈 수 있을 것이다. 파사드는 오랜만에 타계한 부친을 떠올렸다.

팔란당의 수장으로 팔란 숄고라 불리우던 그는, 자파인 후와 함께 반트당과 첨예한 대립각을 세우며 일생을 브류나크 왕실에 헌신한 사람이었다. 그는 모두가 알듯이 현명하지는 못하였으나 속만큼은 선량했다.

—아들아. 너는 스스로 제법 사리분별에 밝다 여길는지 모르겠구나. 그것을 부정하지는 않겠다. 네 조부께서 바란 그대로 장성하였

으니 도리어 자랑스러워할 일이다. 다만 걱정이 있다. 너의 그 명백한 분별과 호오好惡는 신념과 의지를 떠나 적을 만들기 쉬우니…… 만일 그 천성을 꺾지 못하겠거든 진흙탕 싸움에 발 디디지 마라.

그리 말한 아비는 파사드와 엘히엔을 정략시킴으로서 반만 완성한 양당의 화합을 업적으로 남기고, 파사드의 나이 열일곱 남짓 무렵 명운을 달리했다. 파사드가 시친에서 되돌아온 직후 무렵이었다.

꼭 유언 때문은 아니었지만 부친의 바람대로 파사드는 정치의 일선에서 서서히 물러났다. 파사드는 입술과 펜으로 싸우는 정치판이 아닌 변경에서 검을 쥐는 것으로 라르크를 지켰다. 의도하지는 않았으나 자연스레 뮈아드로는 그에게 먼 단어가 되었고 세습으로 물려받은 왕당회의 수장 '팔란 숄고'라는 직위도 유명무실해졌다. 검 쥐는 일이 많다 보니 브류나크의 반지도, 팔란 숄고의 반지도 한동안은 서랍 속의 유품이 되었지만 이제는 그 둘이 모두 필요할 때였다.

파사드는 어수선한 심경을 어르며 할만을 뒤로한 채 침소 창가에 섰다. 그리고 창문을 열었다. 북으로 난 창문 너머로부터 생생한 초목의 향기가 흘러들었다. 그 자연스레 아찔한 향취에 파사드는 순간 타오르던 속이 가라앉는 것을 느꼈다.

"또 필요하신 것이 있다면……."

"그곳은 어찌 관리하고 있지?"

불쑥 흘러나온 그의 음성에 뒷걸음으로 방에서 물러 나가던 할만이 걸음을 멈추고 눈치 빠르게 답했다. 그곳은 수도 뮈아드로에서 두 번째로 아름다우나 가장 은밀한 곳이다.

"정원사들이 심혈을 기울여 정리해 두었습니다. 자리를 마련할까요?"

척토의 북방에 그보다 아름다운 곳은 왕궁의 장미 정원뿐이다. 모처럼의 향수를 상기한 그가 짧게 긍정했다.

"그리하라."

오매불망 주인을 기다리며 빈집을 지키고 있던 할만은 그의 답에 깊숙이 고개를 조아리며 밖으로 나갔다.

뮈아드로에는 라르크 유일 공작 가문인 브류나크가를 둔 두 가지의 금기 사항이 있다.

첫째는 공작을 향한 호칭. 초대 왕 브류나크가 라르크에 새로운 왕조를 세운 이후로 왕가와 공가는 한 뿌리를 가지게 되었지만, 그럼에도 작금 왕가와 공가의 격차는 명확했다. 그러니 적어도 왕의 귀가 닿는 수도에서는 브류나크 공작의 호칭을 작위 공으로 통하여 왕가에 예우를 갖추라.

그리고 두 번째는 브류나크의 공저에 있는 은밀한 정원에 함부로 발 들이지 말라는 것이다. 브류나크 왕조의 제1대 왕인 벨바롯트 파사드 브류나크가 친히 가꾸었다 전해지는 정원의 출입이 쉽지 않은 이유는 알려지지 않았다. 그러나 암암리에 그곳에 초대 왕의 유산이 남아 있다는 것을 전해 들은 이들은 많았다.

공저 뒤편으로 이어진 길을 따라 들어가면 겨울 덩굴로 뒤덮인 낡은 담장이 있었다. 걸음을 멈추지 않고 안길로 얼마간 들어가면 성기게 자리한 수많은 관목과 관화들에 둘러싸인 유리 온실 너머로 인위적인 아름다움의 절정에 달한 풍경이 나온다.

사람들은 공저의 북관 뒤로 은밀히 숨은 유리 온실을 수국의 정원이라 불렀다. 그것은 오랜 시간 동안 고착되어 이제는 뮈아드로의 고유명사처럼 자리 잡았다. 수국의 정원은 공작가의 직계 혈족에게만 허락된 공간으로도 유명했다.

하지만 작금 공작가의 직계 혈족이라고 해 봐야 파사드 칼란독 브류나크, 현 공작 한 명뿐. 그마저도 공작령에 머무는 시간이 더 긴 탓에 저택의 수국 정원은 브류나크가의 집사와 정원사들의 전유물에 가까웠다. 하여 누구에게도 보이지 못하는 아름다운 풍경을 안타깝게 독식하던 이들은 오랜만에 그 주인이 돌아옴에 몹시도 기뻐했다.

할만이 준비를 마쳤다 보고했다. 파사드는 공저의 북관을 지나 담장 뒤 수국 정원으로 향했다. 일 년 내내 푸른 꽃을 피우는 수국의 태는 입구부터 아찔했다. 온실 바깥으로는 찬 겨울을 버텨 낸 질긴 식물들이 뿌리를 뻗고 있지만 온실 안은 그저 낮은 하얀 벽과 단상, 그리고 눈 시리게 펼쳐진 푸르른 수국뿐이었다.

예로부터 사시사철 변함없이 피어난 정원의 외로운 꽃들이 모처럼의 방문객에 들뜬 듯 사근사근한 향기를 흘렸다.

미풍조차 불지 않는 고요한 온실 안은 세계와 단절된 듯 평화로웠다. 한결 편안해진 마음으로 파사드는 곱게 주인을 기다리는 하얀 테이블에 앉았다. 자리에 앉은 그는 할만이 미리 따라 놓은 차를 한편으로 치웠다. 테이블 위에는 차뿐만 아니라 그가 좋아할 법한 인문의 서적도 몇 권 놓여 있었다. 그는 책도 외면하고 고개를 기울여 눈을 감았다.

고요한 명상으로 마음을 다스리던 파사드는 찻물이 미지근하게 식을 즈음 고개를 들었다. 그리고 반쯤 습관처럼 온실의 조금 더 안에 위치한 편편하고 낮은 단상 위에 우뚝 선 새하얀 벽을 응시했다.

낡은 세월이 고상하게 다듬어 준 광光이 하얗게 눈가를 맴돌았다. 참 오랜만에 보는 풍경이건만 매일 본 것처럼 눈에 익었다. 하늘보다 짙푸른 자연이 만개한 정원의 한복판이기에 더욱 이질적이라. 고즈넉한 윤택함은 이물감에 가까웠다.

파사드는 벽에 걸려 깨끗한 천으로 덮인 고독한 액자를 응시했다.

보이기 위해 걸어 둔 것을 보이지 않도록 가린 것은 그의 대에서부터였다.

수국 정원의 존재 이유는 공가의 창시자로부터 비롯되었으니, 그 보존은 후대의 의무였다. 그러나 오랜 시간 전해 내려온 저 화폭은 파사드로서는 용납하기 어려운 것이라, 천으로 덮어 둔 건 일종의 타협이었다.

한참을 담담한 눈동자로 하얀 천 덮인 벽을 바라보던 파사드가 이내 고개를 돌려 책을 펼쳤다.

착잡함이 일렁이는 심정을 갈무리하고 얼마간 책장을 넘기고 있으니 어느덧 등불 없이는 글자를 판독할 수 없을 정도의 짙은 어둠이 깔렸다. 테이블 위에 놓인 초도 납작하게 녹아 마지막 불빛을 발했다. 막 책을 덮으려는데 할만이 조심스레 정원 안으로 들어와 아뢨다.

"주인어른, 라페로바한의 영애께서 방문하셨습니다."

라페로바한.

그는 잊고 있던 작은 소녀를 상기했다.

애티를 벗지 못한 작달막한 소녀는 온실 입구에 다소곳이 서서 그를 기다리고 있었다. 그녀는 시시각각 인상을 찡그리고 피는 것을 반복하다가 파사드가 온실 밖으로 나오자 금세 반색했다. 파사드는 제법 쌀쌀한 공기를 느끼고 물었다. 만년설이 쌓인 갈리아우 산맥의 북풍 탓인지 뮈아드로의 봄은 늘 이리 스산한 온도를 지니고 있다.

"어찌 기별도 없이 예까지 오셨습니까."

"제가 공을 만나러 오는 게 이상한 건 아니잖아요."

안부를 묻기도 전 대뜸 건네진 파사드의 책망 같은 말이 서운해 그녀의 말끝이 시무룩하게 가라앉았다.

"그런 의미는 아니었습니다만, 그간 별고 없으셨는지요."

파사드는 귀찮은 기색 없이 부드럽게 웃으며 그녀와 눈을 맞추었다. 그의 눈치를 보며 동그란 눈동자를 좌우로 굴리던 엘히엔이 화두를 돌렸다.

"아, 아, 인사가 늦었어요. 오랜만에 뵈니 기뻐요. 이리 먼저 찾아오는 것을 기뻐하지 않으실지도 모른다는 건 알지만…… 이번에도 금세 돌아가 버리실까 봐."

"이번엔 여유를 두고 머물 예정입니다. 미리 연락을 드렸어야 하는데."

"바쁜 분인거 저도 잘 아는 걸요."

작게 오물거리는 음성에 파사드의 입가에 절로 웃음이 배어들었다. 그의 미소에 엘히엔은 금세 양 뺨을 붉히고 고개를 내렸다.

유연하게 흘러내린 갈색 머리칼 위로 눌러쓴 깃 모자가 헐겁게 비뚤어져 있었다. 파사드는 말없이 그것을 내려다보다 손을 뻗어 모자를 바로 씌웠다. 그리곤 차가운 날씨에도 불구하고 어깨를 반쯤 내놓은 엘히엔의 드레스를 응시하더니 자신의 외투를 벗어 그녀의 어깨 위에 걸쳤다. 엘히엔의 둥그런 주홍 산홋빛 눈동자가 휘둥그레 뜨였다가 곧 발끝으로 떨어졌다.

"……이번, 머무시는 일정에 저와 함께하는 시간도 있나요?"

이미 여러 차례 수도에 들를 때마다 소식도 없이 왔다가 인사도 없이 떠난 것이 못내 섭섭했던 모양이었다. 파사드는 이렇다 할 대답 대신 해 저문 풍경을 돌아보았다.

"이리 늦은 시간에 방문하실 줄은 몰랐습니다."

"그게, 허락은 받고 나왔는데…… 사실 조금 더 일찍 오려 했는데, 오전에 사정이 좀 있어서……."

그녀는 발간 얼굴로 눈가를 매만졌다. 파사드가 천천히 그녀의 어깨를 감싸고 걸음을 옮겼다.

"일단 오늘은 많이 늦었으니, 바래다 드리겠습니다."

그에게 떠밀려 몇 걸음 걷던 그녀가 퍼뜩 정신을 차린 사람처럼 고개를 들어 그를 올려다보았다.

"저 방금 왔는데요?"

"늦은 시간입니다."

그녀는 만나자마자 축객당할 위기에 처하자 당황한 듯 눈을 깜빡이더니 이내 호흡을 가라앉혔다. 그리고 제법 단호하게 말했다.

"조금 더 있다 갈래요."

"영애, 시간이 늦었습니다."

"……저도 이제 곧 성년이에요."

이제 열여섯이니 머잖아 성년의 예를 치를 것이다. 파사드는 대답 대신 미미하게 고개를 끄덕였다. 엘히엔이 반복했다.

"저도 이제 곧 성년이니까……."

파사드로부터 바라던 대답이 들리지 않자 엘히엔은 구두코로 돌바닥을 비비며 입술을 삐죽였다.

그녀가 바라는 답이 무엇인지 모르지 않았건만 파사드는 풀 먹은 듯 다물린 입술로 숨을 삼켰다. 사실 엘히엔과 마주보고 있을 때면 파사드는 늘 무슨 말을 해야 할지 몰랐다. 정해진 대답을 모르는 것도 아니었으나, 마음에서 우러나지 않는 거짓으로 엘히엔을 대하고 싶지 않았기 때문이다. 그가 끝내 답할 기색을 보이지 않자 이윽고 어린 소녀의 양 뺨에, 그리고 눈물 그렁그렁 매달린 눈동자에 수모감이 드러나기 시작했다.

결국 파사드는 마지못해 입을 열었다.

"혼인에 관한 것은 성년이 된 후에 논하기로 하지 않았습니까."

"델리아드의 영애도, 심지어 저보다 두 살이나 어린 페시키오 가의 영애도 얼마 전에 그린사 영식과 정식 혼례를 치렀어요."

"영애."

"엘히엔이에요. 저는 왜 점점 오라버니와 벽이 생기는 것 같은지 모르겠어요. 예전에는 제 이름도 아무렇지도 않게 불러 주셨고, 예전에는 그래도 바빠도 먼저 찾아와 주셨고……."

응석처럼 칭얼대는 엘히엔을 내려다보며 파사드는 한숨을 삼키며 웃었다. 어린 시절부터 이 상냥한 소녀는 아비와는 별개로 사랑스러운 소녀였다. 어쩔 수 없이 엘히엔에게는 마음이 약해졌다. 하지만 엘히엔에 대한 평가와 그가 그녀에게 느끼는 감정은 별개의 문제였다.

"누차 이야기했지만……."

"……각하께서 무슨 말을 하시려는지 알아요. 하지만 나이 사십 먹은 늙은이한테 시집간 언니도 있어요. 굳이."

파사드는 약간의 당혹감을 내비쳤다.

"늙은이라니. 좋지 않은 말투입니다."

"아, 죄송해요. 자, 자칼린, 작은 체사 경이랑 지내다 보니……."

경망스런 말을 했다는 것을 깨달은 엘히엔이 창피함에 손을 저었다. 그런 그녀를 너그러운 눈길로 응망하던 파사드가 본론으로 돌아가 말을 이었다. 다독이듯 상냥한 투였다.

"빈트라키가의 차녀를 이야기하려는 것이라면, 듣기로 빈트라키 영애는 당시 스물넷으로 혼기가 한참 지난 몸이었습니다. 비록 나이 차이가 크다고는 하나 서로 상호 간의 부부의 의무를 치름에 무리가 없을 것이라는 판단으로 이뤄진 혼인이니 그런 것과 비교하지 않는 것이 좋겠습니다. 이해하시겠지요?"

"이해 못 하겠어요. 나이 차이 좀 나는 건 흠이 아니라고 생각해요. 오히려 좋은 거잖아요."

한동안 못 본 사이에 제법 주장이 뚜렷해진 그녀의 모습에 파사드는 짐짓 놀랐다.

그는 스물일곱, 엘히엔은 열여섯이 막 되었다. 기실 그녀의 말처럼 귀족 간의 혼사에 나이는 큰 문제가 되지 않았다. 그러나 적어도 파사드에게 엘히엔은 조심히 하지 않으면 안 되는 상대였다. 고인이 된 그의 아비와 재상이 양당의 화합을 위해 정략으로 못 박아 둔 것은 차치하더라도, 그는 엘히엔 스스로도 기억하지 못하는 그녀의 갓난아기일 적의 모습을 기억했다.

물론 언젠가 그녀와 혼인하게 될 것을 알지만, 아직은 스스로가 마음을 다잡지 못했다. 애티도 벗지 못한 여동생 같은 소녀를 여자로 대하는 것은 힘들었다. 차라리 아무 감정이 없으면 모를까, 지금으로서는 상상만으로도 몹시 불편해지는 비극이다.

"정말로, 자꾸만 이렇게 거리 두시는 건 섭섭해요……."

그러나 파사드의 감정과 관계없이 엘히엔은 오늘만큼은 이대로 돌아갈 생각이 없었다. 거의 이 년 만에 만난 파사드가 만나자마자 축객하려 한 것이 큰 충격이었다. 물론, 여자가 기다리지 못하고 다짜고짜 초저녁부터 찾아드는 것은 올바르지 않았지만 이것저것 잴 겨를이 없었다. 그만큼 그에게 목이 말랐다.

"……제가 너무한 거 아니죠?"

건방지다 화를 내면 어쩌나 내심 전전긍긍하던 그녀는 뜻밖에도 파사드가 크게 불쾌한 반응을 보이지 않자 부끄러움을 무릅쓰고 용기를 냈다.

“저를 배려하시는 것 때문이라 하신다면 저는 괜찮다고 말씀드릴 거예요.”

“엘히엔, 크게 신경 써 주지 못한 무심함에 마음이 상했다면 사과하겠습니다.”

“사과받으려 하는 게 아니에요. 각하께서는 바쁘시잖아요. 공작령과 수도를 오가시는 것만으로도 충분히 힘드실 걸 알아요. 갈카마들의 이야기도 들었어요. 얼마나 고생이 많으세요. 그렇지만 그게 혼사를 미룰 이유가 되는지는 잘 모르겠어요. 어차피 정해진 거고 각하께서도 일찍 혼사를 치르시는 게 더…….”

한참을 침묵하던 파사드가 힘없이 웃었다.

"그리 보채면…… 제가 곤란합니다.”

엘히엔이 꾸중이라도 들은 소녀처럼 고개를 푹 떨어뜨렸다. 열여섯이면 충분히 혼인할 수 있는 나이임에도 파사드는 저와의 나이 차이를 이유로 끝끝내 고집을 꺾지 않을 모양이었다. 한 십 년은 일찍 태어났어야 했다.

“저는 정말…….”

차마 잇지 못하고 말끝을 흐리는 그녀의 눈가가 잘게 떨렸다. 처음에는 공가 유일 후계와의 정략이라는 것에 온 귀족들이 그녀를 부러워했었지만, 지금은 그들에게도 엘히엔에게도 그저 허울뿐인 관계였다.

나이 어린 소녀는 사랑에 빠졌다고 착각에 빠질 만큼 어리석지는 않았다. 그가 그녀를 귀여워하여 남달리 친절하게 해 준다 해도, 자칼린의 말처럼 여자로 보아 대하지 않는다는 것은 스스로도 잘 알고 있다.

공작령과 수도를 바쁘게 오가는 파사드는 모르겠지만 그녀는 수도에 머물며 온갖 뜬소문을 접하며 지냈다. 삼 년쯤 전부터 구체적으로 말이 나오기 시작한 혼인에 관한 계획이 미뤄지고 또 미뤄지자 공가와 라페로바한가의 불화설까지 나돌기도 했다. 개중에 헛물켜는 이들은 파사드가 사실은 정부를 두고 있고, 그 정부를 위해 라페로바한가와의 파혼을 고려하고 있을지도 모른다는 등의 망상의 나래를 펴기도 했다.

실상이 그렇다 보니 그네들의 부러움과 질시는 필연 시간과 함께 깎여 나갔다. 허영심 넘치는 영식과 영애들 사이에서 그녀가 얼마만큼 안쓰러이 비치는지는 두말할 필요도 없었다.

그나마 작년 초, 파사드가 엘히엔이 나이가 차면 혼인을 할 것이라 쐐기를 박아 들러붙는 승냥이 떼들을 떨쳐 냈지만, 이미 조바심이 나기 시작한 소녀의 마음은 새카맣게 탄 후였다. 게다가 오늘은 오전부터 그녀의 속을 뒤집고 간 자칼린도 단단히 한몫했다.

"저도 부부의 의무와 후계 생산에 관한 것은 숙지하고 있어요. 저는 공이라면……."

"제가 바라지 않습니다."

파사드가 단호하게 쐐기를 박았다. 엘히엔이 크게 자신감을 잃은 목소리로 물었다.

"역시 나이가 어려서 매력이 없는 거죠."

"그런 게 아닙니다."

"작은 체사 경이 남자들은 성숙한 여자를 좋아한다고…… 키도 작고, 아직 가슴도 작고……."

"……영애, 그게 아니라."

"물론 공께서 작은 체사 경 같은 망나니랑 같지는 않으시겠지만, 그래도 혹시나 제가 외적으로 부족해서라면……."

파사드는 자칼린 그 고삐 풀린 망아지 같은 녀석이 엘히엔에게 불어넣은 헛바람이 어떤 내용의 것인지 짐작하고 드물게 한숨을 내쉬며 다정히 목소리를 낮추었다. 파사드가 엘히엔에게 음심이 동하지 않는다는 건 사실이지만, 분명히 그건 외모적인 요소와는 관계가 없었다.

"그런 건 더더욱 아닙니다."

"아직 저를 어리다 여기시는 건 알지만 저도 월경을 시작했으니 공의 후계를……."

어디까지 말할 생각인지.

안 되겠다 싶었는지 파사드가 엘히엔의 머리에 손을 얹었다. 흠칫 놀란 그녀가 말을 끊었다. 그가 나직하게 그녀의 이름을 읊조리며 미소 지었다.

"엘히엔 데비."

덕분에 곱게 얹혀 있던 모자가 눌려 그녀의 눈꺼풀 위까지 덮었다. 정혼자의 마음을 편안케 하는 것 또한 그의 의무 중 하나였다. 파사드는 제 가슴팍에 가까스로 미치는 소녀를 천천히 당겨 안았다.

"충분히 아름답고, 충분히 귀애할 만하니 조바심 낼 것 없습니다. 또한 당장 혼인식을 치른다면 영애는 왕도 생활을 마무리하고 공작령으로 거처를 옮겨야 합니다. 로크란드에서도 잘 지내실 수 있도록 노력할 테지만 그곳에는 친구도 가족도 없으니 외로울 겁니다. 일찍 혼인해 떠나는 게 능사는 아닙니다. 서운해 마십시오."

그는 자신의 허리 자락에 손끝을 얹은 소녀가 미세하게 떠는 것을 깨닫고 나직이 말했다.

"아직 쌀쌀하니 일단 안으로 들어가는 것이 좋겠습니다."

품 안으로 자그마한 소녀의 한숨이 스며들었다.

"……그럼 저, 저기 들어가 보면 안 되나요?"

입술을 삐죽이던 엘히엔이 별안간 그를 올려다보며 물었다.

그녀가 말하는 '저기'가 어디인지 깨달은 파사드가 고개를 돌려 유리 온실을 돌아보았다. 과거에도 몇 번인가 온실에 발을 들여 보고 싶다는 의견을 돌려 비쳤지만 늘 거절했었다. 브류나크 직계 혈족의 허락이 있어야만 들어갈 수 있는 곳. 엘히엔을 들이기에는 마음이 꺼려졌기 때문이다.

이렇게 대놓고 청하는데도 거절당하면 어쩌나 불안감에 휩싸인 엘히엔이 자그마한 음성으로 중얼거렸다.

"이것도 거절하실 건가요? 이 정도 부탁은 들어주실 수 있지 않아요?"

얕은 한숨을 내쉰 파사드는 몇 걸음 떨어진 곳에 서서 묵묵히 고개만 조아리고 있는 할만을 향해 턱짓했다. 감출 수 없는 피곤을 삭인 그가 고개를 끄덕였다. 엘히엔은 그것만으로도 기쁜 듯 웃었다.

수국 정원에 외지인이 발을 디딘 것은 참으로 오랜만이었다. 정원의 주인조차 연례행사처럼 방문하는 실정이니 외지인은 고사할 수밖에. 하여 이번 그녀의 방문은 굉장히 뜻깊은 것이었다. 그녀에게도, 정원에게도.

그들은 작은 등불을 하나 들고 어슴푸레한 저녁 어둠에 녹아든 푸른 꽃길을 나란히 걸었다.

시무룩하던 기색은 다 어디로 가고, 엘히엔은 금방이라도 날아갈 듯 가뿐한 걸음이었다. 그녀의 앳된 얼굴이 흥분으로 불그스름해진 것을 발견한 파사드가 나직이 웃었다.

“별것 없습니다.”

“그래도 좋아요. 이곳은 브류나크만 들어올 수 있는 곳이잖아요.”

“꼭 그런 것은 아닙니다만, 웬만해서는 외부인이 드나들지 않는 것이 일반적이기는 하지요.”

아무래도 좋다는 듯 엘히엔은 꽃향기를 한껏 들이마시며 하얗게 웃었다.

낮은 잔디밭 위의 테이블로 그녀를 안내한 파사드가 테이블 위에 놓여 있던 책을 한 쪽으로 밀어 치웠다. 엘히엔이 조심스레 그의 건너편에 앉았다.

“아, 그러고 보니 오늘 왕성에서 아버지도 뵈셨겠네요. 막 도착하셔서 피곤하실 텐데 제가 너무…….”

“괜찮습니다. 오는 길에 충분히 쉬었으니.”

그녀는 사근사근 답해 주는 파사드를 빤히 바라보다가 이내 쑥스러운 듯 손부채질을 했다.

“그런데 정말 예뻐요. 공저에서는 일 년 내내 이리 수국이 핀다 들었어요. 이곳은 정말 따뜻하네요. 나중에 제가 공작 부인이 되면 매일매일 들어와도 되는 건가요?”

파사드는 살짝 입가를 당겨 웃으며 앞의 말만 받아 답했다.

“왕궁의 장미 정원과 비슷한 구조니까요.”

“그런데 정말 수국뿐이네요. 왜 다른 꽃들은 하나도 없는지 여쭈어도 되나요?”

수국 정원이란 이름이 무색치 않게 도처가 온통 푸르게 낯을 밝힌 꽃들로 뒤덮여 있으니 신기해할 법도 했다. 그러나 파사드는 딱히 마땅한 답을 찾지 못해 침묵했다.

그의 답을 기다리던 엘히엔이 주위를 두리번대다 금세 낯선 풍경에 시선을 빼앗겼다. 조금 더 안쪽, 하얀 벽이 선 것을 발견한 것이다.

"저 너머엔 다른 게 있나요?"

"같습니다. 그리고 방금 물으신 것에 답하자면, 이곳은 예로부터 심긴 관목과 관화들에 손대지 않고 관리만 해 와 잘은 모르겠습니다."

"다른 것도 심어 보려고 생각하지 않으셨어요?"

"그럴 만한 이유가 있습니다."

파사드가 빙그레 웃었다.

"이 수국 정원은 초대 국왕 폐하셨던 그분께서 손수 가꾸셨던 곳이라는 이야기를 들었어요. 이 꽃을 굉장히 좋아하셨나 봐요. 그러지 않고서야. 파사드 오라버니도 좋아하세요?"

파사드의 낯빛이 차츰 가라앉았다. 잔뜩 흥분한 엘히엔은 그를 눈치 채지 못하고 연신 말했다.

"하지만 더 예쁘고 화려한 꽃들도 많은데. 물론 수국이 어여쁘지 않다는 의미는 아니에요."

천으로 가려진 액자를 발견하고는 의아한 듯 물었다.

"그런데 저기 걸린 건 그림인가요? 아 혹시, 그……?"

파사드가 무어라 답할 새도 없이 그녀가 몸을 일으켰다. 호기심 가득한 눈동자가 종종걸음으로 천 덮인 초상화로 다가갔다. 파사드가 반사적으로 그녀의 손목을 잡아챘다. 당황한 그녀의 눈동자가 깜빡거렸다.

"……오라버니?"

"좋지 않습니다."

"예?"

"보지 않는 게 좋습니다. 그다지 자랑스럽지 않은 물건이라."

엘히엔은 그에게 붙잡혀 저린 통증을 호소하는 팔뚝에 놀라 걸음을 멈추었다.

그날 저녁, 엘히엔은 잔뜩 침울한 얼굴로 돌아갔지만 파사드는 그녀를 배웅조차 해 주지 못했다.

테른도크의 써느런 음성이 곧게 시선을 내린 파사드에게 와 박혔다.

"파사드, 네게 명령은 하지 않겠다. 결정은 그대의 몫으로 남긴다. 물론 짐은 네가 거절한다 해도 모르가나를 더 이상 두고 보지만은 않을 것이다."

"……폐하."

"작위 공, 짐 또한 이 시기의 전쟁이 위험하다는 것을 안다. 하나 저 남쪽의 제국을 자청하는 적들에게 라르크가 나약하여 그들에게 고개 숙인 것이 아님을 알려 주는 것이야 말로 우리가 해야 할 일이다."

"폐하의 뜻은 언제나 옳습니다."

"네가 승낙한다면 체사의 란센이 나서서 공작령의 인계와 외침 휴전 협정을 마무리할 것이다."

입술을 굳게 다물고 한참을 침묵하던 파사드가 나직이 물었다.

"외람되오나 소신, 답하기 전 한 가지 여쭙겠습니다. 폐하께오서는 이번 전쟁을 어디까지 이끌어 가길 바라십니까."

"모르가나의 멸망."

"……."

"그것은 라르크의 수백 년에 걸친 염원이니 마다할 군주가 있을까."

"……그는."

"하나 바람은 바람에서 그칠 뿐. 모르가나의 정복을 요구하지는 않을 것이다. 이번 전쟁은 수백 년 답습해 온 라르크의 치욕을 갚고 도를 넘은 적들의 오만을 일깨워 주기 위함이다. 그러지 못한다면 짐은 모욕감에 낯도 들지 못할 것이다."

파사드의 표정이 한결 침착해졌다.

"그러니 억울한 짐을 위해 승리를 가져다주겠나."

"명하십시오."

파사드가 더욱 깊숙이 고개를 조아렸다.

"나의 형제, 브류나크. 적들의 오만함을 박살 내고 와라."

테른도크의 눈이 새파랗게 빛났다. 파사드는 고저 없는 음성으로 답했다.

"존명尊命."

파사드 칼란독 브류나크, 현 공가 브류나크의 가주는 왕의 칙명으로 전 라르크 수비군의 최고사령관으로 지정되었다. 역사의 오명을 씻기 위한 성전으로 자칭한 남북 전쟁, 대모르가나전의 사령관으로 적절하다는 명목에 감히 반대를 표명하는 이는 없었다.

그로부터 달을 채우기도 전에 뮈아드로는 성벽 주변 속속들이 모여드는 군인들과 새로운 개편을 앞둔 각 가문의 군대들로 문전성시를 이루었다. 그리고 얼마 지나지 않아 체사의 장자 카라제시 란셀은 어명을 받아 뮈아드로를 떠나는 길에 그에게 들러 공작령의 몇 가지 사안을 인계받아 갔다.

이래저래 바쁜 긴장감이 고조되는 동안, 파사드도 뮈아드로의 바깥에 머물며 소집된 군사들과 파견령을 받은 기사들을 모아 대면식을 가졌다.

양국의 선전포고는 없었으나 모르가나의 꼬리들을 통해 라르크 군의 이상 현상이 보고되었을 터이니 이로써 전쟁은 기정사실화되었다.

그리고 금일 공식적인 임관식을 마무리했다.

"파사드 칼란독 공 브류나크를 대모르가나전 라르크 전군의 최고 사령관으로 임명한다."

그의 어깨 위로 테른도크의 은빛 칼날이 고요히 무게를 내렸다.

거의 보름 만에 공저로 돌아온 파사드는 군대 재편의 준비 기간 동안 몇 번 공석에서 얼굴을 마주했던 카라제시를 발견했다. 카라제시는 언제부터 와 있던 것인지 공저의 입구 담장에 기대어 선 채로 할만과 이야기를 나누고 있었다.

"카라제시."

파사드가 인기척을 내자, 할만이 급하지만 흐트러지지 않은 걸음으로 물러갔다.

카라제시는 그대로 파사드에게 다가와 그를 한 번 끌어안는 것으로 인사를 대신했다. 카라제시 란센 체사, 자칼린의 친형으로 파사드보다 한 살 많은 친우였다. 자칼린과 달리 부친이 아닌 모친 쪽을 닮아 금발 같은 갈색 머리칼에 녹안을 지닌 청년은 뮈아드로의 제일 미남이라는 꼬리표를 달고 있을 만큼 수려한 용모의 청년이었다. 일찍이 목욕재계를 하고 온 듯 깔끔하고 단정한 그에게서는 편안한 향내음이 났다.

다부진 듯하지만 파사드와 엇비슷하게 크고 우락부락하지 않은 헌칠한 청년의 포옹을 피하지 않고 마주 안은 파사드가 때늦은 인사를 건넸다.

“바쁜 와중이라 제대로 안부조차 전하지 못했군.”

“자칼린이 와서 전부 떠들고 갔으니 괜찮아.”

“자칼린은?”

“금족령이 내려졌다. 며칠 전에 도시 외곽의 도박장에서 전쟁의 승패를 두고 도박판을 벌이다가 발각되어 아버지께서 진노하셨지.”

체사 백, 루가크도 만만찮게 도박을 좋아하는 것을 생각하면 불공평한 처사였다. 하지만 그들 가문 내의 일이었다.

“누구에게 걸었다던가?”

파사드의 단조로운 물음에 웃음기가 배어 있었다. 카라제시는 입가에 흐린 미소가 번졌다.

“체사의 애국심은 브류나크 못지않아.”

“그러면 좀 마음이 누그러지는군. 그나저나 무슨 일로 나를 찾았나?”

“오랜만에 만났는데 영 바빠 말 한마디 제대로 나누어 보지 못한 것이 아쉬워서 시간을 좀 냈는데. 최고사령관께서는?”

카라제시가 장난스러운 투로 말했다.

카라제시는 자칼린보다는 훨씬 어른스럽고 얌전했지만 그래도 핏줄은 못 속인다고, 저렇듯 개구지게 말할 때면 꼭 자칼린의 미래를 보는 듯했다. 몹시 피로했지만 파사드 또한 반가움이 더 앞섰기에 웃음을 지우지 않고 권했다.

“좋지. 좀 걷겠나?”

파사드가 공저 입구에 서 있는 바람에 뒤따르던 기사들과 공저 안의 일꾼들은 이러지도 저러지도 못한 채였다. 카라제시는 그제야 크게 실례를 했다는 듯 미안한 표정을 지으며 고개를 끄덕이며 걸음을 옮겼다.

"이번 전쟁이 끝나고 돌아오면 너, 서른이 넘어 있을 수도 있겠네."

"생각보다 빠르게 끝날 수도 있지."

"그랬으면 좋겠는데. 나도 너를 대신해서 서쪽으로 발령받았으니. 전쟁터보다는 평화로운 이곳이 좋아. 얼마 전에 겨우 리제에스 총관님한테 한 자리 얻어 냈는데 결국 이렇게 되어 버렸군. 행정 청사의 자리를 뺏기기 전에 빨리 마무리하고 돌아와야지. 너도 무사히 돌아와야 하고 말이지."

카라제시는 문무를 겸비한 재인으로, 문관으로서도 기사로서도 인정받은 사내였다. 그러나 정작 그는 검을 잡는 기사로서 위명을 떨치기보다는 행정 보직을 맡아 고관 간부가 되고 싶어 했다. 그 사실을 잘 알고 있었던 파사드에게는 카라제시의 아쉬움이 선명히 느껴졌다.

게다가 이번에 카라제시가 파병을 가게 된 것은, 대모르가나전의 최고사령관으로 임명받아 남부로 향하게 될 파사드 본인을 대신해 공작령 로크란드와 인접한 갈카마와의 분쟁을 조율할 사람이 필요했기 때문이다.

전천후를 한 치 가늠할 수 없는 전쟁이 될지도 모를 일이지만 가능한 한 빨리 끝내고 돌아오고 싶은 마음이 컸다. 전투는 북서부 변경에서 매일같이 일어나는 분쟁만으로도 충분했다. 게다가 왕의 준명이라고는 하지만 그를 대신해 카라제시가 서쪽으로 떠나야 한다는 사실은 카라제시로서도, 파사드로서도 불편한 일이었다.

"로크란드를 마지막으로 방문한 게 육 년쯤 전이었던가. 그때 재미있는 일이 많았는데."

"제법 바뀌었다. 투르 군사 대장이 일대에 관련한 기밀 이외의 정보들을 모두 제공해 줄 거다. 미리 지난 밤, 그에 관해 연통을 넣어 두었으니. 그를 참모로 두면 쓸 만할 거다."

"그래, 뭐. 그 정도는 이미 전해 들은 이야기지만 염두에 둘게. 그리고 얼마 전부터 시친 쪽이 우호한 태도를 보였잖아. 그들까지 가세하면 어렵지는 않겠지. 그나저나 이번 대모르가나전에 할드로프 백이 자원했다고? 그동안 관계가 안 좋았던 벵센도 가세한다 하니 꽤 이번 전쟁이 커지긴 할 모양이야. 아, 윈포드 경께는 연통을 넣어 보았나?"

카라제시가 문득 생각났다는 듯 물었다.

카스트로 벤더 윈포드, 그는 카라제시와 파사드의 어린 시절의 스승과도 같은 존재로 한때 커다란 위명을 떨쳤던 라르크의 기사였다. 상징적으로 라르크의 제일 기사라는 수식을 쥔 것은 테른도크였지만 실질적으로 라르크의 제일 기사는 십수 년 전까지만 해도 그였다.

파사드는 조금의 경의를 담아 심중의 진심으로 답했다.

"윈포드 경은 이미 은퇴하였으니, 그에게까지 폐를 끼칠 수는 없겠지. 부른다고 기뻐하며 돌아올 인사도 아니고."

"하기야, 그렇지. 나이도 많이 드셨을 텐데 그동안 바쁘다는 핑계로 안부도 제대로 한 번 전하지 못했군. 너는 연락을 좀 했어?"

"나도 소식을 듣지 못한 지 꽤 되었다."

"다음에 한 번 찾아 뵙는 것도 좋겠어."

그럴 시간이 없으리라는 것을 알면서도 예의상의 인사치레처럼 말을 맺은 카라제시가 돌연 화제를 바꾸어 물었다.

"그나저나 혼인은 어찌하기로 했나?"

몇 뼘 앞서 걷던 파사드의 걸음이 느려지다가, 이내 완전히 멈추었다.

카라제시는 평소와 다를 것 없는 편안한 미소를 지으며 그를 바라보고 있었다. 하지만 그 안에 알게 모르게 배어 있는 복잡한 심경을 파사드는 충분히 읽어 낼 수 있었다. 카라제시가 자신을 찾아온 게 단순한 안부 인사 때문이 아니었다는 사실을 파사드는 모른 척 외면했다.

"이번 전쟁이 끝난 후에야 가능하겠지."

"지난 저녁에 엘히엔이 와서 한바탕 울다 갔는데."

"……."

"한 번도 자기를 찾아 주지 않는다고. 그리도 서운해하더라. 좀 신경 써."

파사드는 대답 대신 얕게 한숨을 내쉬었다. 카라제시도 엘히엔을 어여삐 여기는 수많은 수도의 귀족들 중 한 명이었다. 만일 카라제시가 쐐기 박듯 이은 말이 아니었다면 아무런 대답도 하지 않았을 것이다.

"파사드, 너는 내가 갖지 못한 걸 많이 가졌어."

"……카라제시."

"아직 가문을 잇지 못한 나와는 다르게 너는 이미 한 가문과 영지를 이끄는 영주이자 기사이자 국경의 수호자지. 뭐, 바쁘겠지. 하지만 바빠서만은 아니잖아. 네가 마음 못 잡고 차일피일 미루기만 하는 거 알아. 왜 그러는지도 알고 있고. 라페로바한은 너한테나 나한테나 꺼려질 수밖에 없는 게 당연하고……. 하지만 엘히엔의 잘못은 아니잖아. 에스란……"

"그만해라."

"네가 이렇게 냉정하게 굴어도 속까지 냉정한 놈 아닌 건 내가 가장 잘 아는데, 내 앞에서까지 그럴 거냐. 사실 너도 계속 엘히엔을 그리 두는 게 불편하잖아."

카라제시는 농담조로 가볍게 말끝을 올렸다. 하지만 파사드는 뒤이어질 말을 듣고 싶지 않은 기분에 잠시 시선을 내렸다.

"네가 희생하고 있다는 거 잘 안다. 잘 알지. 하지만 어쩔 수 없는 일이면 받아들여야지. 주위 사람들 속은 그만 태우고."

"……."

"엘히엔은 너만 바라보고 있는데."

카라제시가 최대한 가벼운 투로 말을 맺었다. 그러나 분위기가 무거워지는 것은 막지 못했다.

솔직히 이렇게 채근하듯 권유하는 카라제시의 마음도 편안한 것은 아니었다. 엘히엔을 동생으로서 아끼는 것은 사실이지만 파사드도 그의 오랜 친구였다. 카라제시는 파사드가 어째서 나이가 차고 넘치도록 혼인을 미루는지, 누구에게도 내색하지 않는 진의를 이해하고 있는 몇 없는 사람이기도 했다.

하지만 어쩔 수 없다면 빨리 해치우는 것이 낫지 않겠나. 그리 생각할 뿐이다. 또 엘히엔은 지금보다 나은 대우를 받을 만한 가치가 있는 소녀였다. 그녀의 신분이 지고하기 때문만은 아니었다. 그녀는 아름답기도 하지만 어린 나이에도 기특할 만큼 조숙하고 현명했다. 물론 자칼린과 마주치면 제 나이 대의 아이로 되돌아가 가끔 울기도 하고 심술 맞은 말도 하지만, 그것은 자칼린이 경망스럽게 굴기 때문이다. 참 신기한 게, 자칼린은 저와 상대하는 이들의 인내의 고삐를 풀어내는 신기한 재주가 있었다.

어쨌든, 해마다 어른스러워지는 엘히엔을 지켜보며 카라제시가 가장 크게 느끼는 것은 안타까움이었다. 그녀는 나이가 훌쩍 많은 정혼자를 연모하는 탓에 그 나이 대에 누릴 수 있는 어리광을 스스로 포기했다.

물론 스스로가 재상의 딸임을 알고 있고, 라페로바한의 이름임을 기억하고 있고, 미래의 공작 부인이 되리라는 확신을 하고 있어 부러 어른스러운 체하는 것일 수도 있다. 나이가 많고 적고를 떠나 사람이란 복잡한 그들만의 사정이 있는 법이니.

아주 어릴 적부터 어른들의 결정으로 이어진 연에 필연적으로 엘히엔의 삶은 파사드의 안사람이 되는 데에 초점이 맞추어져 있었다. 그러니 누가 그녀를 비난할까. 뒤뚱뒤뚱 걸어다닐 무렵부터 파사드의 약혼녀로 내정되어 성인식을 앞둔 지금까지 그 한 사람만 바라보고 살았으니 당연한 일이다.

엘히엔의 마음이 깊어 갈수록, 그만큼 깊은 곳으로 멀어지는 파사드의 마음을 곁에서 지켜보는 것은 참 힘든 일이다. 차라리 빨리 혼인을 해 버리고 정을 붙이길 바랐다.

파사드는 유해 보여도 꽤 칼 같은 면이 있는지라, 같은 말을 반복해 봐야 소용없다는 것을 알면서도 설득을 시도하지 않을 수 없었다.

"이런저런 핑계를 대면서 그 아이를 얼마나 더 오래 기다리게 하려는지 모르겠지만 나는 더 이상 너 때문에 속 끓어 찾아오는 엘히엔을 보기가 싫다. 그리고…… 라페로바한과 반트의 잘못을 엘히엔이 책임질 이유도 없다고 생각하고."

말미에 어린 힐난을 알아차린 파사드가 발끈했다.

"카라제시, 그건 네가 관여할 문제가 아니라 보는데."

파사드를 지그시 응시하던 카라제시의 녹안이 체념의 기색처럼 흐려졌다.

"너는 내가 이런 말할 자격이 없다 여길지 모르지만, 여전히 너의 그런 태도는 내게도 폐가 된다. 우리 체사는 중립적인 입장으로 지켜보고 있기야 하지만 반트나 팔란 쪽에서 불화설이 한 번 나올 때마다 이래저래 수도 귀족들이 줏대없이 흔들리는데 그 영향을 안 받을 수가 없지."

그 말의 의미가 무엇인지 모를 리 없었다. 파사드는 기운 빠지는 기분에 한 손으로 이마를 덮고 고개를 비스듬 돌렸다.

"이번 전쟁이 끝난 후엔 나도 태도를 확실히 할 거다."

"……."

"네게 약조하겠다."

카라제시가 빙그레 웃으며 고개를 저었다.

"내가 아니라 엘히엔한테 해야지, 그런 말은."

듣고 싶었던 말을 듣고도 마음이 불편했다. 고관 귀족 가문의 장남으로 태어난 이들 중에 사랑으로 혼인하는 이들이 몇이나 될까 싶지만, 파사드에게 떠넘긴 짐은 유독 무거운 것인지라. 빚을 진 기분이 들기도 했다.

낯 붉히는 이야기를 그쯤에서 맺은 카라제시와 파사드는 그 후로 얼마간 더 사소한 이야기를 나누었다. 모르가나에 관한 것, 앞으로 있을 동향, 전망, 갈카마에 관한 것, 남부 조공국들에 대한 것. 그저 비공식적으로 의견을 나누는 것일 뿐이었지만 파사드만큼이나, 아니 어쩌면 파사드보다 더 이론적으로 원리 원칙에 입각한 사실을 잘 알고 있는 카라제시의 이런저런 견해를 듣는 것으로 시간은 금방 지나갔다.

카라제시는 얼마 지나지 않아 북서부, 로크란드로 출병할 군 편제 업무로 인한 급보에 자리를 떴다. 아마도 이게 전쟁이 벌어지기 전의 마지막 만남이라는 것을 직감한 듯 카라제시는 파사드와 긴 악수를 나누었다.

카라제시를 돌려보낸 파사드는 몸을 깨끗이 씻은 후 수국 정원으로 걸음했다. 카라제시의 말에 크게 얽매이는 것은 아니었지만, 전쟁이 코앞에 닥친 와중, 스스로의 모자람을 돌아보는 시간을 가지게 된 것은 사실이었다.

전쟁.

다시금 떠올리니 가슴이 묘하게 안정됨과 함께 떨렸다.

파사드는 할만이 준비해 둔 테이블에 앉아 명상의 시간을 가지는 대신 하얀 벽 앞에 섰다. 그의 투박한 손길이 액자를 덮고 있던 천을 걷어 냈다. 이윽고 까만 눈동자가 드러나는 빛바랜 초상화를 가만히 응망했다. 낡은 질감의 초상화가 까끌까끌 눈을 쓸었다.

가슴 속에서 묘한 것이 울컥울컥 솟아났다. 잇따라 가슴 답답한 기억도 함께 떠올랐다.

얼마 전, 이것에 관심을 보이는 엘히엔의 손목을 함부로 움켜쥐는 무례를 저질렀다. 그리고 놀란 그녀를 내치듯 돌려보내는 실례까지 범했다. 여린 아이의 가슴에 더 큰 멍울이 생겼는지 모른다. 심지어는 바쁘다는 핑계로 까맣게 뇌리에서 지워 버려 사과조차 하지 않았다. 엘히엔이 더 마음 상한 것은 아마 그 때문일 것이다.

이것 때문에.

그의 곤두박질치는 기분과는 상관없이, 더없이 우아한 미소를 머금은 여인이 액자 안에서 그를 바라보았다. 세월을 따라 색이 바래 미묘한 색감만 구별할 수 있는 정도이나 여인의 형태만은 뚜렷했다.

초상화 속의 여인은 참으로 아름다워서, 오히려 기분이 고꾸라졌다. 그런데 파사드의 고요한 상념을 막는 소란이 울려 퍼졌다.

"영애, 영애! 허락 없이 그리 들어가시면 안 됩……!"

그가 허락한 적 없는 여자아이의 음성도 들렸다. 잠기지 않은 수국의 정원 문을 박차듯 밀고 들어온 엘히엔이 숨을 헐떡이며 파사드에게서 얼마 떨어지지 않은 곳에 멈춰섰다.

"큰 체사 경을 뵈었어요. 각하께서 이곳에 있다는 이야기를 들어…… 아니, 먼저 사죄드립니다. 한동안 어디에 계신지 알 도리가 없어 귀가하셨다는 말에 이리 바로 찾아뵘을 용서해 주세요."

파사드는 느리게 몸을 돌렸다. 뒤늦게 따라온 할만이 안절부절못하고 엘히엔과 파사드를 번갈아 바라보았다. 파사드가 멍 자국이 남은 그녀의 손목을 발견하고 할만을 향해 나직이 말했다.

"괜찮으니 나가 보도록."

할만은 훤히 드러난 초상화를 발견하고는 초조한 기색을 감추지 못하며 물러갔다. 파사드만을 뚫어져라 올려다보던 엘히엔은 한참을 숨을 고르더니 물었다.

"저…… 이번, 이번에 그 큰 전쟁에 나가세요?"

파사드는 오늘 정오에 공식 공포된 임명을 떠올리고 고개를 끄덕였다. 이제야 안 모양이었다.

"예."

"자원, 자원하셨다 들었어요. 어째서 각하께서…… 제게는 한마디 귀띔도 없이 그리."

"……."

"늘 다망하신 분이라는 건 알지만 제가 그렇게나 귀찮으신가요?"

금방이라도 울음을 터뜨릴 듯 그녀가 더듬더듬 말을 이었다. 억울한 듯 울먹이던 엘히엔의 눈동자가 문득 파사드의 어깨 너머에 박혔다.

"……아."

무언가를 말하려던 파사드가 그대로 고개를 돌려 벽에 못 박힌 여자를 돌아보았다.

푸른 꽃밭을 제단 삼아 앉은 초상화 속 여인의 눈동자는 온갖 애정과 자신감으로 충만했다. 성숙한 여인의 초상화를 찬찬히 눈에 담아 낸 엘히엔이 애처롭게 입술을 다물었다.

마지막으로 공저를 방문했을 당시, 저 그림을 자신에게 보여 주지 않으려 했던 파사드가 떠오른 탓이다. 그녀의 표정이 시시각각 변하는 것을 응시하던 파사드가 고개를 저었다.

"오해하지 마십시오."

"……아니, 그게."

"이 초상화는 스완 세칼리드 라르칼리아, 라르칼리아 왕조 마지막 여왕입니다. 소문을 들었다면 아시겠지만 벨바롯트 파사드 브류나크의 마지막 유산입니다."

마지막 유산. 내키지 않는 단어를 입안으로 굴리며 파사드는 문득 내키지 않는 기분을 감추기 위해 초상화로 고개를 돌렸다. 엘히엔의 눈이 호두 껍데기 만하게 뜨였다.

"라르칼리아의 여왕이라뇨. 그, 그건 라르칼리아 숭배로……."

그녀가 화들짝 놀라 손을 들어 입술을 틀어막았다. 그리곤 개미만 한 목소리로 조심스레 사과했다.

"죄송해요."

파사드는 언짢은 기색 없이 초상화 속 미소 짓는 여인을 응시했다.

"폐하께서도 이 초상화의 존재는 알고 계십니다. 예로부터 내려온 가품입니다. 소문은 들어보셨을 겁니다. 이 정원에 남은 초대 브류나크의 유품. 수국의 정원을 항시 개방하지 않는 것은, 외부인들이 이를 보고 영애가 여긴 것처럼 오해하여 낭설을 떠드는 것이 달갑지 않기 때문입니다."

"……그만 너무 놀라서."

“일전의 무례와 더불어 미리 언질 드리지 못해 놀라게 한 점은 사과드리겠습니다. 저 또한 다소 갑작스런 임명을 받은 터라 경황이 없었습니다. 결코 귀찮아서라거나, 영애를 피하기 위해서는 아니었습니다. 그리 생각 마십시오.”

엘히엔에게 다가간 파사드가 그녀의 손등에 가볍게 입술을 맞추었다. 퍼뜩 정신을 차린 그녀가 울먹임을 참아 누르며 자그맣게 목소릴 냈다.

“제국과…… 아버님께서 체사 백과 나누시는 이야기를 들었어요. 각하께서는 로크란드에서도 늘 고생하시죠. 그런데 왜 굳이 큰 전쟁에까지 자원하시나요? 공께서는 다투는 것을 좋아하지 않으신다 하셨잖아요. 이미 라르크에는 한량처럼 일 없이 녹만 축내는 기사들이 잔뜩…… 차라리 자칼린처럼 매일 놀러나 다니는 그런 기사들이.”

“영애, 그리 말하시면 안 됩니다.”

“꼭 가셔야 해요?”

파사드가 무의식으로 초상화를 향해 시선을 두었다. 입술을 잘근잘근 씹던 엘히엔이 조심스레, 그러나 강경하게 말했다.

“각하, 모르가나와의 전쟁은 변경의 전투와는 다, 다른 거잖아요. 얼마나 더 길어질지도 모르고 훨씬 위험할 거고…….”

파사드가 다정하게 웃었다.

“최대한 빨리 돌아오겠습니다.”

“마음대로 되는 게 아니잖아요. 저 그렇게 어리석은 아이 아니에요.”

엘히엔의 말끝이 울음 섞인 듯 떨렸다. 그러나 그녀는 눈을 더욱 또렷이 뜨고 꿋꿋하게 말을 이었다.

“꼭 가셔야겠다면, 반드시 무사히 돌아오셔서 가장 먼저 제게 와 청혼해 주실 거라 약조해 주세요.”

"영애 아닌 다른 누군가와의 혼인은 생각해 본 적도 없습니다. 진심입니다."

"……그리고 그때는 저를 동생이 아니라, 여자로 봐 주세요."

"……이미 저는 영애를 귀애하고 있습니다."

언제나와 같은 대답에 엘히엔의 얼굴에 언뜻 낙심한 빛이 스쳤다. 파사드는 그를 알고도 달리 할 말을 찾지 못해 침묵했다. 곧 몸을 바로 세운 그녀가 붉어진 눈시울을 애써 내리깔고 입가를 끌어 당겼다.

"괜찮아요. 이, 일단 오늘은 가 볼게요."

파사드가 씁쓸히 웃었다.

"바래다 드리겠습니다."

"아뇨, 아뇨. 괜찮아요. 데리고 온 이들이 있으니."

마지막으로 초상화를 빤히 돌아보던 엘히엔이 황급히 손을 저으며 몸을 돌렸다. 파사드는 그녀의 단호한 거절에 잠시 민망해진 손을 내렸다. 도망치듯 멀어지는 작은 소녀의 뒷모습이 차츰 작아졌다.

한참을 미동 없이 있던 그가 허리를 숙여 단상 위 널브러진 천을 주워 들었다. 그러다 문득 곁눈으로 느껴지는 시선에 움직임을 멈추었다.

속 비치지 않는 깊은 벽안, 붉은 색감이 흐리게 남은 유연하게 휘어진 입매, 어딘지 모르게 고집스러우나 그럼에도 온후한 인상의 참으로 아름다운 여자였다. 알레타르 달테의 석상은 이미 파괴되었으며, 라르칼리아 왕조의 멸망 이후 마지막 여왕에 대한 대부분의 사료는 폐기되어 사라졌다. 때문에 거의 유일무이하다시피 한 여왕의 마지막 초상화라 해도 이상하지 않을 것이다.

스완 세칼리드 라르칼리아. 라르칼리아 왕조의 마지막 여왕.

파사드는 시왕을 숭상했던 조부 제그라트가 살아 있을 적, 귀가 아프도록 시왕에 대한 찬양을 들으며 자랐다. 그의 이름이 파사드인 것도 조부의 뜻이었다.

위대한 벨바롯트 파사드 브류나크와 같은 위대한 브류나크가 되어라.

그러나 애석하게도 파사드는 조부 제그라트처럼 브류나크 왕조를 연 벨바롯트를 존경하지 못했다. 그로부터 물려받은 이름으로 살고 있다고 하더라도.

파사드의 손끝이 초상화의 보풀이 일어난 면 위를 어루만졌다. 엘히엔에게 설명한 것처럼 이 초상화는 현명한 군자로 추앙되는 시왕 벨바롯트가 직접 그렸다 전해지는 그의 유산이었다. 벨바롯트의 붓에서 탄생했다는 이유만으로 그 가치가 어마어마한 물건이지만 남에게 보일 수 없는 것이기도 했다.

벨바롯트는 젊을 적엔 이 여인의 아름다움에 혹한 폭군의 대리인이었다. 그러나 종래에는 그녀에게서 벗어나 왕도를 잃은 여왕을 직접 처단하여 새 시대를 열었다. 비록 당시 라르크의 내분을 잠재우기 위해 모르가나와 무조건적인 종전 협정을 맺었고, 그 앙금이 지금껏 이어 내려온 것도 사실이지만 그를 탓할 수는 없었다. 정치적으로도 역사적으로도 불가피한 최선의 선택이었다는 것을 후대는 알고 있다.

라르크사에 기록되기로 브류나크 왕조 팔 년, 전후로 피폐했던 라르크가 안정되자 벨바롯트는 첫째 왕자에게 왕위를 양도했다. 그의 나이가 채 쉰이 되기도 전이었다.

양위 이후의 그에 관한 이야기들은 가문에 전해 내리는 야사에만 남아 있다. 갑작스러운 벨바롯트의 하야를 모두가 아쉬워했다. 모두의 애석함을 업은 사내는 뮈아드로를 떠나지 못하고 한때, 예이건이라는 공작 가문의 사저였다는 이 저택을 개축해 칩거에 들어갔다. 그러고는 일개 정원사를 자처하였다더라.

벨바롯트는 추운 북부에 사시사철 따뜻한 구조의 온실을 지었다. 그리고 서부 유목민들에게 얻은 푸른 수국을 척토에 심고 늙어 죽기 직전까지 정원을 가꾸고 돌보았다고 한다.

그곳이 바로 이곳.

천을 들고 액자로 다가간 파사드는 액자 옆 벽 위로 희미하게 새겨진 라르칼리아의 문文을 발견하고 움직임을 멈추었다. 자세히 보지 않으면 보이지 않을 만큼 닳은 음각이었다.

숄 라시나, 노야반트잔.

여왕 폐하, 용서하소서.

파사드는 어릴 적부터 이 여자를 보며 자라 왔다.

나이가 먹으며 저 여자가 누구인지 알게 되었다. 폭군이었다는 것도 알게 되었다. 그림 속에서 자신을 내려다보는 여왕이 그와 같은 눈높이가 되고, 같은 눈높이가 되었다가 종래에 그가 내려다보게 될 즈음이 된 후에야 저 음각에 새겨진 의미가 뼈처럼 깊음을 느꼈다.

그리하여 여왕의 얼굴을 들여다볼 때면 늘 괴괴했다. 왕국을 멸망에서 구한 사내는 무슨 죄가 그리도 무거워, 혹독한 전쟁으로 나라를 멸망시키려 한 여왕에게 일생을 속죄했는가.

그와 눈을 마주친 색 바랜 여인의 입술이 금방이라도 무언가를 말할 듯했다.

—너희들도 나와 같은 길을 걸으려느냐?

불현듯 형언하기 어려운 불쾌감이 머리끝부터 발끝까지 그를 휘

저었다.

또다시 눈앞으로 닥쳐온 모르가나와 라르크의 전쟁. 한참을 그녀와 눈을 맞추고 있던 파사드의 입술이 강하게 다물렸다.

아니, 다르다. 후대는 당신들의 역사를 답습하지 않으리라. 그는 주저 없이 천을 덮었다. 그리고 몸을 돌려 지천에 깔린 푸른 수국들을 차갑게 응시했다. 참으로 눈 아린 파도였다.

파사드는 벨바롯트 파사드 브류나크라는 위대한 왕을 존경할 수 없었다. 그는 죄인이었다. 라르크를 지켜 낸 영웅이나 나라를 멸망시키려 한 여인을 죽을 때까지 그리며 살았으니, 어찌 되었건 그의 내심은 죄인이다.

천천히 걸음을 옮기던 파사드가 허리를 숙여 짙은 향기 뿌리는 꽃한 송이를 꺾었다. 얼마만큼의 깊은 연심을 품어야 이백 년간 바래지 않는 푸른 속죄를 피우는 것일지. 그로서는 가늠조차 할 수 없었다. 그는 생각을 떨치며 푸른 수국 사이를 걸어 나왔다.

그리고 넉 달 후, 그를 필두로 한 이만여 명의 선발군이 국경으로 출병했다.

여왕은 붉은 카펫으로 덮인 대리석 바닥 위에 멈추어 섰다. 그러고는 살며시 뒤돌아 미소 지었다.

—농담이니 그리 진지하게 답하지 마라. 물론 나는 꽃도 좋아하지만 푸른 것이 더 좋다.

무슨 말일까.

잔잔한 음성이 자장가처럼 홀을 울려 퍼졌다.

—그러나 내 일생 푸른 꽃을 본 역사가 없었다. 나비는 보았지. 내 발 닿는 곳은 필연으로 온통 붉은 것투성이니, 좋아하는 것쯤이야 푸르러도 좋지 않겠느냐.

나비는 뿌리내릴 곳 없어 늘 방황하지 않습니까. 그러나 사내는 늘 그랬듯 하고 싶은 말을 목 안으로 삼켰다.

—그래서 나는 푸른 나비를 나로 삼았다.

—……꽃이 있다면.

—나를 꽃 삼아도 나쁘지 않겠구나.

여왕의 혼잣말 같은 중얼거림에 사내는 큼직한 창 저편의 파란 하늘을 올려다보았다.

—하면, 그리해 주시겠습니까.

—……무얼?

—꽃이 있다면.

—가끔은 네가 무슨 생각인지 정말 모르겠다. 나를 따르는 네 저의가 의심스러울 때도 있어.

—스완.

—농도 구분 못 하느냐?

그녀의 장난스런 대꾸에 사내의 표정이 불퉁하게 굳어졌다. 여왕은 그런 그를 아이 보듯 응시하더니 불쑥 그의 손을 맞잡았다. 무장이었던 그의 중지며 손목 위로 펜으로 인한 굳은살이 딱딱하게 박였다. 자세히 들여다보면 살갗 깊숙이 거뭇거뭇한 잉크의 얼룩도 남아 있었다.

—……그래.

여왕의 손끝을 따라 사내의 눈동자가 미끄러졌다.

고요한 감사가 그의 귓전으로 울려 퍼졌다.

—늘 고맙구나. 나의 라르크를 지켜 주어 고맙다, 벨비.

벨바롯트는 언제나처럼, 목 안으로 차오르는 말을 모조리 삼키고 서글픈 미소를 그렸다.

숄 라시나, 노야반트잔.

여왕 폐하, 용서하소서.

아를리가 귀레 숄 모로로트루가 이른사.

명예 없는 늑대가 엎드려 감히 당신을 부릅니다.

게 야트자 숄 기헤 뮌 소반트 오레가막트야 름 소반트

당신을 내어 주고 얻은 평온과 불명예로 얻은 하루하루,

잔트리가 라 타나비 오르트 막가라 숄.

폐하께 드리지 못한 이야기들이 쌓여 그립니다.

예 아시라모 숄, 뮌 히레 이가 노야레한.

사랑하는 당신, 저를 용서치 마소서.

루 숄 파로야

그대 꽃이길 바라였으나

뮌 히레 이가 르온 데.

감히 청할 용기 없던 죄인을.

기헤 아시라모 숄 소반트 오레간 시올 데.

당신을 배반하고 얻은 그네들의 행복을 원망하는 저를.

남북 체제 설정

■ 대륙 대분류

* 북부: 라르크, 일라렌 공국, 갈카마유목 민족, 다락지데라카의 후예 등의 큰 세력과 자잘한 소수민족들로 구성되어 있다.

* 남부: 바인, 살리가르소수 민족, 모르가나, 스코자 공국, 앙레디움, 그 밖의 십수 개의 소수민족들로 구성되어 있다.

* 시친과 그 밖의 섬들은 일종의 중부에 속한다.

■ 나라별 특징

* 라르크

상징: 살구색 혹은 금색 바탕의 하얀 늑대

1) 구성

북부는 라르크, 일라린 공국, 그 외의 스스로의 땅을 지닌 영주들로 이루어져 있다. 이백여 년 전에는 십여 개에 이르는 크고 작은 국가로 분리되어 있었으나, 정복 여왕의 대통합 시대에 이르러 애국과 민족의 개념이 명확히 자리 잡았고, 현재에는 문화적 동질감과 충성심으로 묶여 있다. 매해 영주들은 스스로 세금을 상납하며 전 북부의 평화를 위해 힘쓸 것을 맹세한다. 현재에는 북부를 아우르는 것이 늑대의 아들임을 인정한 이들의 총합을 통칭 '라르크'라 한다.

2) 체제

라르크는 라르칼리아 왕조의 멸망 이후, 브류나크의 치세에 이르러 팔란당과 반트당의 양당 체제 분립을 완성했다. 그 시절 십수 개의 다른 풍토를 가진 국가들이 합쳐져 하나의 나라로 군림한 지 이백여 년이다. 천년의 역사를 지닌 제국과 달리 역사가 짧기 때문에 아직도 각 지역마다의 특색이 있다.

동부에는 지데라카의 관습을 답습하는 자들이 많으며, 서부에는 아르도니스의 데릴사위 풍습이 아직 남아 있는 곳이 있고, 남부에는 한때 존재했던 라인과 전前 에센바르크현 에스란드 등의 흔적이 잔존한다.

지역 유착 역시 마찬가지다. 가장 큰 일례가 일부의 자치권을 용인받은 라르크 남부의 갈라부아 연합이다. 아일마레 왕국의 후예인 그들은 귀족들의 발언권이 강한 데다, 토지 특성상 강한 남성 자원이 필요했기 때문에 사병 양성도 비교적 자유로운 편이었다. 왕의 준령에 의한 단승 작위를 제외하면 대부분의 영토가 각 가문에 영구 귀속된다.

라르크 왕실은 가문 간의 분쟁이 전체 국익에 영향을 끼치지 않는 한, 그들이 자체적으로 해결하도록 방관하는 것이 일반적이다.

3) 세금

북부의 토지는 척박한 곳과 비옥한 곳의 격차가 크기 때문에 세금은 영토의 규모가 아니라 남성 영지민의 머릿수로 결정한다. 금이나 은보다 직물, 곡물, 가축, 농작의 결실 같은 것으로 대신 받는 일도 많지만 간혹은 왕실 주재의 토목 공사에 노동력을 제공함으로써 세금을 대신하는 경우도 있다.

4) 인종

북부는 칠 할이 테메르인으로 이루어져 있다. 시친인 역시 테메르인에 속한다. 테메르인은 키가 크고 골격이 단단하며 날카로운 코와 강인한 얼굴선을 하고 있다. 갈리아우 산맥에 가까울수록 피부는 희고 남부로 내려갈수록 노랗거나 살구빛을 띤다. 머리색과 눈색은 금발, 적발, 갈색 머리, 흑발 등 다채롭다. 그러나 대체적으로 옅은 빛이 많다. 강인한 인상을 추구하는 북부인들은 짙은 것을 존경하는 경향이 있다.

그 외 나머지 삼 할은 동부의 얼굴이 뭉툭하고 우악스럽게 생긴 거인 같은 민족으로 이루어져 있다. 그들은 체모가 새까맣거나 회색이다. 다락 및 지데라카의 후예들이 이에 속한다.

5) 혼인 및 여성관

북부에는 형사취수, 부사취모父死取母, 약탈혼, 대리혼, 데릴사위제 등의 다양한 혼인 풍토가 존재했으나, 대부분이 흔적만 남아 있으며 일반적으로는 일처일부를 고수하고 있다.

이는 꽝꽝 얼어붙은 토지를 개간하거나, 사냥과 채집만으로 부양할 수 있는 수가 한정되었던 때의 풍습 탓이다. 북부인들은 늘 뺏고 빼앗기는 투쟁의 역사를 지니고 있는데, 그 때문에 죽음과 아주 가까운 삶을 살았다. 낙원의 '누아단 교리'가 창조된 것이 그 때문일 거라 추측하는 학자도 있다.

그들은 여성에 대한 예의를 지키는 것을 중요하게 여겼는데, 언제 죽을지 모를 전사로서 훌륭한 여성에게 사후 자식을 버리지 말아 달라는 청을 하는 것에서 기원되었다 한다. 또한 부상을 당해 돌아온 남편을 괴롭히거나 버리지 말라는 데에서 기원되었다는 주장도 있다. 어쨌건 오래도록 고착된 그 일처일부 문화는 지금은 도의적인 관습이 되었다.

또한 북부와 남부의 가장 큰 차이는 사생아, 서자, 서녀를 대하는 태도이다. 북부에서 여자와의 이혼은 흠이 되지 않지만 부인과 이혼하지 않고 다른 여자와 아이를 가진다는 사실은 크게 비난한다. 직급 고하와 관계없이 일반적인 낮은 귀족들에게도 마찬가지지만 직급이 높으면 높을수록 그 현상이 선명하다.

여기서 우스운 것은 그 비난이 외도 남녀에서 그친다는 것이다. '비난은 죄를 지은 자의 몫이며, 연좌로 이어질 수 없다. 때문에 아이는 죄가 없다.'는 순수한 사고에 따라 사생아의 대우는 적자의 급에 이를 수 있다. 물론 그것은 그들 부모의 결정에 따른다. 그 때문에 북부는 서자라는 이유로 고통받는 이들이 적다 알려져 있다.

이백여 년 전에는 남성과 여성의 권한이 엇비슷하였고, 강한 여성을 추앙하는 여신교도 있었다고 전해진다. 그러나 라르칼리아 왕조의 마지막 정복 여왕 이래로 북부의 여성에 대한 관념은 역행했다. 브류나크 치세 후의 북부 여성은 겸양과 순종을 미덕 삼아야 한다 믿고 있다.

6) 신앙

북부에는 수많은 신화들이 있지만 대부분의 테메르인들은 삼왕좌三王座의 신화와 누아드가의 신화를 믿는다. 실질적으로 신뢰하여 예배를 드리거나 하지 않더라도 거의 세뇌에 가까운 주입으로 교육받는 것이다. 일종의 모든 북부 아이들의 자장가와 같다. 사후의 세계와 죽음 이후의 자신에 대하여 많은 고찰을 하는 북부인들은 '죽음을 두려워하지 말라.'라는 구절을 늘 가슴 속에 새기고 자랑스럽게 여긴다. 그 때문에 목숨을 건 혈투가 왕왕 일어나고 극단적인 선택을 하는 자들이 많다.

작은 예시를 하나 들자면, 어느 한 청년이 스스로가 높은 곳을 두려워하지 않는다는 것을 증명하기 위해 누아단 교리의 발상지라 알려져 있는 가니아 산 꼭대기에서 떨어져 죽었다는 이야기가 전해진다.

7) 주요 대가문

북부 대영수 – 뮈아드로의 왕가王家 브류나크, 로크란드의 공가公家 브류나크

로엠 지역[이하 생략] – 자파인 가문

타딜다 – 볼레트 가문

동부 대영수 – 카반[윈로스 가문 멸문]

발라임 – 벵센 가문

가라스 – 지잘 가문

판시아 – 할리페 대부호

갈라부아 연합 – 파시스의 데커 가문, 성곽 도시 기욘의 렘리 가문, 반달의 리언 가문, 동서남북에 여러 영지를 보유한 웡거 가문

서부 대영수 – 공가 브류나크

노테블룸의 어귄 – 브류나크 령

말의 도시 발도 – 국유지

폴번 – 구久 반니아

남부 – 에스란드 [구 에센바르크, 별돌 채집으로 가장 유명한 산상 도시]

베르트, 라인 독립 도시

브리옴 – 할드로프 령

8) 라르크 주요 가문 가계도

200년 전 라르크 왕가

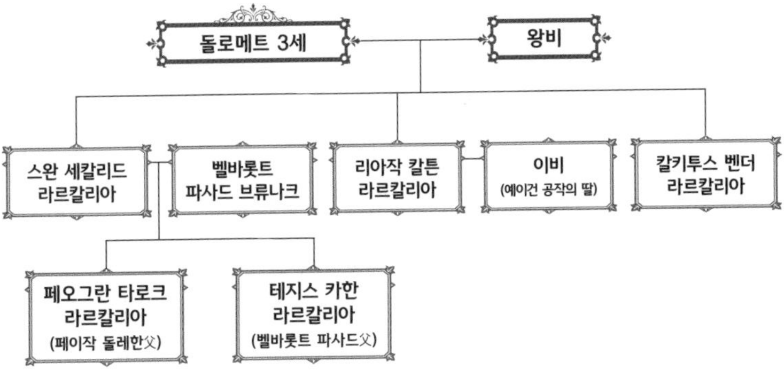

* 돌로메트 3세의 서자/서녀
대너투르, 크란/알티오, 페이작 돌레한, 타라히아 등

200년 후 라르크 왕가

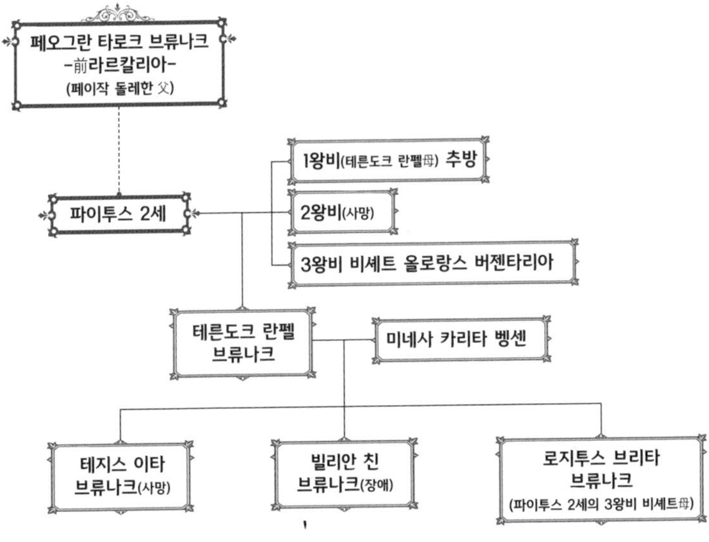

200년 후 라르크 공작가 브류나크

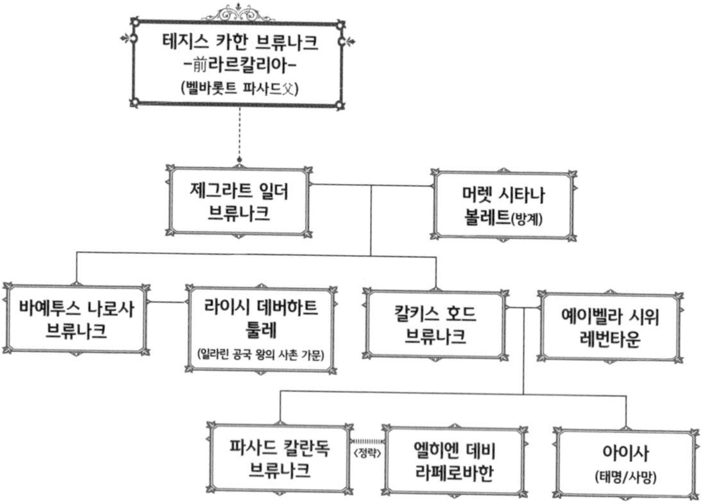

동부 윈로스

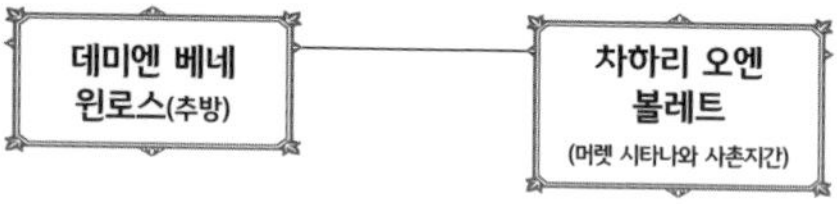

체사

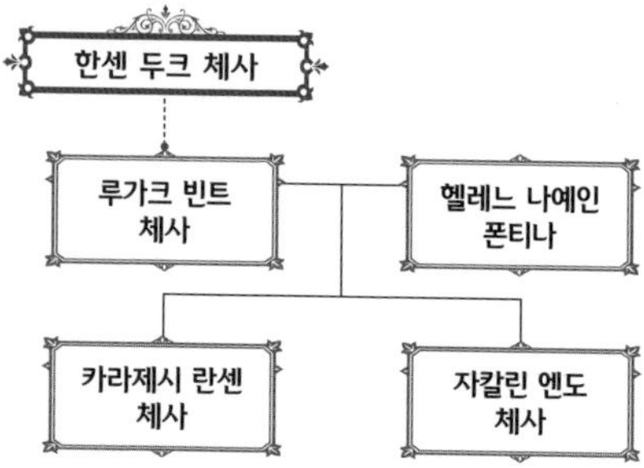

⋆ 모르가나

상징: 금색 혹은 은색 바탕의 검은 사자

1) 체제

모르가나는 황제 독재 체제이다.

모르가나 초기, 왕실은 친인척에게 봉토를 나누어 주는 혈연 중심 체제를 이용하였으나, 시간이 흐르고 제국으로 격상하여 영토가 걷잡을 수 없이 방대해진 후로는 혈연 중심의 토지제를 폐지하였다.

현재는 작위와 함께 봉토 장기 대여의 형태를 띠고 있으며, 일정한 세금을 지불하고 나머지를 획득하는 것으로 영주들은 부를 쌓는다. 방대한 토지만큼 무수히 많은 사람들이 있으므로 그들은 문화 동질성이나 애국심보다는 실질적인 이득과 이해타산에 맞춘 황실의 보호를 대가로 충성한다.

2) 구성

모르가나, 앙레디움, 살리가르, 바인, 그 외의 소수민족들로 이루어져 있다. 제국의 동쪽에서 제국의 서쪽 끝까지 장애 없이 일직선으로 달리면 약 두 달가량이 소요된다.

3) 군사 제도

내륙 지방의 영지에서 사병의 양성은 영토의 규모에 따라 차이가 크지만 최대 오천여 명 이하로 규정되어 있다. 단, 외세와 접경한 곳과 소수민족의 수탈이 잦은 대장원의 일부는 신고하에 그 이상의 징병이 가능하다.

오천 이상의 사병의 양성은 전前 마리포사 가문과 마찬가지로 황실과 개별적인 협약을 맺어 승인을 받아야 한다. 황실은 협약의 대가로 분쟁의 중재와 해결을 대신해 주며, 영주들을 보호하고 그들의 군비를 감축하는 것이 관례이다.

대개 분쟁이 생기면 황실의 검은 사자군[원정군, 제국군]이 결성되고, 제도가 위치한 동부에서의 사태는 대개 제도 시모어에 상주하는 황실 상비군[황실 직속 근위대]이 해결한다. 그러나 제도에서 거리가 있거나, 규모가 큰 피해가 예상되는 변경 및 내륙의 분쟁 혹은 부역과 토목 공사에는 서부의 마리포사들이 그에 동원되는 일도 왕왕 존재했다.

그 밖의 일반적인 영지의 경비는 대개가 용병이나 영지 내에서 선출된 소수의 기사들로 이루어진다. 지휘 기사는 대부분이 중앙 명문가 소속들로 이루어지며, 특수한 상황을 제외하고는 평민은 아무리 많은 공을 세워도 견습 기사 이상의 서품은 받을 수 없다.

대라르크전 때와 마찬가지로 비교적 규모가 큰 전쟁에 임할 시에는 근방의 귀족들로부터 세금뿐만 아니라 병사들을 차출해 가기도 한다. 그러나 수는 작게는 이백여 명 크게는 오백여 명 정도로 제한한다.

4) 귀족회

중앙 14개 가문하트, 웨스터스, 아사인, 로위아, 벤시, 조르디아, 스코자, 오르나스, 하워, 제일리아르, 덴바스, 사보스, 탤발, 부시스, 전 마리포사은 황명에 의하여 제도 시모어의 르와이페 궁에 출입이 자유로운 명문가를 일컫는다. 봉토의 영구 세습 및 일부의 불입권을 인정하는 가문을 일컬으며, 그들 중에는 오천 이상의 사병 양성을 허락받은 가문도 있다. 그러나 실질적으로 그들 존재의 의의는 오랫동안 황실에 충성해 온 세력으로서의 본보기 정도에 불과하며, 실질적으로 크게 무력을 지닌 자들은 오히려 드물다.

황제로부터 커다란 장원을 부여받은 자의 권위와 명성은 높고, 상인은 존경받지 못한다. 하지만 가장 부유한 가문이 봉토가 없는 조르디아와 에블룸의 고리대업자 사보스라는 것을 생각하면 역설적인 일이다.

5) 인종

남부는 육 할이 로토르인들로 이루어져 있다. 볕이 따가워 피부가 탔거나 조금 노란 사람들이 많으며 머리 색과 눈 색 등은 다갈색 계열이 가장 많다. 북부의 테메르인과 많이 다른 생김새는 아니지만 차이를 꼽자면 일반적으로 골격이 약간 작고 얼굴선 등이 조금 더 부드럽다. 그 밖에는 인종의 이름을 붙이기 어려운 소수민족들과 북부에서 흘러든 테메르 인들과 그들의 혼혈 등으로 다양하다.

6) 혼인 및 여성관

모르가나 여성의 미덕은 현명함과 당당함이다. 여성이 똑똑하다면 정치 사교 활동으로 활발하게 움직이는 것도 어느 정도 인정된다. 모르가나는 여권이 북부보다는 높은 편이지만 일부다처제를 암묵적으로 허용한다. 성 산업도 발달되어 있다.

가진 자는 더 많은 것을 가질 수 있다는 허용 아래 둘 이상의 부인을 두거나, 공공연히 정부를 데리고 다니는 자들도 많다. 그러나 이것은 여성에게도 마찬가지로 해당이 되는데 대신 여성은 본인의 남편보다 높은 직급의 상대를 만나야 한다는 것이 불문율이다. 그로 인한 치정 싸움이 일어나 큰 사고가 생기지 않도록 하기 위함이다.

그러나 계급의식은 오히려 뚜렷하여 북부와 달리 사생아와 적자의 구분과 차별을 몹시 심하게 한다. 사생아는 준평민의 대우를 받아도 항거할 수 없다. 공공연한 외도를 해 온 부인이 낳은 아기를 자신의 자식으로 인정하지 않겠다 선언한 귀족 남성의 고소가 물적 증거 없이 승소한 적도 있다. 뿐만 아니라 버려지는 사생아들 중에는 누구의 자식인지 확실하지 않아 버려지는 이들도 많다.

7) 신앙

소수민족들 중 샤머니즘을 숭상하는 이들을 제외한 대부분은 현실주의자들로서 북부와는 달리 현재의 삶에 치중한다. 사후의 세계를 믿지 않는 것은 그들에게 실존의 삶의 질을 높여주고, 현재를 즐겨야 한다는 명분 아래 많은 문화 발전을 이룩할 수 있게 하는 발판이 된다. 조각상과 미술 같은 문화가 발달해 있으나 대개 귀족들의 전유물이다. 조경 산업이 몹시 잘되어 있으며 휴양 특구가 발달해 있을 만큼 휴식에 대한 미학도 크다.

종교적인 것보다는 삶에 대한 통찰과 시간에 관한 신앙을 가지고 있기 때문에 아침의 마르티나와 밤의 노체의 이야기를 모두 알고 있다. 또한 천년에 이르도록 남대륙에 완전한 영향력을 행사한 모르가나의 건국 설화인 사자 신에 관한 남부 신화가 널리 퍼져 있다. 사자 신 설화는 밤의 노체와 긴밀한 관련이 있다 전해진다.

8) 현 모르가나 황실의 가계도

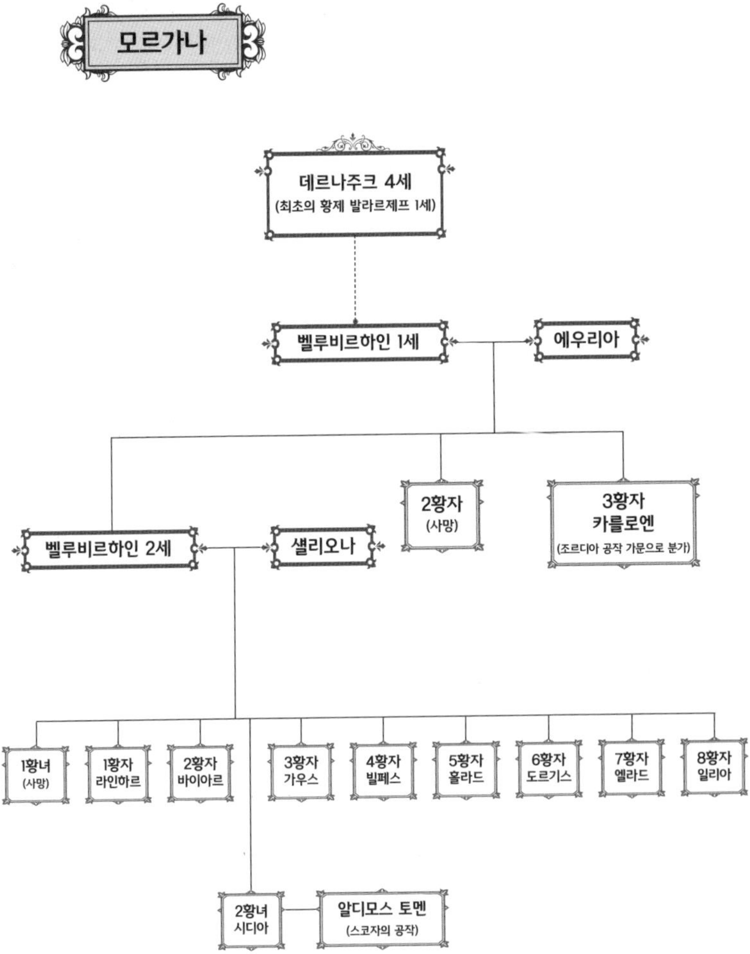

BLACK LABEL CLUB 028
마리포사 1

1판 1쇄 발행 2016년 9월 26일
1판 4쇄 발행 2019년 8월 9일

지은이 신여리
펴낸이 신현호
편집부장 예숙영
편집 박상희
편집디자인 한방울
영업 · 관리 김민원 조인희
물류 이순우 최준혁 박찬수

펴낸곳 ㈜디앤씨미디어
출판등록 2002년 5월 1일 제117-90-51792호
주소 서울시 구로구 디지털로 26길 111 JnK디지털타워 503호
대표전화 (02)333-2513 팩스 (02)333-2514
전자우편 dncbooks@naver.com
디앤씨북스 블로그 http://blog.naver.com/dncbooks

ISBN 979-11-264-3648-4 (04810)
979-11-264-3647-7 (SET)